西條奈加

永田町小町バトル

実業之日本社

実業之日本社文庫

目次

一

その年の総選挙は、ふたりの女性候補が話題をさらった。

二〇一七年九月、国会議事堂に初登院したふたりのもとに、テレビカメラが殺到する。

「小野塚(おのづか)議員、初登院のご感想は？　亡くなられた元大臣のお父さまには、どのようなご報告を？」

「芹沢(せりざわ)さん、初の現役ホステス議員ということで、ひと言お願いします！　すでに議員になられたのですから、このような呼ばれ方には、やはり抵抗がありますか？」

国会議事堂の正面、中央玄関前が、こんなふうに人であふれかえるのは、選挙の後のこの日だけだ。

中央玄関は、「あかずの扉」と称される。両扉合わせて二トン超えという、重厚感あふれる扉が開かれるのは、三つの状況に限られる。天皇陛下を迎えるとき、外国から国賓を招くとき、そして選挙の後に議員が初登院するときだ。

初当選を果たした新人議員にとっては、小学校の入学式以上に、ドキドキわくわくのお披露目イベントとなり、報道カメラが集まるのも、自ずとフレッシュな顔ぶれとなる。

とはいえたいていは、市議会だの県議会だの、あるいは霞が関の省庁だので、何らかの政治経験を積んできた者たちだから、高揚感は隠さないものの、インタビューにもそつなくこたえる。映像的にはイマイチらしく、やはりタレント議員か、料理研究家だのお坊さんだの、ちょっと変わった前歴をもつ議員に、カメラが長く張りつく。

中でも、もっとも話題を呼んだのは、ふたりの女性議員だった。

小野塚遼子、そして芹沢小町。

知名人を凌ぐほど、両議員のもとに取材が集中したのは、ふたりが好対照であったからだ。

刺さりそうな勢いで突き出されるマイクに向かい、小野塚遼子は品のいい微笑を向けた。

「自分がこの場に立つことができるなんて、感無量です。これも当選に導いてくださった支持者の皆さまのおかげだと、亡き父にも報告いたしました」

与党自雄党、期待の新星。今年、病で急死した、小野塚外務大臣の地盤を継いで立候補した。選挙区は東京一区。千代田区、港区、新宿区を擁する、いわば日本の中枢がすべて詰まった地域で、過去に二度ほど、野党の大物に勝ちを譲ったものの、伝統的に与党がひときわ強い選挙区と言える。

祖父は総理大臣、父も曾祖父も政府の要職を歴任した。世襲の典型とも言える政治一家で、彼女は四世にあたる。当人も、名門大から外資系の証券会社に入社、三年間、米国本社にも勤務したというきらびやかな経歴で、現在三十六歳、帰国後に富裕な会社経営者と結婚し、ふたりの男の子の母親でもある。

日本風の整った顔立ちで、立ち居ふるまいはあくまで上品。まさに非の打ちどころがなく、地味なおっさんカラーで占められた与党にあっては、ひときわ華やかな存在だった。

この小野塚遼子とあらゆる意味で対照をなすのが、芹沢小町である。

小野塚よりふたつ下の三十四歳、ほぼ同年代で、選挙区は違うが、ともに東京都から出馬した。共通項はここまでだ。

「ホステス議員でもキャバ嬢議員でも、好きに呼んでくださって結構。私が国会に来たのは、法案のためです」

カメラに一瞥もくれることなく、長い茶髪が通り過ぎる。その横顔は、まるで戦地に赴くかのように勇ましい。両サイドをバレッタで後ろに留めた長い茶髪は、これでもだいぶ明度を落としたのだが、日の光のもとではことさら明るく見えて、くっきりとした現代風の顔立ちを際立たせる。

最大野党、民衛党の、こちらは期待の新星というよりも、いわば大穴だった。その大穴が、彗星のごとく躍り出た。

「新星vs彗星」というキャッチフレーズは、選挙期間中にもたびたび流されたが、それ以上にしつこく叫ばれるのが、芹沢小町の職歴だった。

初の現役キャバ嬢国会議員――。

昔、キャバクラ嬢をしていました。そう公言した議員はいるが、現役のホステスが出馬するのは史上初と騒がれた。芹沢小町には、自ら立ち上げたNPO代表という肩書がある。しかしそれ以外の職歴は、水商売のみだった。出身は九州の離島、学歴は高卒止まり、二十歳で結婚し、女の子を授かるが後に離婚。結婚前は家事手伝い、結婚後は専業主婦。バツイチとなってからは、もっぱらキャバ嬢として働いてきた。

そんな政治とはいちばん遠いはずの小娘だからこそ、有権者には新鮮に映ったのかもしれない。

選挙区は東京十五区、ここは城東区一区のみの選挙区である。東の下町であるとともに、臨海副都心が開発されてからは、ウォーターフロントに高層マンションが立ち並ぶお洒落なエリアも含まれる。比較的、若い世代が多く、そのためか過去の当選者は、与野党から無所属まで入り乱れている。土地柄による後押しもあってか、与党を僅差で退けて初当選を果たした。

ある種のシンデレラ・ストーリーとしてもてはやされる一方で、叩けば尋常ではない量の埃がいくらでも出てきそうだ。憶測の材料が多ければ多いほど、他人は関心をもつ。

そういう意味では、まさに小野塚以上の期待の新星なのだが、あいにくと下衆のかんぐりにつき合ってやるサービス精神は、芹沢小町にはなさそうだ。その手の問いには声だけで返し、さっそうと中央玄関へと向かう。

カメラをふり向いたのは、たった一度。ある質問をされたときだ。

「芹沢さん、国会では、どのような取り組みを？　抱負をおきかせください」

それまで横顔しか見せていなかった芹沢が、足を止め、唐突にふり返った。

「もちろん、子供政策です。待機児童、子供の貧困、学費援助と、子供に関わる問題は枚挙にいとまがありません。私が国会に来た目的は、ただそれだけです」

短く告げて、また正面を向く。長い茶髪が、カメラレンズの前でひるがえった。

記者の喧噪だけを残して、その姿はほどなく、赤い絨毯の舌を伸ばしたあかずの口の中に消えた。

「小町さんたら。もう少し、愛想よくすればいいのに」

「あれじゃあ生意気過ぎて、反感もたれそうだよね」

「テレビ映りはいいから、合格だと思うけどね」

衆議院第二議員会館、七階七〇一号室。

通称、議員会館。国会議事堂横に立つ、議員に与えられたマンションタイプの永田町事務所である。

十二階建ての建物が三棟。道路を隔てた議事堂の西側に並ぶ。参議院は一棟、衆議院は第一、第二の二棟あり、三階から十二階までは議員各人の事務所となる。ワンフロアに二十四室。整然と議員部屋が並ぶさまは、硬質なホテルといった印象だ。

ひと部屋は百平米。そうきくと広そうにも思えるが、この中に議員室と小会議室も詰め込まれ、事務室はせいぜい三分の一。事務机を向かい合わせに四つ置いて、客用の待合椅子を並べると、それだけでいっぱいになってしまった。

入居してまだ二週間も経(た)っておらず、どうにか執務ができるまでに整理はしたものの、未開封のダンボール箱は未(いま)だに部屋の隅に積まれている。

芹沢小町の秘書を務める三人は、片付け作業をしていたが、画面の中にその姿が現れると、ついつい手が止まり、報道をながめては一喜一憂していた。

「テレビに映る姿は見慣れているはずなのに、いつもと印象が違うね」

「スタジオの照明と自然光の違いじゃないですか？　言ってみれば、屋外のロケは初めてですし。やっぱり髪の色、目立ちますねえ。化粧ももうちょっと薄めの方が……白のスーツが、かえって派手に見えますよお」

「それよりも、少しは笑えばいいのに。あのふてぶてしさは、新人じゃなく十年選手だよ」

多部恵理歩(たべえりほ)が口を尖(とが)らせ、高花田新之助(たかはなだしんのすけ)もため息をつく。年配の紫野原稔(しのはらみのる)だけは、のんびりとした風情のままだ。

「もう、ふたりとも厳しいなあ。あれが小町ちゃんのカラーなんだから、大丈夫だよ。はっきりとしたカラーを印象づけるのは、悪くないと思うよ」

キャバ嬢でありながら、夜間託児所と子育て支援を旨としたＮＰＯを運営する。異色の経歴が注目されて、メディアの情報番組に招かれることも少なくない。月に数度の出演ながら、一定の知名度はあり、保育業界や若い母親のあいだでは顔が知られていた。

異色こそが芹沢小町のカラーであり、いわばタレント議員に近い側面もある。

「いくらカラーと言ったって、キャバ嬢を連呼し過ぎですよね。特にこのアナウンサー、どうも上から目線だし、逆に小野塚さんのときは持ち上げ方が露骨だし」

「仕方ないよ、あちらは四代続く議員一家だし。総理大臣まで輩出した家柄だからね」

高花田が、なだめるように多部に説くと、ふくれっ面が返された。

「世襲ってやつですよね。そういうのって、庶民からするとちょっとムカつきます」

「もう、エリちゃんたら。世襲議員といちいち喧嘩してたら、永田町では暮らしていけないよ」

紫野原は、若いふたりとは親子以上に歳が離れており、「もう」が口癖のため、モーさんと呼ばれている。呼び名のとおりいたって呑気に見える好々爺で、幼い子供をながめるように目尻にしわを寄せたが、高花田は心配そうなまなざしを多部に向ける。

「多部さん、口には重々気をつけてね。秘書の言動は、ただちに小町さんにはね返るんだから。議員会館の中はもちろん、永田町でも地元事務所でも、気を抜かないように」

「それ、私より、小町さんに言った方が……」

「わかってるよ。何かそれ言われると、胃が痛くなる」

ネクタイの真ん中あたりを押さえる真似をして、高花田がげんなりする。

高花田は三十一歳。英国で経営学修士――ＭＢＡも取得した頭脳明晰な人材で、ルックスも悪くないのだが、いかんせん心配性で、まわりにばかり気を配り、自分は太る暇がないというタイプだ。

一方の多部は、二十七歳のもと保育士。知識のなさ故の怖いもの知らずで、

「まさか自分が永田町に通勤するなんて、思ってもみませんでしたあ！」

と公言し、議事堂周辺の佇まいさえ、観光客のごとくめずらしがる始末だ。

東京に生まれ育っても、乗り換え以外で永田町駅を使ったことすらない。大方の日本人は同じようなものだろう。もっとも有名で、もっとも縁遠い。永田町は、そういう町だ。

多部よりは多少ましだが、縁遠いのは高花田も同じだ。某有名私大を卒業後、大手商社に勤務した後に、一念発起して渡英。ＭＢＡを取得したまでは良かったが、帰国早々、就活をはじめた頃に、小町の事務所にスカウトされた。スカウトというよりも、ヘッドハンティングといった方が、高花田の中ではしっくり来る。政治には何の興味もなかったのに、小町の押しの強さと自身の押しの弱さが絶妙にかみ合った挙句、まさにハンティングされてしまった。

多部ほどではないにせよ、政治に疎いのは同様で、不安と相まって胃薬が手放せない。

「紫野原さん、お願いしますね。紫野原さんだけが頼りなんですから」

「もう、新之助くんたら。いつまでも固いなあ。モーさんでいいって言っただろ」

「いや、でも、うちの事務所の中で、唯一無二の経験者ですし」

「経験と言っても、なにせ僕がここに通っていたのは、三十年も前の話だしねえ。そのころは議員会館も古くてさあ。新築されたのはいいけれど、勝手がわからなくて」

紫野原は昔、議員秘書をしていたが、残念ながらいまの彼からは、そんな後光はひと筋も見当たらない。

長年勤めていたパン工場を、この春定年退職した六十五歳。キャバクラの常連客だったという小町との関わりだけは、若干の不安材料になっている。

それでも「こまち事務所」内では、貴重な人材であることには変わりない。

「せめて政策秘書は、紫野原……モーさんの方が、よかったんじゃ」

「もう、まだ言ってるよ。僕らの世代には、政策秘書なんてポジションすらなかったし、政策の立案なんて高尚な仕事が、パン工場のおじさんに務まると思う?」

「僕だって、門外漢には変わりありませんよ。僕がイギリスで学んだのは、政治じゃなく経営ですし」

「でも、新之助くん、大学は法学部で、法学士の資格も持ってるんだろ?」

「それはそうですが……ああ、こんなことになるなら、ＭＢＡじゃなくＭＰＰにしておけばよかった！」

いまさらながらに高花田が頭を抱える。ＭＢＡは経営学、ＭＰＰは公共政策の修士だ。

「高花田さん、政策秘書試験にパスしたんですから、もっと自信もってくださいよ。合格率五％って、ききましたよ。一発で受かるなんて、すごいじゃないですか」

「たしかに、かつてないほど難しい試験問題だったけど……」

多部になぐさめられても、やはり高花田の表情は冴えない。

「でもさ、受けてから知ったんだけど、実際の政策秘書に、試験合格者はほとんどいないって」

「ええっ！　そうなんですか？」

「五年、十年、秘書を続ければ、政策秘書にはなれるからね。僕みたいな新参者以外は、受ける必要がないんだよ」

司法試験の次に難しいと言われるほどの難関で、たとえ突破しても、就職口が保証されるわけでもない。実際に政策秘書の職に就く者は、少ない合格者の中のさらにごく一部で、その噂が広まってか、受験者は年を追うごとに減少していると高花田が説明する。

「だったら、いったい何のための試験なんですか？」

「公設秘書の規定を作ったから、その言い訳ってところかな」と、紫野原がこたえる。

「政府の建前ってことですか？　そういうのに予算使うとか、せっかくの人材を無駄にするとか、腹が立ちますね」

紫野原に向かって、多部が抗議する。その後ろで、はあっ、と高花田はため息をついた。

「裏を返せば、政策秘書に必要とされる能力は、学歴でも知識でもないってことだよ」

「うーんと……じゃあ、必要なのは経験のみってこと？」

「まあ、そうなるかな。何年、何十年と鞄持(かばんも)ちをしている老獪(ろうかい)な古狸(ふるだぬき)が、いちばん求められるポジションなんだろうな」

へええ、と多部が驚き、ちらりと紫野原をながめる。

「僕も古狸は無理だよ。何度も言うけど、昔といまじゃ政治の世界も全然違うからね。何より、昔はとにかく秘書の数が多くてね、僕なんて何十人もいるうちの一人に過ぎなかったんだから」

「何十人！　うちなんて公設と私設合わせて、五人がやっとなのに。いったいどうやったら、そんなに雇えるんですか？　やっぱ、お金持ちしか政治家になれないってことですか？」

「そうとも言えるし、そうでないとも言えるし」

「どっちですか、モーさん」

「これには、ちょっとしたからくりがあってね。でも、話すと長くなるからなあ」

また今度ね、とあやすような笑顔を向ける。

「僕が言いたいのは、モーさんの一・五倍の給料分の仕事が、僕にできるのかってこと

「ああ、そこね。もう、新之助くんたら、気にし過ぎだよ。第二秘書を希望したのは僕なんだから」

「それはそうですが……」

「僕には新之助くんみたいな学もないし、瑠美ちゃんみたいなしっかりさんでもないし、この辺りがちょうど居心地がいいんだよね」

「それ、わかります。私も自分の能力だと、公設秘書は荷が重いなって思いますもん。私設秘書で十分ですけど、そもそも秘書の仕事ができるかどうかも怪しいし……一応、会社員の経験はあるから、事務仕事はどうにかなりますけど」

「エリちゃんは、小町さんの政策基盤にたずさわる、大事なブレーンだよ」

「もちろん、そっちなら自信ありますけどね」

多部が得意そうに、ちょっと胸を反らす。

「それにしても、公設とか私設とか第一とか第二とか、議員秘書に等級があるなんて、初めて知りました。公設はお給料まで、かっちり決められてるし」

「一応、公務員になるからね。まあ、それは議員も同じだけど」

国会議員の公設秘書は三人と定められていて、政策秘書、第一および第二秘書。つまり三人までは、国から給料が支払われる。公務員の給与は、役職や勤続年数によって細かく等級分けがなされていて、秘書の給与も同様に金額の規定がある。

こまち事務所の場合、政策秘書の高花田が四三万円。第一秘書の遠田瑠美が三五万円。第二秘書の紫野原が二七万円となる。端数を抜いた大雑把な金額で、これにさらに、住居・通勤・期末・勤勉と各種手当がつき、退職手当もある。

　高花田と紫野原のあいだには、一・五倍以上の開きがあって、さっきから高花田がうじうじと拘泥しているのもそのためだ。

　しかし秘書の数が三人だけでは、とても足りない。議員の事務所は、地元と永田町の議員会館と、最低でもふたつ、それぞれ三人は常駐させたいところだが、六人の秘書を抱える余裕は、こまち事務所にはない。高花田と紫野原を議員会館のこの部屋に、第一秘書の遠田瑠美ともう一人の私設秘書、村瀬敦美を、城東区の地元事務所に置いて、多部には日によって両方の事務所に通ってもらうことにした。

　秘書五人というのは、事務所稼働のためのぎりぎりの最低ラインだが、多部と村瀬、ふたりの私設秘書の人件費だけで、五〇万は軽く超える。芹沢小町には、それが精一杯だった。

「あ、また映りましたよ。……やっぱり髪、赤いなあ」

　どうしても気になるらしく、多部が画面を凝視する。国会前の中継がいったん終わり、しばしコメンテーターによる解説だか感想だか中傷だかが続いていたが、ふたたび芹沢小町が画面に現れた。ただし、ひとりではない。ふたつに区切られた画面の右側には、小野塚遼子の姿があった。

とびかう記者の質問が、ふたつの画面から騒音のように不規則にきこえたが、ふり返った小町と、口許（くちもと）の微笑をたやさぬ小野塚の声が、一瞬、見事にシンクロした。

『子供政策です』

録画編集の賜物（たまもの）だろうが、画面を見守る三人は、思わず息を呑（の）んだ。

『待機児童も子供の貧困も、喫緊に解決すべき問題だと昨今叫ばれておりますが、具体的な政策は未だ足踏みの状態です。子供を守り子育てを援助するための新たな法案や政策の立案に、携わっていきたいと思っています』

小野塚の言葉が、そのように補足する。

「いつも小町さんが言ってるのと、同じですね……」

「中身は一緒でも、小町さんの言葉は、ずっと過激だけどね」

多部に向かって、高花田が苦笑する。紫野原だけは楽しそうに目を細めた。

「たとえ理想は同じでも、与党と野党では戦い方がまったく違うからねえ。どうなることやら」

議員ふたりのアップが、スタジオ内のパネルに大写しされたまま、またMCとコメンテーターの掛け合いに移る。

『ともに美人議員の上に、小野塚と小町はでき過ぎですね。ふたり合わせて、小野小町。平安時代の絶世の美女の名前に重なりますから。おふたりの今後の活躍、というか対決が楽しみですねえ』

この手の情報番組ではおなじみの、中年の経済学者がにやけながらコメントし、MCを務めるアナウンサーが軽やかに応じる。

『永田町小町バトルとでも、銘打つべきでしょうかね』

彼が何気なく口にしたその言葉が、実際に勃発することになろうとは、心配性の政策秘書は夢にも思っていなかった。

同日の夜、やはり滅多にないほど真剣にニュースに見入る、小学六年生がいた。

「菓音(かおん)ちゃん、そろそろ寝る時間だよー」

その声で時計を見ると、すでに十時半を過ぎていた。廊下のミヨ先生に、はーいと返事をしたものの、食堂の椅子からお尻が動かない。

テレビはプレイルームにしかなく、幼児のお休みタイムにあたる午後八時を過ぎると使えない。六年生の菓音も十時就寝と決められているのだが、今日だけは特別に許可をもらった。「いろはルーム」のスタッフから、テレビが映るタブレット型のパソコンを借りて食堂にもち込んだ。ただ残念ながらこのニュースでは目当ての姿は見つからず、番組の冒頭から、赤い絨毯が敷かれた階段に並ぶおじさんやおばさんばかりだ。

「お母さん、出ないのかな……」

半分諦めかけていたとき、その顔が映った。両サイドをきりりと上げた、ロングの茶髪。お店に出るときよりはだいぶ薄めのメイクだが、マスカラだけはいつもどおり、たっぷりと盛っていて、もともと少し濃い目の眉もきちんと整えられている。下だけがふっくらとした唇もグロスが塗られてつややかで、象牙色のなめらかな肌と、彫りの深い顔立ちを引き立てていた。

ついいつもの癖で、「うん、大丈夫」とうなずく。出勤前のメイクチェックは、菓音の役目なのだ。

ニュースというものは、同じ映像を使いまわすから、夕方のニュース、晩の七時と九時のニュースと、すでに同じ顔を何度も見ているのだが、やはり目にするたびにメイクチェックをしてしまう。

園長先生に頼み込んで、十時のニュースまで許可してもらったのは、白い建物を背景にした母の姿が、いつも以上に颯爽として恰好良かったからだ。フルメイクで出勤するときも、いろはルームのために奔走しているときも、ただ一点を見詰める意志の強い眼差しだけは変わらない。

あの日を初めて見たときのことを、菓音は鮮明に覚えている。

まだ小学校に上がったばかり、あのころはお父さんも、それにおじいちゃんやおばあちゃんもいた。三人に向かって懸命に訴えるあの声に、姿に、何よりも真剣な眼差しに、胸が震えた。それは菓音が初めて見る、母の姿だった。

面白くて明るくて大らかで、それまでは笑っている顔しか知らなかった。怒っているときでさえ、背中にお日様をおんぶしているように湿っぽさがなくからりとしている。楽しいことしか見えていない――そんなふうに思えていた母親に、こんな顔があったのかと、驚くとともに少しだけ怖くもあった。

けれど驚きの後に、ふくふくとわき上がってきた気持ちは、羨望と誇らしさだった。

もちろん菓音には、そんな大人の言葉はわからなかったし、あのときの思いを正確に表現するのは難しい。菓音の胸に突き上げた思いは、たったひとつの言葉に凝縮された。

お母さん、カッコいい！

母とのふたり暮らしがはじまってからは、その姿を見る機会が、ぐんと増えた。

眼光だけで、先を切り拓(ひら)いていくような強い眼差し――。

たぶん、お父さんとリコンしたのも、バツイチになって生まれ育った土地を離れることになったのも、母の眼差しが強すぎるからだ――。それも何となくわかっていたが、菓音はそれでもカッコいい母を見るのが、大好きだった。

今日、テレビに映った母は、きらきらとした風をまとっているように、ひときわ輝いて見えた。だからこそ、何度でも菓音は見たくなる。もちろん録画もしてあるのだが、映像に流れる姿を捕える醍醐(だいご)味も逃したくなくて、トイレと夕食以外はテレビの前から離れられない。

「まだ、粘ってんのかよ。おまえも、しつこいなあ」

パジャマ代わりのＴシャツにスエット姿で食堂に入ってきたのは、同じ学年の凜太(りんた)だった。大きな音を立てて、菓音からふたつ向こうの椅子に腰を下ろす。

「何だよ、こまっちゃん出てないじゃん」

こまちちゃん、が言いづらいのだろう。この「いろはルーム」の代表である菓音の母を、子供たちはそう呼んでいた。邪魔者が来たと言わんばかりに、ちらりと凜太をにらみ、菓音はまた、あまり興味を惹かれない画面に顔を戻した。

「さっき一度出たし、これから出るかもしれないし」

「きっと、もう出ねえよ。ソカクがメインだから」

「ソカクって？」

「知らねえ。ただ、ソカクがメインだから、晩のニュースではあつかいが小さくなるかもって、菊園長が言ってたんだ」

何か真四角なものを想像したが、菓音にはよくわからない。ただ、夕方のニュースでは母が何度も映ったのに、七時以降の番組では、一瞬、通り過ぎただけだった。どうやらソカクのためで、赤い絨毯に並んだおじさんやおばさんと関係がありそうだ。

「けど、これでこまっちゃんも、悪者の仲間入りかあ」

頭の後ろで両手を組み、大げさなため息をついた凜太を、きっとふり返る。

「悪者って、なに？　どうしてお母さんが、悪者になるの？」

「だって、セージカになったんだろ？　セージカとかダイギシって、ドラマではだいたい悪い奴じゃん」

「お母さんは、違うもん！　悪者になんて、絶対ならないよ！」

菓音の大きな声が届いたのか、ふたたびミヨ先生が顔を出した。

「こおら、ふたりとも、まだいたの？　寝る時間だって言ったでしょ」

怖い顔を作ってみせても、若いミヨ先生ではちっとも怖くない。これが菊園長なら迫力も三倍増しで、凜太もネズミみたいにぴゅうっと逃げるところだが、ミヨ先生はいろはルームに来て、まだ一年。凜太は二年、菓音はここではもっとも長い三年半と、いわば先輩にあたるから、凜太はミヨ先生の前では態度が大きい。

「今日はこまっちゃんの晴れの日だから、三十分延長だろ」と、口を尖らせる。

いろはルームでは、幼稚園児までは夜八時、小学三年生までは九時、菓音や凜太を含む六年生までは十時。さらに中学・高校生は十一時就寝となっているが、特に高校生ともなると、携帯を通しての深夜のつき合いもあるらしく、ひとまず「お休み部屋」には引っ込むものの、ほとんどが十二時過ぎまで起きていて、菊園長もその辺は大目に見ている。

いろはルームは、夕方五時から翌朝八時までの、夜間預かり専門の託児所だった。場所は、銀座(ぎんざ)七丁目。並木(なみき)通りから一本入った、ビルの三階になる。

築ウン十年の古いビルだがリフォームが施され、一階はお洒落なカフェ、地階はイタリアン・レストランで、二階から上は会計事務所のような小さな会社のオフィスになっている。

この三階を借りたのは、上下が昼間稼働のオフィスで、騒音の心配がないからだ。夜間営業の飲み屋が多いビルに、託児所を開くのは問題があるし、また客の声が響いては子供たちがゆっくりと眠れない。逆に住居タイプのマンションでは、託児所の側が苦情を持ち込まれることになる。

銀座の顔たる中央通りからは、かなり奥まってはいるものの、地価の高い土地柄だけに、本来なら小さなＮＰＯ法人には分不相応だ。場所の確保には頭を悩ませたが、小町が勤める「パラレル」のママが耳よりな話をくれた。

「最近は都心でも結構、空き事務所が多いらしいのよ。ほら、パソコンやネットの普及で、離れていてもやりとりが容易でしょ？　家賃の安い郊外に、オフィスを置く会社も増えてきて。そのくせ新しいビルはバンバン建つから、築年数の古いビルは分が悪いらしいの。耐震工事も済ませてあるし、ワンフロアすべて使ってくれるなら格安で貸してくれるって。どうかしら？」

このビルの所有者である老婦人は、パラレルのママとは古いつきあいで、彼女もまた若い頃は銀座のホステスだった。この託児所の趣旨にも賛同してくれたことから、そこから先はスムーズに話が進んだ。

もとは三つの事務所が入っていたが、扉をすべてとっ払い、廊下にも部屋にもクッション性の強いタイル型カーペットを敷き詰めて、壁の色も塗り直した。いちばん手前が食堂と職員室に乳幼児室、真ん中がプレイルームと勉強部屋、奥の一室は、細かく仕切ってお休み部屋となっている。ただし、二段ベッドを置いたお休み部屋は、小学四年生からで、三年生までは、プレイルームに布団を敷いて川の字になって眠る。

ミルクや夜泣きでひと晩中手が離せない乳幼児だけは、食堂のとなりにある乳幼児室で、スタッフがつきっきりで面倒を見る。概ねの国の基準では、〇歳児三人につき、保育士ひとりと定められている。今日は四人の乳児がいて、乳児専門のスタッフは乳幼児室に詰めきりで、ミヨ先生が他の子供たちのようすをみながら、休憩や補助のために折々に助っ人に入る。ちなみに一、二歳児は子供六人に保育士ひとり、三歳児になるとぐっと上がって二十人にひとり、四、五歳児で三十人となるのだが、実際には走り回る三歳児二十人を、たったひとりで面倒を見るのは至難の業だ。

いろはルームは夜間の託児所だから、子供たちが眠っているあいだは昼間よりは手がかからないが、それでも病気や怪我など不測の事態に備えて、最低でも園長以外に三人、預かる数によっては四、五人のスタッフが常駐する。

預かる子供は、〇歳児から小学六年生まで、数は十五人から二十人といったところだろう。中学生や高校生がいるのは、以前いろはルームに預けられていた子供たちが、当人の希望で「お泊まり」に来ているというあつかいだから、朝晩の食費としての千円以外は、料金はとらない。

ひとり親の家庭も多いから、夜間に家でひとりぼっちでは寂しいし、怖いという子も多い。親としても、中高生をひとりで家に置くのは不安が伴う。もともと営利目的ではないから、その辺りの要望をとり入れて、中学生以上も寝泊りさせていた。

いろはルームは、夜の銀座で働く親たちのために芹沢小町がはじめた、託児所を母体とするNPO法人である。

バーやクラブの開店時間は、夜の七時から八時。銀座に出勤した母親たちは、子供をいろはルームに預けて、それから美容院へ行き髪を整える。店仕舞いは深夜二時くらいまでが多いが、明け方まで営業する店もあり、またアフターなど外でのつきあいもある。朝の四時に迎えに来て、眠ったままの子供をタクシーに乗せて帰る母親もいれば、小学生になると起こすのもかわいそうだからと、いろはルームの食堂に突っ伏した状態で仮眠をとり、子供が起きてから一緒に帰る親もいる。

菓音も去年までは、みんなと同じように、お母さんと一緒に城東区の自宅から銀座のいろはルームまで通っていたのだが、選挙準備がはじまってからは、あまりに忙しすぎて、母もたまにしか店に出られなくなった。もう六年生だし、通い慣れた道だから、菓音はひとりで電車に乗って銀座に通っていた。

「ふたりとも、歯は磨いた？　よし、じゃあ、テレビを消して、お休み部屋に行こうか」

ミヨ先生がふたりに食堂を出るように促したとき、それを引き止めるように、ぱっと画面が切り替わり、見慣れた姿が映し出された。

「あ、お母さん！」

「あら、ほんと。こうして見ると小町さん、テレビ映えするよね」

ミヨ先生が、お世辞ではなさそうに褒めて画面に見入る。

「でもさ、セージカなんて、悪者しかならないんだろ」

ふたたび凜太が、さっきの話を蒸し返す。

「凜くん、そういうこと言わない！　政治家がみんな、悪人てわけじゃないでしょ」

「だって、よくタイホされたりするじゃん」

「それはそうだけど……」

援護にまわってくれたミヨ先生だが、たちまち尻すぼみになる。汚職、献金、脱税、あるいは失言に不適切な男女交際と、国会議員の不始末は確かに多い。

「こまっちゃんもそのうち、タイホされるかもしれないな。ニュースでもよくあるし」

「小町さんに限って、そんなことあるはずないでしょ。凜くんだって、小町さんのこと大好きじゃない」

と言いながら、小町の無鉄砲さを思い出したのか、ミヨ先生の頰が若干ひきつる。

「でもさあ、セージカだぜ？　セージカって、エラそうにふんぞり返ってて、お金と権力が大好きなんだろ？　アニメやドラマに出てくるのも、みんなそうだろ」

「さっきからきいてるけど、凜くんは面白いこと言うね」

三人の背中で声がした。それまで得意満面だった凜太がぎくりとして、そろおりと後ろをふり返る。

いろはルームの、菊島園長が立っていた。

「菊園長、いたんだ……いつから？」

「話なら、最初からきいてたよ。だって食堂の声は、先生部屋にまるぎこえだもの」

悪戯を見つかったときのように、凜太がしゅんとする。

いろはルームの代表は菓音の母だが、園長は五十代の菊島あさ子先生だ。

どちらがエライのか、菓音は昔一度、きいてみたことがある。

「そりゃあ、菊園長に決まってるでしょ。あんな風格は、私にはとても出せないもの」

と、母はこたえた。たしかに菊園長は、このいろはルームでは間違いなくラスボスだ。

若いころより十五キロ太ったという、やや丸みを帯びたからだで顔つきもやさしいが、菓音の母が言ったとおり、存在感はとび抜けている。

「凜くん、さっきから、政治家は悪者だって言ってるよね？」

「だって……みんながそう言うから……学校でこまっちゃんの話をしたら、セージカになるのは悪者ばかりだって」

そういうことかと、菊園長とミヨ先生が納得顔になる。

「たしかに政治家や議員って、世間一般の印象は良くないわね……小町ちゃんの言ってたとおりだわ」

「お母さんも、そう言ってたの？」

菓音の悲痛な声に、菊園長はにこりと笑う。長い食卓テーブルの端の椅子に腰かけて、ミヨ先生を向いて雑談のように話しはじめた。

「この前、小町ちゃんと高花田くんが嘆いていたの。日本では、政治家のイメージが悪すぎるって。高花田くんの話だと、欧米なんかでは違うんですって」

「そうなんですか?」

「高花田くんが留学していた英国ではね、キャンパスにいるふつうの大学生が、進路のひとつとして、あたりまえに政治家への道を考えているし、家族や周囲も応援を惜しまないそうなの」

米国や他の欧州諸国も概ねは同じようだと、菊園長がつけ加える。

「でも日本だと、家族が選挙に立候補するなんて言ったら、どうする?」

「自分の家族なら、まず止めますね。きっと、それはもう必死で」

「それって、おかしくない? 社会を良くしたいとか、他人のために何かしたいって、その思いで行動を起こす人も大勢いるのに……小町ちゃんを見てればわかるでしょ?」

「たしかに……何だか、目から鱗(うろこ)って感じです」

本当に鱗でも入っていたみたいに、ミヨ先生が目をパチパチさせる。

「大人からしてそうだもの。子供が良いイメージを持てないのも、あたりまえよね」

ぽん、と凜太の頭に手を置いた。それまで叱られると思っていたらしく、凜太の顔があからさまにゆるむ。

「いい? よくきいて。小町ちゃんは、子供のために頑張ることにしたの。菓音ちゃんや凜くんや、いろはルームの子供たちだけじゃなく、もっともっとたくさんの子供たちのためになることをしたくて、政治家になったんだよ。だから、学校でお友達に何を言われても、小町ちゃんはそうじゃないって信じてあげようね」

わかる？　とふたりの顔を覗き込む。もう小学六年生だし、何よりも菓音にはあの記憶が、あのときの母の声が、強烈に焼きついている。

「あたし、わかる！　だって、お母さん、言ってたもの。『みんなのために何かをしたい』と思うのが、どうしてそんなにいけないのかって！」

「そう……小町ちゃんは、菓音ちゃんにもちゃんと言ってたのね」

菊園長は、にっこりと笑ったが、ひとつだけ勘違いをしていた。

それは小学校に上がったばかりの、菓音にとってはずっと昔の記憶で、菓音に向けられた言葉ではない。でも、菊園長が勘違いしてくれて、何故だかほっとした。

「おまえは？　学校で、何か言われてないのか？」

お休み部屋は三つに区切られていて、それぞれに四つずつ二段ベッドが置かれている。四年生以上は男女も別になるから、女の子用の奥のスペースへ行こうとすると、背中から凜太が言った。

「仲のいい友達は、お母さんが選挙に出るなんて、すごいねって言ってくれた」

「他は？」

「別に、何も……何も言われてないよ」

自分が嘘(うそ)をついていると、菓音は気づいていた。本当は、さっきの凜太と似たようなことを、もっと感じ悪く口にする同級生もいたのだが、言いたくなかった。意地の悪いからかいを認めてしまうようで嫌だったのと、何よりも母の耳には入れたくない。

菓音はそんなとき、できるだけ母を真似て、「毅然(きぜん)とした笑顔」でいるよう心掛けている。毅然と笑顔は、どこか相反するようにも思えるが、意地悪な相手に対しては、何よりも効き目があるという、母直伝の対処法だ。

友達からは癒し系と言われているだけに、毅然はいまひとつ自信がないものの、とりあえず笑顔を返しておけば、相手の矛先が鈍ることは学習済みだった。姉弟に近い感覚の凜太と違って、言い返すような真似もしない。

「言われたって、気にしないし」

菓音の頼もしさが、少しは伝わったのかもしれない。

「そっか……じゃあ、いいや。おやすみ」

素っ気なく言って、凜太は男の子部屋に入っていった。

翌日、芹沢小町は議員会館に寄って、高花田と打ち合わせを済ませてから議事堂へと向かった。今回の特別国会は、三日間開催される。議員会館から議事堂までは、地下の連絡通路で繋(つな)がっていた。

廊下を曲がり、七階のエレベーターホールへ出ると、見知った顔があった。秘書を連れた、小野塚遼子だった。

かすかに驚いた素振りは見せたものの、あからさまにはせず朝の挨拶を口にする。

おはようございます、と返すと、小野塚は名刺をさし出した。

「ご挨拶が遅れまして。世間ではあれだけ騒がれているのに、当人同士はきちんとご挨拶する機会がございませんでしたね。改めて、よろしくお願いします」

こちらこそ、と小町もスーツのポケットから名刺入れを出して、ふたりにわたす。

「党は違えど、同じ志を持つ者同士、ともに頑張りましょう」

「それはどうでしょう？　与党と野党では、土俵も戦い方も違いますし」

「噂どおり、勇ましい方ですね。どうぞ、お手柔らかに」

「あいにくですが、私はあなたと違って時間がありません。おっとりお手柔らかに進める余裕など、ないんです」

「……どういう、意味でしょう？」

「あなた方、世襲議員のように、立派なご先祖の遺産は当てにできない。二期目の当選の確率が、非常に低いということです」

終始たたえていた上品な笑みが、一瞬だが、たしかに途切れた。代わりに、お嬢さまらしくない気の強さが、瞳の中に浮かんだ。

「世襲議員として、ひとつだけ忠告します。あなたのように、本音を吐き散らしていては、二期目は期待できません」

「ご忠告、ありがとうございます」

世に言う『永田町小町バトル』は、事実上、このときに開戦の火ぶたを切った。

二

「はあ？　小野塚議員に喧嘩を売ったあ？」

一瞬、ぽかんとした高花田が、事態を呑み込むなりたちまち顔面蒼白になる。

「いったい、何考えてんすか！　あっちは与党の世襲議員ですよ。どれだけの大物政治家が、バックについてると思ってるんすか！」

日頃はていねいな口調を心掛けているが、動顛のあまり、「です」の「で」が吹きとんでしまったようだ。怒り心頭の高花田を横目に、小町は議員デスクに頬杖をついた。

「だあってあの女、好きになれないし。貼り付けたみたいな作り笑顔で、感じ悪いったら」

「感じ悪いのは小町さんです！　だいたい子供じゃあるまいし、仕事に好きも嫌いもないでしょう」

扉が開けっ放しだから、事務室まで筒抜けだ。多部がぴょこりと顔だけ出して、小町の擁護にまわった。

「好き嫌いは、大きな問題だと思いますよ。だって職場の人間関係って、何よりも大事じゃないですか」

「女性は特に、そう思うみたいだね」

机を挟んだ向こう側から、のんびりと紫野原が応じる。

「男はたいがいのことは仕事だからと我慢しちゃうけど、女の人は快不快に敏感で、職場の雰囲気を重視するんだよね。これ、パン工場のパートのおばちゃんたちから学んだんだけどさ」

「やっぱりモーさんの蘊蓄(うんちく)は、うがってるわねえ」

相槌(あいづち)を打つ小町は、まったく反省の色がない。頭痛と歯痛と胃痛にいっぺんに襲われたようなしかめ面で、高花田が詰め寄った。

「いいですか、小町さん。当選はゴールじゃなく、スタートラインなんですよ。初端(しょっぱな)から気ぃ抜かないでください」

「抜くどころか、目いっぱい気合を入れてるつもりだけど」

「入れどころが違います！　お店でだって、新顔のお客さんにいきなり喧嘩ふっかけたりはしないでしょう?」

「議員の客は、国民でしょ。私だって客にはちゃんと応対するわよ。でも議員なら、いわば同僚。相手が与党だろうが世襲だろうが、対等の関係じゃない」

「だーかーらー、同僚同士でも礼儀は必要だって言ってんです！」

「『パラレル』でも、感じの悪い同僚には、早めに釘をさしとくのが私の流儀なの」

口で小町に敵うはずもない。政策秘書はぐったりと、議員室の応接ソファに座り込んだ。その隙に第二秘書が、やんわりと割って入る。

「小野塚さんのマニフェストも、主題は子供・子育て政策だよね？　せっかく目標が同じなんだから、味方につけた方が楽じゃないかな」

「モーさん、せっかくだけど、私は楽をするつもりはないの」

切口上の反論に、紫野原は何故か嬉しそうに目尻を下げた。

「たしかに、対立してこその与野党だしね。与党に喧嘩を売るのが、野党のいちばんの仕事かもしれない」

「それって、私はどうかと思いますけど」と、多部が口を挟んだ。「国会中継見てると、毎回同じ絵面じゃないですか」

新米の私設秘書は、あくまで庶民目線だ。野党が食ってかかって与党がのらりくらりとかわす。そのくり返しだと、辛辣な口調で訴える。

「おまけに話の内容も、言葉尻をとらえて揚げ足をとったり、レベルの低い言い合いばかりで。あれきいてて私、小学校の学級会を思い出しました」

「学級会か。それは言い得て妙ね」と、小町が吹き出す。

子供同士で任せておくと、議題そっちのけで口論に発展することがある。誰々くんが誰々ちゃんを泣かした、あやまってください、いや、あれは誰々ちゃんが先に誰々くんの悪口を言ったからだ、誰々ちゃんが先にあやまるべきだ——。この手の水かけ論が延々と続く。

程度の低さと内容のなさはそっくりだとの主張に、けらけらと小町が笑う。

「あれ見てると、思っちゃうんですよね。誰が議員になってもおんなじだ、選挙に行ったって仕方ないって」

「エリちゃんだけじゃなく、若い人は特に、大半がそう思っているはずよ」

「多部さんは、選挙ってこれまであまり行かなかったの？」

ソファで考える人のポーズをとっていた高花田が、気づいたようにたずねた。

「あまり、というか、ほとんどというか……実を言うと、過去には一回しか行ったことありません」

「うっそ、マジで？」高花田が目を見張る。

「やっぱ議員秘書としてマズいかなって、内緒にしてたんですけど」

二十歳になった年に、都知事選があった。結果は現役都知事の続投となったが、タレントやら有名な企業家やら候補者の顔ぶれは華やかで、専門学校の友達と連れ立って、冷やかし半分で出掛けたのが最初で最後となった。社会人になってからは仕事が忙しく、貴重な休日を費やすのが惜しくもあり、以来一度も行っていないという。

「もっとぶっちゃけると、『総選挙』が衆議院だけに使われるってことも、今回の選挙で初めて知りました。総選挙だから、衆参両院選挙のことだって勘違いしてたんです」

「もう、エリちゃんらしいなあ」

　机の向こう側から、紫野原がにこにこする。

「総選挙の総は、すべてって意味なんだよね。衆議院は選挙のたびに議員全員を選び直すから総選挙なんだ。半分ずつ入れ替えられる参議院には、総選挙はあり得ないからね」

「だから参議院は、通常選挙っていうんですね。これも小町さんの選挙スタッフになってから初めてわかったんですけどね」

　参議院は任期が六年で、三年ごとに半数の議員が任期を終えて選挙が行われ、途中で解散することもない。対して衆議院は四年。ただし任期を満了したのは、明治から辿っても五回に留まる。残りの四十数回は四年の任期を待たずに解散、つまりは解散総選挙だった。

「そうかあ、初めて尽くしかあ……でも、そうだよなあ。僕は一応法学部だから……一般の人は案外知らないかもなあ」

　気が抜けたように、高花田はソファの背もたれに頭をあずけ、天井を仰いだ。

「何かすみません……こんなんじゃあ、先々不安ですよね」

「全然。むしろエリちゃんがいるから、うちの事務所は安心なんだから」

　議員デスクから、小町がにっこりと笑いかける。

「そのうち私も、首までどっぷり永田町体質に浸かるかもしれない。議員の常識が身につくってことは、それだけ庶民感覚から離れるってことでしょ。その方がよっぽど不安。エリちゃんにはちゃんと私を見張っててもらわないと。庶民目線から外れたなって気づいたら、ガンガンどやしてよね」

「それなら、任せてください！」

「で、知識面はシンシンに任せると」

「やっぱその呼び名、定着ですか？　どうも慣れないなあ」

「しんちゃんじゃクレヨンがつきそうだし、タッキーはアイドルみたいだって、クレームつけたのはそっちじゃない」

「わかりました、早めに慣れます。僕もちょっとやる気出てきました」

と、高花田がソファから立ち上がる。議員室を出て、事務室の自分の席へと場所を移す。机の配置は、議員室を背にして高花田、となりが多部の席で、高花田の向かい側が紫野原、となりは遠田と村瀬のために空けてある。秘書たちの席からは窓が横に見えるが、議員室は窓を背にデスクが置かれ、その前に応接セットがある。

高花田は、自らの新たな役目を見つけたのか、となりの多部に向き直る。

「まずはスタッフの底上げから。庶民感覚は大事でも一応秘書なんだから、基礎だけは覚えてもらわないと」

「はい、先生！　よろしくお願いします！」

高花田の選挙基礎講座が始まったころ、二本の廊下とトイレを挟んだ真向かいの事務所、七二四号室では、小野塚遼子と政策秘書が議員デスクをはさんで向かい合っていた。

議員会館の三階から十二階までは、ほぼまったく同じ造りとなっている。片側に十二の事務所が並び、廊下はカーペット敷きで、やや暗めの照明。ホテルを思わせる落ち着いた雰囲気だ。ただし向かい側には部屋はなく、エレベーターホールや非常階段、トイレや喫煙室が配置され、その向こう側に、同じ廊下と十二の事務所が並ぶ。二本の廊下と、エレベーターが横に三基並ぶ幅を隔てているだけに、お向かいさんとはいえ案外顔を合わすことがない。

小町と遼子、互いのためには幸いだろう。議員の頭痛の種は、他にも山積しているからだ。

七二四号室では、小野塚遼子が大きく深呼吸していた。


受話器を置いて三回、息を吸って吐いてをくり返す。腹に据えかねたときの遼子の癖で、いま受けたばかりの電話の内容が芳しくないことを、秘書はすぐに見抜いた。

「やはり、駄目でしたか」

「話にならないわ。厚労委員長からして無関心って、どういうこと？」

「いまは消費税増税で、頭がいっぱいなんでしょう。もともと今回の選挙の肝は、消費税ですから」

「上げることは、もはや決定でしょ。一年や二年、増税時期を先送りするために解散総選挙とは……それこそ本末転倒だと、国民に叩かれるのも無理はないわね」

今回の衆院解散は、別名『消費税解散』、あるいは揶揄を込めて『タイミング解散』と呼ばれる。過去に実在した『死んだふり解散』『嘘つき解散』『近いうち解散』などにくらべれば、まだまともなネーミングと言える。

そもそも、どうして解散するのか？

多部を含めた一般人には理解できず、ちょうど向かいの七〇一号室では、まさに高花田が講義している真っ最中だった。

答えは、「国民の信を問う」ためだ。

いまの内閣が、これからも政権を担当しても良いかどうか、もしも否なら、どの政党に任せるべきか。国民ひとりひとりに訊ねるために選挙を行う。

解散のパターンは、大きくふたつに分けられる。

まず、内閣不信任案。野党が内閣に辞めろと迫るもので、内閣総辞職か、十日以内に衆議院を解散しなければならない。逆の場合もあり、与党が出した内閣信任案を否決されると、やはり同じ顚末を辿る。

もうひとつは、総理大臣が解散を宣言した場合だ。

大きな政策を実行する前に、国民のお墨付きを得たい。あるいはねじれ国会で審議が滞っている際に打破したい。そういった目論見で首相が決定するもので、過去の解散はこちらの方が圧倒的に多い。

しかしこのときに、時宜を見誤ってはいけない。

過去には好機を逃したために、野党に席を譲り渡した、やっちまった首相もいたが、大方は綿密な予測の上に解散が宣言される。「いまこのときなら選挙に勝てる！」との絶対の見込みの上で、解散を叫ぶのである。

そして選挙の結果、過半数の議席を得れば、堂々と政権の座に居座ることができる。国民の不満、省庁の横やり、対立議員の抗弁を、もっとも強力に抑えられる壮大なエクスキューズとなり得る。まさに神器のような代物が、解散総選挙なのである。

ただし知ってのとおり選挙には、莫大（ばくだい）な費用がかかる。

今回の選挙予算は、六五〇億円。ちょうど東京スカイツリーの総工費と、同額である。庶民にしてみれば、まさに見上げるような巨額の費用だ。

これほどの税金をかける必要があったのかと、与党議員として決して口にはしないが、遼子は甚（はなは）だ疑問に思っていた。

焦点となった消費税増税は、すでに現与党だけでなく、数年前まで政権を握っていた民衛党も合意している。ただし増税時期に関しては二転三転し、結果的に先送りとなっていた。

先送りの理由は、景気の低迷である。政府テコ入れの経済政策で、表面上の数字は伸びた。企業の売り上げはプラスに転じ、雇用が増えて失業率も下がった。ただし賃金の上昇は鈍く、デフレからも脱却しきれていない。誰もが財布の紐を固く締め、消費はいまひとつ伸び悩んでいる。経済が停滞している折に増税を断行すれば、当然のことながらさらに消費は落ち、景気はますます悪化の一途をたどる。

もともとこの増税は、社会保障費の確保のためだが、税収を上げる方法はふたつある。増税と景気回復だ。増税の結果、景気が落ち込めば、当然税収も大幅に下がり本末転倒の事態となる。

これを憂慮して首相は先延ばしにしてきたが、財務省からは矢の催促だ。与党の内ですら意見は真っ二つに分かれており、最近は内閣の中にも首相に反対する者がいる。

首相はこれを「国民に問う」として、解散総選挙に踏み切った。

結果として、過半数は死守したものの、議席は減らす始末となった。与党自雄党にとっても何の旨みもなさそうに思えるが、決してそうではない。

国民が是とすれば、省庁や反対議員らの不満分子を一蹴し、堂々と増税の先送りができる。

それでも六五〇億円は高すぎると、世襲議員の遼子ですらため息が出る。いや、世襲だからこそ、ポッと出の新人より周りがよく見えているからこそ、より強く危機感を覚えているのだ。同類の若手議員には、同じ考えの者も多い。

親のコネがまかり通るのは、何も政界ばかりに限らない。親族経営の企業は未だに多く、歌舞伎をはじめとする古典芸能や、昨今二世タレントがもてはやされる芸能界もまた然(しか)りだ。なのに政界だけは、ことさら風当たりが強い。

この理由には、遼子も心当たりがある。

政治家は、国民の暮らしに直接関与するからだ。企業や芸能界なら傍観者でいられるが、人間とは甚だ身勝手な生き物だ。自分たちの生活に関わるとなれば、文句の声はとたんに大きくなる。

政治は、伝統芸能に匹敵するほどの技とノウハウの蓄積だと、世襲議員の多くは知っている。選挙対策、国会内での駆け引き根回し資金集めと、そのどれにも常人では量り知れない複雑極まる仕組みがある。この複雑さこそが、市民から政治を遠ざけている一因でもある。

政治とは、水の流れる管のようなものだ。何十本も絡み合い、すでに固い結び目となっていて解きようがなく、無理に切れば流れが止まり、たちまち国民の生活に支障をきたす。とはいえ、古い管のままでは腐食が進むばかりだ。せめて風通しを良くしようと、新人議員が起用されるのはそのためだ。

けれど選挙のたびに風を通すだけでは、もはや限界なのだ。

親の世代を見てきた若手議員たちは、誰もが知っていた。

管のだまを解きほぐし、外の錆(さび)をとり中の腐食を点検し、きれいに洗い古びた管をとり替える。志ある新人なら、誰もが同じ考えのはずなのに、世襲というだけで色眼鏡(いろめがね)で見られ、前時代の遺物のようにあつかわれる。

――あなた方、世襲議員のように、立派なご先祖の遺産は当てにできない。

芹沢小町の声と視線が脳裏をよぎり、かっと頭に血がのぼる。

「逆に言ってやりたいわ。政治家の身内のいないのが、そんなにエライのかって」

唐突なひとり言に、政策秘書が怪訝な顔をする。

常村道隆は、秘書歴二十三年。昨年五十路を迎えたベテラン秘書だ。

「小野塚事務所」の実質的ボスと言っても、過言ではない。

秘書の数は「こまち事務所」の二・五倍。十三人を擁する。

ひと口に秘書と言っても、仕事は多様だ。主に政策秘書が行う、政策のサポート。政党から課せられた任務を代行する党務秘書。資金集めと支出の管理に携わる財務秘書。市民の相談窓口や各種団体との協議のために、議員の地元で活躍する者。彼らはよく、国家老と称される。他にも事務所に詰める事務員や、選挙参謀専門の秘書もいる。

線引きがかっきりとなされているわけではなく、いくつもの業務を掛けもつ者もいて、常村の業務は、本来の政策に関わる仕事だけでなく、ほぼすべてにまたがっていた。先代の頃には、党務と財務を主に受けもっていたのだが、いまは議員の教育係兼お目付け役が、もっとも大事な仕事だ。

こまち事務所とはまったく逆に、ここでは海千山千のプロの秘書ががっちりとサポートし、遼子がいちばんの新人だった。

実を言えば、先代の小野塚議員が亡くなったとき、秘書のうちの誰かが後を継ぐべきだとの声もあった。亡き議員もその方向で考えていたのだが、ただ候補を絞り切れないうちに心筋梗塞で急死した。突然の死は予想外で、東京一区の候補者選びが急務となった。

選挙は、下準備が何よりも大事だ。地元住民との交流、企業や団体との顔繋ぎ、候補が変わればボランティアの顔ぶれさえ変わってくる。ポスター貼り、冊子配り、日々の街頭演説。選挙活動というものは、市民が思っている以上に地道なものだった。すべては顔と名前を覚えてもらうためのもので、一朝一夕でどうにかなるものではない。

国会議員の補欠選挙は、年に二回、四月か十月と定められている。

つまり今年の六月に急逝した遼子の父の補欠選挙は、十月に行われるはずだった。

しかしちょうどその頃から解散は時間の問題とされ、実際、父の死から三ヵ月後に総選挙となった。野党が東京一区にタレント議員を出馬させるとの話も入り、並みの候補では危うい。小野塚陣営と与党の選挙対策委員会、略して選対とのあいだでは、遼子を推すべきだとの案が急浮上した。

親の地盤を娘が継ぐのは、もっとも有権者が呑み込みやすい。加えて遼子本人のスペックが非常に高く、学歴、容姿、資質ともに、候補者として申し分ない。

同じ美人でも芹沢小町のようなタイプは、自雄党は求めていない。

華には若干かける和風な顔立ち、清楚(せいそ)な印象、一歩引いた慎ましやかな態度。

選挙会場に足を運んでくれるのは、圧倒的にシニア層が多い。彼らに受け入れられなければ勝ち目はない。女性候補の場合、「息子や孫のお嫁さんにしたい」と思える遼子のようなタイプがいちばんウケが良いのだ。

　おかげで自雄党は東京一区を守りきり、後の仕事は遼子を一人前の国会議員に育てることだ。その家庭教師に据えられたのが常村だった。

　遼子は議員として筋がいい。常村が殊に買っているのは、女性にしては感情の抑えが利き、論理的なところだ。それが前面に出過ぎても鼻につくが、品の良さと控えめな微笑は、何よりも強固な仮面になる。

　感情を露わにすることなどまずないのだが、今日はめずらしく調子が悪そうだ。

　その原因に、遅まきながら常村も思い至った。

「今朝の、芹沢議員とのいざこざを、まだ気にされているのですか？」

　議員会館七階の、エレベーターホール。常村も、あの場にいた。外では決して崩れない完璧な佇まいが、わずかとはいえ壁土の一端がたしかに剝がれた。

「新人議員には、あのような手合いも少なくありません。三月もすれば、永田町でのわきまえも身につくでしょうし、そうでない者は淘汰されるだけです。いちいち気にすることは……」

「わかっているわ！」

　遼子が声を荒げるなど、初めてのことだ。常村が目を見張った。

「もしや、メディアで並べられたために、意識し過ぎているのでは？」

「そういうことではないのよ。単純に腹が立つの……たぶん、いちばん苦手なタイプなんでしょうね、お互いに。思ったことをストレートに口に出す人間って、理解できないわ」

女はこれだから困る……好き嫌いなど二の次だ。

遼子より三倍は厚い常村の面の皮は、内心の呟きなど毛ほども出さず、明日のスケジュールの確認に移った。

三

羊野公園にさしかかると、多部恵理歩がくふっと笑った。

「ここ通るたびに、思い出すんですよね。小町さんと菓音ちゃんと、初めて会ったときのこと」

城東区の「こまち事務所」は、この近くにある。小町と恵理歩は議員会館を出て、地元事務所へと向かう途中だった。

「私もよ。あのときは、エリちゃんのおかげで助かったなあって、いつもありがたく思い出す」

「またまたあ。おだてても何もおごりませんよお」

恵理歩は冗談ととって明るく返したが、小町と菓音の最大の窮地を救ってくれたのは、間違いなく彼女だった。

福岡から上京して半月。どうにかアパートに落ち着いたものの、就活は遅々として進まなかった。娘のためには、やはり昼間の仕事がいい。そう決心して、極力えり好みせず当たってみた。事務職、営業、販売、接客――けれどそのすべてで断られた。

高卒で専業主婦、唯一の勤め先が水商売では、職歴とはみなされない。それ以上に枷となったのが、娘の存在だった。

子供がいるというあたりまえが、不利だと査定される。

その現実にぶち当たり、小町は途方に暮れていた。

もうひとつ頭を悩ませたのが、菓音の預け先が見つからないことだ。

菓音は当時小学二年生だった。

『小一の壁』という言葉がある。保育園なら夜間までの延長保育もあるが、小学生のための学童保育は、大方が十八時までで終わってしまう。事務や営業は門前払いを食わされ、小町がどうにか潜り込めそうな職種は、販売や接客に限られる。午後六時で終わるはずもなく、時間に自由の利くパートでは、とても親子ふたりで暮らしていけない。

やはり職歴として認められる、夜の仕事に就いた方が良いだろうか。その考えも浮かんだが、そうなるとますます預け先がない。小学生を夜間に預かってくれる場所を手当たりしだいに探したが、都内でもびっくりするほど少なく、公的な施設は皆無と言っていい。私立の託児所はいくつか見つけたものの、目の玉がとび出るほど高額だ。

ホステスの稼ぎは、歩合と能力給。同じ水商売でも、東京と博多では勝手も違うだろうし、果たして高額な託児料に見合うだけの収入を得られるか、甚だ心許ない。

八方塞がりのまま日にちだけが過ぎてゆき、わずかな蓄えは目に見えて減っていく。

その日は菓音を連れて、個人経営の託児所を二軒まわり、一軒は金額で、もう一軒は環境で折り合わず、帰りに区役所で相談してみたが、「贅沢を言わなければ、十八時までのお仕事もあると思いますよ」とか、「夜のお仕事であれば、私立の託児所料くらい払えるんじゃないですか？」とか、無責任な言葉の羅列を投げられただけだった。

贅沢って何よ？　親子ふたりがまともに暮らせない……そんな待遇に甘んじるのが、贅沢だっていうの？

菓音の手前、口にこそ出さないが、区役所を出たときは腸が煮えくり返っていた。道に陽炎が立つほどの猛暑日で、小町の頭はそれ以上に熱くなっていた。

いまから四年前、八月半ばのことだ。

区役所からアパートまでは、歩いて十五分はかかる。子供の手を引いていればなおさら、遅々として進まない。暑い、腹立つ、暑い、クソ区役所が……あらゆる悪態を心の内でつきながら、小町はただ前だけを睨みつけていた。いちばんのクソは、小町自身だ。菓音のために、何もしてやれない。親として、あまりに無力だ――。気を抜くと、大声で泣き放ってしまいそうで、小町はただがつがつと足を前に運んでいた。

「……お母さん……」

斜め後ろから、かぼそい娘の声がきこえても、足を止めるゆとりはなかった。

「お母さん……菓音、喉渇いた……」

「もうすぐおうちに着くから、ジュースはそれまで我慢してね。当分は節約だから、自販機やコンビニも、おいそれと使えないなあ……食品は全部、公園向こうの量販店で……いや、反対側にあるショボいスーパーの方が安いかな。値段くらべてみないと……」

ぶつぶつと呟きながら考えに没頭していたとき、ふいに左手が頼りなくなった。

しっかりと握っていたはずの汗ばんだ小さな手——。それが小町の手から抜けて、ふり向いたときには、菓音は熱いアスファルトの上にぱたりと倒れていた。

「菓音！　どうしたの、菓音！」

そのときの恐怖を、小町は忘れていない。菓音が繋いでいた手を放すときは、未だにひやりとする。たちまちパニックに陥った。

子供は決して、あたりまえの存在ではない。ふと気を抜いた拍子に、腕からするりと抜けて、小町のもとには二度と戻らない——。一緒にいたいと望んだのは小町であり、そして菓音だ。あんな無茶をしてまで、小町を、母親をえらんでくれた——。なのにこの体たらく。ジュース一本すら、満足に与えてあげられない。

娘の名を叫びながら、小町は深い絶望と後悔に苛(さいな)まれていた。

救い上げてくれたのは、多部恵理歩だ。

自分より七つも下の、永田町では甚だ常識知らずの部類に入る若い彼女が、底なし沼に沈みかけていた小町親子を、小さなからだで懸命に引っ張り上げてくれた。

「どうしました！　大丈夫ですか？」

「子供が、急に倒れて……どうしよう、さっきまでは元気だったのに。からだが熱いから、熱があるんだと……そうだ、救急車呼ばないと！　それとも、タクシーの方が……」

「落ち着いて！　ひとまず日陰に運びましょう」

あのときほど、恵理歩が頼もしかったことはない。真剣な面持ちで、菓音の額や首筋に手を当てて、てきぱきと指図する。

ちょうど羊野公園の前だった。広い緑地に遊具も豊富で、野球場やテニスコートまで備えた大きな公園だ。小町もここの遊具で、菓音を遊ばせたことがある。

入口脇にある、木がたっぷりと繁った芝生へと菓音を寝かせると、恵理歩が言った。

「もしかしたら、熱中症かもしれません」

「……熱中症？」

「子供は大人より、アスファルトに近いでしょ？　熱中症になる危険度が、何倍も高いんです」

「看護師さん、ですか？」

「いえ、保育士です！」

言うなり恵理歩は、水を調達するために走り出していた。

真夏の昼間、アスファルトの上でしゃがんでみるとわかる。大人の目線のある場所よりも、びっくりするほど気温が高い。小町も体感していたし、子供への注意事項として知ってもいた。なのに仕事と生活で頭がいっぱいになり、いまのいままで忘れていた。

「お待たせしました！　ここってテニスコートまで行かないと、自販機がなくって」

戻ってきた恵理歩は汗みずくで、５００㎖のペットボトルを両手に二本ずつ、四本も抱えている。

「お母さん、これを飲ませてあげてください。いっぺんに与えないで、少しずつですよ。あと、水で湿らせたハンカチで、からだを拭いてあげてください」

小町にスポーツ飲料をわたす。残る三本はふつうの水で、冷却用に求めたようだ。タオル製のハンカチを濡らしてから、ペットボトルを菓音の両の脇の下と、首の後ろに置く。菓音はもうろうとしながらも意識はあり、塩分を含んだドリンクがこくりこくりと喉を通る。

「これで少しようすを見て、回復しないようなら病院に連れて行きましょう……ええっとこの近くだと、どこがいいかな……」

携帯電話で、病院の検索にかかる。

「そういえば、保険証……まだないんだった」

「え、そうなんですか？」

「半月前に、引っ越してきたばかりで……仕事見つけてからと、そう思って」

「たしかに、福利厚生は職場によって違いますもんね。会社が厚生年金に加入してないと、国民健康保険に入らないとならないし……あ、あたしいま総務部なんで、その辺わりと詳しいんです」

健康保険と言われたとたん、自身の立場がどんなに危ういものか、小町は思い知った。携帯に目を落としたままの恵理歩は、気づかぬようすでしゃべり続ける。

「でも、お子さんがいるなら、ちょっともったいなくとも国保に入っておいた方が良いかもしれません。子供って、本当にしょっちゅう具合悪くなっちゃうし、就活中とか仕事が忙しいとか、大人にとってはタイミングの悪いときに限って、調子崩すんですよね」

恵理歩は世間話のつもりだったろう。しかし小町には、ひとつひとつが深刻に響いた。

「あたし、母親失格だ……」

え、と恵理歩が、画面から顔を上げた。

「子供の体調にも気づけなくて、病院連れてこうにも保険証すらないなんて……」

泣くまいと、歯を食いしばる。口をへの字にして、小町は地面を睨みつけた。

真夏だというのに、芝生にはいく枚か枯葉が落ちている。鮮やかな緑の上で、そこだけ死んだように黒っぽく干涸(ひから)びていて、まるでいまの自分たちのように、小町には思えた。勝手を通した自分は仕方ない。けれど葉音だけは、若葉のうちに木から落とすわけにはいかない。

やっぱり、父親のもとで育ててもらった方が……。

これまでにも何十回も頭をかすめた迷いが、ひときわ大きくふくらんだ。

「そんなこと、ありませんよ」

「……え？」

「母親失格だなんて、そんなことありません！」

大写しになった元夫の顔が、そのひと言ではじけとんだ。

小町はふり向いて、初めてその顔を正面からとらえた。

たぶん、二十代前半。明るい色の髪はやわらかくカールして、耳の下あたりまで覆っている。小さいがつぶらな目、鼻と口はちんまりしている。この公園にいるせいか、羊を連想させた。

「子供のことをこんなに心配して、一生懸命になっているお母さんが、失格なはずないじゃないですか！」

羊が拳を握り、訴える。堪えていたものがあふれ出し、小町はジーンズの膝に顔を埋めた。

「あり……がと……」

嗚咽の合間に、辛うじて絞り出す。やさしい手が、汗ばんだ背中を撫でた。

「子供って、本当にひとりひとり違うから。母親だって保育士だって、たとえ専門家だろうと、一〇〇％の保育はできないんですよね。子供の傍に寄り添って、迷ったり悩んだりしながら手さぐりで、より良い方法を見つけていく。それが保育ってものなんだって、学校で教わりました」

労わるように励ますように、背をさすりながら、ひとり言みたいに語る。

人の手が、声が、こんなに心地よく、慰められるものだと小町は初めて知った。

「でも、保育士やめちゃったから、お母さんにえらそうに言う資格、ホントはないんですけどね」

どのくらいたったろう、背中の手がふと止まった。手の甲で頬を拭いながら、小町は顔を上げた。

菓音はふたりの前に、仰向けに寝かされている。恵理歩は菓音の頬や首筋、手足などに手を当てて体温を確認した。

「よかった、からだの熱がだいぶ引いてます。これならたぶん、心配ないと思います」

小町にとっては何よりもありがたく、ようやく肩の力が抜けた。改めて礼を述べ、立て替えてもらった飲料代を支払った。互いに名前を告げたのも、そのときだ。

恵理歩は当時、二十三歳。住まいは電車で十五分ほど。となりの区になるが、会社がこの近くにあり、郵便局への行き来などによく羊野公園を通るという。

「いまは文具メーカーの、総務部にいます。仕事は定時に終わるし、収入もそこそこなんですけど……ちょっとやりがいには欠けるかな」

まだ心残りがあるような、そんな顔をした。菓音のようすを見ながら数回に分けて水分をとらせ、そのあいだに小町は恵理歩にたずねてみた。

「保育士をやめちゃったのは、どうして？」

「だって、暮らしていけないから……手取り一六万じゃ、家賃も払えないし」

「一六万？　たった？　この東京で？」

きっとマスカラが剝げて、パンダ目になっているに違いない。その心配さえ吹きとんだ。

家と職を探し回った後だから、小町にも多少の知識はある。東京の家賃の高さは群を抜いている。この城東区は二十三区内では安いほうだが、それでもワンルームや1Kですら八万から九万円が相場だろう。残り七、八万円では、ひとり暮らしでもたしかに苦しい。

小町はティッシュで鼻をかみ、あらためてたずねた。

「だって保育士って、国家資格なんでしょ？　教師や看護師とかと同じに」

「看護師なんてとんでもない！　たぶん半分、ううん三分の一かも。でも、それが保育士の相場なんです」

教師や看護師にくらべれば、資格としての保育士のハードルは、かなり低いと言える。四年制大学や看護学校へ行く必要もなく、対して看護師の勉強量は眠る暇がないほどだとは、小町も看護師の友人からきいていた。

一方で保育士の責任は、とんでもなく重い。何といっても人さまの大事な子供を預かる立場だ。子供とただ遊んでいれば済む仕事では決してなく、勝手きままに走りまわる大勢の子供から絶えず目を離すことなく、子供を飽きさせないようむずからないよう、あるいは成長の一助となるよう知育するのは並大抵のことではない。その技術が、知識が、この大都市東京で、わずか一六万にしか評価されないとは。まさに開いた口がふさがらない。

しかし恵理歩が語ったのは、紛れもない現実だった。

当時の東京都の平均年収は、約六一二万円。対して保育士の平均は、三六八万円に留まる。

都平均の、およそ六〇%。しかもそれが平均なのだ。若い恵理歩は、さらに低い賃金に抑えられる。

「私、小さいころから保母さんになりたくて……高校の進路希望でも、保育士を希望したんです」

あえて大学には行かず専門学校に進み、保育士の資格をとった。二十歳で卒業し、都内の私設保育園に勤め、けれどわずか二年半後に退職せざるを得なくなった。理由は、親の転勤である。

「それまでは両親と同居で、三万円の食費を入れるだけでよかったんですけど、父親が転勤になっちゃって」

大手運送会社の管理職を務める父親が、大阪に転勤になった。東京と大阪で住まいを二軒もつのは負担が大きく、兄も恵理歩もすでに社会人だ。両親そろって大阪に行くことなり、兄は神奈川県で会社の寮に入った。

「それであたしも、ひとり暮らしをはじめて……家賃を削るためにシェアハウスも考えたんですけど、日中、子供と遊んでくたくただから、帰るころにはもう挨拶すら面倒で」

収入は月に一九万円。税金や厚生年金を引くと、手取り一六万。古い1K物件にして家賃を七万五千円に抑えても、生活費だけで残りはほとんど消えていく。外食や衣料費すらままならない。

しかし保育士を断念したのは、生活のためばかりではない。保育園に勤めて一年半が過ぎたころ、ある事件が起こった。

「園にいた保育士の先輩が、流産しちゃったんです」

「流産て、まさか仕事が原因で？」

「そのまさかです。体調悪かったのに無理して……というより、人手が足りないから休ませてもらえなかった。熱が三十八度以下なら来いって、上からは言われてて」

「そんな、ひどい……風邪(かぜ)やインフルエンザなら、子供に移る恐れだって」

勤めていた私設保育園は、常にぎりぎりの人数でまわしていた。ただでさえ国の基準値を下回る数の保育士しかいない。ひとり休むだけで、明らかに支障が出る。そんな職場に長く居着けるわけもなく、補充する傍から次から次へと辞めてゆく。

安い給与の上に、過重労働。恵理歩のいた職場が、特にブラック企業というわけではない。保育士にとっては、ごくあたりまえの現状だった。

「欲しかった子供が駄目になって、からだ壊して、旦那さんからも責められて……先輩、泣きながら言ってました。保育士なんて、もう続けられない。ここにいたら、不幸になるばっかりだって」

不幸という言葉に、小町は胸を突かれた。誰もがやりがいのある仕事だと選択したはずが、続けることで自分も家族も不幸になる——。

子供を育む保育士が、そんな現状に甘んじるなんて、どこかおかしい。歪んでいる。

胸の中の電気ポットが、沸々とわき出してきた。この感覚は、久しぶりだ。

自分のための怒りではなく、たぶん、義憤というものだ。

他人のための、純粋な怒り。社会に対する、まっさらな疑問。それこそが、小町をもっとも揺さぶり、行動させる。電気ポットは盛んに小さな泡を立てていたが、沸騰するより前に、となりで気配がした。菓音が起き上がり、小町と知らないお姉さんを見くらべる。

「お母さん、もうよくなった」

「菓音、ほんとに？　ほんとに大丈夫？」

「うん、もう平気」

「よかったねえ、菓音ちゃん」

うん、とうなずいた菓音を、小町はきゅっと抱きしめた。

羊野公園を過ぎて、大きな通りを一本渡る。ほどよく寂れた商店街の外れに、「こまち事務所」はあった。

「あ、お帰りなさい、小町さん」

スチール製の引き戸を開けると、あちらこちらから声がかかる。

この地元事務所には、秘書はふたりだけだが、手弁当で来てくれるボランティアスタッフが何人か常駐している。今日はふたりいて、まだ十代の大学生と、小町と同年配の永野美幸(ながのみゆき)だった。合計四つの声が、小町と多部を迎え入れる。

「お帰りなさいって言われると、やっぱりここが本拠地なんだなって気がしますよね。永田町の事務所では、お疲れさま、でしょ」

「私はどっちも慣れないなあ。なにせ銀座では、真夜中でもおはようございますだから」

多部に向かって、小町が口を尖らせる。

もとは豆腐屋だったというだけに、間口も狭く、中も小ぢんまりしている。入口から見て右手に、四つの事務机が向かい合わせに固められ、左は作業スペース、折りたたみ式の長机が三つ並ぶ。奥の間仕切りの向こうに応接セット、その横に小さなキッチンが配置されていた。

「まだまだ残暑が続きますねえ。ふたりとも、麦茶でいいですか？　今日は他にアイスティーと、ジャスミンティーもありますよ」

少々重めのからだを、よっこらしょと椅子からもち上げる。私設秘書の、村瀬敦美である。ここは女性スタッフが多いだけに、お茶とお茶菓子は充実している。

「敦美さん、いいですよ、私やりますから。お仕事続けてください」

「いいのよ、エリちゃん。ずっと座りっ放しだから、そろそろ飽きちゃって」

丸い頬の片方に、えくぼが浮かぶ。ふっくらしたからだと穏やかな微笑は、昔ながらのお母さんを彷彿させる。実際、ふたりの子供の母であり、歳は四十を過ぎていたが、経歴はもうひとりの私設秘書たる多部とほぼ同じである。村瀬も保育士の資格をもっていて、かつては「いろはルーム」のスタッフだった。

「本日のスケジュールは、予定どおりでよろしいですか？」

村瀬とは逆に、第一秘書の遠田瑠美は、てきぱきと仕事の話をはじめる。

肩にかかるくらいのストレートの黒髪に、理知的な顔立ち。動作も無駄がなく、第一秘書にふさわしい人材だ。その見かけからは想像がつきにくいが、小町との接点は、銀座のキャバクラである。昼間は派遣社員として秘書業務をこなし、週に一、二度、「パラレル」に来ていた。

年齢は二十九。歳相応に見えるし、ホステスの賞味期限は二十五歳とされるキャバクラ業界では、すでに薹が立っている年齢だが、小町はその上をいく。

パラレルの店舗は、もとは高級クラブだった。いまのママが店を買い取ったとき、単価を下げてキャバクラにリメイクしたのである。とはいえ元の雰囲気も残っているから、キャバクラとしては落ち着いたイメージで、客の年齢層も比較的高い。自ずとホステスの年齢も上がり、そのぶん若い子以上に気配りや接客術が求められる。

企業の秘書という昼間の仕事柄もあって、遠田はよく気がつき、政治経済などの知識も深い。気配りも知識も出過ぎては鼻につくが、あくまで控えめに装う頭の良さが彼女にはあり、小町はそこを何よりも買っていた。

「今日は、有明のキッズひろばに顔を出して、その後は都が主催するワーキングママのケアセミナー、それから都内でアフタースクールを経営する、NPO団体の集まりに参加します」

「もし七時までに終わりそうなら、足立区の子ども食堂をまわりたいんだけど。主催者の了解が取れたから、できるだけ早く見学したいの」

「そうですね……たぶん大丈夫だと思います」

スケジュール帳に目を落としながら、遠田がうなずく。

「子ども食堂、いろはでもやるんですか？」

冷たいジャスミンティーで喉をうるおして、多部が期待のこもった眼差しを向ける。

「私としては、もう一歩進めた形でやってみたいかな」

「というと？」

「食事を提供するだけじゃなく、子供の料理教室としてはじめるの。ひとり親世帯なんかだと特に、子供が料理を覚えることは大事だと思うの。いわば忙しい親に代わって、自分たちで食育ができれば健康にもいいし、家事のスキルはこの先、男女を問わず必要になるでしょ？」

「いい案ですね！」

多部は真っ先にとびついたが、ベテランママの村瀬はもっと慎重だった。

「発想は間違ってませんけど……もしかしたら、クレームも来るかもしれません。子供に家事を押しつけるつもりかとか、子供は学業が本分ですから、労働させることに抵抗がある親って、案外多いんですよね。男の子の親だと、とりわけ」

「私は娘だけだからわからないけど、そんな傾向もあるらしいわね。敦美さんとこも、そうなの？」

「うちは男女ひとりずつですけど、『お兄ちゃんは何もしなくてずるい』って、下の娘にはよく文句を言われます。自分では意識してないんですけど、やっぱり男の子には、すぐに手を出して世話を焼いてしまうみたいで」

娘に言われて初めて気がついたと、村瀬が苦笑した。

「逆にお父さんは、娘さんに甘々なパターンが多いですよね」

「あ、うちの親もそうです。甘々というより、うるさくって。兄ふたりには、全然そんなことないんですよ」

ふたりのスタッフが、にぎやかに話に加わる。十九歳の大学生は、選挙のボランティアを買って出てくれたのがきっかけだが、永野美幸とはすでに四年近いつきあいがある。永野の娘は、三、四年で菓音と同じクラスだった。いわばママ友である。

「こうなるとある意味、本能や習性に近いものかもしれないわね」

「親としては男女の別なく、平等に愛情を注いでいるつもりなんですけどねえ」

村瀬が言って、小町もうなずく。彼女の言葉に嘘はない。たいがいの親たちは、分けへだてのない愛情を子供に注ぐ。ただ、愛情の質や量は同じでも、育て方や接し方に差が出ることはある。長男はお兄ちゃんらしくしなさいと言われ、末っ子はお兄ちゃんのお古で我慢しなければならない。男の子は無闇に泣くなと叱られ、女の子は行儀よくしなさいとしつけられる。

つまりは育つ段階で、子供はすでに役割を与えられ、大人になっても無意識に、その役を忠実に果たそうとする。生真面目(きまじめ)と言われる日本人は、ことさら強く現れるのかもしれない。その典型が、働く女性たちだと、小町には思えてならない。

夫の就業や収入が確固たるものではなくなったいま、妻も働くのがあたりまえの世の中だが、それでいて家事や育児といった昔ながらの役割も、こなさなくてはならない。

小町が思わず目を疑ったのは、二年前の国勢調査を元にした資料だ。年金取得者などを除く、就業している夫婦世帯を分母としたときの共働き率が示されている。

四七の都道府県中、共働き率がもっとも低いのは、実は東京都なのである。四九・九八％と、五割を切っているただひとつの自治体であり、全国平均の五七・五九％を大きく下回っている。

人の多さと密集度は、仕事の種類と量に直結する。その首都こそが、女性の労働力を活用できずにいるのか。初めて知ったときは、この事実が受け入れられず、何度も資料を見返したほどだ。

サラリーマンと専業主婦という構図のいわゆる核家族は、ひと昔前までは都市部にのみ集中し、存在可能な家の形態であった。その最たる地域が、東京ということだ。

地方に共働きが多いのには、ふたつの大きな理由がある。夫婦で共に従事する農業や漁業、製造業などの比率が高いことに加え、三、四世代が同居しているために、親や祖父母に子供を預けて働くことができるからだ。

しかし核家族が圧倒的に多い都市部では、家事や育児の分担が叶(かな)わず、唯一の協力者であるはずの夫は頼りにならない。

「育メンとか家事メンとか言葉だけはとびかっていますけど、実態はいたって、お粗末ですものね」

「風呂掃除とかさせても洗い残しが多かったり、文句をつけると機嫌を損ねるし、結局、最初から自分でやった方が早いかなって」

「結婚当初からの教育が大事みたいですよ。私のママ友なんて、料理も子育ても旦那さんがメインでやってくれるそうです」

「やっぱり若い世代だと、だいぶ違うみたいね。うらやましいわあ」

秘書とスタッフが、男性の家事スキルについて愚痴めいた意見を交わす。

ひと握りを除けば、夫やパートナーの家事スキルは、未だにあまり当てにはならない。おかげで妻は、早朝に起きて洗濯を済ませ、朝食とお弁当を作り、子供を送り出し、会社でフルタイム働いて、帰っても休む間もなく夕飯作りと子供の世話。二十四時間、三百六十五日、仕事と家事と育児に忙殺され、自分自身をすり減らしていく。

「最近、美容院で女性雑誌をめくるたびに、げんなりさせられるんだけど」

「賢いワーママの時短術」とか、「できる女の収納テク」とかの特集記事が組まれ、朝昼晩の食事の支度を効率よくこなす方法や、店の陳列棚さながらに、きちんと整頓されたクローゼットが紹介されているのだが、たとえ仕事をしていても、家事や育児も完璧にこなすべしと強要されているようで、目にするたびに小町はどっと疲れてくる。

唯一の救いは、モデルとされる家庭にも、ひとり親世帯が増えてきたことくらいか。

「時短も整頓も、本人が楽しんでやっているなら、文句をつける筋合いはないけれど、あのぱつぱつのスケジュール表には、肝心のものが抜けているのよ」

「何ですか?」と、大学生のスタッフは、興味深げにたずねる。

「もちろん、旦那さんや彼氏との性生活よ。少なくとも平日には、一分たりとも入る隙間がないの」

「それは言えてる！」

　永野がすかさず受けて、どっと笑いが広がる。彼女は一児の母だから、妙に実感が籠もっている。

「少子化においては、もっとも由々しき問題でしょ？」

「一分でHは無理ですもんねえ」と、多部が素直な感想を述べる。

「毎日しろとまでは言わないけど、せめてスキンシップの時間くらいはあった方がいいと思うのよ。子供とのふれ合いタイムは無理をしてでも確保してるのに、パートナーとの関係はちっとも浮かんでこないのよね」

「睡眠時間に入ってるんじゃないですか？　たぶん」

　大学生スタッフは主張したが、睡眠もせいぜい五、六時間だった。昼間あれだけ活動していたら、爆睡間違いなしだと小町が請け合う。

「実際、子供が生まれてからは、旦那を構う暇なんて一分だって惜しい。それが本音よね」

　村瀬が笑いながらもらし、永野とうなずき合う。

「で、奥さんに構ってもらえない男たちは、せっせと女の子のいる店に通うと。ま、私たちにとってはありがたい話だけれど」

「自分たちばかり外で楽しんで、そんなお金があったら家計に入れろって言いたくなりますけどね」

村瀬よりひとまわり若い永野が、苦言を呈する。

「日本が世界一、性生活に消極的で、費やす時間も極端に少ないのは、その辺りにも理由があると思うのよね。家事と育児はしっかりこなさなきゃって強迫観念が強すぎる。母の部分だけを肥大化させて、女の部分は二の次になる——。『母性信仰』と言ったらいいのかな」

「『母性信仰』ですか……たしかにあるかもしれませんね」

妙に真面目な顔で、村瀬がうなずいた。

母への信仰があまりにも深く、その偶像に女性自身も引きずられ、ふりまわされている。良き母であろうとするあまり、世間一般の型に自身を嵌めて、結果、自分を追い詰める。ちょうど、ワンサイズ小さな服のようなものだ。もっとぶかぶかの服でいた方が、親も子供も楽になれるのにと、小町なぞはつい思ってしまう。

「もうひとつ、母性に付随して強固なのが、『子供信仰』よね」

「何ですか、それ?」

「結婚したら子供を持て！　女たるもの一生にひとりは子供を産め！　って、あれよ」

ああ、とその場の皆が大きくうなずく。

「子供を産まない」という選択も、あたりまえに存在する。互いの仕事のキャリアを尊重したり、ふたりで趣味に勤しむ夫婦もいる。また、単純に経済的な理由もある。ある意味で子供は、車や家よりもお金のかかる贅沢品でもあるからだ。

生き甲斐を子供以外に見出すのも、より良い人生を送る上でのひとつの選択肢のはずが、世間の風当たりは思いのほか厳しい。

「特に親世代は、まだ子供ができないの？　孫の顔はいつ見せてくれるの？　って、平然としつこく口にするでしょ。あれはすでにハラスメントの域だわね」

「当人には、嫌味のつもりはないと思いますよ。親にとっては、孫は夢であり憧れですからね」

「でも、当人に自覚のないのがハラスメントでしょ。夢や憧れを、こちらに持ち込まれても困るだけよ」

大学生と永野のやりとりを皮切りに、またお茶の間討論がひとしきり展開する。

『子供信仰』のもっとも大きな弊害は、産まない選択をした女性たちが、後悔に苛まれることだ。やはり産むべきだったのでは、との強迫観念は絶えずつきまとい、子供のいない充実感を満喫できない。

子供を産まない女性は社会に貢献していないと、そんな主旨の発言をして叩かれた議員もいた。子供がいない分フルタイムで働いて、税収の底上げに大きく貢献しているはずが、政治家ですらそんな単純な図式が見えていない。社会通念というものは、それほど強固で息苦しい。

「なにせ信仰だから、宗旨替えしろとも言えないし」

「でも、小町さん。仮にも少子化対策に取り組む議員が、子供信仰を否定したら、本末転倒じゃないですか？」と、多部が素朴な疑問を挟む。

「その少子化って言葉、嫌いなのよね。国策って感じがあからさまで。待機児童も子供の貧困も、全部ひとくくりに少子化問題でしょ？　子供が減ると国が困るからって理由で。子供を持つ持たないも子育ても、ものすごく個人的な問題なのに。そろそろ言葉自体を、刷新すべきだと思うのよね」

小町の後ろで、こほん、と小さな咳払(せきばら)いがきこえた。

「小町さん、熱が入ってきたところで申し訳ないですが、そろそろ出掛けた方が」

常に冷静な第一秘書が、時間だと告げた。

「あれ？　そういえば、何でこの話になったんでしたっけ？　最初はたしか、違う話だったような……」

女同士の会話では茶飯事だが、多部が思い出したように首をかしげる。

「最初は、子ども食堂の話でした」

「そうそう！　子ども食堂だけでなく、料理教室にしたらって提案でしたよね」

「いつものことながら、はげしく横道に逸(そ)れちゃったわね」と、村瀬が笑う。

「料理というのは、あくまで手段に過ぎなくてね……あ、ルミちゃん、もう二分だけいい？」

話が脱線するのも、あり余る発想力も、小町の性分だ。すでに諦めているらしい秘書は、どうぞ、と応じる。

「目的はね、子供たちひとりひとりが自分の長所を発見して、自信をつけてもらうことにあるの」

「それが、料理ですか？」

村瀬がにわかに、とまどった顔をする。

「調理の仕方だけなら、高学年になれば家庭科実習で習うでしょ。でも食事の仕度って、調理以外の付帯業務がたくさんあると思うの」

「ああ、たしかに。まず買物に行って……あ、その前に献立を決めないと。で、当然後片付けもついてきますよね」

「そうそう、敦美さんのいうとおり。ひとつの料理を作るには、実にさまざまな能力が必要になるのよ。ほら、覚えてない？　遠足のおやつは三〇〇円までとか」

「ああ、ありましたねえ。子供だから質より量で、友達と一緒に必死で安いお菓子を探したりして」懐かしそうに多部が語る。

「たとえ小学一年生だろうと、限られた予算の中なら、必死に頭を使うでしょ？　あれと同じことをさせるのよ」

「予算を決めて、その範囲で子供に買物をさせるということですね？」

献立を決めるには企画力、レシピを探すのには情報の検索や処理能力が必要となる。買物には素材の見分け方や金銭感覚が、調理の段階なら手際の良さに加え、刃物や火に対する用心深さも求められ、また多人数で取り組む場合はコミュニケーション能力も必須とされる。

「たとえ料理が下手でも、この長い工程のどこかで、自分の隠れた才能を見出せるかもしれない。子供の成功体験を、少しでも増やすことが目的なの」

「これってつまりは、最近流行りの体験型学習ということですか？」

大学生のスタッフに向かい、そのとおりだと大きくうなずいた。

「体験型は、いいかもしれませんね。この手の機会は、個々の家庭の経済力や親の仕事環境に大きく左右されますから。貧困世帯ならことに、なかなか機会に恵まれない」

遠田が初めて発言し、他の者たちも触発されて次々と意見がとび出す。

成功体験や楽しみに加えて、小町にはもうひとつ意図がある。

子供が自立するための、その手助けだ。

もしも自分に何かあったら、菓音はどうなるだろう——。

その心配は、常に頭の片隅から消えることがない。

いまならまだ、郷里にいる父親やその両親が引き取ってくれるだろうが、元夫が再婚すれば、娘の立場はとたんに危うくなる。菓音自身も望まないだろうし、そんな場所で思春期を過ごさせることになったらと、妄想だけで胸が痛む。

幸いしっかり者の性格も手伝って、六年生の菓音は洗濯機もまわせるし、得意料理はクリームシチューとホットケーキだ。もちろん、娘の子供の部分をないがしろにするつもりはなく、会話とスキンシップだけは欠かさない。思い出したように時折、母親にべたぺたとくっついてくるときも、できるだけ邪険にしないよう心掛けていた。

とはいえ、選挙準備をはじめてから、ぺたぺたもすっかり減ったなあ——。

反省は多々あるものの、いまのところ親子関係も良好だ。

家事をやらせるのではなく、あくまでも視野にあるのは子供の自立だ。

菓音自身がやがては小町の手を離れ、ひとりで生きていくための足場を作ってあげることにある。

ひとりで生きるというのは、独身を通すという意味ではない。

いまの時代はせちがらく、不安定な要素があふれている。終身雇用は幻となり、正社員にすらなかなかなれない。運よく正規雇用の職についたとしても、いつ切られるかわからない。ひと昔前と違い、会社をあてにできないからこそ、個人の生きる力、生き抜く力が大切なのだ。収入が安定しなくとも、生活費をやりくりしたり、たとえリストラされてもめげずに就活を続けたり、仕事のストレスを自分なりに発散させたり。

どれも些細(ささい)な知恵ではあるのだが、毎日の些細な積み重ねこそが、生きる力に他ならない。男女を問わず、というよりも夫婦双方に、この先一生、必要とされる知恵だ。生活が荒れれば、仕事にも人生設計にも支障をきたす。

ただ、子供の自立を焦るのは、ひとり親ならではの危機感故(ゆえ)だともわかっていた。

遠田がふたたび、腕時計を覗いた。

「小町さん、五分経ちました」

「そうね、出かけましょ。あ！　そういえば、昨日の陳情は何件？」

「昨日は五件でした。待機児童の問題が二件と、学童保育から締め出しを受けたとの訴えが一件。あと、年金の記載漏れがあるのに事務所が対応してくれないとのクレームと、もう一件は、近所で建設中のマンションの騒音を何とかしてほしいと」

「ラストの一件は、完全に管轄外だと思うけど」と、思わず苦笑いがもれる。

陳情はいわば市民の声であり、真摯に受けとめるのは議員の大事な仕事のひとつだ。とはいうものの、多少なりとも力になれる案件は、実質二割がいいところだ。国会議員といえど、できないことの方が圧倒的に多いし、何よりも単なる感情論に過ぎない苦情を、陳情としてぶつけてくるケースがあまりにも多い。警察や区役所で相手にしてもらえず、収まらない怒りの矛先として議員事務所に押しかける。

長く患っている疾患を、難病指定にしてもらうにはどうしたらいいかとか、親の介護のために仕事を辞めたが生活保護が受けられない、といった深刻な相談もあれば、いまはUR賃貸住宅と呼ばれる公団住宅内でのご近所トラブルや、町内会からの脱会が相次ぎ、秋祭りの費用が工面できないなど、まさに玉石混淆（こんこう）といったさまざまな相談事が持ち込まれる。

当然、議員会館内の事務所にも相談者は訪れるが、身近で入りやすいことから、地元事務所の方が圧倒的にバラエティにとんでいる。

この対応を一手に引き受けているのが、遠田瑠美と村瀬敦美である。ことに村瀬は、陳情の受付窓口としては非常に優秀だった。陳情者はたいがい、怒っているか興奮している。村瀬のほっこりとした体形や表情は安心感を与え、どんなに突飛な陳情にも、「そうですか、大変でしたねぇ」とひとまず受け入れる姿勢を忘れない。聞き役として

は、思わず拝みたくなるほど貴重な存在で、もち込まれた懸案をどう捌くかは、遠田の

腕の見せどころとなる。ベテラン議員にくらべれば、陳情の数はまだまだ少ない。一応、

すべての陳情が、小町の耳に入れられるが、どれに手をつけるか、あるいは議員が関わ

るか秘書が処理するかなど、筋道立ては遠田に任されている。

「待機児童の二件は、私の方で対応します。学童保育の件は、念のため調べた方がよい

かと思いますので、エリちゃん、お願いできる？」

「はい、任せてください！」

「年金については、他にもいくつか陳情を受けていますので、書面にまとめて年金事務

所に打診してみます」

「じゃあ、それは私の方でやりましょう」

「お願いします、敦美さん」

陳情の仕分けを済ませると、小町と第一秘書はそろって事務所を出た。

「どこへ行くにもスーツ着用って、どうにかならないのかしら。暑いし動きづらいし、

スーツ代もクリーニング代も馬鹿にならないし」

今日は淡いピンクのスーツに、ぶつくさと八つ当たりする。

「夏はTシャツかタンクトップしか、常備してなかったのに」

「文句があるなら、法律を変えてくださいね」と、瑠美はクールに応じる。

事務所から歩いて三分。九月も末とはいえ、アスファルトの照り返しがきつい。屋根のない駐車場に止めた白の軽自動車は、長く日にさらされて、車内は熱気が充満していた。

永田町との行き来には電車を使っているが、区内の移動には車を使う。城東区の面積は、東京二十三区内では上位に入る広さで、こまち事務所のある下町エリアから湾岸地域までは、電車で行くとなると三度も乗り換えなくてはならない。

運転席に座った瑠美が、手早くエアコンのスイッチを入れる。待つほどもなく冷気が吹きつけてきて、「はああ、極楽ぅ」と小町は目を細めた。小町も自動車免許はもっているものの、なにせ郷里の田舎道(いなかみち)しか走ったことがない。バンパーをこすることなく東京の狭い道路を走り抜ける自信がなく、運転はもっぱら秘書たちに任せていた。

シートベルトをつけ、ギアを握ったものの、車は発進しない。

「どうしたの、ルミちゃん？」

「あの、小町さん……スケジュールのことですけど」

ひどく言いづらそうに、いったん言葉を切る。

「本当に、いいんですか？　その……街頭演説とかポスター貼りとか、ちらし配りとかやらなくて……」

「いいのいいの。やりたいこともすべきことも、他にたくさんあるんだから」

「でも、党本部からは催促されていて……」

「ああ、そっかあ。悪いわね、本部への言い訳を押しつけて」

「それはいいんですけど……党からの指導を無視し続けたら、小町さんの立場がまずいことになるんじゃないかって」

「まあ、ふつーに考えれば、まずくなるよねえ」

他人事のように呟いて、アイボリー色の車の天井を見上げた。

「党内の新人議員が本部に集められて、訓示を賜ったんだけどね。そのとき、何て言われたと思う？」

「これから頑張れとか、そういうことですか？」

「『今後、君たちが成し遂げなければならないもっとも大きな仕事は、二期目の選挙に勝つことだ』って。あのときのガッカリ感といったら」

やはり政治家は、一にも二にも選挙のことしか頭にないのかと、それまでの高揚感がたちまちしぼんだ。新人議員は、それぞれが理想を描いて立候補した。野党である民衛党は、候補もバリエーションにとんでいて、それだけ各人の目標の色や形もさまざまだ。

けれど与野党も無所属も関わりない、大原則がひとつある。

選挙に勝たなければ、二期目、三期目と当選し続けなければ、理想も目標も追うことはできない。一方で選挙活動といえば、概ね決まっている。それが瑠美が言った、街頭演説とポスター貼りとちらし配りだ。

とにかく顔と名前を覚えてもらう——。選挙の必勝法はそれに尽きる。

毎日のようにマイクをもって街角に立ち、何千枚ものポスターとちらしをせっせと配り歩く。仮にそのために一日二時間費やすとすると、一年で七百三十時間。単純に日に換算すれば、ほぼ一ヵ月となるが、議員活動ができる時間を一日十二時間とすると、倍の二ヵ月分を削られることになる。

一年の六分の一を選挙活動にとられるくらいなら、他にやりたいことが山のようにある。

待機児童問題と育児手当の見直し。貧困世帯への救済措置。陳情にもでき得る限り対処したいし、城東区の代表として選出された以上は、主軸に置いている子供の案件ばかりでなく、お年寄りから学生まで、あるいは大企業から町工場、公務員からフリーターまで、ありとあらゆる人々の意見を汲んでサポートするのが仕事なのだ。

また議員としての仕事だけでなく、小町には「いろはルーム」の代表としての役目もある。さらに収入と情報収集のためにも、週に一度は「パラレル」にも顔を出したい。

小町にとっては、どれも選挙活動よりもよほど大事なものだ。

「少なくとも二年は、選挙に入れ込む余裕なんてない。当面は、演説もちらし配りもやらないわ」

「でも、小町さん……党の方針に逆らったら、後々面倒なことになりませんか？」

「なるでしょうね。あいだに立つルミちゃんたちが、大変だろうけど……」

「そんなことはいいんです！　私が心配してるのは、そんなことじゃなく……」

　この第一秘書が大きな声を出すなど、おそらく初めてのことだ。

　瑠美だけは、女同士のおしゃべりにもあまり乗ってこない。パラレルにいた頃も決して愛想の良い方ではなかったが、控えめな態度や饒舌ではないところがミステリアスだと贔屓客には受けていた。抑制がきいて凡ミスなどしでかさない彼女は、小町の地元事務所にとってても欠かせぬ支柱となっている。

　気持ちを落ち着かせるように大きく息を吐き、瑠美は助手席に顔を向けた。

「もしかして小町さんは……次の選挙を視野に入れていないのでは？」

　じっと小町を見詰める。陶器を思わせる整った容姿だが、見かけよりずっと情が深く、ストレートに表には出さなくとも、他人を本気で気遣ってくれる。狭い車内にいるせいか、この秘書のそんな性質がいつも以上に伝わってくるようだ。

「ありがとう、ルミちゃん、心配してくれて。まあ、そう思われても仕方がないわよね」

　緊張した車内の空気を散らすように、笑顔を返した。

「私は単に、他の候補より傲慢なの。地味ぃな選挙活動なんてしなくとも、実績のみで顔と名前を売ってみせるわ」

「本気ですか？」

「もちろん本気よ。見てて、国会中継だけじゃなく、大臣なみにニュースにバンバン登場してみせるから」

「そこまで言われると、何をやらかすかちょっと怖いですね」

冗談めかして、ようやく表情をゆるめた。

「わかりました。小町さんが本気なら、党からの催促くらい、いくらだってかわします」

「さすがルミちゃん、頼もしい。私も頑張んないとね、なにせ秘書のみんなのお給料がかかってるんだから」

ギアをローに入れ、瑠美が車を発進させた。車内はほどよく冷えて、運転は危なげない。快適なドライブに気が抜けて、つい本音が出た。

「秘書の皆には、悪かったなって思ってるの。いつまで働けるか、先の保証ができない仕事に、無理やり転職させたりして……ルミちゃんには特にね」

「どうして、私だけ？」

「モーさんは定年退職、シンシンは就活中で、敦美さんとエリちゃんは、いろはルームのスタッフだったから復職が叶うでしょ。でもルミちゃんだけは、大企業で秘書をしていたから」

遠田瑠美についてだけは、若干の罪悪感を覚えていた。

「大企業といっても、私は派遣社員でしたし。不安定なことには変わりありません。それに、秘書の経験としては、議員秘書くらい箔のつく経歴はありませんから」

「逆に一般企業だと、その職歴が敬遠されることにならない？　ムカつくけど、女性だと特に」

「かもしれません」瑠美が薄く笑う。

「そういうのって、何度きいても純粋に腹が立つのよね」

立派な学歴や職歴が、必ずしも有効に働くとは限らない。どうにも納得のいかないおかしな風習だが、ことに女性の場合はその傾向が強い。男女雇用機会均等法が施行されて、三十年が過ぎたというのに、未だに賃金においても待遇においても、男女間には歴然とした開きがある。長い不況が一因とはいえ、これにもやはり『母性信仰』と『子供信仰』が根ざしていると、小町には思えてならない。

「女は子供を産む」ものだから、男ほどには働けない。せっかく良い大学を卒業して正社員になっても、出産を機に辞めざるを得ない。あとの何十年かは非正規雇用に甘んじるしかなく、華やかな経歴は必要とされず、むしろ安い賃金で従順に働く女性が好ましい。三十年前と変わらない風習が、未だにあたりまえの顔をしてのさばっている。柔軟な働き方を模索する企業も増えてはきたが、ニュースとして取り上げられるようでは浸透度はまだまだと言える。

「ひとり親世帯とか、旦那がリストラされたとか、女性の大黒柱は何万本も林立してるってのに、生涯賃金の男女差は一・五倍よ、一・五倍！　二十一世紀にこの体たらくとは、怒るのを通り越して笑うしかないわね」

「また、話逸れてますよ」

「え？　ああ、ごめんなさい。ルミちゃんの話だったのに」

「いいんです。たぶんそれが、小町さんの秘書になった理由だから」

「……会話があちこちとぶのと、ルミちゃんの転職と、どんな関係が？」

「たとえば、パートの収入に不満があったとしても、せいぜい会社への恨み言とか正社員をうらやむとか。たいていの人は、自分自身の狭い範囲でしか見ないでしょ。なのに小町さんにかかると、雇用の均等だの男女の格差だの女性世帯の貧困の原因だの、たちまち話が大きくなる」

「ああ、それね。私も昔、結構反省したんだけど、直らなくて」

と、過去をふり返り、苦笑する。

「裏を返すと、現実的じゃないってことなんだよね」

不条理な現実を目のあたりにすると、現状を嘆くより、むしろ妄想に近いものがむくむくとふくらみ出す。

どうしてこんなことが起きるのだろう？　どうしてこんな不条理がまかりとおっているのだろう？　疑問のこたえを探しはじめ、原因を把握すると、今度は何とかしなければと動き出す。そして小町の解決法は、いつだってあまり現実的ではない。誰かの雇用主に直訴して、パート代を上げてもらえば済むといった個人規模ではとどまらない。目指すのは、根本的な解決策だ。

「でも、それを人に話しても、妄想あつかいされるだけなのよねえ。国内のパートさんをすべて正社員にして、一・五倍の格差をなくす、なんて夢物語でしょ？」

実現不可能な夢は、誇大妄想に過ぎない。個人の悩みを、ただちに社会問題と捉えることが、どれほど陳腐なことか頭ではわかっている。

「それでも小町さんは、たとえ遠い将来になったとしても、いつか必ずそんな社会にしたいと、思っていますよね？」

「ムボーにもね。なのに現実の壁は厚くって」

「私は逆に、いたって現実的な人間ですけど……」

「知ってるわ。だからこそスカウトしたんだもの。ぽわぽわと夢見がちな人間ばかりじゃ、危なっかしくって」

「それでも、小町さんと一緒にいると、『いつかきっと』って思える……分厚い現実の壁を前にして、少しも怯(ひる)まない姿を見ていると、現実的な私でも、『もしかしたら』と夢を見られる……だから転職したことは、少しも後悔していません」

「やだ、ルミちゃん……そんなこと言われたら、泣きそう！」

「そろそろ到着しますから、化粧崩さないでくださいよ」

互いに冗談にして紛らしたが、本当は喉元まで、熱いものがこみ上げた。

小町ひとりの力など、たかが知れている。けれど、まわりに同じ意志をもつ者が集まれば化学反応が起きる。一足す一は二ではなく、五にも十にもなり、さらに人が増えれば、百にも千にもなる。

どんな小さな不条理にも、実にさまざまな要因が絡み合っている。パートの給与を上げれば、今度は雇用側が立ち行かなくなり、最悪、共倒れもあり得る。給与を上げるには景気の回復が早道とされるが、たとえ景気が上向いても、ただちに給与には反映されない。安価な外国製品との競争、目まぐるしく変わる流行、人智をとうに陵駕したIT技術など、不確定要素はあまりにも多いからだ。

ここまで多様な要因が複雑に絡み合っていては、誰かが叫んだところでどうにもならない。少し頭のいい人間なら、すぐに気づく。

ある意味、政治家というものは、逞しい妄想家なのかもしれない――。

それでも瑠美のように、誇大な妄想だと馬鹿にすることなく、真摯に向き合ってくれる者もいる。ランナーとして走り続ける小町のために、水やカロリーを補給し、沿道で必死に応援してくれる。だからこそ、小町は前に進むことができる。行けども行けどもゴールのテープは見えず、向かい風だの心臓破りの急坂だの、思いがけない障害物ばかりが立ちはだかる。きっと傍から見れば汗みずくでよろよろして、無様極まりない姿かもしれない。それでも耳にかすかな声援が、あるいは走りたくても走れない者たちの無念の声が届くたびに、こんちくしょうと歯を食いしばり、一歩でも足を前に出す。

この職を得た以上、小町には止まることは許されない――。

「でも、正直言うと、驚きました。小町さんの行動力は知ってましたが、まさか政治の世界に転身するなんて」

「私がいちばんびっくりよ。しかも区議会も都議会もとび越えて、国会議員なんてね」

ははは、と乾いた笑いがもれる。

「きっかけって、あるんですか?」

「うーん、きっかけと言えるほどじゃないけど……たまたま同じ時期に、三人の人間から勧められたからかな」

「三人というと……」

「ひとりはね、菓音よ」

「菓音ちゃん、ですか?」

さすがに驚いた横顔を見せる。もちろん菓音は、国会議員になれと言ったわけではない。ただ、子供に関する問題を目の当たりにするたびに、腹を立てたり画面に向かって悪態をついたりと、甚だ忙しい小町に、ある日菓音は言った。

——そんなに怒るなら、かわりにお母さんがやればいいのに。

「それは、言い得て妙ですね」

くすりと笑って、瑠美はスポーツセンターの駐車場へとハンドルを切った。区が主催するキッズひろばの会場だった。

「あとのふたりは、瑠美ちゃんもよく知ってる、古狸たちよ」

「ああ……オスとメスの古狸ですね」

「そのとおり。未だにあのふたりには、担がれているような気がして仕方ないわ。当人たちは否定してるけど」

「あのふたりが相手じゃ、化かされていても気づきませんね、きっと」

でしょ、と応じて、シートベルトを外した。

古狸その一は、第二秘書の紫野原稔である。小町を贔屓にしてくれたパラレルの客であり、古狸その二もやはり店にいる。

パラレルのオーナーで、政策秘書の母親でもある、高花田千鶴子だった。

四

玄関の錠が小さな音を立て、思わず居間の時計を見た。

鮮やかなブルーの掛時計は、二時四分を示していた。

ビーズを散らした黒いニット・ドレスに、ショートカット。細身のせいか、五十九歳という年齢よりは若く見える。

「お帰り」

「あら、新之助、あんたまだ起きてたの。早く寝ないと、からだ壊すわよ」

「……誰のせいです」

「何よ、その仏頂面は。私のせいだとでも言いたいわけ？」

高花田家の実権は、父でも新之助でもなく、母の千鶴子が握っている。いまさら何を言ったところではじまらない。ため息とともに早々に降参し、ノートパソコンを閉じた。

議員会館にいるあいだは、党や他議員との連絡やらスケジュール調整やら陳情の対応やらで、三十分と座っていられる時間がない。本来の仕事である政策の立案や、それに伴う調査やデータのとりまとめなどは、結局、家にもち帰ることになる。

「何か飲む？」

「お茶でいいわ、緑茶をお願い」

と、着替えのために、すでに夫が熟睡している寝室へと入っていく。

父は金属メーカーに勤める技術屋で、顔も性格も収入も、ごくごく平凡な男である。プロポーズしたのは母の方で、どこがよかったのかとたずねると、「ふつうの会社員」だったところがポイントだったそうだ。いわゆるバブル景気より少し前の時代だが、銀座の高級クラブに勤めていた母は、芸能人も不動産王も会社社長も政治家の先生も見飽きていた。技術提携を進めていた相手先との接待の場に何度か同席した、ものすごくふつうのサラリーマンがかえって新鮮に映ったようだ。

ある意味、父は母の期待を裏切らなかった。来年で定年を迎えるが、とび抜けた昇進もせず、つつがなく穏やかに会社員生活を全うする父は、母にとっては理想の夫だった。

自分もまた、そういう波風のない人生を目指していたはずが、いったいどこで間違えてしまったのか――。電気ポットから湯を注ぎながら、ついつい二度目のため息が出る。

「言っておくけど、私はあんたと小町ちゃんを引き合わせただけよ。後の交渉は、若いふたりに任せたんだから」

白い上下のスエットに着替えた母が寝室から出てきて、開口一番さっきの話を蒸し返す。

「そんなに嫌なら、断ればよかったじゃない」

「断ったよ、何回も……小町さんには、てんで効き目がなかったけどさ」

何度断っても、三日後にはけろりとした顔で秘書の勧誘に来る。長文のメールも毎日欠かさず送られてきて、しつこさと厚顔は呆れるほどだ。「他人に迷惑をかけてはいけません」という小学校で習った道徳を、律儀に守っている新之助には、異次元の怪物に思えた。

「あれって、キャストの習性なのかな。これと見込んだ客をとり込むための」

「小町ちゃんは、さほどがつがつしてない方よ。パラレルの中でも、トップや二位の子はすんごい営業努力をしているけれど、小町ちゃんはそこまでしなくても万年三位をキープできるから、それでよしとしてるみたいね」

クラブやバーではホステスと呼ばれるが、キャバクラではキャストという。

「あれは彼女流の、処世術かもしれないわね。女同士の争いって熾烈だから。中には危ない子や常識のない子もいるから、敵にまわすと厄介なのよ。その一方で、絶えず営業成績は比較されるしね」

「あの棒グラフは、露骨だよね」

昔何度か、営業時間外に母の店を見学に行ったことがあるが、どの店の控室にも、でかでかと成績表が貼られていた。

「仕方ないじゃない。水商売の必須アイテムなんだから」

「多少華やかに見えても、中身は体育会系の営業マンと変わらないよな」

棒グラフが万年短い者は、自ずと淘汰され店から姿を消す。人というものは、自尊心がなければ生きていけない。毎日グラフをにらみながら、日々自尊心をすり減らす職場など、新之助にはとうてい考えられない。

「母さんといい小町さんといい、僕のまわりはたくましい女性ばかりだよ」

千鶴子は自らがママを務める、「クラブ千鶴」のオーナーでもあり、「パラレル」の他に同じ銀座でもう一店、「クレイン」を経営している。こちらは女の子の年齢層が低い、いわばふつうのキャバクラだった。

ちなみに、キャバクラにはママはいない。というか必要ない。

キャバクラの最大の特徴は、客ひとりに女性ひとりがつくというシステムだ。複数で来ても一対一の構図は同じで、連れと席を別にすることも可能だった。料金もクラブなどにくらべるとリーズナブルで、そのぶん酒の質などはぐっと落ちる。

つまりは安い料金で、デート感覚を味わえる場所がキャバクラだった。

ママが仰々しく挨拶に出向いたりすれば、せっかくのデート気分を損なうことになる。その辺りが、主に接待に使われるクラブとは大きく異なる。

「ひと昔前とくらべると、男は優しくなったぶん意気地がなくなったから。こういう場でもないと、女の子を口説けないのよねえ」

千鶴子はバブル景気が終わりにさしかかったころにクラブ千鶴を開いたが、好景気が終わるとともに銀座の同業者が次々と閉店に追い込まれた。経営に長(た)けていた母は、従来型の店では先は長くないと読んだのだろう。潰れた店を買い取り、新宿歌舞伎町(かぶきちょう)では増えはじめていたが、当時の銀座にはほとんどなかったキャバクラに改装してクレインをオープンした。パラレルはそれより五年ほど後、やはり経営難であったクラブを買い取って、客の年齢を高めに設定して開店した。三店舗きりとはいえ、いずれも順調に利益を出している。

当然、父の給料より母の稼ぎの方が良いのだが、母に言わせれば、いつ沈むかわからないのが水商売だから、毎月確実に振り込まれる父の給料は、とても有難いものなのだそうだ。父は朝会社に出かけ、帰るころには母は仕事に行っている。顔を合わせるのは週末だけ。完全なすれ違い夫婦にもかかわらず未だに仲が良いのは、母が父を、また父も母を、ないがしろにしないためだろう。いずれにせよ両親の仲が良いのは、子供にとってはいちばん有難い。

新之助自身は、性格は父寄り、あるいはそうであってほしいと願っているが、あいにく技術屋の才能は受け継がなかった。経営学修士たるＭＢＡを、取得しようと思ったのもそのためだ。

「あのとき留学費用を出してくれたのは、店を継がせるためかと思ってたけど」

「あんたみたいな、のほほんとした坊ちゃんに、水商売は無理でしょう」

「そう育てたのは、そっちだろ」

「心配しなくても、うちには優秀な黒服が何人もいるから。いよいよ足腰が立たなくなったら、キャバクラはそっちに譲るわ」

キャバクラを実質仕切っているのは男性従業員で、黒服と呼ばれている。

「クラブ千鶴は、どうするのさ？」

「あの店は、できれば女の子に譲りたいのよね。ママ候補は何人かいるんだけど……実を言うと、小町ちゃんもそのひとり」

へえ、と素直に驚きの声があがる。

千鶴子は美味しそうに息子が淹れたお茶を飲み、煙草に火をつけて細く煙を吐いた。

「小町ちゃんは、無鉄砲に見えて案外策士なのよね。ストレスを溜めず収入もキープできる、絶妙なポジションを確保し続けているのがその証拠」

「気に入らない新人には、早めに釘をさすのも策のつもりなのかな」

小野塚遼子議員に、喧嘩をふっかけたくだりを語る。意外にも、千鶴子は笑わなかった。

「いじめっ子は基本、自分より弱い者しかいじめないから。何をしても抵抗されないとわかると、嵩にかかって攻撃してくる。いまは敵対する気はないけど、やられたらやり返す。早めにそうアピールしておくのは、有効な手段だと思うわよ」

「その手の処世術って、小町さんは福岡にいたころに学んだのかな?」

「あれは生まれつきじゃない?」

「前言撤回、僕もそう思う」

トルコ製の派手なオレンジの灰皿で煙草を揉み消して、千鶴子が薄く笑う。

「小町ちゃんは、はじめから変わり種だったから。面接のときにね、まず最初にきかれたのよ。子持ちの女性は何人いますかとか、預け先に困ってないかって。私もあんたが小さいころは、やっぱり苦労したから。預ける預けないで、お父さんと大喧嘩にもなったし」

お腹が大きくては、店には出られない。千鶴子は予定日の半年前から、一年半のあいだ仕事を休んだ。生後半年から仕事に復帰したいと考えていたが、これには父が猛反対した。

「あんな喧嘩をしたのは、後にも先にも一度きりよ。せめて三歳になるまでは、仕事を休むのが母親の務めだろうって。まあ、私たちの世代ならあたりまえ、うちのお父さんは、むしろリベラルな方かもしれないけれど……私はどうしても、仕事を続けたかったの」

どんな仕事でも、一年離れていれば勘が鈍る。まして三年や四年もたてば浦島太郎だ。たとえ復帰しても、すぐには現場で使い物にならず、それはこの業界でも同じだった。

「もちろん、あんたの母親であることも、お父さんの妻であることも、私にはなくてはならない大事なポジションよ。でも、家の中以外に……外の世界に自分の居場所がないというのは、私にとってはとても怖いことだから」

「母さんは昔から、仕事人間だからね」

皮肉でも嫌味でもなく、新之助はそう告げた。

母は家庭環境が複雑で、十代で家をとび出して、以来ずっと夜の仕事を続けてきた。千鶴子にとっては大事な命綱で、また銀座の高級クラブで鎬（しのぎ）を削った誇りや矜持（きょうじ）もあろう。子供のころには友達にあれこれ言われて、母の仕事に複雑な思いも抱えていたが、いまは称賛に近い気持ちがある。

父もやはり、母の思いを無下にはできなかったのだろう。千鶴子がもう半年、新之助が一歳になるまで育休を延ばし、その先は、夜間のあいだは父親が面倒を見てくれた。

「あのころは、そんなお父さんなんて希少価値だったから。私はやっぱり見る目があるわ」

んふふ、と嬉しそうに千鶴子が笑う。

「まあ、そんなこんなを思い出しちゃって、パラレルだけじゃなく、千鶴やクレインにいる子持ちの女の子も紹介してあげたのよ。いま思うと、あれはリサーチだったのね」

「リサーチ？」

「夜の仕事をする母親たちが、どんな場所に子供を預けているか、そのリサーチよ」

当時、パラレルにはふたり、クラブ千鶴とクレインを合わせると、七、八人のお母さんホステスがいたのだが、リサーチのためには数が足りなかった。千鶴子の経営者仲間や、あるいはホステスたちがもといた店の友人など、小町が実際に会った母親の数は、五、六十人に上るという。

「最初はね、いまの預け先に不満があって、菓音ちゃんのために新しい預け先を探しているのだとばかり思っていたわ。でも、五十人となると、いくら何でもやり過ぎでしょ？」

「もしかして、そのころから『いろはルーム』の設立を目論んでいたのかな？」

「というより、母親たちの訴えをきくうちに、必要に迫られたのじゃないかしら。最初はひとりの保育士を、数人のママ友でシェアして雇うってアイデアだったらしいけど」

「それが、多部さんというわけか……」

小町が多部恵理歩と会ったのは、「パラレル」に入る前だときいている。

上京し、初めてできた友人が元保育士であったことが、小町のその後を決めたのかもしれない。いつだったたか、多部が楽しそうに語ってくれたことがあった。

「小町さんとは最初から気が合って、日曜日にご飯やスイーツを食べに行ったりしてたんですよ。もちろん菓音ちゃんも一緒に。菓音ちゃんもすっかり懐いてくれて、だから金曜や土曜の晩だけでも預かりましょうかって言ったんですけど」

菓音は当時、小学二年生。ただでさえ慣れない土地で、毎晩ひとりで家に残すのは不安が大きい。夜の七時から翌日の朝五時まで、民間の二十四時間託児所に預けられていた。食事や諸経費込みで、月額一〇万八千円。いくら夜の仕事でも、毎月一〇万を超える出費はあまりに痛い。しかも地下鉄とJRを乗り継いで、家からは片道三十分はかかる場所にあり、条件は決して良いとは言えないが、それでもそこにしか空きがなかった。深夜に、しかも小学生を預かってくれる施設は、民間ですらびっくりするほど少ないのだと、多部は力説した。少しでも助けてあげたいと考えたそうだが、小町からはきっぱりと断られた。

「小町さんてば、意外とそういうところは固くって。いくら友人とはいえ、プロにただでは頼めないとか。いくら資格をもっていても、万一の場合は責任をとらされるから、安請け合いはしちゃいけないとか、逆にお説教されちゃいました」

これればかりは、小町の言い分が正しい。娘を預けているあいだに万が一のことがあれば、多部との関係に、取り返しのつかない、、ひびが入る。小町はたぶん、彼女との友情を大事にしたかったのだろう。

「菓音ちゃんと接しているうちに、やっぱり子供っていいなあと思って。いっそ三、四人預かって、夜間専門の在宅保育をしようかなんて、小町さんと一緒にあれこれ考えたんですけど、これもなかなか難しくて」

仮にひとりにつき月八万円で、四人を預かれば、三二万円。税金や保険、さらに食費などの諸経費を引いても、生活が成り立つ計算になる。

ヒントになったのは、最近、都内でも増えてきた「保育ママ」や「家族サポート」の制度だ。区によって名称はさまざまだが、要は自治体が主導する、子育てを援護するための仕組みである。

保育ママは、保育士や子育て経験のあるお母さんが、在宅で子供を預かる制度で、預かる側が区に登録して、区が利用者とのマッチングを図るシステムだ。一ヵ月四万七千円と保育料がリーズナブルな上に、収入によって子供ひとりにつき、月に一万円から三万円の補助金も受けられる。ただし主に乳幼児を対象としていて、三歳以上は預かってもらえない。

一方の家族サポートは、小学三年生までを対象としているが、名前のとおりあくまでサポートの名目で、短時間の預かりや送り迎えなどを想定しての制度だから、利用料も時間制である。一時間につき八〇〇円。仮にフルタイム勤務の親が一日九時間利用すれば、十四日間で一〇万円を超えてしまい、長時間の利用には向いていない。

意外なことに、このような在宅保育には、保育士の資格は必ずしも必要ない。お母さんとして子供を育て上げた女性たちや、経験はないけれど子供好きで体力がある若い人もいる。資格よりむしろ人柄が大事で、母親が安心して預けられる人的住的な環境が重視される。

資格・体力・人柄と、三拍子そろった多部なら、預け先として申し分なく、行政に届け出て、さらに万一の場合に備えて保険に入るなどすれば、多部ひとりに責任を負わせずに済むと、小町も一時はかなり乗り気になったときく。ただ、場所の問題もあり、実現には至らなかった。多部の住む1Kでは、子供を遊ばせるスペースが確保できず、壁も薄いから音も上下左右にだだ漏れだ。子供三、四人が走りまわる音は、十分に騒音の部類に入る。

しかし在宅保育の制度には、もっと大きな壁が存在する。

「保育ママは、午後六時まで。時給千円で延長可能な家族サポートも、午後十時まで。店が八時に開店する私たちには、どうしたって使えないシステムなのよ」

いま千鶴子が座っている席に陣取って、小町は腹立たし気に、テーブルを拳でドンとたたいた。

何度目だったろうか。新之助を秘書にすべく、小町が頻繁にこの家に通っていたころだ。

都内の多くの自治体はこの手の制度を設けているが、中身はかなりまちまちだ。ただしひとつだけ共通しているのが、昼間の仕事を前提としていることだ。夜間のワーママたちの存在は、ほぼ完全に無視されていると、小町は語調を荒げて訴えた。

「夜間の職業は、何もクラブやバーだけに限らないわ。夜十時までのレストランだって、後片付けをして家に帰りつくころには、十一時を過ぎるはずよ。看護師やプログラマーでも、やっぱり深夜業務はめずらしくないでしょ？　なのにそこらへんの配慮が、ごっそり抜けているの。同じ納税者なのに、行政のサポートをまったく受けられず、しかもそれがあたりまえだと思われている。水商売なんだから、高給取りですよね。自分で何とかしてくださいって、区役所に行ってもそんな顔をされるのよ！」

結局、高い料金の民間に頼るほかはなく、それですら、ネットで検索した二十四時間保育の託児所に片端から電話をかけて、ようやく一人分だけ空きを見つけてすべり込んだと、不満たらたらな口調で語られた。

小町がパラレルに入ってすぐ、リサーチをはじめたのは、東京の託児所事情の悪さに直面し、怒りや不満以上に、これはおかしいと大きな疑問を感じていたからに違いない。

「女性の社会進出を進めよう！」と、掛け声ばかりは立派だが、首都である東京がこていたらくでは、お粗末過ぎて話にならない。実際、母親であるキャストやホステスばかりでなく、黒服やボーイの中にもシングルファザーをはじめ、子供を預けたい親たちがいて、誰もが夜間保育の預け先が少ないことを訴えていた。

「ないなら、新しく作るしかないじゃない？　だから『いろはルーム』を開いたのよ」

小町はあっさりと告げたが、むろん一朝一夕でできるはずもない。膨大な手間と時間と人手と労力をかけて開所に至ったことは、後に母や多部からきかされた。

そうまでしていろはルームを設立した動機は、深夜に働く親たちから、切実なまでに必要とされていたからだ。

これほど保育施設の充実が叫ばれている中で、夜間保育だけは、まさにブラックホールのようにすっぽりと抜け落ちている。

子供を二十四時間預かる施設が出始めたのは一九七〇年代で、当時は「ベビーホテル」と称された。いずれも無認可で、劣悪な環境の施設も多く、乳幼児の死亡が相次いだことから、この名前は表向きには使われなくなった。新之助の父親が、夜間託児所に反対したのも、この理由からだ。

死亡事故を受けて、このころから少しずつ正規の保育所でも預かり時間の延長が図られるようにはなったものの、最初は午後四時だったのが六時まで、次いで八時、ついには十時と、何十年もかけて牛歩どころか亀より遅い進みようだった。

しかし小町のように夜八時に出勤して、翌朝の三時過ぎまで働く深夜稼業の者たちにとっては、まったく話にならない。やはり二十四時間営業の保育施設を使うよりほかなく、未だに認可外施設が圧倒的に多いのが現状だった。

現在では、認可外とはいえ大方の施設では、子供の保育には十分に気を配っている。少なくとも努力はしている。しかし認可が取れないということは、施設環境や職員数が国の基準に達していないことを意味する。

東京の場合、認可が取れない最大の理由は、施設の広さが確保できないことにある。

国の定めた条件では、認可には子供ひとりあたり、〇歳から一歳までは三・三㎡、二歳以上なら一・九八㎡と細かな決まりがあり、屋外遊戯場がない場合は近くに公園が必要という、地価の高い東京では甚だ難しい規則もある。夜間預かり専門なら、屋外の遊び場は必要ないと思えるのだが、この辺りはお役所仕事で融通がきかない。

畳一枚が約一・五㎡だから、国の基準でさえも決して子供のために十分な広さとは言いがたいのだが、これより狭いとすれば、保育士と子供双方にかかるストレスはかなりのもので、事故や虐待に繋がる恐れも出てくる。

その心配を抱えながらも、夜の仕事に就く親たちは、認可外施設に子供を預けるよりほかなく、高い保育料にも甘んじている。認可が下りないと、国や自治体の補助金が受けられず、結局その分を親が負担することになる。

「そもそも認可保育所の開所時間は、一日につき十一時間と定められているのよ！　東京都は独自に緩和したけれど、それでも十三時間。二十四時間保育の施設は、逆立ちしたって認可はとれないってことでしょ？　馬鹿にしてると思わない？」

えらい剣幕で小町に詰め寄られたのを、昨日のことのように覚えている。この家に来るたびに、秘書の勧誘そっちのけで熱く語っていた。熱血タイプは昔から苦手なのだが、くり返されるうち、子育ての大変さだけは理解できた。

大変という言葉では、とても足りない。

子供を育てるという、ある意味あたりまえの行為に、ここまで並大抵ではない苦労を伴うのかと、初めて知った。

小町が怒っていたのは、深夜に働く親たちのためばかりではない。たとえシングルマザーやファザーでなくとも、夫婦そろって昼間の正規雇用についていても、やはり同様に「子育てがしづらい」という切実な悩みを抱えている。

ことに東京をはじめとする都市部では、切実さもひとしおだった。

婚活や就活と同様に、子供を保育所に入れるための活動を「保活」という。

親たちは、妊娠した時点で、すでに保活をはじめなければならない。何よりもその事実に、新之助は耳を疑った。

「子供が生まれてもいないうちから、保育園を探すってことですか？　どうしてそんなことに……」

「保活はね、いまやお受験も真っ青の、弱肉強食の競争社会なのよ」

「いやいやいや、小町さん、逆ですよね？　もともとは福祉なんだから、弱者にやさしいものでないと」

「では、質問。フルタイムで働く正社員の親と、パートで短時間しか働けない親とでは、どちらが保活において弱者でしょうか？」

「そりゃあ……収入の少なさを考えれば、パートでしょう」

「ブーッ、不正解！　保活ではフルタイムの方が、有利なのよ。実働時間が長いという理由でね。認可保育園、つまりは安い保育園にそれだけ入所しやすくなるの」

「それ絶対、おかしいでしょう！　収入の少ない方が、認可保育園に入って然るべきです。いたってシンプルな法則だと思いますが」

「個々の家庭には、それこそ千差万別の家庭内事情があるでしょ。それを可視化しようとすると、シンプルとはほど遠い複雑怪奇なものになるのよ」

「家庭内事情を、可視化……」

「可視化するためには、数値化しなければならない。つまり、家庭内事情を細かな項目に分けて点数制にしたというわけ。保活では、ポイントと言ってね。いまは多くの自治体で、このポイント制が導入されているの。少しでも多くポイントを稼ぐためには、事前の情報収集が不可欠。産後では育児に追われて、そんな暇ないでしょ。だから妊娠中にやっておかなければいけないの。いまや常識よ」

と、小町は、一枚のコピー用紙を、新之助の前に置いた。

「ポイント制を、さらに煩雑にしているのが自治体でね。同じ東京二十三区内でも、区によってポイントの法則がバラバラなのよ」

用紙には、五つの区名が並んでいる。それぞれの区が、どの項目に何ポイント加算しているかをわかりやすくまとめたもので、自治体によって差があることは一目瞭然だった。

「こんなに、違うんですか……」

「親たちはこれを、各々自分で作らなくてはならないの。難解きわまりない長文だらけのホームページと格闘しながらね。産後では間に合わないのもわかるでしょ？」

すべての区を網羅した一覧表など存在せず、その年から条件が変わることもある。

ポイントを少しでも上げるために、妊娠中にもかかわらず長時間労働に変更したり、会社が認めた一年の育児休暇を半年で切り上げたり、中には少しでも広い枠を獲得するために、待機児童数の少ない地域に引っ越す場合すらあるという。小町はさらに数枚の資料を広げた。

「ことに私の住む城東区は、都内でも屈指の激戦区でね」

そこには城東区のポイントについて、細かく記載されている。区のホームページにある三十頁（ページ）以上にもわたる「申し込みのしおり」から、抜粋したものだと小町は語った。

「当落ポイントは、二十五点か……こうやって数字を見せられると、よけいに生々しいですね」

両親がどちらもフルタイム勤務であることが鉄則で、どちらか、あるいは両方がパートやアルバイトだと、ポイントは大きく後退する。

さらには子供の数や、上の子供が認可保育園に通っているかどうか。

生活の困窮度は、もちろん考慮の対象にはなるものの、先ほどの就労時間で加減されるポイントを鑑みると、必ずしも実情に即していないようにも思える。

また家族に病人がいたり、親の介護をしていたりすると、これも加算ポイントとなるが、驚いたことに夫婦の親、つまりは子供にとっての祖父母の離婚や死別までもが、点数として加算されるという。逆に祖父母が近くに住んでいればマイナスとなり、それでも差異が可視化できないのか、城東区での居住年数までもが選考ポイントとなっている。

「年数だけじゃなく、居住している場所も大きいのよ。同じ城東区でも、お金持ちが多いとされる湾岸地域だと、マイナスになるそうよ。あくまでネット内の噂だけどね」

「城東区って、結構広いですよね？　たとえ同じ区内でも、路線が違ったり駅から遠かったりすると、ものすごく通いづらい保育園もあるでしょうし」

「駅近みたいな人気の場所は、それだけ競争率も激しいから、入園できない可能性も高くなる。逆に通いづらい場所は、枠が広いということよ。一応、第四希望までは選択できるから、後は保護者しだいね」

「何だか、競馬のオッズみたいですね」

　不謹慎なたとえだとわかってはいたが、ついそんな感想がもれた。

「妊娠中から保活するのには、もうひとつ理由があるのよ。入園時期が、実質的には四月に限定されているの」

　建前上は、五月以降も毎月、入園申し込みを受け付けている。ただし書類は受理しても、入園できる見込みは皆無に等しい。園児を募集している保育園が、一、二ヵ所しかないからだ。

「城東区の場合、四月入園なら、申し込みの開始は前年度の十一月初旬」

　小町が指でさした申し込み要綱に目を落とし、新之助は思わず目を剝(む)いた。

「え！　これって、郵送じゃ受け付けてくれないんですか？　おまけに、広い城東区内の中で、受付場所は二ヵ所だけ。一ヵ所につき受付日が五日間だけなんて、短いですね……受付時間も原則、平日の朝から午後五時までだから、昼間ふつうに働いてたら休まないといけませんし」

「市民サービスとか言っといて、まるっきりのお役所仕事でしょ」

「でもここに、期日を過ぎても受付可能だって……うわ、その場合は一ポイント減点になってる。セコいなー」

と、新之助は用紙の中ほどに、気になる一文を見つけた。

「あれ？　これって……○歳児は、翌年の二月五日までに生まれた子供が対象って書かれてる……それ以降に生まれたら、どうなるんです？」

「さすがＭＢＡ、いいところに気づいたわね」

「ＭＢＡは、関係ありませんが」

「簡単な話よ。二月六日以降に生まれたら、さらに次の年の四月まで、一年以上待たされることになる」

「そんな！　じゃあ二月や三月に生まれたら、○歳児保育は受けられないってことですか？　一年以上の育児休暇は難しいでしょうし、何より不公平ですよね？」

「不公平でも、それが現実。『保活の早生まれ問題』って、巷では有名な話よ」

「二月・三月生まれの赤ちゃんが、減ってしまいませんか？　僕も三月生まれだから、ちょっと他人事とは思えないです」

「そういえば、ひな祭りが誕生日だっけ？　千鶴子ママからきいたわ」

「違います！　〇時を十五分過ぎていたので、辛うじて三月四日です」

パラレルではオーナーになるのだが、従業員たちからは千鶴子はそう呼ばれていた。

「それにしても……これじゃあしおりというより、もはや取扱説明書ですね。しかも冷蔵庫や洗濯機じゃなく、ＤＶＤデッキとかパソコンなんかの分厚い取説です。親御さんたちは、これを隅から隅まで読まないと、子供を預けることもできないなんて」

「まだまだ、こっから先が大変なのよ」

「まだ、あるんですか？」

「いま話したのは、乳幼児のための保活。その後も、保活は延々と続くのよ。まず『三歳の壁』、次に『小一の壁』、さらに『小四の壁』」

「それって……乳幼児から数えて、三年おきに四回も保活するってことですか？」

「そういうこと」

「意味がわかりません。だいたい壁って何ですか？」

「預け先が見つけられない——それが壁よ」

待機児童の八割が、〇歳児から二歳児の乳幼児とされる。三歳以上の子供には、幼稚園や保育園があるからだ。だからこそ国も自治体も、二歳以下の子供のための小規模保育施設を大幅に増やしたが、それらの施設はあくまで二歳児まで。三歳になればその施設を出なければならず、新たに保育園を探す必要に迫られる――それが三歳の壁だった。

しかし乳幼児の施設を増やすとき、活用したのは従来の幼稚園や保育園である。つまりは乳幼児にまわした分だけ、三歳児以上の受け皿が足りなくなってしまったのだ。あれほど苦労して手に入れた預け先は、三年未満しか使えず、少ない受け皿たる保育園を獲得するために、親たちはふたたび保活に専念しなければならなくなる。

「それが三歳の壁ですか……」

「待機児童のカウントの仕方にも、問題があるのよ。自治体によって、集計の仕方がまったく違うの。待機児童ゼロをうたう自治体の方が、むしろ危ないわ。首都圏なら特にね」

本当なら、親が希望する施設に入れない子供のすべてが、待機児童となるはずだ。たとえば小町のように、高い民営の託児所ではなく、できれば公営に預けたいと考えていても、とりあえず預け先が確保されていれば、待機児童にはカウントされない。もしくはたとえ公営に入所できても、送迎に一時間以上かかったり、施設が狭い古いなどで移転を希望する場合も多々あるのだが、やはり待機の数から除外される。

もっと悪質な場合は、実際の入所状況はまったく無視して、単に認可保育園で収容可能な数が、子供の数を上回ってさえいれば、待機ゼロと発表する自治体すらあるという。

「つまりね、待機児童の八割が乳幼児というのも、かなり怪しい数字なの。待機にカウントされない子供が大勢いて、ある意味その数は、子供の年齢が上がるごとに増えていくことになるのよ」

たとえばフルタイムで働く親が、二十時までの延長保育を希望して、しかし希望通りにはいかず、やむなく十八時までの保育園に預けるとする。これでは残業は一切できず、会社によっては周囲から白い目で見られたり、勤務査定に響く結果になりかねない。それでもその子供は、待機児童としてはカウントされない。

もっとひどい例では、パートなどで働く時間が短いという理由で、保育園にすら入れず、幼稚園に入れざるを得ない例もある。午後二時に子供が帰ってくるようでは、ただでさえ短いパートをさらに切り詰めるしかない。それでもやはり待機の数から除外されるのだから、親たちにとっては理不尽極まりない。

そういう表に出ない「潜在待機児童」は、小学生になればさらに増えることになる。

それが小一と小四の壁だと、小町は言った。

「小学生になると、保育園の代わりに小学校に行くでしょ？　でも小学校は、延長保育は一切やってくれない」

「あ、そうか……せいぜい午後の二時過ぎまでだから、幼稚園と一緒ですね」

「低学年だと特に、家でひとりでお留守番させるのも不安でしょ？　親が仕事で夜遅いと特に。いちばん問題なのが、春夏冬の長期休暇。あれはお手上げよね」

「たしか、小学生のためには、学童保育がありましたよね？」

小さいころ、クラスの友達の何人かが通っていたことを、新之助は思い出した。

親が働いていて家にいない児童のために、放課後や長期休暇のあいだ預かってくれる施設が学童保育である。けれど小町は、難しい顔をした。

「学童保育はね、せいぜい夜七時まで。場所によっては夕方の五時や六時で帰されることもあるの。延長も利かないから、保育園のときのように働けなくなって、この段階であきらめて、仕事を辞める親さえいるわ」

「ここにきて、ですか？　せっかく二度の保活を乗り切ったのに……」

「何よりも、学童保育の数は、保育園以上に足りていないのよ。入れなければ、ここでもやっぱり待機児童になって、それが小一の壁」

「じゃあ、小四の壁は？」

「ついこのあいだまで、学童保育は小学三年生までを対象としていたの」

二〇一五年四月に、学童保育の基準が改められて、六年生までと引き上げられたものの、ただでさえ数が不足しているのだから、高学年になるほどはじかれる確率が高くなる。四年生ともなれば、多少はしっかりしてくるものの、五、六年生や中学に上がるころには、また別の心配も出てくる。大人の目の届かないところで悪い仲間とつるんだり、多感な時期なだけに不登校になる子供も少なくない。

そこまできいて、はふう、と大きなため息が出た。

「いまさらですけど、親になるって、本当に大変ですね」

「育てる苦労なら、産むときにある程度は覚悟してるのよ。だけどその上に、壁が三枚も四枚もあったら、乗り越えられずに脱落する親がいてもおかしくない。うちみたいに、端（はな）からコースを走ることさえできない親も大勢いるしね」

あのときは、ひたすら面食らい、途方に暮れる思いがした。

働きながら子供を育てる——そんなあたりまえが、あたりまえに運ばない。ぼんやりしていれば預け先を逃し、最悪の場合、収入の道が途絶えることになる。

「まさに、弱肉強食ですね……お受験になぞらえるのも、わかります」

たとえお受験に失敗しても、小学校なら公立というセーフティネットがある。しかし保育には、それがない。

少し前に、保育園に落ちた母親が、ネット上で政治を非難し話題を呼んだ。きいたときは過激な発言にも思えたが、こうして保活の厳しさを目の当たりにすると、あの母親の気持ちが、まったく関わりのない自分でさえ胸に迫るように思える。

あれはまさに、叫びだ。認可保育園に落ちて、生活も育児も八方塞がりになって、誰にも助けてもらえない。やり場のない怒りと、切ないほどの悲嘆。それ以上に、これからどうしていけばいいのか、その不安がよほど大きかったに違いない。過激な言葉で叫ぶより他に、不安を払いのける方法がなく、数多くの同じ気持ちの親たちが賛同し、声をあげたのだ。

「こんなに大変だなんて、知らなかった……。こんな思いをしてまで、産んで育てようとするなんて……世の中のお母さんたちは、すごいですね」

純粋に、感動に近いものが胸にわいた。それまでは、ひたすら避けていた小町の視線を、まっすぐに受けとめたのは、思えばあのときが初めてだったかもしれない。

「少子化が進むのも、わかるような気がします。これじゃあ誰も、子供を作ろうなんて思えない……少なくとも、僕はご免です」

正直な、感想だった。子育ての大変さは、保活だけに限らない。母親はことに、妊娠・出産からすでに、多くの困難に見舞われる。マタニティ・ハラスメントや、退職や異動の勧告は茶飯事で、本来なら労働基準法に抵触するはずが、下手に争っても職場に居づらくなるだけだと、泣く泣く会社の無理を受け入れるか、自分から職場を去る女性も少なくない。

母親の育休ですらその調子だから、父親の育休もまったく進まない。政府は建前上、推進を叫んでいるものの、企業の側が唱える経済効率の前ではたちまち尻すぼみになる。

保活をどうにか乗り越えても、子供が大きくなるにつれて、今度は学費が負担となる。高校までは進学できても、その先に進めない子供もいる。ひと昔前にくらべれば、学歴社会は緩和されたと言われるが、それでも大卒でなければ就けない職業や入社できない企業があることは事実で、最初の就職は、当人の経歴や、ひいては生涯賃金にも大きく関わってくる。

いわばスタート時点でのつまずきが、一生後を引くケースは決して少なくない。

そんな先々のことまで考えると、心配性の自分には、子供なぞ一生持てないような気がしてくる。

「少子化って言いますけど、たしかひとりにつき一・五人くらいは生まれてる計算ですよね？」

「去年の出生率は一・四六。それでも二年ぶりに上昇したそうよ。前年度比、〇・〇四という微々たる値だけど」

「ここまで子育て事情が大変なのに、上がっただけでも奇跡ですよ。というか、一・四六あるだけで十分にすごいと、僕なんかは思いますね」

しかし出生率が一・五を切るようでは、ただでさえ高齢化が叫ばれている日本は、国としてとてもやっていけない。だからこそ政府は、十年のうちに一・八まで出生率を上げるとの目標を発表した。

「あの一・八って、具体的な方策はあるんですか？」

「ないわ。見事にね」

目標というよりも、夢や理想に近い、現実とはほど遠い数字だと小町は断言した。

「どうせ理想なら、もっと高く持つべきよ。せめて二・〇ね」

「何ですか、その数字？」

「仮に国民ふたりにつきふたりの子供をもてば、人口は増減しないという理想値よ。それが出生率二・〇」

「ますます難しいじゃないですか」

「それでもね、思ったのよ。国や政府が具体案を出さないなら、私が作ろうって。いまは夢や幻に過ぎない二・〇という数字に、少しでも輪郭をつけてみせようって」

あのとき小町は、国会議員ですらない。一介のキャバクラ嬢だった。いたって現実的な新之助には、誇大妄想に近い、まさに妄言にしかきこえない。それでもあの肉食獣のような視線から、逃れることができなかった。

「法律を変えて、予算を勝ち取る——それしか方法がないの。それができるのは、国会議員だけなのよ」

肉食獣の目は、ひどくまっすぐで澄んでいた。

草食系の自分にも、食べられること以外にできることがあるかもしれない——。

それまでただ逃げていた新之助が、小町の選挙陣営に加わることを、ひいては政策秘書になることを、本気で考えはじめた瞬間だった。

五

存在を主張し過ぎないシャンデリヤ。ややレトロな雰囲気の赤い色調のソファと、アンティーク風の焦茶のテーブルは、高級ホテルのロビーを思わせる。左手にあるバーカウンターも重厚な造りで、酒も一流の銘柄が並ぶ。

「やれやれ、こんな店は、何十年ぶりかな」

ボーイの案内で奥に通されながら、紫野原稔はひとり言ちた。

系列店にあたる「パラレル」の常連ではあっても、「クラブ千鶴」は初めてだった。

座るだけでウン万円という、最高級の部類に入る会員制クラブだ。紫野原が銀座に出入りしていたころは、このような店が三千軒はあったと言われるが、バブル崩壊やリーマンショック、さらに東日本大震災などによる景気低迷を受けて、いまや半分以下に減っていた。

クラブ千鶴は、その過酷な状況下を生き延びて、今年で二十七年目ときいている。この店の経営者でママである、高花田千鶴子の経営手腕によるものだろう。長いデフレに耐えきれず、高級志向から外れた店が多い中、千鶴子はこの店だけは一流のスタンスを崩さなかった。結果的にはそれが、上顧客を繋ぎとめ、店の経営を安定させた。

どんなに不景気であろうと、とびきりの金持ちは一定数存在する。彼らがもっとも欲しているのは人脈であり、この店に来さえすれば、業種や分野の異なるその道の玄人たちと交流できる。クラブ千鶴は、その確固たる信頼を得ている店だった。

その辺りの経緯は、小町や息子の新之助からの受け売りで、千鶴子本人とは一度だけ、息子をよろしくお願いしますと挨拶に来たときに、顔を合わせたきりだった。

だから今朝突然、千鶴子から店に招待したいとの連絡をもらったときには、少々面食らった。

店内を見渡すと、半分ほどの席が埋まっていて、パラレルにくらべて数段品のいいホステスたちが客の相手をしている。茶髪はひとりもおらず黒髪か控えめな栗色で、半分くらいは和服姿、残りはドレスだが、いずれも落ち着いた色合いだった。

正面のボックス席にいた、黒地に銀の刺繡をあしらった和服姿の女性が、紫野原に気づくなり、客に断って席を立った。ママの千鶴子である。

「本日は急なお呼び立てにもかかわらず、お越しいただいてありがとうございます」

「いえいえ、こちらこそありがとう。こんな高級店に来るなら、もう少しぱりっとした格好で来たかったんだけどね」

「どうぞお気になさらずに。この店に来るお客さまは、案外ラフなお姿が多いんですよ。お客さまがくつろいで、楽しむための場所ですから」と、千鶴子がにこりとする。

「ママの招待なら、もっと楽しめそうだけどね……今夜、僕を招待したのはママじゃなく、誰か別の人だろう?」

「さすがは紫野原さん。とうにお気づきでしたか」

「今日いきなりの上に、時間まで指定されちゃあね。大方、どこかの代議士先生かい?」

「まるで千里眼ね、そのとおりです。少し前にお見えになって、お待ちになってらっしゃいますよ」

「見たところ、知ってる顔はいないけどなあ」

企業の取締役クラスと思える背広姿が数組、マスコミかＩＴ企業と思しきラフな姿も確かに少なくない。他には見るからに体格のいい、スポーツ選手らしき客がひとり。フロアを見回して、首を傾(かし)げた。

「紫野原さんを、お待ちになっている方はこちらです」

千鶴子が店の右手へと、案内する。なるほどと、紫野原も合点がいった。

いわゆる、VIPルームだ。店の入口から右手に、ほどよく間隔のあいたふたつの扉があって、それぞれが個室になっているようだ。その奥のドアを、ママがノックする。男にしては少々高い声が応じた。ママに続いて、部屋に入る。

長方形の部屋の奥に、半円を描いてソファが配置され、その真ん中に確かに見知った顔があった。紫野原を見るなり、親し気な笑顔を浮かべる。

「久しぶりだね、シノさん。急に呼び立ててすまないね。懐かしい顔に再会したものだから、旧交を温めたいと思ってね」

「幟部(のぼりべ)先生でしたか」

「先生はよしてくれ。昔は同じ釜の飯を食った仲だし、たしか歳も同学年だったよな?」

紫野原を手招きし、自分のとなりに掛けさせた。両脇にいたふたりのホステスが、おしぼりを渡してくれたり水割りを作ったりと、かいがいしく世話を焼いてくれる。秘書らしき男もひとり同席していて、千鶴子も幟部に勧められ、半円ソファの端に腰かけた。

「いやあ、それにしても、議員会館でばったり会ったときは驚いたよ。何年ぶりになるかな?」

「かれこれ、三十年くらいになりますか」

「それじゃあお互い、歳をとるはずだよな。シノさんとは、同じ先生のもとで鞄持ちをしていてね。とはいえ、当時の与党議員の秘書の数といったら膨大でね。何十人もいたから、顔すら知らない者も多かったが、シノさんとは一度、選対本部で一緒に戦ってね。選挙はまさに戦だからね、戦友というわけさ。あれでぐっと親しくなったよな」

丸顔にたっぷりとした顎は福々しいが、眼鏡の奥の目は鋭い。いかにも磊落な調子で女の子たちに語ってみせたが、当時も別段、特に仲がよかったわけではない。

幟部勲は与党自雄党で、すでに六期目を務める衆議院議員だ。

大臣の経験こそないものの、副大臣や大臣政務官、あるいは国会内の委員会の理事などを歴任している男だった。

副大臣と政務官は、どちらも大臣の補佐にあたる役職だが、副大臣には、大臣不在時は代わりに職務を行うなど、より強い権限が与えられ、いずれも慣例として、衆参の国会議員から選ばれる。

幟部勲は現内閣では、ふたり据えられた国土交通副大臣のうちのひとりだった。

「それにしても、まさか千鶴子ママに裏切られるとはな。ひどいよ、ママ」

幟部が、冗談めかして大げさな声をあげる。

「店の女の子を国会に送り込むなんて。しかも敵さんの候補としてさ。おれたち与党としちゃ立つ瀬ないよ」

「あら、私はちゃんと、幟部先生にもご相談しましたよ。『うちの女の子が、代議士を目指してるんですけど、どうでしょうね？』って」

「ええ、そうだっけ？　そんなの覚えてないよ」

「先生は冗談と受けとって、笑ってらっしゃいましたけどね。こおんな大きな口をあけて、がっはっはって」

　千鶴子がやはり軽口で返し、ホステスたちの笑い声が重なる。

「とはいえ幟部先生だけじゃなく、他の先生方も同じ反応でしたけどね」

「そりゃ、そうだよ。現役キャバ嬢が国会議員だなんて、色物にしても度が過ぎるからね。与党なら余計に、誰も本気には受けとらないさ」

　それを見越して、千鶴子はあえて客の代議士たちに、小町の出馬を打診したのだろう。紫野原は、内心でそう合点した。

　このクラブには、与党だけでなく野党議員も出入りしている。メディアで報道されるように、表向きは絶えずいがみ合っている印象があるだろうが、あれは一種のパフォーマンスともとれる。たとえ党や派閥が違っても、国会や選挙などで対立する以外は、国会内でも議員会館でも始終顔を合わせる、同僚という一面もあるのだ。

　党派を超えての人脈は、決して損にはならないし、党から党へと渡り歩く議員も少なくない。このようなクラブは、そういう裏の人脈を築く上での一助も果たしていた。

「まあ、野党なら、色物候補もアリだからな。大方、三隅さんや久世さんあたりが、乗り気になったのかい？」

「当たりです。久世先生が、口利きをしてくださって」

「狙いが少子化問題だしな。女同士で組まれちゃ、敵わねえなあ」

高級クラブに通う客は、男に限られていると思いがちだが、昨今はそうでもない。企業家にも女性社長が増え、女性芸能人やスポーツ選手もこの店の常連客だ。

久世幸子(さちこ)は、五十九歳。民衛党では五期目のベテランで、党内の要職に就いている。待機児童問題をはじめとする少子化政策には、かなり早くから関わっていて、千鶴子の話を冗談とは受けとめず、数度にわたる面接で、小町を候補として党本部に打診してみると言ってくれた。いわば芹沢小町にとっては、もっとも大恩ある先生だ。

その橋渡しをしてくれたのが千鶴子であり、頭のいい彼女のことだ。まともに相手をしてくれるのは、久世くらいしかいなかろうと、はじめから見越していてもおかしくない。店の客たる先生たちに、冗談を装ってもれなく話をふったのは、いわばエクスキューズというわけだ。

先の総選挙の折にも、出馬した顔なじみの候補者には差し入れなどで満遍なく心配りをし、その辺りは小町に対しても平等だった。

銀座で長年生きてきた千鶴子の、処世術が垣間見(かいまみ)える。

幟部は、二十分ほどホステスを相手に雑談めいた話をしてから、本題に入ることにしたようだ。

「ママ、ちょっとシノさんと、内緒話がしたいんだがな。田中(たなか)、おまえも外してくれ」

心得た顔で、千鶴子とふたりのホステス、それに幟部の秘書が速やかに退室する。

「これで水入らずだな。さ、シノさん。遠慮なくやってくれ」

いかにもくだけた調子で、自ら紫野原のグラスに酒を注ぐ。

同じ衆議院とはいえ、野党民衛党の新人議員たる小町とは、何の接点もないはずだ。わざわざ自分を呼びつけた、相手の意図は何だろう？　さっきからずっと考えてはいたのだが、未だに計りかねていた。

何の意図もなく昔を懐かしむほどに、議員は暇ではないからだ。

「いまさらだが、シノさんにはずっと、すまないと思っていたんだ」

「すまないって、何をです？」

「その……シノさんがあんなことになって、それから色々あったが、結局は先生の地盤をおれが引き継ぐ結果になったろう？　シノさんには、申し訳ないように思えてな」

日頃のふてぶてしさが影をひそめ、怯(おび)えに近い表情が浮いていた。

そういうことか、と紫野原は、ようやく合点がいった。

政治家は、案外小心者で用心深い。また、そうでなければ長くは続かない。

幟部はただ、紫野原を——いや、紫野原の過去を恐れているのだ。

そろそろ引退の時期すら見えてきたころだ。政治家としては小粒ではあっても、このまま有終の美を飾りたい。そこに来て、とうの昔に捨ててきたはずの黒歴史の破片が、ふいに姿を現したのだ。たとえ小さなほころびでも、どんな大穴に広がるかわからない。

小心なだけに動揺し、よけいな話をふりまかないでくれと口止めをするために、紫野原を呼んだのだ。

いささか拍子抜けがして、思わず苦笑がもれた。

「幟部先生には、何のわだかまりもありませんよ。もちろん、脇坂先生にもね」

本当だろうか、と疑うような眼差しで、幟部が覗き込む。

脇坂喜平は、かつてふたりが仕えていた、自雄党の代議士だった。選挙区は名古屋にあり、紫野原と幟部もまた同市の出身である。

大臣としては利権に絡むポストには就けなかったが、脇坂は党の要職を歴任し、最後は党幹事長にまで上り詰めた。派閥としては小さいながらも、十五人ほどの議員を擁する脇坂派の長でもあり、ひとかどの大物政治家であった。

脇坂の秘書の数は、七、八十人は下らないと言われ、当時はそれがあたりまえだった。なにせ資格はもちろん、学歴も必要ない。大方の秘書に求められるのは、金集めの能力だった。

「これまでこういう仕事に就いていて、この方面になら顔が利きます。先生のお名前の入った名刺さえいただければ、いくらでも金を引っ張ってこられます」

そうアピールするだけで、あっさり採用となる時代だった。数が多い上に、有象無象の輩も多く、また出入りも激しい。何人もの議員にまたがっている強者もいれば、名刺だけいただいて、それで得た金のほとんどを自分の懐に入れてしまう者もいた。議員当人も、そして秘書同士ですら仲間を把握しきれず、紫野原にとって幟部は、会えば話をするが、相手のことは詳しくは知らない。その程度の知り合いに過ぎなかった。

ただ、その後に、あの事件が起きたために、紫野原稔の名は、強烈に印象づけられたに違いない。

あと三年余りで元号が変わる、昭和六十年、一九八五年だった。

米国ではレーガン大統領の二期目の任期がはじまり、当時はまだソビエト連邦だったロシアでは、後の民主化の口火を切ることとなるゴルバチョフ書記長が新たに就任した。

またこの年は、世界各地で航空事故が相次いだ。テロによるハイジャックや爆破も目立ち、六月のインド航空爆破事件では、三二九人の犠牲者が出た。デルタ航空やアロー航空も墜落事故を起こし、それぞれ一三五人と二五六人が死亡した。

けれどもこの年、史上最悪の事故は日本で起きた。群馬県御巣鷹山（おすたかやま）の、日本航空機墜落事故である。生存者四人を除いて、五二〇人もの命が失われた。国内ではもちろん、単独機の航空事故としては、現在でも世界最多の死者数となっている。

ただ、日本中が悲嘆にくれたこのニュースを、紫野原は留置場の中できいた。

日航機事故の十日前、紫野原稔は収賄の容疑で、東京地検特捜部に逮捕された。

「あれは寝耳に水だった。あのころは、次期総理候補を誰にするかで揉めていたからな。

おそらく党内の政敵が、脇坂先生を刺したんだろう」

幟部が、大きなため息をつき、グラスに残った茶色の液体を飲み干した。グラスの中の氷が、カチンと空虚な音を立てる。

総理候補に名を連ねていたのは脇坂本人ではなく、彼が推していた別の代議士なのだが、脇坂は金集めの上手さに定評があり、いわば政敵は、金庫を先に潰しにかかったのだろう。刺したとは、そういう意味だ。

資金の調達力は、議員当人に依るものも大きいが、それ以上に秘書の力が欠かせない。手前味噌になるが、紫野原は脇坂陣営の中で三本の指に入るほど、この能力に長けていた。忙しい議員に代わり、窓口となり橋渡しをするのが秘書の役割だが、このときの匙加減で、献金の多寡が決まる。言ってみれば、脇坂事務所における営業マンであり、どれだけ脇坂喜平を高く売りつけ、大きな見返りが期待できると相手に信じ込ませることができるか、その手腕にかかっている。

紫野原は議員秘書になる前は、医薬品の代理店で営業をしていた。社員数名の小さな代理店で、社長の放漫経営が仇となり、入社してわずか四年で潰れてしまったが、営業のノウハウだけは身についた。ことに医者や研究者といったプライドの高い人種には、押しの強いやり方よりむしろ、控えめな態度や雰囲気が好まれて、一方で相手の質問には素早く正確に答えられる商品知識が求められる。

決して滑らかな営業トークや、こまねずみのような気働きを持ち合わせていたわけではなかったが、相手の話をよくきいて、できるだけ親身になって相談に乗り、何が必要とされているかを素早く考えて提案する。そのこつだけは、営業マン時代に培った。

　仕事を失ってからは、同業他社への売り込みも考えたが、議員秘書という仕事はどうかと言い出したのは、実は紫野原の妻だった。妻の住子(すみこ)とは、それより一年ほど前に結婚し、住子の父親が、脇坂喜平の後援会に入っていたからだ。

「秘書の数が足りなくて、このところ先生はてんてこ舞いでな。一年でも半年でもいいから、稔くん、手伝ってもらえないか。会社員程度の給料は保証してくれるし、働き如何(いかん)では、いくらでも歩合が見込めるそうだぞ」

　義父の勧めに、いくらか食指が動いたのは否めない。薬品メーカーの営業と違い、代理店の給与は高が知れている。ちょうど子供ができて、いままで以上に金の必要に迫られてもいた。

　お願いしますと義父に頼み、脇坂の秘書の肩書を得てからは、水を得た魚のように資金集めに邁進(まいしん)した。医者相手の営業経験は、いわゆるお偉方にも通用した。

　大企業、法人、労働団体など、大口の顧客をいくつも得、そこからの金は数百万単位の献金となって、紫野原を通して脇坂事務所へと流れ込んだ。同様に腕の立つ秘書が、脇坂のもとには何人もいて、競い合うようにして金集めに奔走した。

　脇坂は働きに応じて、気前よく手当もくれる。紫野原の収入も、営業マン時代とは桁違いで、それ以上に自身が動かす金の額に、半ば陶酔していたのかもしれない。

「あのころは、金の力に目がくらんで、色んな感覚が麻痺していた。シノさんだけじゃない、秘書の誰もが……いや、代議士をはじめとする永田町が、まだまだ浮かれていた」

またたく間に七年が過ぎて、脇坂の秘書として八年目の夏、昭和六十年にあの事件が起きた。

柴野原が逮捕されたのは、いわゆるバブル景気がはじまる一年前のことだ。それでも景気は目に見えて上り坂で、政治家の後ろ盾を必要とする顧客はいくらでもいた。脇坂ばかりでなく、周囲のどの政治家も似たような真似を平気でしていた。

もちろん当時も政治資金規正法は存在したが、四度の法改正がなされる前であったから、いま以上にザルの目は粗く、それだけ大きな金が法の網の目を擦り抜けていた。

「赤信号みんなで渡れば恐くない」とは、言い得て妙だ。政治資金規正法は、道路交通法にたとえるとわかりやすい。ことに四度にわたって改正された現規正法を、ひとつのミスもごまかしもなく厳守している議員は、おそらくただのひとりもいない。

道路交通法にも、たくさんの細かな規則があるが、一度も破ったことがないという人間が、どれほどいるだろうか？　朝、急いでいるときに細い通りの赤信号を渡ってしまったり、自転車で歩道を走ったりと、いけないと知りつつ、ついやってしまう行為は多々あり、中には違反だとは気づかない者もいる。それと同じで、まわりがあたりまえにやっている行為には、無頓着になりがちになる。

毎日の細かな出費の品目を、どの費用として計上するか迷うこともあれば、真面目（まじめ）にやっているつもりでも、法そのものを勘違いしていたり、勝手な解釈をして罰せられることもある。政治資金規正法は、それほど煩雑で、手に負いかねる代物だった。

とはいえ、同じ信号無視を、車の運転手が行えばたちまち捕まる。

紫野原が犯した罪は、飲酒運転で何百キロも暴走した挙句、対向車にぶつかった――そのくらい悪質だった。

政治資金規正法違反で、紫野原を含めた四人の秘書と脇坂本人も調べられ、三社の建設会社と二社の不動産会社に便宜を図った見返りに、それぞれ数百万を受けとっていたことが罪に問われた。建設会社へは道路や堤防などの、国が行う大きな工事を優先的に受注させ、不動産会社には、高速道路予定地として、数年後に国が買い取る予定の土地情報を流した。

結局、四人のうち三人の秘書に有罪判決が下されて、紫野原は懲役二年、執行猶予四年の判決を受けた。執行猶予のおかげで服役こそしなかったものの、自分の人生が唐突に終わりを迎えたようで、さすがに茫然（ぼうぜん）とした。

「すまない、このとおりだ！　おれのために、おまえたちの生活を台無しにしてしまった！　無念としか言いようがない」

脇坂は、釈放された秘書たちに向かって土下座した。いささか芝居がかってはいたが、決して情の薄い男ではない。詫（わ）び料代わりか、少々多過ぎる退職金を包んで、四人の秘書を解雇した。

脇坂自身は証拠不十分とされて、逮捕には至らなかったものの、事件の余波を受けて翌年の選挙には勝てなかった。すでに七十に近い年齢でもあり、心労が応えたのかまもなく病を得て政界を去った。

脇坂の選挙区は、名古屋にあった。選挙に負けて一度は野党に席を明け渡したものの、次の選挙では、東京からタレント議員を引っ張ってきて、選挙区をとり戻した。この議員は二期務めたものの、県連と呼ばれる自雄党の愛知県支部連合会や、地元の後援会とは最後までそりが合わなかった。互いに歩み寄ることなく、タレント議員は東京から出馬することになり、次期候補として白羽の矢が立ったのが幟部である。

幟部は、脇坂の元にいたときから地元に常駐する、いわゆる国家老と呼ばれる秘書であり、東京と名古屋を行ったり来たりしていた紫野原などにくらべると、ぐっと地元とのつき合いが深い。脇坂が引退した後も、やはり名古屋の中堅議員のもとで秘書をしていたが、当の議員や県連などから強く勧められ、四十五歳で出馬して初当選を果たした。国会議員としては遅咲きだが、以来、地道に議員活動を続けている。

野党が歴史的勝利を収めた折に、一度だけ落選したものの、残る六期は地盤を守り続けているのだから、たいしたものだ。それでも幟部は、うつむきがちにぼそぼそと告げた。

「脇坂先生には、跡取りがいなかったからな。本当はシノさんかヨシさんが、先生の後を継ぐだろうと噂されていた。それを横合いから、かすめとったみたいで気が引けてな」

ヨシさんとは、紫野原と一緒に逮捕された秘書だった。

先ほどまでの磊落さは影をひそめ、小粒ながら大過なく、永田町の流れをかい潜ってきた用心深さがにじみ出る。

「シノさんがいまになって、民衛党の、しかも若い女性議員の秘書として永田町に帰ってきたのには、何か腹積もりがあるんじゃないかと、気にする先生もいてね」

「僕のことなんて、いったい誰が……？　当時の脇坂先生の同輩は、皆とっくに引退されているだろうし」

「ほら、脇坂先生は面倒見がよかったから、若手議員の世話なんかもマメにしていたろう？」

「ああ、そういうこと！」

思わず、ぽん、と手を打った。世話とはつまり、金の援助だ。脇坂派にいた若手ばかりでなく、乞われれば異なる派閥の議員にも、ぽんぽんと金を渡していた。その金を運んでいたのも、また紫野原たちだ。彼ら若手議員たちが、いまは大先生として要職に就いている。

とうに時効とはいえ、収賄で得た金を援助してもらったとなれば聞こえが悪かろうし、また昔のスタイルの資金集めに精通している者が、敵方にまわったことにも危うさを感じているのだろう。わざわざ牽制するということは、彼らが未だに同様の方法で金集めをしている証しでもある。

わかってはいたが、政治家の慎重さには改めて呆れる思いがする。猪突猛進型の小町がきいたら、どんな顔をするか——。

その顔を想像したとたん、急におかしくなった。

「もう、ノボさんたら、心配し過ぎだよ！」

昔のように呼んで笑顔を向けると、幟部はようやく肩の力を抜いた。

「そうか、心配し過ぎか」

「この歳になって、永田町に意趣返しするほどの執念深さは、僕にはありませんよ」

「現役キャバ嬢なんて、すごいものを投入してくるからさ、つい疑心暗鬼になっちゃったよ」

ははは、と互いに声に出して笑う。

「でも、どうしてわざわざ彼女の秘書に？」

「そうだなあ……まあ、いちばんの理由は、面白そうだからかな」

「それだけかい？」

「芹沢なら、何か面白いことをやってくれそうに思えてね」

水面にはさっぱり波風が立たない国会の会議場に、大きな石を投じて派手な水しぶきを立てる——たとえて言えば、そんなところか。石が沈めば、水面は何事もなかったかのように元のなめらかさをとり戻すだろうが、波紋だけは大きく広がり、波となって岸に打ち寄せる。わずかながらでも岸辺に生える水草を揺らし、岸に佇む市民の目をとらえることができるかもしれない。

紫野原は小町の中に、そんな可能性を見出したのだ。

「それと、理由はもうひとつあってね」

「何だい？」

「僕にとって、政治は金だった。まず金ありきで、脇坂先生の政治理念や信条も、あのころはよくわかっていなかった」

「おれも同じだよ。若いころは、目の前のことで精一杯だからな。政治家がどういうものなのか、本当に理解したのは議員になってからだ。とはいえいまでも、四六時中金のことばかり考えている。いくら集めても、湯水のように出ていくからね」

世間からは事あるごとに高過ぎると非難を受けるが、議員の給与はいまの額ではまったく支出に追いつかない。

国会議員は、特別職の国家公務員にあたり、主な収入は三種類に分けられる。

まず「歳費」と「期末手当」。歳費は月額約一三〇万円で、これは新人もベテランも関わりなく同額である。歳費の名称は、明治時代に帝国議会が開かれたときには年俸制であったからだ。現在は月給制で、毎月十日が支給日となっている。また「期末手当」として、六月と十二月に計約五五〇万円が支払われ、こちらはボーナスにあたる。総額で、年間二一〇〇万円となり、庶民にとってはこれだけで、目くじらを立てたくなるだろう。

三つめは「文書通信交通滞在費」で、月に一〇〇万円、しかもこの手当は非課税だ。文字通り、文書を作成するための文具代や、電話代や郵便代などの通信費、出張や地元選挙区に帰省するためのホテル代や交通費。つまりは政治活動のための実費に充てられるが、項目が細かいだけに支出の管理が難しく、一方で報告義務はないから、実際に何に使ったかは表には出てこない。

そのほかに「立法事務費」は、議員ひとりにつき月額六五万円支払われるが、議員に直接ではなく政党に支給される。議員にどのように分配するかは、党によって、また衆参によっても変わってくる。

また政党には、「政党交付金」も支払われる。一定数以上の議員を抱える政党に限り、議員数や得票数によって国庫から支給され、党の方針によって所属議員に配分される。

無所属であればどちらも受けとれないのだから、政党には確かに旨みはあるのだが、そのぶん何かとしばりは多い。さまざまな役割を担わされ、手伝いに駆り出されることも多く、党の方針には従わざるを得ない。また交付金とは逆に、議員から党への個人献金などもあり、ギブアンドテイクで考えると五分五分といったところか。

他に議員の特権として、よく知られているものが、ＪＲや私鉄の電車やバス、それに国内航空便の無料パスだ。タダ券などと揶揄されているが、首都圏以外の地方から当選した議員にとっては命綱に等しい。航空券については無制限ではなく、議員の地元から東京まで、最高で月四往復分が支給される。

国会議員は毎週、あるいはそれ以上の頻度で、地元と東京を行き来している。金曜日に地元に帰り、火曜にまた永田町に来る議員が多いことから、「金帰火来（きんきからい）」という言葉があるほどだ。たとえ北海道でも沖縄でも、この習慣は変わることがない。毎週欠かさず、選挙地盤たる地元をフォローし、さらに議員会館にも目を配ることが必須とされ、タダ券はそのために必要不可欠なのだった。

これだけ手厚く支給されても、実際の支出にはまったく足りない。

地元事務所の家賃と光熱費、パソコンやコピー機などの備品や消耗品費。小町は城東区にある事務所ひとつで精一杯だが、中には四つも五つも事務所を構える議員もいて、選挙のときだけ、事務所を増やす例もある。

備品や消耗品費は議員会館にも必要で、ポスターや冊子、国政報告書などの印刷代も、年間で数百万にもおよぶ。小町は移動用の軽自動車は中古で購入したが、ガソリン代などの維持費はかかる。

議員ともなれば、身なりにも気を使わなくてはならない。安物のスーツで十分だろうと、最初は小町も考えていたようだが、毎日朝から晩まで着用するものだから、夕方には肩が凝ってきて終（しま）いには吐き気がしてくると、青い顔でぐったりしていた。こればかりは懲りたらしく、選挙前に女性議員御用達の店に行き、一着二、三万円で購入してきた。生地がかるく、また風通しもよく、着心地が全然違うとご満悦だった。一日中、歩きまわっているに等しいから、ローヒールのパンプスもすぐに駄目になる。

これら衣装代の経費に加え、交際費も馬鹿にならない。

毎日、何十人もの人間と会い、そのうちの何割かは長いつき合いになる。冠婚葬祭だけでも、空恐ろしい金額になる。ただし祝儀や香典は、寄附とみなされて公職選挙法に抵触する場合がある。結婚式や葬式に議員当人が出席するなら、現金に限って認められるが、秘書を代理で行かせるなら不可だとか、非常に細かなとり決めがある。しかし、後援者の葬式に香典も出さないような常識外れの議員はどこにもいないから、あくまで私費として、経費には計上しない。

また、小町は取材費と呼んでいるが、子供をもつ親たちとの懇親会をちょくちょく開いている。夜に働くホステスやキャバ嬢の会に、安い賃金でパートで働くママの会、あるいはひとり親家庭の会と種類も豊富で、名目上、多少の会費をとることはあるものの、金銭的に苦しい家庭が圧倒的に多く、ほとんどが小町の自腹である。

しかし何といっても、いちばん出費が嵩むのは人件費だ。

公設秘書の三名分は国から支給されるものの、多部と村瀬、ふたりの私設秘書の給与と、また建前はボランティアとはいえ他のスタッフたちにも、まったくの無給というわけにもいかない。決して高額ではないものの、せめて気持ちだけでもと、小町は気を配っていた。

国会議員は、個人経営者に非常に近い。違うのは、政治資金規正法や公職選挙法にガチガチに縛られているところか。経営者なら頭を使い、収支を調整するアイデアをいくらでも出せるだろうが、議員の場合は、そのアイデアは必ずと言っていいほど法律に引っかかる。過去にいくつもそういう例があり、家計簿感覚が抜けないのか、案外女性議員にありがちなのだ。

「芹沢議員の収支は、シノさんが見ているんだろう?」

「大まかな部分はね。細かい品目の書き出しなんかは、むしろ苦手でね。若い秘書に任せているよ」

「それでも、お金のプロが見てくれるなら、一年生議員には心強いはずだよ」

「だといいがね」

幟部にかるく返す。互いの金の苦労話にいっとき話題がそれたが、本題は忘れていない。

「七年も秘書をしていたのに、僕は結局、政治の金の部分しか知らない。肝心要の政治家の本質というものが、この歳になってもいまひとつ見えていない」

「二十年議員のおれでさえ、その質問にこたえるのは難しいよ」

そうか、と紫野原は微笑(ほほえ)んだ。

「芹沢なら、そのこたえをくれるんじゃないかって、そう思えるんだ。彼女の秘書になった、いちばん大きな理由はそれかな」

それがよりによって、どうして芹沢小町なのか——。

ぽかんと呆気にとられた幟部の顔には、失礼なほどにはっきりとそう書いてあった。

幟部が機嫌よく、秘書を連れて帰っていくと、千鶴子に引き止められた。

「お呼び立てしたお詫びに、一杯いかがですか？　もちろん、ごちそうさせていただきます」

断る理由もなく、紫野原もこのママとは、一度話してみたいと思っていた。

フロアの客は大方が帰り、いまはスポーツ選手らしい客と、引退した経営者だろうか。品の良い白髪の男がひとり、ホステスと談笑していた。

千鶴子は彼らから離れた席に紫野原を座らせて、ボーイにブランデーを頼んだ。

「そういえば千鶴子ママに、きいてみたいことがあったんだ」

「あら、何かしら？」

「僕とママが結託して、議員にしようと画策したんじゃないかって……前に小町ちゃんに、疑われたことがあってね」

「それ、私も言われたわ。たしか、私が勧めた次の日に、紫野原さんもまったく同じことを言ったって」

「たまたまタイミングが合っただけなのに、小町ちゃんにはずいぶんと気味悪がられたよ」

一緒に笑ったところに、酒が運ばれてきた。静かにグラスをまわし口に含むと、芳醇な香りがいっぱいに広がる。こんな高級な酒は、まさに三十年ぶりだった。同じ琥珀色の酒を喉の奥に収めてから、あらためてママが顔を向けた。

「すみません、何かご質問があったんでしたね」

「たいしたことじゃないんだけど……どうして、小町ちゃんに議員を勧めたのか、きいてみたかったんだ」

「ああ、それですか」と、千鶴子は朗らかに笑う。

「小町ちゃんをメディアに引っ張り出したのは、千鶴子ママだよね？　小町ちゃんから、そうきいている。たしか、三、四年も前のことで、もしかしたら、その頃から彼女を議員にって思惑があったのかなとも思えてさ。あれだけ露出が多かったからこそ、知名度が上がって、当選にも繋がった。いわばタレント議員と同じだね。選挙の必勝法は、顔と名前を覚えてもらうこと。それをクリアしていたからこそ、久世さんも出馬の後押しをしてくれたんだろう？」

たしかに、と後半は千鶴子も認めたが、思惑の部分は否定した。

「メディアへの露出を勧めたのは、単純に資金集めのためですよ。いろはルームの開設に向けて、カンパだか寄付だかを小町ちゃんから頼まれましてね」

「小町ちゃんの知人の中では、いっとうお金がありそうだから、それも然りだね」

「甘えるなと、ちょっとお説教したんです。経営者といっても所詮は小粒ですし、一個人が援助できる金額など高が知れてるでしょ？　本気でお金を集めたいなら、自分の顔を売ってでも、広く寄付を乞うべきだって」

「それがテレビ出演というわけか」

「お客様の中には、そちらの方面の方々もいらっしゃいますからね。顔繋ぎだけはしましたが、出演に漕ぎつけたのは、小町ちゃん自身の魅力と、あとは熱意でしょうね」

テレビ局、番組制作会社、あるいは広告代理店。また、昨今流行りの動画配信会社。映像に携わる業界人に、小町を紹介した。

彼らを引きつけるためには、売りとなる宣伝文句が要る。

キャバ嬢自ら、夜間保育施設を立ち上げる――。

それがキャッチコピーであり、真っ先に反応してくれたのは、ある番組制作会社の女性社長だった。規模は大きくないものの、ＮＨＫとのパイプを持ち、教養番組や実録物を得意とする。夜間保育施設の開設に奔走する小町を追う形で、十五分のドキュメンタリーを作りたいと申し出てくれた。

恐いもの知らずに見える小町でさえも、衆目の前に自分の姿をさらすという行為には、最初はためらいが勝っていた。自分自身のことよりも、菓音への影響を考えたのだろう。それでも四の五の言える立場にはなく、寄付や援助を募るには何よりの方法だ。小町の決心を促したのは、その女性社長の人柄も大きい。決して興味本位ではなく、夜間保育の実態や、行き届かない行政の対策を少しでも多くの人に周知させたい――。その主旨と訴えが、小町を決心させた。

ひと月のあいだに日を置いて、五日間ほど密着取材がなされ、でき上がった十五分の映像は、教育テレビの福祉番組の中で放映された。視聴率としては微々たるものだが、反応は小町や千鶴子が思っていた以上に大きかった。

立ち上げたばかりのいろはルームのサイトには、コメントや問い合わせが殺到して、一時はパンク状態に陥った。ぜひ子供を預けたいと訴える入所希望者や、自分も苦労しているとの同情の声、そして援助の申し出も桁違いに増えた。中には、キャバ嬢の思いつきに過ぎないといった中傷もあったが、圧倒的に多い励ましの声にかき消された。

また、この放送のおかげで、他の局や番組からの出演依頼も舞い込むようになった。

軽くユーモアを交えた、あたりさわりのない無難な一般論で対応できれば、ワイドショーなどで重宝されたのだろうが、あいにくと小町にはそれができない。正直さと熱意が仇となり、どこか喧嘩腰にも見えてしまい、場の空気を乱してしまうからだ。代わりに真面目な教養番組・福祉番組などでは、保育関連の専門家的な立場で呼ばれるようになり、同時にシンポジウムや福祉イベントなどで登壇を頼まれる機会も増えた。

「ああ見えて努力家だから、勉強だけはよくやったよね。講演する以上は、生半可な知識では申し訳ないって。そのうち保育や教育に留まらず、経済や政治にも関心をもつようになった。社会問題のたぐいは突き詰めると、結局はそこに行き着くからね。それが議員になる上での下地になったんだろうね」

「私はそれ以上に、あの心臓に感心したわね。露出が多いと必然だけれど、生意気だとか態度が大きいとか、バッシングを受けることも結構あったのよ。なのに少なくとも表面上はしれっとして、意に介したようすがないの。あの厚顔ぶりと肝の太さは、政治家向きと言えるでしょ？」

「それでも支持層はいるからね。特に若い世代には人気があった。多少強気に見えても、発言と姿勢がぶれないところが、結果的には良かった。若い夫婦世帯の多い城東区では有利に働いて、当選に繋がったからね」

「たぶん久世先生も、その辺りを見越して、東京十五区の候補に推してくださったんでしょうね。民衛党の前議員が離党してしまって、ちょうど新しい候補者を探していたから、タイミングも良かったわね」

「で、最初の疑問に戻るけど、どうして小町ちゃんを議員に？　大事なお客様である先生方に紹介した以上、千鶴子ママも本気だったたってことだよね？」

「そうねえ……さっき言ったとおり、政治家向きに思えたこともあるし、小町ちゃんの望みを叶えるためには、いちばんの早道にも思えたたし」

グラスの中で静かに回る琥珀色の液体に、しばし目を落としていたが、ふいに口角を上げた。

「面白そうだから」

「え？」

「あの子が国会議員になったら、面白いだろうなって、そう思えたのよ。いちばんの理由は、やっぱりそれね」

ショートカットの千鶴子が、あっけらかんとこたえる。思わず口に入れたブランデーを吹き出しそうになり、辛うじて抑えたものの、代わりにゴホゴホと盛大に咽せた。

「大丈夫ですか、紫野原さん。いま、新しいおしぼりを……あら、ひょっとして、笑ってらっしゃるんですか？」

「いや、まさか……理由まで同じとは、思わなくて……」

「じゃあ、紫野原さんもやっぱり？」

「もう、あんなに面白い子は、なかなかいないからね」

ええ、と千鶴子はうなずいて、おしぼりと酒のお代わりをボーイに注文した。

六

入口を一歩入ると、強烈な香辛料のにおいに包まれる。最近は小洒落たエスニックの店も増えたが、ここの雰囲気は定食屋に近い。適度な垢抜けなさが心地よく、ベトナム人の店主が作る料理は、旨い上に安い。銀座とはいえ新橋に近い高架下にあり、客層は雑多で外国人も多い。深夜二時という時間帯にもかかわらず、十席ほどある四人掛けのテーブルの奥の半分は、華やかな一団に占められていた。

「あ、小町さん、来たよ」

「小町ちゃん、ちこくー。もうはじめてるよ」

「仕方ないよ、せんせーなんだから。せんせーの席こっちね」

「先生はやめてよ。未だに虫唾(むしず)が走るんだから」

わざとしかめ面を作り、小町は中国人のウェイトレスにベトナムビールを頼んだ。

今日の参加者は、十八人。ほとんどが顔なじみだが、ふたりほど小町の知らない顔もある。メンバーが連れてきたらしく、ひとりは二十代後半くらいに見えるが、もうひとりはまだ二十歳だという。

「お子さん、いくつ?」

「一歳二ヵ月。旦那とは色々あって、半年前に別れちゃって……」

リンナと名乗った二十歳の母親は後をにごしたが、

「そんな顔しなくていいって。ここにいるのはみんな、似たりよったりなんだから」

向かい側にいるサヤカが、カラカラと笑う。サヤカは三十をひとつふたつ過ぎていて、ここではお姉さん格にあたる。リンナが、少しホッとしたようにうなずいて、そこに小町のビールが運ばれてきた。

「じゃあ、あらためて、かんぱーい！　『銀ママ会』へようこそ！」

サヤカの音頭とりで、あちこちでグラスが鳴って、たちまちにぎやかなさえずりがはじまった。

「銀座に勤めるママ友の会だから、略して銀ママね」

「けど、銀ママってきくと、オーナーママの集まりみたい。ニュアンス違くない？」

「アオイさん、ダイエットしたでしょ。この前より断然スレンダー」

「ただの夏バテだってば。ああ、あと、子供のプールにつき合わされて」

「ミッキーはホスト通い、少しは収まったの？」

「今月はまだ、二回しか行ってないんだよ。すんごい進歩だと思わない？」

こういう中身のない会話は、女には必要不可欠だ。たとえ高級住宅街に住む金持ちマダムだろうと、表参道（おもてさんどう）や麻布界隈（あざぶかいわい）でベビーカーを押しながら闊歩（かっぽ）する、流行最先端な若いママであろうと、あるいは昼食をワンコイン弁当で済ませる会社員も、スーパーの特売で得た戦利品を片手に、街角でたむろするおばちゃんたちも、この習性ばかりは変わらない。

　老若も職業も上下も問わず、女は会話で呼吸する生き物なのだ。これができないと、窒息死してしまう。決して比喩ではなく、切実とも言える欲求だった。

けれどもホステス同士だと、案外横の繫がりができにくい。互いに熾烈なまでのライバル関係にあり、しかも女の部分で競わなくてはならない。一般の会社勤めでも、学生時代のような友人関係は案外築きづらいときく。仕事には利害関係が絡むから、相手を信用しきれないのかもしれない。ホステスならなおさらだ。

だから小町は、この会を作った。といっても最初は五人ほど、仕事帰りにおしゃべりで憂さを晴らすだけの、ただの飲み会だった。小町がリサーチした数十人の母親から、気の合った者同士が集まった。それが二年ほどで四倍ほどにふくらみ、ただそれ以上は増えなかった。

夜の街は、店も人も新陳代謝が激しい。ホステスは消耗品であり、商品価値があるあいだは大事にされるが、それは決して長い期間ではない。「パラレル」のようにキャスト年齢の高い店は多くはなく、しかも容姿か会話に秀でていることが条件だ。

現に銀ママ会の初回メンバーたちも、小町とサヤカを除いて、すでに銀座を離れていた。新橋や新宿歌舞伎町へ移る者もいるが、それは恵まれている方だ。三十半ばを過ぎて水商売ができるのは、錦糸町くらいか。

実を言えば、錦糸町には『銀ママOB会』があり、錦糸町で働く者にとどまらず、銀座を離れたママたちが都内のあちこちから集合する。中には水商売から足を洗い、昼間の仕事に就いたり、ホステス時代に貯めたお金で飲食店を開いた女性たちもいる。未だに現役の者たちからは、「うらやましい」と羨望される立場だが、実態はなかなかに厳しいようだ。マイコという三十七歳の友人は、この前のOB会でしきりにぼやいていた。

「銀座勤めにくらべれば、もう収入なんて雀の涙だよ。仕事はホームセンターの園芸コーナーなんだけど、土やら堆肥やら鉢植えやらが重くって万年腰が痛いしさ。契約社員だから、残業込みで毎日十時間働いても税込み一八万円。これで子供ふたり養うなんて、ありえないよ」

契約社員は、アルバイトと同じだ。賞与もなく、彼女の年収は、手取りで二〇〇万にも満たない。国や自治体から支給される諸手当を加算しても、小学生と中学生の子供と三人で都内に暮らすには、ぎりぎりの収入だ。

子供に関わる手当については、地域にもよるが、東京都の場合なら主なものとして以下の三つがある。「児童手当」と「児童扶養手当」、そして「児童育成手当」だ。

児童手当は、現在ではすべての子供に支給される。一九七二年にはじまったが、当初は子だくさんの家庭を支援するためのもので、第三子以降が対象とされていた。それから年齢や親の所得によって、条件や金額は紆余曲折（うよきょくせつ）を経て、二〇一二年以降は、〇歳から三歳未満までは月額で一律一万五千円。三歳から小学校修了までは、ふたりめまでが一万円、第三子以降は一万五千円。中学生は子供の数に関わりなく一万円となり、中学修了まで支給される。ただし親の年収が九六〇万円以上なら、子供の年齢に関係なく一律五千円となる。

一方で、児童扶養手当と児童育成手当は、原則としてひとり親世帯のみを対象とし、事情により祖父母などが育てる場合も申請できる。

育成手当の方は、東京都なら子供ひとりにつき月額一万三五〇〇円と規定されているが、シングルマザーの命綱とも言える扶養手当は、もっと複雑だ。

こちらは十八歳までが対象とされ、児童手当のような年齢による規定はなく、子供の数によって額が決められている。

子供ひとりなら、月額四万二三三〇円。ただしこれは満額を受け取れる場合の金額で、満額の条件は、ひとり親の年間所得が五七万円未満。生活保護を受けなければ、とても暮らしていけないような極貧世帯でなければ、満額は受け取れないということだ。ちなみに生活保護と扶養手当は、申請さえ通れば重複して受けることができる。

これより所得が高い場合は、一〇円単位で削られる。

計算式は、四万二三二〇円－（所得－五七万円）×〇・〇一八六八七九。

これだけでも十分にわかりづらいが、実は基となる所得の計算だけでも至難の業だ。

所得とは、税込み年収とも、手取り収入とも異なるもので、「年収」から「給与所得控除額」、平たく言えば必要経費を差し引いたもので、会社勤めの場合は収入によってあらかじめ決められている。年末に発行される源泉徴収票に「給与所得控除後の金額」として記載されるのが、この所得である。

さらに元夫から養育費が払われていれば、それも所得とみなされるし、保険や医療費をはじめ様々な控除も加味しなければならないから、税金の計算と同様に、ますます複雑怪奇なものと化す。個人で計算するのはまず無理な話で、小町はネットで探してみたが、厚労省はもちろん城東区のサイトにも、金額を算出できるものはなかった。

結局、申請してみなければ支給される金額さえわからないのが現状で、必要項目を打ち込めば税金が算出される国税局の方が、よほどましかもしれない。絞りとることには熱心でも、支給となるとたんに不親切になる。アジアでいちばんの先進国の実態は、かようにお粗末なものだ。

ちなみに、児童手当は内閣府が、扶養手当は厚生労働省が、育成手当は東京都と、それぞれ管轄が違う。この管轄のバラつきも、利用する市民にとっては甚だ面倒で、いちいち個別のホームページで確認しなければならない。

各世帯の状況があまりに種々さまざまで、一概には算出できないという事情もあるだろうが、逆に言えば、一〇円単位で削ろうとするあまり、かえってお役所仕事を増やしているとしか思えない。これに関わる人件費を鑑みれば、多少の不公平が出ても、もっとシンプルな規定を設けた方がましではないかと鼻白む思いがする。

それ以上に、この児童扶養手当については、納得のいかないことがある。

子供ひとりにつき、満額で四万二三三〇円なのに、子供ふたりなら、一万円しか増額されないのだ。さらに三人目以降なら、六千円の加算に留まる。

これはどう考えても、おかしい。子供がふたりなら、養育費は倍かかる。しごくあたりまえの法則が通用せず、最初にきいたときは、クエスチョンマークが百個くらい脳内をとび交った。少子化対策と声を大にして叫びながら、これではふたり以上は産むなと言っているに等しいではないか。

さらには一万円と六千円に増額されたのは、ついこのあいだ、二〇一六年八月からだ。以前はこの半分、わずか五千円と三千円の加算に留まっていた。子供ひとり分が数千円とは、あまりの現状だ。

これはおかしいと声をあげたのは、ひとり親家庭を支えてきたＮＰＯ団体だった。ネットを通じて市民運動として展開し、あきらめずに政府に働きかけて、ようやく増額を成し遂げた。児童扶養手当にとっては、画期的と言える成果だった。

三十数年のあいだ、児童扶養手当は過酷な状況を生き延びてきた。支給の抑制がこれでもかというほどに何度も計られ、減額や条件の引き締めがなされ、廃案までもが検討された。そのたびに市民団体が必死に抗って、どうにか守り抜いてきたという歴史がある。

小町が「いろはルーム」を、あえてＮＰＯとして立ち上げたのには、こうした先輩たちの苦労と努力を垣間見て、そこに可能性を見出したからに他ならない。

話を扶養手当の金額に戻すと、ふたりの子持ちであるマイコを例にとれば、月額一八万円の彼女の年収は二一六万円。控除の八三万円を引いた所得は、一三三万円となる。

マイコは元夫から、養育費はもらっていない。仮に保険や医療費控除などを考慮せずに、この所得で計算すると、式はこうなる。

四万二三二〇円−（一三三万円−九五万円）×〇・〇一八六八七九＝三万五二一九円。

一〇円未満は四捨五入するから、三万五二二〇円。

さらにふたり目の子供の分も、同様の数式が必要で、

一万円−（一三三万円−九五万円）×〇・〇〇二八八四四≒八九〇〇円。

ふたり分の扶養手当は、月額四万四一二〇円である。

一八万の給料は、手取りにすると一五万といったところか。

一五万円+児童手当二万円+児童扶養手当四万四一二〇円+児童育成手当二万七千円=二四万一一二〇円。手取りの年収にして、約二八九万円。

親子三人が都内で暮らしていくには、あまりに乏しい金額と言わざるを得ない。

もちろんマイコ自身は、事細かなお金の苦労などは口にしないが、ぎりぎりの生活をしていることは、彼女を見ればわかる。化粧気はなく、服は量販店の安物、美容院にも滅多に行かないのだろう、不揃いに伸びた髪を首の後ろで結わえている。

「銀座は無理でも、錦糸町があるし、また夜の仕事に戻りたくならない?」

いつか仲間のひとりが、冗談めかしてたずねたことがあった。そのときにこたえたマイコの表情が、小町にはとても印象深く残っている。

「そんなの毎日、思ってるよ。でもね、子供たちが胸を張って、僕のママの仕事は、ホームセンターの店員ですって言えることの方が、いまは大事かな」

小町だけではない。深夜業に従事する母親たちは、大方が心の隅で、子供にすまないと思っている。

この世には、歴とした格差が存在する。この仕事を続けてきた小町には、痛いほどそれがわかる。水商売というだけで白い眼を向けられ、差別の対象になる。そしてその的になるのは、小町ではなく娘の菓音なのだ。

菓音が小学三年生のときだった。十月四日、一週間後に迫った菓音の誕生日に、仲が良いという三人の友達を招待した。それ以前にも、同じ仲間内で誕生日会が催され、菓音も参加していたから、いわばお返しのつもりだった。

「みんな、来てくれるって！　楽しみだなあ。お母さん、オムライスは絶対作ってね」

金曜日に招待状を学校で渡したときには、みんな喜んで招きに応じてくれた。料理は得意とは言えないが、オムライスだけは菓音も絶賛してくれる。あとは唐揚げやピザを調達することにして、近所にある小さいが評判のいい洋菓子店で、ホールケーキも注文した。

けれど翌週になって、菓音がひどく気落ちした声で母親に報告した。

「ミナちゃんとユキちゃん、週末に用事があって、来られないんだって……どうしよう、お母さん、別の日に替えた方がいいかな」

娘のしょんぼりとした姿が、たまらなかった。たとえ延期しても、こたえは同じだろう。子供の母親たちが、菓音ではなく小町を避けているからだと、すぐに察したからだ。

学校のＰＴＡには、暗黙の了解が存在する。

親の職業は、あえて聞かない言わない――。

これは保護者会の仕事を平等にふり分けるための、ひとつの知恵だった。

昨今は、運動会や学芸会、授業参観にとどまらない。ＰＴＡ主催のバザー、読書会、親子体験会と、親が参加しなければならない催しは、一昔前にくらべてびっくりするほど増えた。役員などに選出されれば、膨大な時間を学校行事に削られることになる。

その一方で、親の、特に母親の働き方は多様化している。フルタイム、パート、専業主婦とさまざまで、これをあからさまにすれば、「じゃあ、専業主婦のあなたにお願い」「パートなら、フルタイムより余裕があるでしょ」と押しつけられることになる。専業主婦といえど、手のかかる年頃の子供が三人いるとか、親の介護をしているとか、それこそさまざまな理由を抱えている。それを専業主婦と一括りにされて、毎年面倒を被るとしたらたまらない。

不公平感を避けるために、親の職業を話題にしないのがいつしかあたりまえになり、ことに都心部では多いときく。

小町もまた、その法則を遵守していたのだが、メディアへの露出が増えてくると、自ずと保護者会にも周知される。菓音の誕生日会の一件は、ちょうどその頃に起きた。大方はNPOの活動を評価してくれて、夜の仕事についても誰もあからさまには口にしない。それでも、眉をひそめる親がいても不思議はない。

「あのときは、ごめんなさい……ミナをお誕生会に行かせなかったこと、ものすごく後悔してる。謝ろうと思いながら、なかなか言い出せなくて」

小町に向かって頭を下げたのは、いまは事務所スタッフを務めている永野美幸だった。

ミナちゃんは永野の娘で菓音の仲良しだが、誕生会を開いた三年生のときは、親同士は面識がなかった。その翌年、互いの娘が四年生に進級した際、ともにPTAの役員となり親しくつき合うようになったのだ。

「発言に切れがあるだけに、メディアの印象だとちょっと怖そうにも見えるでしょ？周囲からも色々吹き込まれて、つい疑心暗鬼になってしまって……」

懸命に詫びてくれたが、小町にとってはよくある話だし、選挙や事務所を手伝ってくれただけで、十分におつりがくる。

何より偏見も差別も、親なればこそだ。なりふり構わないものになる。「子供のため」という輝かしい大義名分のもとでは、建前に過ぎない社会理念など二の次だ。どんな小さな危険の可能性も、子供には決して近づけてはならない。

もしかすると、子供を思う純粋な親心こそが、エゴイズムにもっとも近いものかもしれない。

小町自身、人のことは言えない。何故なら、大人になった菓音に、キャバクラで働いてほしいとは、とても思えないからだ。当の小町でさえそうなのだ。周囲の親たちを非難する資格などない。

ふつうなら許される小さな過ちすらも、「あそこは親が水商売をしてるから」との先入観で判断されるのだ。

子供にお金の苦労をさせまいと、からだを張って稼ぐより、どんなに貧乏しても、安い賃金のまっとうな仕事の方が賞賛される。女手ひとつで育て上げたと、胸を張ることができるのだ。

もどかしいまでの焦燥に似た不条理に、思わず唇を噛んだが、何よりもそのときは、娘のケアが優先だった。菓音は見る影もなく、しょんぼりしている。

「みんな、あたしの誕生日、来るの嫌なのかな……菓音、嫌われてるのかな……」

「そんなことないよ、菓音。だって菓音のことは、ちゃんと招待してくれたでしょ？」

思慮深い親なら、ここで止めただろう。うやむやにしたり、何か別の方便でうまくかわすのが、正解だったかもしれない。けれども嘘が下手な小町には、正直に告げるより他に方法がなかった。

「嫌われてるのは菓音じゃなく、お母さんの方。というより、お母さんの仕事かな」

あのときの、菓音の表情は忘れられない。子供というものは、自分自身がけなされるよりも、親を悪く言われる方が傷つくものだ。菓音はひどく驚いて、そして本当に悲しそうな顔をした。

子供に対しては、正直が必ずしもいいとは限らない。大人の事情を隠すのは、子供への思いやりだ。成長しきっていない心には、嘘という楯で、真実の酷さから守ってやらねばならない。それでも小町は、あえて続けた。

「お酒を呑んだりする夜のお仕事は、子供のためによくないって考える人もいるんだよ。それでもね、菓音、お母さんは一生懸命働いているつもり」

「……うん、知ってる」

「もしかしたらこの先、お母さんのことで、菓音が意地悪をされたり言われたりすることがあるかもしれない。でもね、よおく覚えておいて。菓音もお母さんも、ひとっつも悪いことはしていない。菓音はいつだって、胸を張っていていいんだよ」

子育ては、迷いの連続だ。子供の問いかけに対して、どうこたえれば正解なのか、日々頭を悩ませる。おそらく、たったひとつの正解などなく、それぞれの家庭でそれぞれの親子が、自分たちなりの解答をひとつひとつ見つけていくしかないのだろう。

「それでも意地悪言う人がいたら、それで菓音がとっても悲しい思いをしたら、お母さんと半分こしよ。悲しかったんだよ、頭にきたんだよって話してくれたら、半分こにできるから」

「お母さんと、半分こ？」

「そう、半分こ」

おでこ同士をこつんとぶつけると、くふ、と菓音が嬉しそうに笑った。

「ね、小町さん、きいてきいて。うちの子ね、九月から学級委員長になったんだよ」

「それはすごい！　とんびが鷹を産んだね」

「ひどーい！　これでも小学校までは、わりと成績よかったんだから。間違いなく、あたしの血だもん」

「うちは親に似てバカだけど、運動だけは超得意でさ。将来はスポーツ推薦狙ってるんだ」

「うちは両方ダメだけど、ルックスだけは良いんだよ。将来はアイドルかなあ」

雑談がひとしきり済むと、子供自慢になるのはいつものことだ。学校のママ会なら、謙遜しつつ品よく納めるだろうが、ここにいる女たちはそんな憚(はばか)りとは無縁だった。自分たちは、他人に誇れる立場にない。わかっているからこそ、子供のことは声を大にして自慢したい。

無遠慮に好きなだけ、子供自慢ができる。それだけでも、この会を作った甲斐がある。

本来はライバル同士の彼女たちに、小町は横の繋がりを築きたかった。ただでさえ学校やＰＴＡで、肩身の狭い思いをしているのだ。ストレス発散ができ、情報交換の場があることが、どんなに心強いか——。小町自身が強烈に欲したからこそ、銀ママ会ができ、メンバーの顔触れを変えながらもこうして続いてきた。

小町にとっても、貴重な取材というだけでなく、何よりの息抜きになる。

忙しい合間を縫って、未だに「パラレル」に顔を出すのも、髪を黒く染めないのも、自分の原点がここにあると考えているからだ。議員然とした小町では、彼女たちに受け入れてはもらえない。現役キャバ嬢でいることは、小町が小町でいるために必要不可欠なことだった。

一方でここに来ると、どうして夜の仕事が差別されるのか、自ずとその理由も見えてくる。

要は、身持ちが悪いということだ。

現にアオイは浪費癖が抜けず、ストレスが溜まるたびにありったけを散財してしまう。それが度重なって、子供の給食費を半年も未納にしたり、携帯や電気を止められたこともある。ミッキーはホストクラブ通いがやめられず、以前は三日にあげず出入りしていた。こちらも当然、いくら稼いでも間に合わない。お姉さん格のサヤカですらも、世話好きが祟って、男に入れ上げては捨てられる生活が続いていた。

三人とも、以前にくらべればだいぶましになったが、何らかの問題行為のある母親の比率は、やはり圧倒的に多いと言わざるを得ない。

悪癖はさまざまだが、大本の根っこにあるのは、実は同じものかもしれない。

——孤独である。

周囲の無理解が、いっそうの偏見を生み、彼女たちを孤立させ、そのストレスが問題行動となって現れる。いわば負のスパイラルだ。

おかしな話だが、独身だったころよりも、シングルマザーは孤独に苛まれる。

独り身なら、何をしようと構わない。けれど聖なる存在の母親は、身持ちが悪くては務まらない——。ここでも母性信仰は、強固で堅牢な壁として立ちはだかり、当の母親たちを窒息させてしまうのだ。

これは決して、深夜業の母親に限らない。小町たちに対する偏見は、裏返って非難した側の母親たちに跳ねかえる。多少野暮ったくとも華美にならない服装に、でしゃばり過ぎない朗らかさ、保護者会や学校行事にはマメに参加しながらも発言はあくまで控えめに。存在感はあっても目立ち過ぎてはいけないと、神経質なまでに横並びの平均を心掛ける。親の態度ひとつで、我が子に非難がおよぶかもしれない。誰もが必死になる、その心境は同じ親として十二分に理解できるのだが、その狭い中庸が、窮屈な固定観念を生み出す。

母親らしい母でいなければならない——。

この強迫観念は、行き過ぎると、今度は自分の首を絞めることになる。たったひとつの過ちですら、母親らしくない、と自ら判断し、強い自己嫌悪に陥る。過ちではなく、単なる規格外の行為だと、自分を許してやることができない。

良い母親とは本来、子供を愛しているか否か——その一点だけにかかっている。なのに、世間並みの母ではない、というだけで社会から拒絶され、孤独に苛まれ、その負荷が積み重なったあげくに問題行動に走り、病気にまでなるケースがあまりにも多い。

ここにいる母親たちは、深夜業というだけで、すでにイエローカードを出されている。彼女たちのさまざまな悪癖も、ストレスの裏返しかと思うと、頭ごなしに叱る気にはなれなかった。せめて、こういう場で会話に興じることで少しでも発散してもらいたい。そして何よりも大事なのは、母親らしくない母親を、ありのまま受け入れてくれる場があって、自分は決してひとりではないと、彼女たちに信じてもらうことだ。

ただ残念ながら、小町の小さな手で掬い上げることができるのは、ほんのひと握りに過ぎない。さまざまな事情で、この会から遠ざかる数の方が圧倒的に多く、いちばんの理由は、小町が女であるからだ。

女性に生まれたことを、呪いたくなったのは、これで二度目だ。

決して女としての性を否定しているわけではない。菓音を産んだとき、本当に女に生まれてよかったと、心から感謝した。

しかし銀座には、まったく趣きの違う男女の壁が存在する。

自分を救ってくれる手は、男でなければいけない、という思い込みの壁である。

水商売の女性たちは多かれ少なかれ、同性の女性から疎外された経験をもつ者が圧倒的に多い。女を売る、つまり女としての商品価値が高い女ほど、同性からの反感を買うものだからだ。同じ女性への不信感が強く、馴れ合うことはできても、心の底から信じることができないのだ。

そのぶん男性への依存度が、非常に高い。

店に黒服を置くのも、そのためだ。彼らはいわばホステスたちの相談役であり、店のママや同僚には言えない愚痴や不平を、スポンジのように吸収する役目を負う。

小町がどんなに親身になっても打ち明けてくれない悩みを、男であるというだけで信用し弱みをさらし、利用されて捨てられる女がどんなに多いことか。彼女たちが愚かだと言ってしまえばそれまでだが、男性依存と女性不信は、見事なまでに相関する。

ことに離婚の経験は、周囲が考えている以上に、深い爪痕を残す。

こればかりは、水商売に限ったことではない。妻として母として女として、女性性の一切が否定された――そんな思いにとらわれる。自分では案外自覚ができず、潜在意識の底に沈んでいる場合も多く、よけいに厄介だ。

小町もやはり同じ経験をしているだけに、決して他人事ではない。

女は理屈ではなく、感覚でとらえる生き物だ。それだけに底に沈んだ不安は、さまざまな形となって現れる。自分でも説明がつかず、ただますます母親像から遠ざかっていく自身を茫然とながめ、子供への罪悪感ばかりを募らせて、いっそうやめられない悪癖へと駆り立てられていく。これもまた悪循環だ。

同じ仲間を助けたいと、小町が奔走するのも実は同じ理由かもしれない。妻として失格となった自身の最後の砦は、菓音の母であり続けることだ。同様の境遇の女性たちと関わり、助けになることで、母たる自分を維持し続けられると、どこかで考えているのかもしれない。

ここにいる彼女たちも、子供への執着にかけては引けをとらない。まさにたったひとつ残された、大事な大事な宝だ。子供自慢はあたりまえ、度が過ぎるほどに溺愛したり、洋服や習い事に湯水のように金を注ぎ込んだりと、偏愛ぎみの母親も多いが、心から子供を愛している。

その一方で、男性に守られたい、傍にいてほしい、優しくされたいという欲求も容易には消えない。父親にはなり得ない安い男を引き入れて、騙されたり金を貢いだり、暴力をふるわれたりと、ひとかたならぬ被害に遭うことも珍しくはないのだ。

何もこの業界だけでなく、男性依存の女性はかなりの数にのぼる。

交際相手の男が、子供に暴力をふるい死なせてしまう痛ましい事件が、たびたび起こるのもそのためだ。

自ら望んで、颯爽と家庭からとび立つ女性も増えてはいるが、まだまだ大方の女性は、男に依存したいという思いを、心のどこかに抱えているのではないか——。夫婦と子供のいるあたりまえの家庭という、この国が培ってきた幸福の形から、その呪縛から逃れられず、はじき出されてなお、必死にとり戻そうともがいている——小町には、そう思える。

そして、国も政府も法律も、この型通りの幸せこそが最善だと、未だに大声で吹聴するのだ。これほど多種多様な価値観が存在する世の中になっても、政治はまったく追いついていないどころか、目に入れるのを忌避しているかのようだ。

健全な家庭を守ることに余念がなく、福祉という名の、そこからはじかれた人々のための方策となると、あまりに雑過ぎる。世論に叩かれない限り、重い腰を上げるどころか目を向けようとすらしない。

自ら議員に立ったのは、そういう政治への、憤りに近い不信感が大きかったが、実を言えば、小町を本気で奮い立たせたのは、銀座ではたらく母親たちではなく、さらに深い闇の底で足掻（あが）いている存在だった。

ここにいる彼女たちは、決して底辺ではない。

夜の仕事にもヒエラルキーが存在し、彼女たちはいわばその山の頂きに近い場所にいる。ホステスの下には、風俗の裾野が広がっており、さらにその下、まさに地下に等しい闇の中でもがいている母親たちがいる。

風俗というと、ホステス業界からは明らかに下に見られるが、この仕事を続けるためには、ある意味ホステス以上のプロ根性が必要となる。なにせ商品は自身のからだなのだから、スタイルを維持したりテクニックを磨いたりと、金を稼ごうとするなら努力は欠かせない。

何よりホステスにしろ風俗にしろ、ちゃんと出勤している時点で、労働意欲があると言える。子供を抱えながら、それすら覚束（おぼつか）ない女たちが、ピラミッドの底辺に沈んでいる。

たまたま立て続けに、そのふたりの相談をもち掛けられたのは、運命だったのではないかと、後になって小町は思った。

どちらも本人から直接、頼られたわけではない。身近にいた者たちが、これはまずいと気がついて、それぞれが小町に相談してきた。

最初の相談者は、銀ママ会のメンバーのひとりである、アスミだった。

「あのね、小町ちゃん。うちのアパートに、シングルマザーがいてね。娘同士が同じ学年だから、ちょこっとだけ面識があるんだけど……その母親がね、ちょっとヤバそうな感じなんだよね」

「ヤバいって、何が？　まさか薬でもやっているとか？」

「そっちの薬じゃなく、病院の薬をごっそり飲んでいるみたいで。見た感じ、からだが悪いってより、ウツか神経やられてるか、そっちの方じゃないかと思うんだよね」

母親の名前は、藪原弥里。当時三十歳で、六歳の娘がいた。娘がアスミの家に遊びに来ることはあったが、逆に藪原家に行くのは、病気で具合が悪いから遠慮してくれと断られていた。そのことについては別段不満はなかったが、ある日、弥里からお金を貸してくれないかと頼まれた。

「一万円だけだったし、ほとんどつき合いのないあたしに頼むなんて、よほど困ってるんだなって、あげるつもりで貸してあげたんだ」

アスミはもともと人の好いところがあるのだが、返ってこないかもしれないと思いながら貸してやったのは、弥里の娘から、昨日から電気を止められているときかされたからだ。

仰天しながら、弥里は働いているのかと、さりげなく娘にたずねた。昼間は家から一歩も出ず、ほとんど終日布団の中にいて、週に二、三度、夜になると仕事に出かけると、子供はこたえた。

「どう見てもホステスって感じじゃないし、メンタルやられてるなら他の仕事も無理そうだし。もしかすると、ピンで稼いでる口じゃないかなって……」

ピンで稼ぐとは、個人で売春することだ。

離婚歴があって、娘も同い歳。境遇の近さもあるが、アスミは何より子供のために放っておけなかったのだろう。一、二度、藪原家を訪ねてみたが、おそらく向精神薬の副作用か、弥里はまるで幽霊のようにぼんやりしていて、ろくな話すらできなかった。

アスミから話をきいた、その翌日だったと思う。よく似た話を、今度は店の黒服からきいた。黒服といっても、二十一歳とまだ若く、入店して半年だからボーイのあつかいだ。歳のせいもあって雰囲気はかなり軽いが、タケルは気の好い奴で、閉店後、小町を呼び止めて、「ちょっといいスか?」と相談をふってきた。

「女のことで、どうしたらいいか悩んでて……あ、彼女とかじゃないっスよ。二、三度会ったってだけで、彼女にするにはヤバ過ぎるし。顔はけっこう可愛いんスけど、性格が危なっかしくて病院にも通ってるみたいで。まあ他人だし、放っといてもいいんスけど……そいつ四歳のガキがいて、話きいたら金も底ついてるみたいで、ヤバいんじゃないかなって。小町さん、ママ会とか開いてるし、NPO? そういうのとも繋がりがあってきいて、何とかしてくれるんじゃないかなって思ったんス」

「いろはルーム」を立ち上げるより前の話だが、参考のために非営利目的の託児所や、ひとり親のサポート団体など、さまざまなNPOをまわっていたころだ。店の黒服などにも話していたから、若いボーイは相談する気になったのだろう。

「タケル、その相手とは、どこで知り合ったの？」

「携帯の、出会い系っス」

悪びれることなく、あたりまえのようにタケルはこたえた。

「後腐れないし、ホテル代抜きで一万なら悪くないし」

要は出会い系サイトを使った売春なのだが、買う側の男はもちろん、女の方にもからだを売っているという感覚がないことは、後で知った。

タケルの相手は、二十八歳。田村香澄という女性だった。

「けっこう、年上なのね。そういうシュミ？」

「違いますよお。最初はサバよんで二十四って言ってたんス。二度目からすっかり懐かれちゃって、きいてもいないのに自分のこと洗いざらいしゃべり出して、何かもう悲惨極まりないっていうか、オレも家庭環境悪かった口だけど、全然負けてる」

父親からも別れた夫からもＤＶを受け、夫とは二年前に離婚。その後もずっと気持ちが不安定で、精神科に通っていて薬は欠かせない。その副作用もあって離婚後に見つけた仕事は一年半で首になり、この半年は出会い系で会った男たちからの援助だけで暮らしている。やはり薬のせいか、ふだんはおっとりというかぼんやりしているのに、突然スイッチが入ると、興奮気味にのべつまくなしにしゃべり出すというから、躁鬱の気があるのかもしれない。

精神を病んで、収入のためにからだを売る。それで親子ふたりの生活をどうにか支えている。そこにあるのは、絶望的とも言える絶対の貧困と、底知れない孤独だった。

藪原弥里も田村香澄も、見るからに水商売には縁がなさそうだった。売春しているという自覚に欠けるのは素人だからこそとも言えるが、彼女たちが出会い系に求めるものは、お金以上に、束の間の孤独からの救済だった。

どん底の暮らし、母親失格のレッテル、子供への罪悪感――。先にはただ闇が広がっていて、それがどれほどの昏さなのか、判別する視力すらもはやない。

彼女たちのため、子供たちのために、何かしてやりたい。何かしなければならない――強烈な使命感に襲われた。

アスミとタケルに乞い、彼女たちと会うことができたが、結果は惨憺たるものだった。

「私も、バツイチで娘がいるの。似た者同士、何か困っていることがあるなら、協力できないかなって」

弥里のところはアパートの部屋を訪問し、香澄とは新宿の居酒屋で会った。

できるだけくだけた調子を心掛け、また気さくな雰囲気作りにかけては小町は自信があった。男相手の店での接客ばかりでなく、ホステスたちへの取材や銀ママ会、あちこち顔を出したNPOなどでも対人関係は概ね良好で、初対面でもまず困ることはない。

できるだけ自然にふるまい、笑顔をたやさず、嫌な態度をとられても気にしないふりをする。コミュニケーションのこつは、これに限る。ただし、明らかにおかしい、不当だと思える扱いには、きちんと釘をさす。肩の力を抜いた一種のふてぶてしさは、相手に安心感を与え、そのうち相手も小町の存在に慣れてくる。

あのころは、どこかで自分を過信していた。気持ちを尽くして話せば、わかってもらえる。自分こそが、彼女たちを救うことができるはずだと、心のどこかで悦に入っていた。

そうして、手痛いしっぺ返しを食らった――。

藪原弥里は、小町を見るなり、猛禽(もうきん)を前にした兎(うさぎ)のようにひたすら怯えた。

「ひょっとして、民生委員か何か？　だったらお断りします。うちは何も困っていません。別れた主人に養育費をもらっていますから、私が働く必要はないんです」

あからさまな嘘までつかれて、小町の横でアスミが必死で弁護する。

「そんなんじゃないってば、小町さんは私の友達で……」

「この前、お金借りたから嫌がらせのつもり？　たった一万円でこんなことされるなんて、あんまりよ。待ってて、いますぐ返すから。あなたとは金輪際関わらないわ、もちろん娘もね」

いったん奥に引っ込むと、万札を手に戻ってきた。アスミに紙幣を突き返し、玄関の外へとふたりを押し出す。散らかった室内と、薄暗い中にぽつんと佇む子供の姿に、どうしようもなく胸を打たれた。

「藪原さん、娘さんのためにも、話だけでも……」

「あの子はどこにもやらないわ！　私からあの子をとり上げないで！」

ドアの向こうに消えたその目は、怒りというより悲壮感に満ちていた。

タケルと一緒に出向いた居酒屋では、それ以上に手痛いあつかいを受けた。タケルの横にいる小町に気づくと、嬉しそうな笑顔がたちまち失せて、厚ぼったい革で拵えた能面のような、こわばった無表情に変わった。

「だからね、生活が苦しいなら、短期間だけでも生活保護を受けるとか、病気が治るまで子供を預けるとかした方が、後々のためにはいいかもしれない。申請書類の作成も、区役所への手続きも、私が一緒にやるから、何も心配いらないし……」

そのとたん、氷水を顔に浴びた。向かい側にいる香澄がひと口も口をつけないままでいた、ジョッキのハイボールをぶっかけられたのだと、把握するのに一秒かかった。

「香澄、何やってんだ！　小町さん、大丈夫っスか？」

となりに座るタケルがオロオロし、事態を察知した店員が、おしぼりを手に駆けつける。それを待たず、香澄がすっくと立ち上がった。

「生活保護？　冗談じゃないわ！　周りにバレたら、子供がいじめられるんだよ。ましてや施設だなんて……」

弥里と違い、その目は怒りに燃えていた。

「あの子はあたしの子よ！　どこにもやらない、決して手放さない！　あんたたちは何かと理由をつけて、あの子と引き離そうって魂胆だろうけど、そんなこと絶対にさせない！　あの子だけは、私から奪わないで！」

　奇しくも、彼女たちは同じセリフを吐いた。

　あれは、魂の叫びだった。心の底からの、たったひとつの願いだった。

　自分がどれほど迂闊で、残酷な真似をしたか、氷水で冷えた頭で思い知った。

「ったく、ひでえことするなあ。あんな母親じゃ、子供が可哀そうだっての。育てられねえなら、産むなって言いたいよ」

　かいがいしく小町の服や髪を拭きながら、タケルがぶつくさ文句を垂れる。

　唐突に、理解した。

　まともに育てられないのに、何故産むのか――。

　こたえは、とてもシンプルだ。

　彼女たちが、どうしようもなく母親だからだ。

　子供さえいなければ、働き口も見つかるだろうし、再婚相手も得られるかもしれない。もっと楽ができるのに、それでも子供を手放そうとしない。

　シングルマザーとは、そういう生き物なのだと、小町はからだ中で理解した。

　個人の窮状を社会問題としてとらえ、皆で解決していこうとするのがＮＰＯをはじめとする市民団体のやり方だ。けれども彼女たちは、行き詰まったいまの暮らしを、決して公にはしたくない。周囲に知れれば、子供をとり上げられてしまうと恐れているからだ。

　子供は彼女たちにとって、絶望の中に灯るたったひとつの光なのだ。一瞬でも消えてしまえば、生きてはいけない。毎日死にたいと思うほど、辛く悲しい現実に、辛うじて繋ぎ止めてくれるのが、子供の存在なのだ。

あんな親のもとに縛りつけられる子供の方が可哀そうだ——。

他人の目からは、そう映るだろう。けれども当の子供も、親と引き裂かれることは望んでいない。DVを受けていてすら、親と一緒にいたい、施設には行きたくないと望む子供は大勢いる。売春していようと電気を止められようと、少なくとも弥里も香澄も子供に手をあげている形跡はない。まさに全身全霊で、力いっぱい子供を愛している。

そんな彼女たちに、母親の資格がないなどと、誰が言えようか——？

子供を愛してやまない母親が、子供を育てていけない社会の方がおかしい。複雑極まりない書類や、嫌味や皮肉をさんざん浴びせられながら申請しなければ得られない福祉のありようが間違っている。

NPOの力すらおよばない闇が、この世には存在する。これを糺すには、法律を、政治を変えなくては、どうにもならない。

政治家を志した動機は？　とたずねられるたびに、「氷水です」と胸の中で小町はこたえた。

七

常村道隆が議員会館に戻ると、午後十一時を過ぎていた。

政策秘書としての仕事だけにとどまらず、十三人もいる秘書の束ね役でもあり、また議員の代理の役目も果たす。からだがいくつあっても足りない状況で、遅くなるのはめずらしくはないのだが、七二四号室にはまだ灯りがついていた。

議員室のドアをノックすると、はい、とこたえが返る。

「まだ、いらっしゃったんですか」

「ああ、常村さん。お疲れさまです」

自身も少し疲れた顔をしながらも、小野塚遼子はそう労って、まず常村の報告を受けた。議員デスクには、五冊ほどの書籍が積んである。「フランスにおける少子化抑制政策」「北欧に学ぶ高福祉と高競争力の両立」「高福祉国家の光と影」などのタイトルが散見できる。加えて図書館の電子ライブラリーやインターネットから抜粋したと見られる、コピー印刷された資料も大量にあった。

となりの事務室に残っていた秘書にたずねると、遼子はかれこれ二時間以上もこれらの書籍を読み倒していたようだ。政策については政策秘書に丸投げして、自身はもっぱら外に出ていく議員も多い。実際、次の選挙への対策としては、でき得る限り有権者に直に会い、顔と名前を売ることは何よりも有効な手段だ。

しかし遼子は、その合間を縫って勉強を欠かさない。政策は、あくまで議員自身が骨子を組み立てるべきだとの固い信念があるようだ。このあたりは非常に真面目であり、裏を返せば融通がきかないとも言える。それでも常村は、この先議員を続けていく上での、長所だと考えていた。

原稿を用意するのが、たとえ秘書であっても、自分がきちんと嚙み砕いて理解していないことには、相手を説得することも論破もできない。知識をなおざりにして政界での処世術ばかり覚えても、中身のない砂糖菓子と同じことだ。少し揺れただけですぐに壊れる。短い期間は凌げても、三期、四期と議員を続けるうちに必ず暗礁に乗り上げる。一筋縄ではいかない官僚や、海千山千の古狸議員とやり合うには、理論武装は大きな武器になる。女性議員としては可愛げがなく歓迎されないという側面もあるのだが、遼子にはこれを大上段に振りかざすことなく、冷静な相談や交渉に役立てるだけの賢さもある。

一期目のいまは、少子化問題をはじめとする、いわば女性議員の十八番とされる分野に限られるが、この方面ひとつを見ても、教育や福祉はもちろん、法律・財政・税金と、あらゆる分野に関わってくる。

国民が切望しているというのに、どうして法改正や制度の導入にこれほど時間がかかるのかとの文句は、耳にたこができるほどきかされるが、理由はこれだ。限られた予算に国民のすべてが群がって、綱引きをしている姿にたとえられる。一本だけを思いきり引けば、必ず違う側に反動が来る。双方の不満を吸収しつつ、うまく調整するのが政治家なのである。遼子にはその手腕があると、常村は見ていた。

このままつつがなく任期を重ねていけば、いずれは財務や防衛といった、重要なポストにもつけようし、遼子はその真面目さを発揮して知識を蓄えてゆくだろう。

申し分のない血筋と環境に加え、遼子自身が力をつけていけば――。この国初の女性総理も夢ではないかもしれない――。

思わず、ふっと笑みがこぼれそうになったが、他ならぬ遼子から横やりが入った。

「常村さん、いま何か、良くないことを考えていたでしょう?」

「滅相もない! 良くないことなど、決して」

「そう? あなた時々、何か企んでいそうな顔をするわよ。これからひと山当てようとする、山師みたいな」

「ははは、議員もご冗談を……」

女性だけあって、妙に勘の鋭いところがある。常村は急いで話題を変えた。

「それより、少子化政策の立案には、やはり北欧あたりをモデルにするおつもりですか?」

「いいえ、北欧は残念ながら、いまのこの国の参考とするには現実的ではないわね」

「なにせ消費税は、概ね二五%、所得税率は最高で五〇%以上と言われていますからね。

そもそもの財源が違います」

「それに、人口も少なすぎるわね。もっとも多いスウェーデンですら、一千万人に届いていないでしょ。東京都ですら千三百万人を超えているもの」

世界一の福祉国家はたしかに魅力的なのだが、人口が少なければ、それだけ民意の統一も図りやすい。その十倍以上の人口を抱え、さらに保守が幅をきかせるこの国では、消費税を八%から、たった二%上げることさえ躊躇(ためら)った挙句に先送りにする始末だ。

民意としては、一〇%への増税も先々を考えれば仕方のないことと大多数が納得している。わざわざ総選挙を行ってまで延期するのは、景気の落ち込みを避けるためとの名目だが、おそらくもっともそれを危惧しているのは、大企業の経営者や経団連の顔役など、経済界のお歴々だ。いわば保守の最大の援護者である彼らの意向は、無視できない。

本来、政治というものは、十年、二十年のみならず、三十年、五十年後を見越して進めるべきものだ。仮にいま、消費税を二五%に上げて景気が低迷したとしても、それで来たるべき二十年後の危機が救えるのなら、断行すべきだと遼子は考えている。けれどもそんなことをすれば、経済界からも消費者からもたちまち総スカンを食らって、下手をすればまたぞろ野党に政権を明け渡すことになりかねない。慎重に、しかし裏を返せば昔以上に日和見(ひよりみ)にあくせくしているのが、いまの政治家の実態である。

「それで、結局どこの国を参考にするつもりですか？」

常村に問われて、本題を思い出した。一冊の書籍を抜いて、常村に示す。

「……フランスですか」

「ええ。何といっても、先進国の中では合計特殊出生率がトップクラスの二・〇一。人口は日本の約半分だけれど、一人あたりのGDPは三万ドル台とほぼ同じ。税金も、日本よりは高額だけれど、北欧諸国ほどではないわ」

「合計特殊出生率」とは、十五歳から四十九歳までの、女性の年齢別出生率の合計の値であり、単に「出生率」と称するときも、たいがいはこの合計特殊出生率が使われる。

フランスの二・〇一は、二〇一三年の値であり、同じ年、日本は一・四三と、最低のレベルに位置する。

一組の男女が生涯に子供を二人儲ければ、その国の将来の人口はほぼ変わりがない。もちろんアフリカ諸国をはじめとする六・〇以上の出生率を誇る多産の国々もあるが、多ければ良いというものでもない。人口が増えも減りもしない、理想とされる二・〇にほぼ等しいことも、フランスを選んだ理由のひとつだった。

「しかし……フランスと言えば、徹底的な個人主義の国として知られています。何よりも、事実婚や同性婚まで認めるという自由の国だ。保守的な国民性の多い日本とは、やはり気風が違うと言わざるを得ません。あまり参考には、ならないのでは……？」

「ええ、私もそういうイメージが強かったのだけれど……意外と昔ながらの考えも根強いみたいね。証拠としては、これよ。二〇一四年八月に仏議会で制定された、『男女平等法』」

遼子は付箋をつけた頁を開いて、常村に見せた。

「……これが、何か？」

「二〇一四年と言えば、三年前よ。自由の国フランスで、わざわざこんな法律が作られるということは、未だに男女平等が実現されていないから、ではなくて？」

「なるほど……」

「それに、この内容を見て。もちろん男女の平等が法の骨子ではあるけれど、シングルマザーの保護やDVの根絶も、法には包括されているの」

もちろん、フランスと日本では、そもそも男女平等の土俵が違う。

世界経済フォーラムが発表している「ジェンダーギャップ指数」によると、二〇一三年の国別順位は、一三六ヵ国中、フランスは四五位で、日本に至っては二桁にも乗らない、一〇五位という惨憺たる結果である。ただし大方の西欧諸国がトップに近い位置を占めているにもかかわらず、フランスの四五位は、欧州の中では低位置と言える。欧州だけでなく、五位のフィリピンや、三三位のモンゴルといったアジアの国々にすら負けている。

「でも、これを見て。同じジェンダーギャップ指数の、二〇一五年版よ」

インターネットで見つけたらしい英語の資料を、遼子はさし出した。

「フランスは……一五位ですか。たった二年で、三〇も順位を上げるとは……」

「意外にもフランスは、未だに発展途上にあるということよ。もっとも日本に至っては、この分野では江戸時代くらい立ち遅れているけれどね」

二〇一五年版での日本の順位は一四五ヵ国中一〇一位。ほぼ横ばいの状態である。

「欧米とは、民族も歴史も家族観も、ベースがすべて違うのですからあたりまえでは？」

「甘いわね、常村さん。欧米どころかアジア各国にすら、日本は届いていないのよ。政治に関わる者として、もう少し自覚をもってもらわないと」

すでに十一時半をまわっていたが、今日は午前さまになりそうだと常村は覚悟した。

「夫婦別姓の訴訟ですら、最高裁で棄却されるのよ。いまどき夫婦同姓を強要する国なんて、アジアにだってほとんど存在しないというのに」

中国は一九五〇年から「婚姻法」で別姓が可能となり、子供の姓は一九八〇年に改正された同法により、両親のいずれかから選択できる。実際は伝統に従って、父親の名字が使われる場合が多いそうだが、少なくとも選択の自由はある。台湾(たいわん)では婚姻の際に、同姓・別姓のいずれかを選択できるが、別姓が一般的。韓国は昔ながらの父系制のため、結婚後もそれぞれの父方の名字を名乗る、つまり別姓がふつうである。東南アジアにおいても、ほとんどの国が夫婦別姓か選択制であり、タイでは同姓・別姓を選択でき、ベトナムは男女双方、父方の姓を名乗る。

「いちいち名義を変えることが、どんなに面倒くさいか！　パスポート、銀行口座、運転免許証、年金。携帯から生命保険まで、あれはストレス以外の何物でもないというのに、あたりまえのように女性に強要するのよ！」

ここに来て、遅まきながら常村は、いつもと違う遼子のようすに気がついた。

「議員、ひょっとして……お酒を飲まれましたか？」

「少しだけよ。後援者の方と赤坂で夕食をご一緒して、その折に」

そのためか、と思わず額に手を当てた。遼子はアルコールに弱いというほどではないが強くもない。顔には出ない上に、本人も酔っているとの自覚がないらしく、自他ともにわかりづらいのだが、発言が放漫になることがある。外では理性が勝り、粗相など決してやらかさないから安心なのだが、事務所の身内の前ではやはり気を抜いているらしく、その辺の主婦さながらの愚痴をこぼすことがある。

これも秘書の仕事と割り切って、常村は黙って拝聴することにした。

男性議員なら、自慢話や過去の栄光話が断然多いのだが、女性議員の場合は、お茶の間感覚の愚痴が多いとは、先輩秘書からきいたことがある。

「要は日本では、女性を一人前に見ていないという証しじゃない。親だって姓名判断を鑑みて、子供の名前をつけているというのに、結婚したとたん水の泡よ。かくいう私も、夫の姓に変わったとたん、凶数になってしまって」

「いや、議員は小野塚に戻られたのですから、たいして障りはなかったのでは……」

「離婚もしていないのに、二度も書類の名義を書きかえる羽目になって、どんなに大変だったか！」

遼子は結婚して、一度小野塚の姓を抜けたのだが、父の地盤を継ぐ際に、夫ともども小野塚姓に改名していた。

「ところで議員、フランスが数年前まで、ジェンダー指数が低かったのには何か理由が?」

話題を発展的な方向へと、さりげなく切り替える。

「ああ、そうそう。いちばんネックとされたのが、政治への女性参与が極めて低いことね。クオータ制を導入して、改革に当たったようね」

クオータ制とは、議会における男女平等を目指して、一定数の議席を女性議員に割り当てる、ノルウェー発祥の制度である。クオータとは分け前や割当という意味で、よく間違われやすいが、四分の一を表すクオーターとは別の単語だ。

本家本元のノルウェーなどでは、すでに四割近くが女性議員で占められ、地方議会を合わせると、採用国は南アフリカ共和国やコスタリカなどを含めた八七ヵ国にのぼる。

意外にも、国会に女性議員の多い上位五ヵ国は、欧州ではない。トップはアフリカのルワンダで、悪名高い内乱の終結後、国連などの勧めで制度を導入したという事情はあるものの、半数以上の議席を女性が占めている。

日本の順位は二年前で、一八九ヵ国中、一四七位。割合はわずか一一・六%と、世界平均の二〇%を大きく下回っている。議会への参与の少なさは、そのまま女性の声が政治に反映しないことを、あからさまに物語る。

フランスに話を戻すと、経済活動への参加や賃金の男女格差のスコアが、やはり低いと評価され、ランキングを落とす理由となっていた。

もちろん日本は、それすらはるかに下回る。男性の賃金を一〇〇とした場合、フランスなら女性は九〇、日本は七〇に留まる。女性管理職の割合は三九％で、日本は九％と、大きく水をあけられている。

「でもね、常村さん、ひとつだけ、日仏がほぼ同じ指数があるのよ。データは六年前のものだから、現行とは差異があるかもしれないけれど」

二〇一一年と書かれた表を、遼子が示した。

「短時間労働に従事する女性の割合……つまりパートタイムということですか？」

「そう、パートの女性割合が、フランスは七七％なのに対して、日本は七一％なのよ」

「日本以上に、女性の雇用が安定していないということですか？ ……いや、賃金スコアは九〇と、七〇の日本にくらべて高いんですよね？」

「そこなのよ、常村さん！」

びっくりするほど大きな声で、遼子が勢いづく。

フランスでは、職種別・職務等級によって賃金が定められ、遵守が義務づけられている。つまりは労働の内容が同じなら、正規・非正規にかかわらず、賃金は同一なのである。

また、正規社員と同等の権利も保障されていて、正規と非正規の雇用形態も、会社との合意の上で切り替えられるシステムだ。たとえば子供を産んで、育児休暇の後、子供に手のかかる数年のあいだだけ短時間勤務とし、それが終わったら再び正規雇用に戻る、といった労働の仕方が可能なのだ。従ってフランスでは、パートタイムは決して、不安定な雇用ではない。

意外にもフランスは、男性の家事や育児への参加度は、欧州の中では決して高い位置にない。子供が生まれれば仕事をセーブするのは、日本と同様、圧倒的に女性が多く、パート率の高さはその表れである。

それでも、賃金が低く手当もボーナスもなく、いつ切られるかわからない日本の非正規雇用とは雲泥の差がある。いまや女性に限らず、若い男性も不安定な雇用と先行きに喘いでいる。この雇用形態を、いくらかでも日本に導入できれば、結婚のしやすさ、子供の産みやすさは飛躍的に改善されるだろう。

「ですが、遼子さん、これは無理でしょう」

さすがに少し疲れてきたのか、常村がややくだけた調子になった。

「企業が承知するとは、とても思えません。もともと非正規雇用が大幅に増えたのは、人件費を削るためですから」

国際競争に勝つには、コストを下げる必要があり、もっともコストに負荷がかかるのは人件費だ。

「それに、日本でもすでに同様の法案は、二十年も前から存在します」

「もちろん、知っているわ。『パートタイム労働法』でしょ。二〇一五年四月からは、改正法が施行されて、『職務内容が正社員と同一なら、正社員と同等にみなす』と謳ってはいるけれど、罰則も管理方法も、何よりも職務内容が明確にされていない以上、企業側にはいくらでも抜け道があるわよね？　絵に描いた餅に過ぎないと、私には思えるわ」

ことに職務内容の明確化という一点が、日本では非常に難しい。他国では個々人の仕事がかっきりと線引きされている。仮に誰かが手に余る仕事を抱えていたとしても、それを横から手伝うのは、当人の仕事能力を軽んじ、仕事を奪うとみなされる。むしろ厳禁とされる行為なのだ。

しかしチームプレーが何より重視されるこの国では、誰かの仕事を手伝うのはあたりまえの行いだ。相互扶助という美しい概念の上に成り立ってはいるものの、労働という観点からは、ふたつの大きな欠点がある。

ひとつは休暇や時短、フレックス制など、柔軟なシステムの導入を阻むことだ。誰かが休めば、他の誰かにしわ寄せが行くという仕組みは、休めば周囲の恨みを買うという結果を生む。子供の急病で早退する母親が、嫌な顔をされるのも、妊娠は病気ではないと、あからさまなマタニティ・ハラスメントが横行するのも、すべては仕事の線引きが曖昧で、職務としてではなく、あくまで好意で穴埋めを強要されるからだ。自身の給与や査定には全く反映されず、押し付けられる側に不満が溜まることになる。国がいくら有給消化を指導しても、取得率がさっぱり上がらないのも、同じ理由による。

そしてもうひとつが、正規と非正規、管理職と非管理職など、職務の区分けが明確にできず、ブラック雇用を生む温床になっているということだ。

現場では正規社員と同等、あるいはそれ以上の仕事をこなしていても、この仕事は与えていないとか、正社員だけに限定しているとか、経営側はいくらでも建前を述べることができる。逆に管理職として雇用され、残業代がすべてカットされる場合もある。

世界的に見てトップクラスの長過ぎる労働時間も、その一方で、一人あたりの生産力が低いのも、やはり職務の不明確さが大きな理由だろう。製造業だけは、工場内での仕事が規定されているためか、一定の水準を維持しているが、飲食や販売といったサービス業で、生産性の低さはことに顕著になっている。

どこかでこの悪循環を断ち切らない限り、経済はいずれ立ち行かなくなるし、少子化も改善されない。両者は決して、赤の他人ではない。

何故なら、女性の労働力率が高い国ほど、出生率も高くなることは、明確に立証されているからだ。

少子化を止めるには、まず雇用の安定が最優先であり、同時に、父親・母親が育児に従事しやすいよう、労働の柔軟性が求められる。これを推進するには、いまの労働法では弱過ぎる。罰則を含めたしっかりとした法案を作成し、経営側に断固とした態度で挑まなければならない。

遼子の主張に、常村はお手上げだと言わんばかりに、両手を天井に向けた。

「私たち保守政党は、いわば企業を守る側にいるのですから。こんな法案を提示しては、たちまち非難を浴びますよ。もっと現実的な路線を考えてもらえませんか……保育所を増やすとか、扶養手当の改正とか」

「もちろん、それも大事よ。でも、ある意味それでは、付焼刃に過ぎないわ。雇用の安定と、子育てに向いた働きやすさこそが、根本的な少子化対策になり得るのよ。企業の側にしても、長い目で見れば決して損にはならないわ。いわばこれは投資、五年先、十年先を見据えた上での投資であって、近い将来、必ず回収できるはずなのよ」

「いまの景気状況では、五年を凌ぐことすら難しい。日本の企業を総倒れさせるおつもりですか？」

常村はにべもないが、彼の意見は、自雄党そのものを代弁している。たとえ党が同じでも、意見は議員によって千差万別ではあるのだが、国会の場で法案として提出するためには党本部のチェックが必ず入る。ことに保守の与党である自雄党の場合、現実に即した法案であることと、党を支持する後援者の利益は無視できない。党のお墨付きすらもらえない案では、国会での審議の場にすら辿り着けない。遼子も、そのくらいは理解していた。

「わかりました。常村さんのご指示どおり、もっと現実的な政策を考えます」

「本当に、頼みますよ、遼子さん」

多少の皮肉をこめながらも、遼子は白旗を挙げた。

「それならやっぱり、『福井モデル』かしらね」

「福井モデルというと、福井県ですか」

「そう。国内でもっとも、働きながら子育てをしやすい県。つまりは少子化対策が日本一進んでいる地域ということよ。あなたの出身地でしょ、常村さん？」

「それはそうですが……正直、あまり実感がわかないんですがね」

と、常村がとまどいぎみの表情を見せる。

二〇一五年、夫婦世帯の共働き率は、トップこそ山形県に譲ったものの堂々の第二位で、七〇・五％。最下位の東京都とは、実に二割もの開きがある。小町が首都の現状に、大いに落胆していたものと同じ資料である。

福井と山形は、常にトップ争いをするほどに、共働き率が抜きん出ている。

そして、福井がモデルとして近年クローズアップされているのは、他にもいくつかの理由がある。

福井県は人口八十万人足らず。自治体としては小さな規模で、決してメディアなどで目立つ県ではない。それでも福井県には、誇れる特徴がいくつもある。

文部科学省が実施する「全国学力・学習状況調査」では、毎年のように秋田県とトップ争いをするほどに教育水準の高い地域であり、また二〇一六年の幸福度指数ランキングでは、二〇一四年に続き第一位に輝いた。他にもさまざまなデータの中で、「暮らしやすさ」や「住みやすさ」に関連する項目では、必ず上位にランクされる。

中でも注目されるのが、共働き率と合計特殊出生率が、ともに高いことである。先ほど遼子が述べた法則は、福井県にも当てはまるということだ。

「地元民にしてみれば、とりたてて何もない田舎なんですがね……幸福度一位と言われても、実感がありませんし」

「あまりにあたりまえの日常は、かえって意識されないということよ。そのあたりまえにすごいと気づくのは、他所から来た人間だけなのでしょうね」

「そんなものですかねえ……もっとも私は、地元の大学を卒業して、東京の企業に就職してからは、年に一度の帰省がせいぜいですが」

それでも共働き率と出生率の高さは歴然としており、これから国が進むべき道の指標になるとされ、福井モデルと称される所以である。

女性の専業主婦化が進んだのは、戦後の高度経済成長期である。それまで主流であった自営業から、企業に勤める会社員へと就業構造が変化して、夫は会社に妻は家庭にとの役目分けが進んだ。

しかし同じ時期、福井県は俗にいう「ガチャマン景気」を迎えていた。繊維業を中心とした好景気に恵まれて、労働力が不足していた。このとき福井の女性は、何ら不思議に思うこともなく、専業主婦よりも共働きの道を選択した。

昔から女性が働いて当然という風土があり、また嫁と姑が同居していても、一家に女手はふたりもいらないと、働きに出るよう勧められることもめずらしくはないという。

年齢別に示すと、日本の女性の労働力率は、M字型を描くことはよく知られている。出産・子育て期にあたる三十代で、いったん大きく低下し、子育てが一段落する四十代で再び上昇するからだ。

子育てにいちばん手のかかる時期に、不払い労働として育児を負担するために、女性は仕事からのリタイアを余儀なくされる。この賃金の損失は想像以上で、大卒女性が定年まで就労を続けた場合と、出産退職後、第二子が六歳になったときからパートとして再就職した場合では、生涯所得の差額は、実に二億円以上に達する。

対して福井では、女性就業率の高い諸外国と同様に、二十代から五十代まで高い位置をキープし続けて、台形型を呈する。

これには昔ながらの風土に加え、いくつかの好条件も合わさっている。

まず、大阪と名古屋という二つの大都市圏から二百キロ圏内にあるということ。製造業の立地に適していて、特に中小の下請けや孫請け会社が非常に多い。実際、人口あたりの事業所数は全国一位を誇り、有効求人倍率は、東京都と並んで常にトップクラスを維持している。

もうひとつ、ある意味意外な条件も影響している。男女ともに、賃金水準は決して高くないということだ。

中小企業の割合が高い上に、代表的な産業を見ても、繊維・メガネ・和紙・刃物と、家内制手工業の趣きが強い。人の手が欠かせない製造業は、雇用の創出には有利にはたらくが、一人あたりの生産性には限界があり、それが賃金にも反映される。

福井県の男性の年間所得は、全国平均を二五万から三〇万円ほど下回る。つまりは夫の賃金の低さが、妻をより労働に向かわせる要因になり得る。

それでも家族に働き手が多ければ、当然のことながら収入は上がる。世帯あたりの実収入や貯蓄額は、やはり全国で五指に入るほどで、子供の教育水準や暮らしやすさに直接反映されるのだろう。

「たしかに私の両親も共働きでしたが……どちらも小さな工場に勤めていましたから、とりたてて裕福なわけではありませんし」

「でも少なくとも、片働きの家庭にくらべれば、常村家の家計は盤石だったはずよ。生涯を通して生活の不安がないというのは、とても恵まれたことだもの」

終身雇用が潰えたいまの時代なら、よけいに有難みが身にしみる。雇用が安定しないために、結婚や出産を諦めざるを得ない若者が、どれほど多いことか。

福井モデルはきっと、彼らを救うためのヒントをくれるはずだ。

そして収入の安定以上に遼子が買っているのは、働く女性に対しての偏見のなさだった。

「常村さんの奥様も、同じ地元の出身で、やっぱり子育て中も仕事を続けていらしたのでしょ？」

「ええ、妻も同じ大学の同期ですから。いまは子供がふたりとも独立しましたが、産休を半年とった以外は、ずっと部品メーカーで事務の仕事を続けています」

「そのことを、常村さんも奥様も、あたりまえだと思っていたのでしょ？　妻にとっては何よりもありがたい、あたりまえだわ」

常村は、そんなものかと、少し腑に落ちない顔をしたが、遼子の心の底からの賛辞だった。

「実はね、長男が生まれたときに、夫とは結構揉めたのよ」

「そうでしたか……初耳です。理解のある、やさしいご主人に見えますけどね」

「主人は関西の旧家の生まれだから。あの辺りは、軒並み共働きが少ない地域のようね。主人は若いころは特に仕事人間で、妻が家庭に入って夫のキャリアを支えるのが当然だって。面と向かって怒鳴られて、大喧嘩になったわ」

一時は本気で離婚も考えたが、互いに最大限の譲歩をすることで、何とか折り合いをつけた。仕事を続ける代わりに、遼子自身のキャリアを諦めたのである。定時に帰ることのできる部署への転属を願い出て、事実上、昇進の道は途絶えた。子供のためだと思えば気持ちのけりはついたものの、いちばん辛かったのは夫や夫の実家の無理解だった。

夫の方は、長い年月をかけて慣れてくれたが、夫の実家に帰省するたびに、子供がかわいそうだとそしられた。子供に負担をかけていることは、母親の自分が誰よりもすまなく思っている。それでも遼子の中には、仕事を辞めるという選択肢は存在しなかった。

遼子は議員になる何年も前から、子供の貧困問題に関心があった。書籍を読みあさり、シンポジウムや講演会などにも足を運んだ。そして自分の中で、ある説を結論づけた。貧困世帯とされる家は、母子家庭が圧倒的に多い。逼迫（ひっぱく）した暮らしに至る入口は、離婚だとされているが、実は違う。母親が子育てのために、仕事をリタイヤする。そこがすでに入口、いわば貧困へのとっかかりなのだ。

子育て以外にも、同様の退職理由としては、介護が上げられる。

どちらにせよ、現代では幸運ともいえる正規雇用の職を失ったそのときから、何年か後に苦しい生活に陥る危険は十分にあり得る。夫とあたりまえの家庭を築き、子供を産んだそのときから、すでに母親たちは岐路に立たされているのだ。けれど大方の者には、大きく口を開けた貧困の入口が見えてはいない。当の母親も、そして平然と仕事をやめるよう促す父親とその家族も。

遼子にはそれが、はっきりと見えたのだ。とはいえ、議員になる前は、その現実を声高に主張したことはなかった。国会議員の娘なのだから、実家に頼ればいいと返されるのが落ちだからだ。親を頼り、実家に寄生し続けるような暮らしは、遼子の性格からして端から念頭になかった。

そういう問題ではないのだと、本当は言いたかった。分岐を間違えて、いったん険しい道を歩み出してしまえば、後戻りはできない。

家族の暮らしを車にたとえるとわかりやすい。夫の収入が十分あれば、家族を乗せて快適なドライブができる。しかし夫が欠けたとたん、車は性能の悪い中古車に代わり、たびたびエンストを起こし、貯金が底をつけばガソリンすら買えなくなる。子供を車から降ろし、歩くしか方法がなく、その状態がいわば貧困なのだ。自分たちを次々と追い越していく車を横目でながめながら、歩道もろくに整備されていない幹線道路の端を、危険ととなり合わせになりながらとぼとぼと歩いていくようなものだ。

遼子自身の自立のため、ひいては子供と自分の暮らしを支えるための動力を失ってしまえば、もしも離婚に至ったとき、どう歩いていけばいいのか。

けれどそれを夫に伝えたところで、離婚を前提にするなとなじられるのが落ちだ。この辺りの観点が、夫の側にはごっそりと欠けている。もしも子供を儲けたいま、会社からリストラされたら——。想像だけで、冷や汗が出るはずだ。そして妻の側にも、やはり認識が欠けている。離婚に至り、夫からの収入が断たれたとき、ようやく気づくのだ。いいや、すでにリストラされていることに——。

その立場に陥るのは、遼子にとって恐怖以外の何物でもなかった。

主婦として家事と育児に専念する方が、妻や母親として充実した生活を営める。それでも、三人に一人がいずれ父親を兼務することになるご時世だ。仕事を手放して家庭に入り、自身の収入を途絶えさせることへの恐怖はどうしても拭えなかった。

未だに内助の功が、メディアでも盛んに褒め讃えられる日本とは、見事に双極を成していたが、なまじ若いころに洗礼を受けただけに、家庭に入ることへの恐怖は拭えなかった。

幸い、ふたりの子供の面倒は、小野塚家が助けてくれた。父が存命のうちは、母もやはり代議士の妻として忙しい身だったが、それでも合間を縫って、遼子の妹とともに、子供たちの世話や送り迎えをしてくれた。

遼子がそう語ると、常村が思い出したように言った。

「そういえば、私も子供のころは、昼間はもっぱら母方の祖父母の家に預けられていました。同居はしていなかったんですが、車で十分ほどの距離でしたから」

福井県は三世代同居率も平均より高く、また別居の場合も、行き来しやすい距離に祖父母が住んでいる例が多い。福井県は待機児童数がゼロであることでも有名だが、それは祖父母、特に祖母の助けが大きいことも、すでにデータに示されていた。

「ある意味それが、福井モデル導入の唯一のネックなのよね。私みたいに実家が近くにある恵まれた環境は、東京のような都市部では稀な部類に入るものね」

それでも、福井の待機児童数ゼロには、行政の努力もまた大きく功を奏している。

結婚、妊娠、出産、乳幼児期、就学期、さらに生涯を通じてと、それぞれのライフステージごとに、実にきめ細かな支援を行っている。

福井モデルは必ず、実利的な少子化対策への要になると、遼子は告げた。

「やはり一度、福井に行って、行政の取り組みを実地見学すべきよね。常村さんは、今年のお正月は帰省されたの？」

「いいえ……去年の年末から、総選挙が近いとの噂が流れていましたから、それどころではなくて」

「それならちょうどいいわ。福井への同行をお願いします。何なら二、三日休暇をとって、ご実家でゆっくりしてはどう？」

「いえ、それは遠慮します。休むとそれだけ仕事が溜まりますから」

常村は丁重に断って、ちらりと壁の時計に目をやった。

時計の針は、午前一時をとうにまわっていた。

八

携帯を切った母が、らしくないため息をついた。

「お母さん、どしたの？　電話、誰から？」

本当に久しぶりの、母との外出。小町が議員になってから、初めてのことだ。

土曜日の午後。三時間だけだけれど、母は娘との時間をスケジュールに組み込んでくれた。とはいえ、菓音がそれを知ったのは、今朝になってからだ。議員の予定ほど、当てにならないものはない。糠喜(ぬかよろこ)びさせてはいけないと、今日まで娘には伏せていたようだ。

「今日は、思いっきり遊ぼ。菓音、どこ行きたい？」

あんまり嬉しくて、母にそうきかれても、すぐにはこたえられなかった。遊園地とか動物園とか、一緒に買物もしたいし、人気のスイーツも食べてみたい。散々迷って、あれこれと相談して、結局水族館にした。

池袋駅で待ち合わせして、ビルの屋上にある水族館に行った。アシカのショーを見て、ペンギンやカワウソのお散歩にも出会った。菓音は幻想的なクラゲのトンネルと、可愛らしいラッコが気に入ったが、母は砂の中からツクシのように生えて見える、チンアナゴに釘付けだった。

水族館を出てからはスイーツを食べに行き、ここでもパンケーキやワッフルと悩みに悩んだ後で、フルーツパーラーで桃のパフェを食べた。

そのあいだ奇跡的に、母の携帯は一度も鳴らなくて、たぶんルミちゃんや新ちゃんが、気を使ってくれたんだろう。母の秘書の遠田瑠美や高花田新之助を、菓音はそう呼んでいた。けれど、誰より仲良しなのは、多部恵理歩だ。

「これ、すっごく美味しいね、お母さん。エリちゃんにも食べさせてあげたいな。誘ってあげればよかったかな」

「エリちゃんも、たまにはデートさせてあげないと」

「エリちゃん、彼氏いるの？」

「デートの相手は、菓音と同じに女の子かもしれないけどね」

「そっか。今日はお母さんとデートなんだ」

口にすると、何だかとっても幸せで、気分がふくふくしてくる。携帯の着信音が鳴ったのは、そのときだ。とたんにメレンゲみたいにふくふくと泡だった気持ちが、ぺしゃんと潰れそうになる。だけど、こんなの慣れっこだ——。菓音はいつものように、自分に言いきかせた。

「お母さん、仕事なら行っていいよ。あたし、ひとりで帰れるし」

「菓音、違うの。いまの電話ね……お父さんからだった」

え、と驚いて、母の顔を見る。スプーンが手からこぼれて、グラスの半分ほどになった溶けたアイスクリームに落ちた。

「お父さん……菓音を迎えにくるの？　やっぱり、磯名(いそな)に帰らないといけないの？」

不安だけが押し寄せて、知らず知らずに泣きそうな顔になった。母が慌てて、そうじゃないよと言ってくれる。

「心配ないよ、菓音。菓音はずうっと、お母さんと一緒だよ」

「……ホントに？」

「うん、本当だよ。お父さんね、ただ菓音の顔が見たいんだって。来週、東京に来る用事があるから、菓音と会えないかって……もう何年も、会ってないでしょ？」

「会うだけならいいけど……お母さんも一緒にいてくれる？」

「そのつもり。ただ、絶対とは言えないけど。それでもいい？」

口をちょっと尖らせながら、うん、とうなずいた。父とふたりで会うのは、不安だった。また昔みたいに、無理やりにでも島に連れ帰ろうとするのではないか——。福岡まで菓音を追いかけてきたときのように、怖い顔で腕を引っ張られるのではないか——。

それが最後に見た父親の姿であり、その声と顔が、頭の中に張りついている。

「小町、おまえが菓音を唆したのか！　そうなんだろ？　七歳の菓音が、ひとりで福岡まで来られるわけがないじゃないか！」

唾をとばしながら父が激昂し、母に詰め寄っていた。その光景が、ありありと浮かぶ。

「お父さん、違うの！　菓音がひとりで来たの！　お母さんに会いたくて、ひとりで考えて、ひとりで来たの！　お母さんは、悪くないの！」

一生懸命訴えたけれど、お父さんには信じてもらえなかった。小学二年生の娘が、たったひとりで離島から福岡まで来るとは、想像できなかったのだろう。

菓音が生まれたのは、長崎県の離島、磯名島だった。

あれは、偶然の産物だった。色々な偶然が重なって、菓音を母親の元へと駆り立てたのだ。偶然のひとつめは、学校の友達が入院したことだ。

菓音が通っていた小学校は、全校生徒十四名で、上級生と下級生のふたクラスしかなかった。三年生までの下級生のクラスは五人きりで、そのうちのひとり、三年生の子が、校庭の鉄棒から落ちて足を骨折した。磯名島には診療所しかなくて、その子は長崎市内の病院に入院した。そのお見舞いに、先生ふたりが引率して、同じクラスの四人を長崎まで連れていってくれたのだ。

菓音が知っていたのは、母の携帯番号と、福岡の博多に住んでいるということだけだ。長崎市は、磯名島からより福岡に近いということはわかっていたが、行き方すら覚束ない。居間の電話の脇にある番号メモから、母親の連絡先だけはこっそり控えておいたものの、先生や友達に迷惑をかけてまで、勝手な行動をとる勇気はなかった。

菓音の背中を押したのは、ひと組の若いカップルだ。それがふたつめの偶然だった。お見舞いを済ませて、先生たちは入院した子の両親と話をしていた。そのときに、菓音の耳に、博多という地名がとび込んできた。

「思ったより元気そうで安心しました。これから博多に帰ります。親父のこと、よろしくお願いします」

若い男性が、看護師さんにそう言って、隣にいる女性も頭を下げる。

その瞬間、菓音の頭にひらめいたのだ。

あの人たちについていけば、お母さんのいる博多まで行ける！

「アミちゃん、あたし、用事できたから先に帰るね。先生に言っといて」

いちばん仲のいいアミちゃんにそう告げて、菓音は急いで男女の後を追った。病院の建物と敷地を出て、カップルの三メートルほど後ろを歩く。置いていかれたらどうしようと、それだけを心配したが、仲良さそうに腕を組むふたりは足取りもゆっくりだったから、菓音の足でも難なく追うことができた。十分ほど歩いて、路面電車の停留所に行く。長崎市なら、菓音も年に何度かは来たことがあるから、路面電車は知っていた。ただし自分で料金を払うのは初めてで、電車を降りるときにはちょっとまごついた。

「お嬢ちゃん、ひとり？　小学生？」

運転手さんにそうきかれたとき、前にいた女性の方が、電車を降りながらちらりとふり返った。心臓がばくばくしたが、菓音は辛うじて、はい、とこたえ、言われるまま財布から六十円を出して、料金箱に入れた。かわいいクマの顔のお財布には、菓音のお小遣いと、お見舞いを買うために出がけに祖母にもたされた三千円が入っていた。お見舞いの品は先生が買ってくれたから、三千円は手つかずのままだった。

三千数百円で、博多まで行けるのだろうかとの心配は、長崎駅に来て初めて思いついた。

降車口でもたついたから、バスを降りて急いで探したが、幸いふたりの姿はすぐに見つかった。菓音は走っていったが、ちょうど追いついたときに、ふたりが急に立ち止まり、お姉さんの腰にぶつかってしまった。

「ごめんなさい！」

ふり向いた女性は、相手が子供だとわかると笑顔を向けてくれたが、あれ、と気づいたように言った。

「路面電車に、乗ってたよね？　あたしたちの、すぐ後ろに」

膝を屈めて、にこにこしている。化粧っ気はあまりなく、親しみやすそうな人だった。少し迷ったが、菓音はうなずいて、それから思い切って女性にたずねた。

「あの、お姉さんたちは、これから博多に行くんですか？」

「そうよ。バスの中で、きこえたの？」

まさか病院からついてきているとは、夢にも思わなかったのだろう。お姉さんはやっぱりにこにこしている。

「あたしも、博多に行くんです」

「あら、そうなの」

「どの電車に乗ればいいですか？　いちばん早く博多に着くのは、どれですか？」

「あたしたちは、電車じゃなく高速バスで行くの。特急に乗るより三十分くらい長いけど、その方が安いから」

一刻も早く母には会いたかったが、安いときいて、バスにしようと決めた。クマの財布の中身で足りるだろうかとの心配が、そのときに初めてわいたからだ。

「バスって、どこで乗れますか？」

「乗り場までなら、連れてってやるけど……ひとりで乗るのか？」

それまでやりとりをながめていた男性が、口を開いた。上から見下ろされて、少し怖く思えたのと、疑われているようで、また心臓がドキドキしてきた。

「お母さんが、博多で待っているの！」

ドキドキをはね返すように大きな声で告げると、男性がちょっとびっくりした顔になる。

「まあ、小学生が、ひとりで乗るってのもアリか」

ひとまず納得顔になったのは、菓音の歳を勘違いしてくれたからだと、後になって知った。菓音は小学二年生にしては背が高く、四年生くらいに見えたようだ。

「ひとりじゃ、ちょっと心細いよね。よかったら、あたしたちと一緒に乗る?」

「一緒に乗る!」

あんまり嬉しくて、ていねいな物言いすら忘れてしまった。ふたりは博多発の往復チケットを持っていたが、菓音のためにバスターミナルでチケットも買ってくれた。博多までは二五七〇円。子供は半額だから、クマの財布にある分で十分に足りた。

座席は特に決まっておらず、横一列が空いた座席を見つけると、通路をはさんだ隣に菓音を座らせた。土曜日の午後で、座席は半分ほど埋まっていた。バスは滞りなく発車したが、それからまもなく、ふたりを大いに慌てさせることになった。

「え! 菓音ちゃんて、小学二年生なの?」

「はい、七歳です」

行儀よくこたえたが、窓側にいたお兄さんも、彼女ごしにぎょっとした顔で覗き込む。ふたりは福岡の大学に通うカップルで、名前もきいたはずなのだが、あれから何年も経っているから忘れてしまった。

「七歳をひとりで来させるって、どうよ?」

「そういえば、おうちはどこ? 博多? 長崎?」

「ひょっとして、お母さんがＪＲのホームで待ってるとかじゃないのか？」

矢継ぎ早に質問されて、仕方なく、菓音は事情を話した。

「家は、磯名島にあって……でも、お父さんとお母さんがリコンしちゃって……お母さんが博多にいて……どうしても、お母さんに会いたくて……」

「まさか、おうちの人に……お父さんに黙って、勝手に島を出てきたのか？」

怖くて怖くて、うなずくことすらできず、菓音は下を向いた。病院から先生に黙って抜け出してきたことなど、もっと怖くて話せない。それでも、口をへの字にしたまま、泣くのを堪えている顔で察したのだろう。お兄さんが頭を抱える。

「マジかよ！　下手すりゃおれたち、誘拐犯だよ〳〵」

「どうしよう、ヨウくん……」

さっきまでずっと笑顔でいたお姉さんまで、おろおろしはじめる。

「何だってそんな、無茶したんだよ！　お父さんに、頼めば良かっただろうが！」

まわりをはばかって、声は精一杯抑えていたが、怒鳴られたとたん布張りのシートの上で、びくん、とからだがはねた。

「だって、お父さんにいくら頼んでも、ダメだって言われて……おじいちゃんもおばあちゃんも、お母さんのことは忘れろって……」

「菓音ちゃん……」

とうとう泣き出してしまい、お姉さんが菓音のとなりに場所を移す。肩を抱き寄せて、頭をなでてくれた。お兄さんは大きなため息をつき、空いた彼女の席に詰めて、通路ごしに小声で言った。

「怒鳴って悪かったよ、もう泣くなよ」

あやまってくれたが、涙はなかなか止まらない。それまでずっと気を張っていたのが急速にしぼんで、中からいくらでも涙があふれてくるようだった。

「気持ちは、わかるよ……おれも、父さんと母さんが離婚してさ」

「……ホント？」

思わず顔を上げた。涙でベトベトの顔で覗くと、彼女ごしにお兄さんが、少しばつの悪そうな表情でうなずいた。

「ヨウくんが、十二のときだっけ？」

「うん、小六。二年生じゃ、そりゃお母さんが恋しいよな」

目だけで微笑まれ、菓音はようやく安心する。

「おれは母さんに引きとられて、母さん子だったから不満はなかったけどさ……そういや一回だけ、父さんのところに行こうとしたことがあったな。母さんと喧嘩したときに……菓音ちゃんほどの勇気がなくて、結局行かなかったけどさ」

菓音ではなく、彼女に向かってそう語る。

「親父が怪我しなかったら、いまも会えず仕舞いだったかもしれないな」

「お見舞いできて、よかったよね。お父さんたら、ヨウくんの顔見たとたん涙ぐんじゃって……何かあたしも、もらい泣きしちゃったよ」

「離婚して以来、疎遠だったから、いい機会だったかもな……親の都合で親に会えないって、おかしな理屈だよな」

しみじみと、そんな話を交わしていたが、思いついたように彼氏の方が携帯をとり出した。

「とりあえず、家には電話しといた方がいいんじゃないか？　あーでも、下手に連絡したら、マジで誘拐に間違えられるかな？」

「先にお母さんの方に、電話してみたら？　菓音ちゃん、お母さんの連絡先わかる？」

「わかります！　菓音もお母さんと話したい！」

電話番号はメモ用紙に書いて、クリーム色のポシェットに入れてあった。

「そういえば、バスで携帯使っちゃ、マズいんじゃなかった？」

「そうかも……でも、緊急時だし。早い方がいいだろ」

お姉さんが読み上げるメモの番号を打ち込んでから、携帯を菓音にもたせた。

呼び出し音が鳴るまでに少し間があいたものの、三度目のコールが終わるより前に、懐かしい母の声が、はい、とこたえた。

「お母さん？　あたし、菓音」

「菓音？　菓音なの？　よかった！　心配してたんだよ」

「ごめんなさい……」

「菓音、怪我とかはしてない？　大丈夫？　いま、どこにいるの？」

こっぴどく叱られることを覚悟していたのに、母の声はとても優しくて、耳許できこえると、さっきとは違う涙が込み上げてきた。

「お母さん……菓音、お母さ、に、会いに、きたの……もうすぐ、博多に着く、から……」

喉がひくひくして、うまくしゃべれない。

「替わろうか、菓音ちゃん」

やさしい声に促され、携帯を渡した。お姉さんが、母に事情を説明してくれる。

バスが博多に着いたとき、ターミナルで母が待っていてくれた。

「お母さん！」

とびついた菓音を、しっかりと抱きしめる。母は娘の無茶を、叱らなかった。

「菓音……来てくれて、ありがとう……」

懐かしい声が、菓音の耳の中に、吐息のように吹き込まれた。

菓音がいなくなったときいたとき、まさにからだ中の毛穴がぞわりと開いた。

電話をかけてきたのは、一年前に離婚した元夫、成川矩久だった。誘拐とか連れ去りとか、最悪のシナリオがまず頭に浮かんだが、長崎の病院から黙って姿を消したと知らされて、もしかしたら、と思いついた。

もしかしたら、菓音は小町の、母親のもとに行こうとしているのではないか？

その考えが浮かんだものの、七歳で島育ちの菓音がひとりで移動するのは、現実感が伴わない。すぐに打ち消して、ひたすら祈った。

どうか、菓音が無事でいますように――。菓音さえ無傷で帰るなら、私は一生、娘と会えなくても構いません――。

なのに菓音の声を聴いて、小さなからだを抱きしめたとたん、あっさりと反故にした。ただ母親だけを求めて、ここまで来た菓音が、愛おしくてならなかった。決して手放してはいけないものだと、肌で、本能で感じた。

親切な大学生カップルに出会えたことは幸運だった。ふたりの病院での会話から、菓音が大胆な行動に出たことは後になって知ったが、ふたりへの感謝の念は少しも薄れなかった。バスの車中から電話をもらい、すぐに父親に連絡した。矩久もまた電話の向こうで安堵の息をもらしたものの、今晩は菓音を泊めて、明日、磯名島まで送っていくとの申し出には、明日の午前中にこちらから迎えにいくと短く返された。

その日は夜の勤めを休んで、中洲でご飯を食べて、娘と一緒に眠った。

翌朝、父親は約束どおり迎えにきたが、その表情は硬かった。

「さ、菓音、お父さんと一緒に帰るぞ」

「嫌！　帰らない！　菓音はお母さんと一緒にいるの」

「ききわけのないことを言うんじゃない！　どれだけ皆に迷惑かけたか、わかっているのか！　先生たちは病院中を探しまわって、警察にも連絡を入れたんだぞ。お父さんも、おじいちゃんやおばあちゃんも、どんなに心配したか」

離婚する前は、娘に甘いいまどきの父親だった。こんなふうに感情を露わにして叱ることなど、まずなかった。

それでも菓音は、頑としてきき入れない。泣きじゃくりながら訴えた。

「だって……おじいちゃんもおばあちゃんも、お母さんの悪口ばっかり言うんだもん！　お父さんだって……お母さんは何も悪いことしていないのに……」

「菓音……」

「あたし、島に帰りたくない！　お母さんを悪く言う場所に、これ以上いたくない！」

それまで強硬だった父親が、初めて怯んだ。

いたってききわけがよくて、我を張ることなどしない子供だ。むしろ大人の顔色を窺いながら、いい子を演じているようなところもあって、だからこそ、大人が思う以上に胸を痛めていたのだろう。

祖父母だけに留まらない。たぶん、島で会う誰もが、小町のことをよく思っていない。小町が島を去った後、菓音はたったひとりで母親を庇い続け、疲れきってしまったのだ。逃げたいと願うのも無理はない。

「私からも、お願いします。菓音をしばらく、預からせてください。私の手元に、置かせてください」

「小町、おまえまで……夜の仕事をしながら、子供を育てられるわけがないだろう！」

「それでも島で暮らすより、よほどましです。いまの菓音は、一年前の私と同じ。自分の意見には、だれひとり耳を傾けてくれない。家族にすらも受け入れてもらえない。そんな不自由な思いをさせるくらいなら、私が育てます！」

「おまえは、いつだってそうだ……自分だけが正しいと主張して、決して譲らない」

矩久の顔色が変わった。唇を引き結び、元妻をにらみつける。

「昔は、そういうところに惹かれていた。おれにはない強さに、どこかで憧れていた。だけど、嫁としては最悪だ。親父もおふくろもおれも、やめろと言ったのに……。成川だけじゃない、芹沢の家だって……小町の兄さんだって反対したじゃないか！　なのに意地を張り通したあげく出馬して……おれたちがどれだけ恥をかいたか、おまえはわかっていない！」

「私は、恥とは思っていません……菓音もね」

「おまえに洗脳されて、菓音まで勝手な真似をするようになったんだ！」

これ以上は、泥沼だ。すでに一年前に、散々やり合った。話はいつまでも平行線を辿り、髪の毛ひと筋ほども歩み寄ろうとしない。多勢に無勢――。小町さえ譲れば、すべて丸く収まると、誰もが言った。夫ですら、妻の側にはついてくれなかった。

それでも小町は、止まらなかった。その方が楽になるとわかっていたが、そこで諦めれば、自分の背骨がぽっきりと折れてしまうようで、小町は小町として生きていけなくなる――。そう思えたからだ。

小町の父、芹沢保が急死したのは、一年と三ヵ月前だった。

その三ヵ月後、小町は父の後を継いで、磯名町の町議会議員選挙に立候補した。

磯名島と周辺の小島を合わせて、磯名町と称する。

父の保は、磯名町の町議会議員を、三期務めていた。

もともとは主にメロンを作る果物農家だったが、マンゴーの栽培をはじめて、これが当たった。ひと財産を築き、四十歳のときに一念発起して、町議会議員に立候補して当選を果たした。父には、町議として成すべき抱負があった。

「磯名島は、こんなにいいところなのに、過疎が進む一方だ。何とかして、他所から人を呼び寄せたい。もっと方々に宣伝して、観光に力を入れて、住人も増やしたい。そのためには、ありきたりなやり方じゃ駄目なんだ。新しくて人目を引く、それでいて磯名島らしいものを、生み出したいんだ」

母や小町を相手に、そんな夢をよく語っていた。六つ上の兄が農業を継いでくれたから、心おきなく議員稼業に専念できたのだろうが、ただし父と兄はそりが合わず、会話はほとんどなかった。逆に小町は、容姿も性格も父親譲りだとよく言われ、快活さやポジティブ思考は、たしかに父に似たのかもしれない。

二期目の当選を果たしてから、父は本腰を入れて抱負の実現にとりかかった。ちょうど菓音が生まれた年だった。その一年前に小町は結婚していたが、矩久とは幼なじみであり、両家は車で十分ほどの距離だ。

生まれたばかりの孫に目を細めながら、父は自分の思いつきを娘に語った。

「森林テーマパーク？」

「そうだ。磯名島には、まだまだ手つかずの森が多く残っているだろ？　林業に携わる者も減って、最近はだいぶ荒れているが。そこにテーマパークを作るんだ」

テーマパークと言われて、まず思いつくのはＴＤＬやＵＳＪだ。そんな大規模施設を、この島に誘致できるとはとても考えられない。そう応えると、父はからからと笑った。

「そんな何千億もかかる、大きなものじゃない。お金はかかるけど、せいぜい一億といったところだろう。磯名町だけでなく、うまく運べば、県や国、あるいは林野庁の支援も期待できる。誘致できる可能性は、十分にあるはずだ」

遊園地型のテーマパークではなく、いわゆるフィールド・アスレチックを、より進化させたような施設で、運営しているのは欧州の企業だった。森にロープやネット、木製の遊具を配置し、それぞれに難易度を設定し、子供から大人まで広く楽しめるように工夫する。単なる娯楽施設ではなく、森林管理のひとつのモデルとされていて、テーマパークでの収益の一部を森の整備費に充てることで、林野庁からも認められていた。

ちょうど欧州の企業が、日本での開業を模索していたころであり、磯名町以外にも誘致を名乗り出た自治体はいくつもあった。この施設の利点は、森をそのまま活かすことにあり、場所が違えば植生なども変わってくる。そのため候補地が他にあろうと、名乗り出さえすれば開業に漕ぎつける公算が大きい。当時、すでに関東で第一号が開業する運びになっていたが、父は九州で最初の誘致を目指していた。

しかし当然のことながら、たとえ小さな自治体であっても議会にはさまざまな意見があり、新しいこととなればなおさら、躊躇する数の方が多い。父はひとりひとり地道に説得して少しずつ賛同者の輪を広げていったが、逆に強硬に反対する者もいて、ことに五期以上、町議を務める一部の古株議員の中に目立った。

任期の浅い若手議員が、勝手な真似をして、との反感もさることながら、新しいことをはじめて、これまでの伝統が壊されるのではないか。そんな守りの気質が先に立つのだ。

ただでさえ島民の数が減って、町の財政は苦しい。結果の見えぬものに、億単位の金をかけるなぞとんでもない。やって失敗するくらいなら、何もせずつつがなく町議を全うしたい。そう考える者たちは、少なくなかった。

「何もしないのなら、町議など必要ない。ただ月に何度か、会議の席に座っているだけの議員なら、やめるべきだ」

外では口にしないが、家ではそんな愚痴をもらすこともあった。農家としても、既存の作物にとらわれず、マンゴーだけでなく、日本ではめずらしい南国の果物の栽培を、さまざま試みていたような人だ。進取の気性は、町議になっても遺憾なく発揮された。島の特産物を利用した、新しい加工品の開発や、民宿の整備などはもとより、農作業を軸とした、体験学習型の島内ツアーを企画した。島ではあたりまえの畑仕事でも、都会の人にとっては滅多にできない経験となる。意外なことに修学旅行生の参加が多く、思った以上に成果があった。学年全員が同じ場所に行くのではなく、昨今はいくつかの目的地の中から生徒に選ばせせふりわける、選択型の修学旅行が多くなったためだ。数百人を一度に招くことはできないが、五十人くらいまでなら、島のあちこちの農家に頼むことができる。それすら数が多くなれば、本業に支障をきたすとの文句も上がったが、島内に二ヵ所、専用の畑を作ることで目処(めど)が立った。

しかし何よりの目標は、やはり森林テーマパークの誘致であり、体験学習ツアーと併せることで、より経済効果や集客効果が望める。『磯名森林(フォレスト)計画』と銘打って、父は先頭に立って奔走していたが、三期目に入ってから立て続けに不運に見舞われた。

最初は、父の親友の脱税だった。水産加工業を営み、父の町議活動を後押ししてくれた人物だ。脱税といっても悪質なものではなく、罰金である付帯税を支払って片がついた。しかし小さな島では大きく扱われ、「芹沢議員の選挙費は、脱税で賄われた」との噂がしつこくつきまとった。

一部の議員から収支の公開を求められ、父は応じたが、その報告書がさらに悶着を呼んだ。研修費が、あまりに多いと責められたのだ。物事を新たに始めるには、調査が欠かせない。町興しの成功例や、集客率の高い道の駅、そして何よりも森林パークの視察のために、精力的に他県に出掛けていた。町から支払われる議員報酬や政務活動費では、とても足りない。実際は自費で補ったものも少なくないのだが、ただ、とび抜けた費用の多さが問題視された。

町議会ではくり返ししつこく追及され、肝心の森林計画は遅々として進まない。父はしだいにすり減っていき、やがて病に倒れた。

すい臓がんだった。見つけたときには手遅れで、半年ももたなかった。父の病室で、ふたりきりで話をしたときのことは、いまもはっきりと覚えている。

「おれも案外だらしがないな……母さんに呼ばれたみたいだ」

その二年前、小町の母は、やはり病気で他界していた。母を失った穴を埋めるように、ますます町議の仕事に没頭し、どこかで無理をしていたのか。家のことは兄嫁がやってくれたが、息子とそりが合わないだけに、安息の場に事欠いていたのかもしれない。

「政治って、何だろうな……」

吐息のように、父が呟いた。

「議会に関心が向くのは、不祥事が起きたときだけだ。他人を責めることには、ああも熱心なのに、五年先、十年先の自分たちの暮らしには、往々にして無頓着だ。あのエネルギーが、もったいなく思えてな」

今日の献立や来月のやりくりで、誰もが精一杯だ。家のローンや子供の学資を除けば、先々のことなど、とても手が回らない。議員報酬や政務費を得て、それらを代わりに担うのが、政治家なのだ。「予算」という形で、人の力を集約させて、方向性を示し問題を解決する。

いまの小町なら、そう答えられる。けれどもそのときはまだ、わからなかった。

「その答え、探してみようかな」

「小町……」

「政治とは何かなんて、親が町議でも、いままで考えたことなかった。ちょっと、興味がわいた」

気軽な言葉の底に込めた、小町の真意に気づいたのかもしれない。父の瘦せた顔には、心配が先に現れた。

「おれのことはいいから、無理はするなよ。強気を崩せないのが、おまえの弱みだ」

「遺伝の元の父さんが、それを言う？」

たしかにな、と父の唇の端が、かすかに上がる。すでに笑うことすら辛そうだった。

父が逝ったのは、それから二日後のことだった。

「町議選に、立候補するだって？　何言い出すんだよ、小町」

父の初七日を済ませてから、小町はまず、夫の矩久に打ち明けた。初めは悪い冗談としかとられなかったが、妻が本気だと知ると、夫は真顔で止めた。

「お父さんのことは、おれだって悔しいよ。小町が感傷的になるのもわかるよ。だけど小町はもう、おれの妻で菓音の母親なんだ。農作業や家事だって、いくらでも仕事はあるだろう。だいたい、菓音の世話は誰がするんだ？」

成川の家もまた農家であり、サツマイモや米を作っていて、小町も農作業を手伝うのは嫌いではなかった。決して家事や子育てを軽んじたわけではなく、他にもやりたいことができたというだけの話だ。菓音も小学校に入学し、家や畑には必ず誰かがいる。嫁が外に出て働くことは、決して不可能ではなく、現に小町も農閑期には漁業組合でアルバイトをしている。けれど矩久が止めたのには、別の理由がある。

「小町には酷だけど……芹沢議員への不正疑惑は、未だに晴れてはいないんだ。その娘が出馬したところで、相手にされるわけがないだろう！　それ以前に、当選できるはずがないじゃないか。有権者の反感を買うのは、目に見えてる」

「うん、わかってる……私も、落選は覚悟してる」

「だったら、どうして！」

出馬の動機は、ふたつある。ひとつは、森林計画に少しでも弾みをつけるためだ。

娘が出馬するとなれば、世間の耳目を否応(いやおう)なく集める。たとえその大半が非難と好奇であっても、森林パークの存在を周知させるのに何よりの広告塔となる。いわば炎上商法だ。実を言えば、父も似たようなことを言っていた。

「不運の底にはな、小町、幸運の種が必ず埋まっているものだ。今回の追及で、森林計画に関心が集まるなら、宣伝効果としては悪くない」

半分は強がりだろうが、半分は真実だ。小町もそれに倣(なら)っただけだ。

「もうひとつの理由は、父さんの潔白を証明するため」

「小町、それは……」

「いま声を大にして訴えたところで、無駄だってわかってる。父さんの身の証しを立てるには、森林計画の実現以外に方法がないの！」

多額の政務費を使用し、好き放題をしていたのではないか――。追及半ばで父が死んだために、その疑いは根強くつきまとっている。領収書の一枚一枚に、どこの誰とどんな話をしたのかと説明を求められ、でき得る限り父は応えた。ある意味、本当に不正があれば、楽に決着がついただろう。何もないからこそ、いつまで経っても終わりが見えなかった。重箱の隅をつつくだけでは済まず、わざわざ削るようなものだ。父の死に誰よりも安堵したのは、追及側にまわった町議の古株たちだろう。

逆転の目があるとしたら、方法はひとつだけ。費やした研修費が、有益であったと理解させることだ。そのためには森林パークを実現させ、さらに軌道に乗せなければいけない。税金泥棒という汚名をそそぐためには、それしかなかった。

たとえ落選に至っても、選挙演説を通して広く訴えることができる。娘が父の潔白を信じ、森林計画の必要性を説くのは、世間の関心が集まっているいまだからこそ無駄ではないはずだ。

本当なら兄が継いでくれれば、それがいちばんなのだが、兄は父や小町とは根本的に価値観が違う。いまあるものを守り、堅実に暮らしてゆくのが身上であり、それもひとつの生き方だ。けれど妹の小町は、父の気性を濃く引いている。

人は困難に直面したとき、もっとも素の本性が現れる。じっと身を伏せて、嵐をやり過ごすのも、ひとつの賢い選択だ。けれど小町には、それができない。

小さい頃からそうだった。いじめっ子には立ち向かう、自分の意見ははっきり言う、納得がいかなければ教師や大人にも食ってかかる。

守備よりも攻撃、維持よりも改革に、よりやり甲斐を感じる。

「小町はいつだって一言多い。言わなきゃいいのに……」

と、友人たちにすら呆れられる。どんな暴風にも屈しない姿に、いつかぽっきりと折れてしまうのではないかと、矩久をはじめ周囲はハラハラさせられるのだろうが、風雨に負けて縮こまった瞬間、自分が駄目になってしまいそうで怖くてできない。父が言ったとおり、強気を崩せないのが小町の弱みだ。

けれど巻き込まれる家族にとってはたまらない。小町の思いを、ある意味誰よりも理解していた矩久ですら承知を拒み、舅と姑は、夫よりもさらに堅牢な壁だった。

「そんな恥ずかしい真似、させられるわけがないだろう。成川の家の、面汚しになるつもりか」

「そうよ。菓音がかわいそうだと思わないの？　菓音が学校でいじめられたりしたら、どうするの」

世間体は、決してないがしろにはできない。安寧な暮らしには、世間の受容が欠かせないからだ。成川の嫁であったからこそ、小町は父の件でよけいな泥を被ることなく済んだ。町議への出馬は、避けた泥をわざわざ浴びに行くようなものだ。

毎日のようにくじけそうになったが、小町を支えてくれたのは、他ならぬ菓音だった。いつもの訴えが玉砕し、台所でぼんやりしていると、菓音が小町の袖を引っ張った。

「お母さん、だいじょぶ？」

応えられず、娘の目を避けるようにして抱きしめた。

「最近、怒られてばかりだね、お母さん……何か悪いことしたの？」

「何も……お母さんも、亡くなった芹沢のおじいちゃんも、悪いことなんて何もしてない。なのに、ほんと、怒られてばかりだね」

心底、疲れていた。ここで引き下がることができれば、どんなに楽か。けれどもすでに、小町の心は走り出してしまった。出馬をやめたところで、元には戻れない。何食わぬ顔で、夫と笑い合い義理の両親と睦まじく暮らすのは、小町にとっては嘘や偽りに等しい。父が言った弱みとは、そのことだ。

「あのね、お母さん」

腕の中の菓音が、ふいに顔を上げた。娘の瞳には、情けない母の顔が映っているはずなのに、どうしてだか、ひどく嬉しそうだ。

「さっきのお母さん、恰好よかったよ。目がきらきらして、とってもきれいだった」

「……きれい？」

「うん！　喧嘩してるとき、お父さんもおじいちゃんもおばあちゃんも、みんな恐い顔してるのに、お母さんだけはいつもよりきれいなの。何でかな？　不思議だね」

自身ですら疎んじていた素を、小町の性質を、菓音はきれいだと褒めてくれた――。

そんな気がした。

「菓音、お母さん、もうちょっと頑張ってみてもいいかな？　また喧嘩になるけれど」

「うん、菓音がお母さんの味方になる！」

思えば、見栄だったのかもしれない。娘の期待を裏切らず、きれいで恰好良い母でいたい――。そんな虚栄が、諦めるという選択を奪っていたのかもしれない。

とうとう許しをもらえぬまま、小町は家族の反対を押し切って出馬すると告げた。

「だったら、小町……これにサインしてくれ」

矩久から渡されたのは、離婚届だった。

「成川の姓じゃなく、芹沢小町として候補に立つなら文句は言えない……そういうことだ」

それは矩久と、そして菓音との別れを意味する。

人生最大の選択のはずが、それまでの長い諍いで疲弊しきった小町には、その一枚の紙が、渇いた喉をうるおす一杯の水に思えた。

これで、終わる――。これより他に、方法がない――。

何を考えることもなく、機械仕掛けのようにペンをとった。

「小町、いいのか、それで？　よく考えろ！　おれや菓音より、選挙をとるつもりなのか！」

逆に夫に止められたが、そのときの小町は、ただ不毛な言い合いを終わらせたかった。初登院の翌日、小野塚遼子に喧嘩をふっかけたのは、多少の焼き餅もあったのかもしれない。他ならぬ家族から勧められ、激励されて、世襲議員として親の地盤を継ぐ。ある意味、政界のあたりまえが、小町には遂げられなかった。

まもなく選挙がはじまり、小町は選挙事務所に詰め切りとなり、夜は支援者の民宿で寝泊まりした。

小町なりに手応えはあった。ローカルニュースなどにもたびたび取り上げられて、とりわけ森林計画について熱心に語った。逆風にしては、思っていたよりも票もとれたが、当選には至らなかった。

そして選挙が終わってみると、小町には何も残っていなかった。

議員の肩書はなくとも、共に森林パークの計画に携わろう。そう言ってくれた仲間もいた。けれど当時の小町は、すべてを出しきって、まさに灰になっていた。

何よりも、菓音に会えないことが応えた。激怒した成川の両親は、娘への接触を決して許さず、いつもの小町なら法に訴える手段にも出ただろうが、その元気すら失くしていた。やはり出馬に反対していた実家の兄夫婦からも冷たくあしらわれ、小町は黙って島を去った。

そんな情けない母親のために、残った菓音はたったひとりで戦ってくれたのだ。


「菓音、大きくなったなあ。もうすっかり、お姉さんだね」

四年ぶりに会う娘に、父親は目を細めた。

都心のホテルの一階にあるカフェだった。焦茶とベージュを基調にした落ち着いた雰囲気で、椅子の配置もゆったりしている。東京に不案内な矩久のために、その宿泊先のホテルで会うことにしたのだ。

壁に面した四人掛けのテーブルに案内され、矩久がメニューを開く。

「やっぱり東京は、何でも高いんだなあ。おれなんて田舎者だから、いちいちびっくりするよ」

「私も未だに、びっくりするわ。こればかりは、なかなか慣れないわね」

「菓音、おまえはどうする？　ケーキでもパフェでも、何でも注文していいぞ」

ふいに声をかけられて、母親のとなりに座る菓音が、ぴくりと肩をはずませる。

「どうした、菓音？」

「緊張してるのよ、久しぶりだものね」

「そうか……菓音に忘れられるのは、寂しいな。お父さんのこと、覚えてるか？」

斜め前に座る父親を、上目遣いでながめ、用心深くこくりとうなずく。

小町ですら、ここに来るには勇気が要った。娘なら、なおさらだ。

父親は、少し傷ついた顔をした。

「そうだよな……怖がられても仕方ないか。最後に会ったとき、怒ってばかりいたものな……ごめんな、菓音」

気まずそうな表情を、菓音はしばし見詰めて、ぽつりと言った。

「いまは、怖くない……」

そうか、と矩久が、ほっとしたように薄い笑みを広げた。

菓音の緊張が解けてきたのを肌で感じて、小町の胸にも安堵がわいた。

やはり娘を、迎えにきたのだろうか？　小学校を卒業するタイミングで、引きとりたいという腹か？　あるいは、何らかの法的手段に、訴えるつもりだろうか？

なにせ菓音の親権は、未だに父親にあるのだから――。

ここに来るまで、悪い想像が頭から離れなかった。娘の前では、決して顔に出さないよう気をつけてはいたが、同様の心配を、菓音もしていたに違いない。

けれど目の前にいる矩久は、意外なほどに柔らかな雰囲気だった。

もともと呑気で育ちがよく、穏やかな印象の人だった。小さいころから知っている、幼なじみの気安さもあったが、多少頼りないほどの優しさが、気性の強い小町には心地よかった。最後に福岡で会ったとき、あれほど激昂したのも、娘を心配し、大事に思っていたからこそだ。

「私の方こそ、あなたにあやまらないと。勝手な真似をして、ごめんなさい」

「もう、いいよ」

「でも……お舅さんとお姑さんを説得するのは、大変だったでしょう?」

「親父の頑固と、おふくろの愚痴っぽさは、いまにはじまったことじゃないからな」

何より、と、矩久がおかしそうに口許を歪める。

「なにせ町議も県議もすっとばして、いきなり国会議員だろ? さすがに毒気を抜かれたみたいでさ、転んでもただでは起きないって逆に感心していたよ」

島でもたいそうな評判になっていると、矩久は愉快そうに語る。驚くやら、呆れるやら、反応はさまざまながら、概ねは好意的に捉えているようだ。

両親のやりとりを、菓音はじっとながめていたが、父親に促され、慌てて開いたままのメニューに目を落とした。菓音は蜂蜜のプリンとパインジュース、小町はコーヒー、苦いものが苦手な矩久は、ミルクティーを頼んだ。

菓音が蜂蜜プリンを半分ほど食べ終えたころ、矩久が小町に告げた。

「実はおれ、再婚することにしたんだ」

もちあげたカップを、そのまま下ろした。迂闊にも、その考えは浮かんでいなかった。

やはり驚いたのか、菓音のスプーンも、プリンを載せたまま宙に止まっている。

「そうだったの……何だか、安心した。お舅さんとお姑さんも、喜んだでしょう？」

まあな、と少し照れながらこたえる。相手は六つ年下の、二十八歳。一昨年の夏、磯名島に旅行に来て、以来、島を気に入って、たびたび訪れるようになったという。

「最初に来たのが、例の体験学習ツアーでさ。そのときにおれも、農業実習の世話役を務めたんだ。それで知り合ってさ」

ツアーには、案内役として町役場の職員がつくが、実際の体験学習には地元の人たちが世話役を頼まれる。町から日当も出るのだが、農繁期に当たると負担が大きい。小町がいたころは、かえって迷惑だとの声もよくきかれたが、いまではすっかり島に馴染んでいるようだ。森林計画は、結局頓挫してしまった。それでも父の努力が報われたものもある。そうきかされたようで、嬉しかった。

「実家は兵庫県なんだけど、彼女は大分の大学を卒業して、福岡に就職したんだ。三ヵ月に一度くらいは、島に来てくれるようになって……つき合い出したのは、去年の秋くらいかな」

草食系で女性への接し方が優しく、見た目も悪くない。彼女が島を訪ねるようになった本当の動機は、矩久かもしれない——。そうも思えた。

兵庫にいる彼女の両親に挨拶に行き、そのついでに東京まで足を延ばしたようだ。

「おめでとうございます。私が言うのはおこがましいけれど……今度こそ、幸せになってほしい。心から、そう思います」

小町の言葉に嘘はない。決して憎んで別れたわけではないし、矩久と成川家の幸せは、小町の中の罪悪感をいくらかでも払拭してくれる。なのに祝福の中に、小さな棘(とげ)が刺さっている。その正体に気づいて、つい苦笑いがこぼれそうになった。

娘以外の全てを捨てたのは、小町の方だ。矩久への未練も、故郷へのこだわりも、とうの昔になくなっている。

それでも、元夫が小町を見限って、他の女を選んだことに、少しだけ傷ついたのだ。テーブルの端に置いたまま忘れていたお菓子を、知らぬ間に誰かにかじられたような、たとえるならそんな気分だ。

我ながら傲慢が過ぎると呆れたが、誰にも多かれ少なかれ存在する感傷かもしれない。

その小さな棘も、菓音のおかげで、すぐに溶けて消えた。

「お父さん、おめでとう」

母に倣い、菓音もお祝いを口にする。すっかり緊張がほどけ、にこにこしている。

父親が、母とは違う女性と別の家庭を作り、そのうち弟や妹もできるだろう。本当なら、複雑な思いを抱えてもおかしくないのだが、いまの菓音は、そういうことをうっかり忘れているのかもしれない。

父は自分を連れ戻しにきたわけではなかった。

それがわかって、誰よりもほっとしたのは、菓音だったのかもしれない。

ありがとう、と矩久も、にっこりと娘に返す。それから、少し真面目な顔をした。

「実はね、菓音。お父さん、菓音にひとつ、確かめたいことがあったんだ」

娘の表情が不安そうに曇り、プリンのスプーンを置いた。

「菓音は十一歳になったろう？　誕生日にはまだ少し早いけど、もうすぐ十二歳になる。そのくらいの歳になると、お父さんと暮らすか、お母さんと暮らすか、菓音が決めていいんだ……知ってたか？」

菓音は、用心深く首を横にふる。母親に、そうなの？　と目だけでたずねた。

正確には、法律に明文化されている年齢は、十五歳だ。

「子供が十五歳以上の場合、『子の陳述』を聴く必要がある」

と、人事訴訟法や家事事件手続法に明記されている。ただし慣例として、概ね十歳以上であれば、自分の意志を表明する能力があるとみなされる。個人差はあるものの、家庭裁判所でも、その意向は尊重される傾向にある。

小町はもちろん知っていたが、こちらから申し立てをすれば、ふたたび成川の家と争わなければならない。ようやく落ち着いてきた菓音を、巻き込みたくはなかった。

しかし矩久が承諾してくれるなら、話は別だ。どちらかと言えば、こういうことには疎い人だったが、菓音の親権の問題がもち上がり、矩久も勉強したのだろう。

「菓音は、どうしたい？　やっぱり、お母さんと暮らしたいか？」

「うん……菓音は、お母さんといたい……」

どんな親だろうと、子供に見放されることほど痛いことはない。父親の目許に、ひどく切ない影がよぎった。

「……ごめんなさい」

「菓音があやまることはないよ。お父さんだって、違う人と結婚するんだから。お互いさまだ」

矩久の、父親としての愛情に、小町は気づいた。菓音のこたえなど、最初からわかっていた。わざわざ再婚話を先に告げたのは、娘の罪悪感を少しでも払拭するためだ。子供の意志を尊重するのは、もちろん大事だ。ただ、両親のどちらを選んだとしても、子供には罪の意識が残るだろう。選ばなかった側へのしこりを、一生抱えていくことになる。

再婚前に、はっきりさせておきたいとの、ある意味勝手な事情もあるだろうが、菓音の気持ちを少しでも軽くしたいとの親の思いは、矩久から十分に感じられた。

「それとな、菓音。名字はどうする？」

「名字？」

「いままでどおり、成川菓音でいるか。たとえば中学に上がるのを機に、お母さんの名字に変えてもいいし、菓音が大人になってから変えてもいいんだ」

菓音の名字は、未だに成川のままだった。離婚した小町は、自動的に成川の籍を抜け、結婚前の芹沢姓を選んだが、菓音は成川の籍に入ったままなのだ。子供の名字は、両親どちらの籍にあるかで決まり、親権とも関わりはない。

菓音はずっと成川菓音のままで、小町も実は、学校関係者には成川で通していた。教師には事情を話していたが、親が離婚した子供には、往々にして起こり得ることだからと理解してくれた。いきなり姓が変わるというのは、子供にとっては一大事だ。時には親が離婚した事実を、友達にひた隠しにする例も少なくないという。

子供にとっては、それまでの日常が壊されてしまったに等しい。外に向かっていつもどおりのポーズをとることで、自分を保とうとしているのだろう。それは誰にも責められない。

ただし菓音の場合は、親権と同様、籍から抜くことを、成川の家がどうしても承知しなかったためだ。今回の矩久の上京には、成川の祖父母の意向も絡んでいるはずだった。

意地の悪い言い方をすれば、息子の再婚を機に、不肖の元嫁や、少しも懐かない孫とは、この際きっぱりと縁を切りたいというのが、義理の元両親の本音だろう。

けれどもそんなことは、少しも構わない。

離婚の際に、本気で親権を争わなかった、自分の方に非があるからだ。

『もちろん、菓音の親権は、渡しませんからね。あなたのような無鉄砲な母親じゃ、菓音が苦労するだけです』

姑にそう言われても、反論する気力すらわかなかった。

もしも菓音が、泣いて駄々をこねるような子供なら、また違っていたのかもしれないが、自分の我儘で、母親の立場がさらに悪くなることを恐れていたのだろう。たとえ六歳でも、菓音はそういう子供だった。

『お母さんと、一緒に行っちゃ駄目なの？』

最後に会ったとき、菓音は小町にそうきいた。島を出るとき、最後に一目だけ会わせてほしいと成川の家に頭を下げたのだ。小学校に上がったばかりだし、友達と離れるのは寂しいだろうと、見せかけだけの大人の言い訳を、娘に返した。

悲しそうにうつむいて、うん、と菓音はうなずいた。

そのときのやりとりは、激しい後悔とともに何万回も思い返した。

先のことなど何も考えられず、職がなければアパートさえろくに借りられないと知ったのは、福岡に移ってからだ。当時の小町の全財産は、一五万円だった。父が死んだとき、ある程度まとまった財産が小町にも分与されたものの、選挙資金に消えてしまった。敷金や礼金も払えず、また無職と知ると、たいていの大家に敬遠される。

ひとまずデイリー・マンションに落ち着いて職探しをはじめたが、何の職歴もない小町には、正社員など夢のまた夢だ。パートやアルバイトに絞ったが、いずれも呆れるほどに給与が低く、また福利厚生面もよくない。

とりあえず、アパート代だけでも早急に稼ごうと、夜の商売にした。

すでに天涯孤独に等しく、自分が何をしようと、誰に文句を言われることもない。そんな自棄に似た気持ちも、多少はあった。

でも、いざはじめてみると、意外なほどに性に合っていた。

店の経営がしっかりしていたことに加え、客層が良かったこともあったろうが、さまざまな見知らぬ客と、一対一で話をするのは嫌いではなかった。もちろんキャバクラなのだから、手が早かったり強引だったりと厄介な客もいるが、うまい対処法さえ身につければいいだけのことだ。

常連になってくれた客のほとんどは、ある意味、会話に飢えていた。仕事の自慢、家族の愚痴、先の不安やいまの孤独。決して面白いばかりではないものの、自分はどうやら、人の話をきくことが好きなのだと、思ってもみなかった長所も発見できた。指名客もそれなりに多く、結局、賃貸アパートに移ってからも、職場を変えることはしなかった。

ただ、生活が落ち着いてきたころから、娘のことが頭から離れなくなった。

それまでも忘れた日などなかったが、いくらか生活に余裕ができると、まるでその隙間をみっちりと埋めるように、菓音のことで一杯になった。

はち切れそうになったころ、菓音がたったひとりで来てくれたのだ。

この途方もない幸運を、決して逃してはいけないと、小町は決心した。

あのとき菓音を迎えに来た矩久は、娘を連れて帰ることができなかった。泣きながら母にしがみつき、梃（てこ）でも動こうとしない。初めてみせる娘の強情に手を焼いて、こうまで拒絶されたことに傷ついてもいたのだろう。

あと二日で夏休みに入る時期でもあり、一週間だけという約束で、矩久は娘を元妻に預けた。親子にはまるでそれが、天からのご褒美のように思えた。

小町はそのあいだ仕事を休み、ずうっと菓音と一緒にいた。姉子(あねご)の浜に行き、波打際で追いかけっこをしたり、皿倉(さらくら)山からは宝石箱みたいな夜景も見た。動物園ではレッサーパンダに夢中になり、最新の大型ショッピングセンターで、買物をしてパンケーキを食べた。その一方で、ふたりがいちばん好きなのは、家でのんびりしている時間だった。小学二年生とはいえ身長は高い方で、母親の膝に乗るには、とうに大きすぎる。それでも菓音は、一年分のスキンシップをとり戻そうと必死だった。わかっているからこそ、「重いなあ」と文句をつけながらも娘を膝に乗せ、あれこれと他愛ない話をする。

申し分のないひと時のはずが、これが完全ではないことは、夜中になるとわかる。怖い夢にうなされて、菓音がとび起きるのである。夢の中身は、いつも同じだった。大きな黒い手が伸びてきて、菓音をさらい、母の許(もと)から引き離される――。

「お母さん、あと三日で、菓音は島に帰らないといけないの？　お母さんと、会えなくなっちゃうの？」

「大丈夫だよ、菓音……お母さん、ここにいるよ」

確たる返事をしてやれない、もどかしさを感じながら、小町はただ、泣きじゃくる娘を抱きしめることしかできない。そして一週間が経ち、いよいよ迎えが来るというその日、菓音は高い熱を出した。

「いったい、どういうことなんだ？　預けたとたん、病気にさせるなんて。やっぱりおまえは母親失格じゃないか！」

「菓音が熱を出したのは、島に帰りたくないから……いわば精神的なものよ」

「この期に及んで、おれたちに責めを負わせるつもりか！」

「そうじゃない！　思い出してよ……菓音がもっと小さいころ、似たようなことがあったでしょ？」

友達とのつきあいなどで、両親がそろって外出しようとすると、タイミング悪く子供の具合が悪くなる。子供をもつ親なら、一度は経験があるだろう。子供は自分の感情を、うまく言葉にできない。それがからだに現れる。子供の精一杯の訴えであり、一種の防衛反応だ。両親に置いていかれるというのは、理屈抜きに恐怖以外の何物でもないのだ。

「菓音はいま、私に置いていかれることが、何よりも怖いのよ！」

矩久は、ひどく苦い顔で、となりの部屋をながめた。半分だけ襖を開けた四畳半に菓音は寝かされていて、赤い顔をして苦しそうだ。病院は朝いちばんに連れていったが、特に風邪などの症状もなく、やはり知恵熱に近いものだろうと医者にも言われた。両親の諍いを、まともに見ずにすむことが、せめてもの救いだった。

菓音がくり返し夢にうなされていたことを語ると、苦い汁でも含んだように、矩久の表情がさらに苦しいものになった。

「どうして、菓音はそこまで……おれも親父もおふくろも、精一杯可愛がってきたんだ。

母親がいなくなって寂しい思いをさせないよう、一生懸命気をつかって……それでも、自分を捨てていった母親の方が、いいというのか！」

矩久の言葉は、これ以上ないほど深く、小町の胸に刺さった。

たしかにその通りだ。周囲が許さなかったとか、当時は育てる自信がなかったとか、そんなことは言い訳にもならない。小町は一度、娘を捨てた。それは歴然とした事実だった。

過ちは、二度と犯さない。菓音が修正してくれた道は、二度と踏み外さない。

小町は、矩久の前で、手をついた。

「いま、島に戻したら、菓音は壊れてしまう。お願いします、菓音をしばらく、私に預からせてください！」

「そんなこと、できるはずが……だいたい、しばらくってどのくらい……」

「できれば菓音が小学校を卒業するまで……五年、いえ、三年でも構いません。菓音の自我が育つまで、あの子が母親を必要としてくれるなら、一緒にいてやりたいんです」

当然のことながら、最初はまったく矩久は耳を貸さなかった。小町は辛抱強く説得を続けた。

「私の名前を出すことすら、成川の家ではタブーになっているそうね？　菓音が私との思い出話をするだけで、お舅さんは不機嫌になって、お姑さんは忘れろと言う。父親のあなたですら、わざとらしく話題を変える……菓音から、そうきいたわ」

いなくなった母親なぞ、忘れた方がいい。いわば成川の家の思いやりだったのだろうが、家庭で母親の話をする――そのあたりまえすら封印されてしまったことに、どれほど切ない思いをしたことか。父や祖父母が消してゆく母の痕跡を、ひとつひとつ拾い集めて、見つからないよう大事に抱えていたのだ。自分の小さな手では抱えきれなくなって、こぼれるより前に母のもとに駆けつけたのだ。

「仕方ないだろう……おまえはそれだけのことをしたんだから」

「ええ、私も、私のことはどう言われようと構わない。それでも私は、菓音の母親なの。どんな人間だろうと、他人から親の悪口を言われれば、悲しいし腹も立つ。ましてやそれが家族なら、なおさらよ」

「だったら！　どうすればよかったというんだ！」

矩久が拳を打ちつけて、小さな座卓テーブルが不穏な音を立てる。思わずそろって、となりの部屋を確かめたが、幸い娘の耳には届いていないようだ。

「菓音はあなたに似てるって、ずっと思ってた……顔立ちも、性格も。それでも、私に似てるところもある。こうと思ったら周りに流されず、大胆な行動をとる……そういうところは、間違いなく私の血なのよ」

「……そうだな」

諦めに似た、ため息だった。

「親権も要らない。籍も成川のままで構わない。だからどうか、菓音が私と暮らすことい言いるずを許してほしいの。親権をもつあなたが認めてさえくれれば、それが叶う。ずるい言い方だけれど、いまの菓音には、母親が必要なのよ！」

「おれが認めたところで、親父とおふくろは納得しない。もしも今日このまま帰っても、今度は間違いなく、あのふたりが乗り込んでくるぞ」

「だったら……ここを離れて、遠くへ行きます」

「おれから、父親から、菓音を引き離すつもりか！」

「ごめんなさい……。でも、そうしないと……島には帰れないほど遠くに逃げ延びたと思わせない限り、菓音の不安は消えないもの。またきっと、悪夢にうなされることになる」

「そんな理不尽を！　認められるはずがないだろう！」

両の拳で叩かれたテーブルが、さっきより大きく振動する。マグカップの中のコーヒーが大きくたわみ、白い天板に茶色のしみが広がった。となりから、か細い声がきこえた。

「おとう、さん……」

「菓音……ごめんな、起こしちゃったか……ごめんな、菓音」

矩久が、枕元に行って娘の頭をなでたが、菓音の目に涙があふれた。

「お父さん……菓音を連れにきたの？　菓音は、帰らないといけないの？　……お母さんとは一緒にいれないの？」

「茉音……」

「茉音、お母さんといたいの。お母さんと一緒がいいの。お父さんも、おじいちゃんもおばあちゃんも大好きだけど、でも、茉音、お母さんがいいの」

父親を見詰めて、懸命に訴える。熱に浮かされて、焦点すら合っていない。けれどだからこそ、茉音の本音があふれていた。

矩久はぎゅっと目をつむり、奥歯を嚙みしめた。父親の葛藤がそこにあり、まるで腹に刺さったナイフを、ゆっくりと抜くように、痛そうな笑みを浮かべた。

「わかったよ、茉音……茉音は、ずうっとお母さんといていいよ」

「お父さん……ホント？」

「本当だよ。だから安心して、ゆっくりお休み」

うん、と茉音が、素直に目を閉じる。枕元にいる矩久の、食いしばった歯の隙間から、すすり泣きがもれた。

「ごめんなさい、矩久……本当に、ごめんなさい」

これまでも、嫌というほど人を傷つけてきた。

けれど娘と引き離された父親の嗚咽ほど、応えるものは他になかった。

九

「小町さん、今日は機嫌いいですね。何かいいこと、あったんですか?」

成川矩久とは、ホテルのロビーで別れ、菓音とも地下鉄の途中で別れて、小町は議員会館に戻った。政策秘書の高花田と、第二秘書の紫野原、私設秘書の多部という、いつものメンバーが迎えてくれる。

娘の名字をどうするかは、おいおい考えることにして、とりあえず親権の変更のための手続きを確認するに留めた。それでも長年抱えてきた元夫への罪悪感が、多少は剝がれたようで、気持ちは軽くなっていた。

さすがに多部は勘がよく、小町を見るなり声をかけてきたが、仕事中に私的な話をするわけにもいかず、ちょっとね、と笑って返す。

とはいえ、地下鉄の車内から、バイバイと手をふる娘をながめて、少し感傷的な物思いもわいた。

離婚とは、人生の負の部分の縮図のようだ。

実際、離婚には、結婚の何倍ものエネルギーを要するとは、よくきかされる。

ウエディングドレスを着るときには、誰も自分が離婚するなどとは考えてもいない。

けれどいまや、三組に一組が離婚すると言われる。あくまでその年の婚姻と離婚の件数を比較したときの割合ではあるものの、いまや誰にでも起こり得る時代だった。

そして夫婦どちらか、あるいは双方に非があるのかと問われれば、そんな単純なものではない。もちろん浮気やDVなど、大きな離婚理由もあるだろうが、互いの生活や性質、価値観の違いといった、なかなか他人には伝わり辛い部分もある。自身の例であれば、百人のうち九十九人が、小町に非があると言うだろう。

小町自身、我を張ることのない、いわゆる女らしい性質に生まれていれば、どんなに楽だったろうと、ため息をついたことは数えきれないほどにある。

だからこそ、同じ境遇の母子家庭、父子家庭を、放ってはおけない。

他人からは、強いと言われる。その小町ですらも、あれほど参ったのだ。

たとえ自身の信念が確固たるものでも、少しも揺らがないかといえば、嘘になる。小町のあたりまえは、世間の慣習とは相容れず、非常識とそしられる。周囲の者たちに、理解されない、受け入れてもらえない。その孤独は、ともすれば小町を蝕む闇となる。油断すれば、たちまち足をすくわれ、喰われてしまう。

同じような傷を、離婚した者は必ず抱えている。子供がいればなおさら、その傷は大きくなる。離婚して片親になったというだけで、同じ孤立感を深める親子はいくらでもいる。親だけでなく、子供もまた悩みに突き当たる。まだ人生を歩み出したばかりだというのに、ふいに降ってわいた貧しさや、いきなり閉じてしまった先行きに呆然とする。

あるいは最初から、ワンオペ育児を余儀なくされる家庭もある。いわゆる、未婚のシングルマザーである。扶養手当や子供手当といった、各種給付金は同等に受けられるものの、税金の控除には大きな差が出てくる。寡婦控除が、受けられないからだ。

寡婦とは、夫と死別、あるいは離婚後に再婚していない女性のことで、夫の生死不明も含める。古い言い方では未亡人だ。扶養家族や所得によって、年に二七万円か、三五万円の、どちらかの控除が受けられる。

けれども未婚の場合には、寡婦ではないとの名目で控除は受けられず、さらに控除がないために税金が上がり、税金から計算される保育料や学童料金、公営住宅の家賃なども、自ずと差が出ることになる。

詳しい統計が出ているわけではないが、夫を持たずに子供だけ欲しいという女性は、特に若い世代では多いときく。同様に男性の側からも、伴侶は不要だが子供は欲しいという願望が、そのうち出てきてもおかしくない。ましてやＬＧＢＴ、同性愛者や性同一性障害をもつカップルやシングルも、子供を望む気持ちは一緒だろう。

これほどまでに社会は多様化しているのに、子供をとりまく体制は、あまりにも古びている。誰もが心おきなく子供を持てるようになれば、少子化対策の目標など、たちまちクリアできるだろうに、「両親そろっての家庭環境が第一、歪な環境では子供の成育に支障をきたす」との、まったく根拠のない大義名分が、未だにまかり通っている。

子を育てるのに必要なのは、愛情と、あたりまえの環境だ。ひとり親もＬＧＢＴも、あたりまえになれば、子供はすくすく成長する。不憫だ、可哀そうだとの差別や偏見こそが、子供を歪めてしまう。どうして二十一世紀にもなって、そんなことがわからないのかと、考えるだに腹立たしくなってくる。

すでに三組に一組が離婚している現状では、少なくともひとり親家庭は、あたりまえ以外の何物でもない。

奇しくも高花田が、似たような話をもち出した。小町への、報告を行っていたときだ。

昨晩は、顔を出さねばならない会合がいくつも重なって、ひとつを高花田に代理で出席してもらった。城東区の自治会長の集まりで、年配の男性ばかりの会合である。酒の席でもあり、大いに盛り上がったそうだが、話題に子供の貧困が登場すると、そろって同じセリフを吐いたという。

「貧困、貧困って、ちょっと大げさに言い過ぎなんだよ。おれたちの世代の方が、よっぽど貧乏だったじゃないか」

「そうそう、大学に行けない奴もふつうにいたしな。ましてやゲーム機や携帯を買えないから貧乏だなんて、贅沢が過ぎるよな」

「大学に行って勉強したいなら、自分で学費を稼げばいいだけの話だ。かくいうおれだって、高卒だしな。それでも四十年以上しゃにむに働いて、町工場程度だった会社をみんなで大きくしたんだからな」

過去の栄光や自慢話に陥りがちなのも、この世代の男性の十八番（おはこ）とも言える。

こまち事務所では、子供の貧困を救う活動を続けている。高花田は、そのための寄付を乞う目的もあって会合に参加したのだが、まったく相手にされなかったと肩を落とす。

「すみません……いまの貧困は昔と違って、相対的な貧困だからって説明したんですけれど、わかってもらえなくて」

「相対的な貧困って、何ですか？」と、いつものごとく多部が質問する。

「いまのシニア世代の子供時代は、まわり中が皆、同じように貧乏だったということよ。現代で言えば、発展途上国みたいなものね」

たしかにその通りだと、紫野原が目を細めてうなずく。

「貧乏が、あたりまえだった。だからこそ、何の引け目も感じずに、貧しくとものびのび育った。でも、いまは違うでしょ？」

いまの日本では、六人にひとりの子供が貧困層だと言われる。数字にすると、人口の一六％となり、明らかに少数派だ。

「そうか……他所ではあたりまえのゲーム機が、自分の家では買えなくて、他所ではあたりまえのファミレスにも行けないと、そういうことですね？」と、多部が自分流に納得する。

「子供や若い子ならよけいに、人とは違うことが恥ずかしかったりしますしね。友達にはもちろん、親にも言えなくて、ひとりで抱えている子は多いんですよね」

ほうっと、高花田がため息をつく。彼なりに、そういった貧困の状況を懸命に伝えてみたのだが、歳が倍以上のお年寄り相手では、暖簾どころか、空気に腕押しだったと自嘲する。

「だったら、その会合、今度は僕が出てみようかな」

「本当ですか、紫野原さん！　助かります！」

「もう、新之助くんたら、何も涙目になることないよ。オーバーだなあ」

第二秘書が政策秘書をなぐさめていると、卓上の電話が鳴った。反応の速さでは定評のある多部が、ワンコールで受話器をとった。

「お疲れさまです、瑠美さん。はい、小町さんならいらっしゃいますよ」

相手は第一秘書の遠田のようだ。城東区にある事務所からの定時連絡かと思ったが、受け応えする多部の横顔が、しだいに曇ってきた。電話機をいったん保留にし、小町に告げる。

「瑠美さんからです。城東病院から、事務所に電話があったそうで。ちょっと深刻なケースが見つかったって……」

多部が簡潔に状況を説明する。たちまち顔の筋肉が、ぴしりと締まる心地がした。

「行くわ。患者さんの状態しだいでしょうけど、話ができるようになったら私が伺いますからと、病院には伝えてちょうだい」

わかりました、と多部は保留を解除して、電話口でその旨を伝える。

子供政策の前に立ちはだかるのは貧困だ。表面からは見えない裏側にはびこって、こうして何かの拍子に小町の前に現れる。見てしまった以上は、捨ててはおけない。

自身を鼓舞するように、小町は議員室の扉を開けた。

「どうぞ、入って。ただし、五分だけにしてください」

医師に促され、病室のスライドドアを開けた。

物憂げに半分だけ開いていたまぶたが、小町の姿を認めると、かすかにもち上がる。

「秋嶋麻友子さんですね、初めまして。いろはサポートルームの、芹沢と申します」

「芹沢って……もしかして、国会議員の？」

かさかさに乾いた唇のあいだから、細い息とともに声がもれた。

「はい、その芹沢小町です。ただし今日は、あくまでいろはサポートのスタッフですが。秋嶋さんやお子さんたちのこれからの生活を、ご相談に乗ったりお手伝いするために参りました」

と、病院に同行した、若い男性スタッフを紹介した。

いろはルームには、託児所とは別に、もうひとつ別の部署がある。ひとり親世帯をはじめとする、何らかの保護や救援を必要とする家庭のサポートを目的としており、便宜上、託児所を「いろはルーム」、こちらを「いろはサポートルーム」と呼んでいる。

区役所への各種申請の手ほどき、仕事や住む家を探すための就労支援や住宅支援と、活動は多岐にわたり、子供の預け先が確保できない場合は、託児所を紹介することも可能だ。

秋嶋麻友子にも、小学五年生の男の子を頭に三人の子供がいて、母親が入院しているあいだは、ひとまずいろはと提携している城東区内の託児所で寝泊まりできるよう手配した。すでに看護師を通してきかされているはずだが、小町が改めて請け合うと、麻友子の顔がほっとしたようにやわらいだ。

三十五歳というから、小町とひとつしか違わない。なのにすでに半世紀も生きているかのように、麻友子は疲れきっていた。ぱさぱさの髪と艶のない肌、口許や目許にはしわが目立つ。何よりも小町が胸を打たれたのは、あまりにも痩せ細ったからだだった。点滴の針が、骨に刺さっているかのようだ。ブルーの患者着から覗く腕は、拒食症を思わせるほどに肉らしいものがついていない。

朝の八時から夕方の五時まで缶詰工場で働いて、子供の食事を作るために、いったん帰宅する。さらに夜の七時から十一時まで、ファミレスのホールスタッフとして働いていた。しかも工場が休みの日は、昼間からファミレスのシフトに入り、丸一日休めるのは、月に一日か二日だけだという。まさに朝から晩まで働き詰めに働いて、それでも年収は四〇〇万に届かない。手取りにすると三五〇万円を切り、親子四人が都内で暮らすにはとうてい足りない金額だ。

麻友子は自分の食事は、職場で出る昼食だけに留め、ほとんど一日一食の生活をしてきたようだ。忙し過ぎて、食欲さえ感じなかったというから、ストレスも並大抵ではなかったのだろう。

「典型的な、過労と栄養失調だ。いまの日本で栄養失調なんて、医者としてはやりきれないよ」

患者との面会前に会った神崎医師は、やるせないため息をついた。

四十半ばのこの医師は、城東病院の内科医で、小町とは三年ほど前からの顔馴染みになる。城東病院は区内でもっとも大きな都立病院で、丈夫が取り柄の小町には縁がなく、菓音が風邪を引いたときも、近所の小児科へ連れていく。患者として世話になったことはなく、もっぱらいろはサポートを通してのつき合いだ。

困窮家庭の最後の砦は、実は病院なのだ。

救急車で運び込まれるほどに衰弱し、ようやく貧困に目が向けられる。そんな人々は決して少なくない。見るに見かねて、神崎はいくつものNPO団体に自ら連絡をして援助を乞い、そのひとつがいろはサポートだった。

「三年前に、初めていろはに電話したのを覚えているかい？」

「ええ、もちろん。先生の電話を受けたのが、私ですから」

「あのときさ、どこよりも早くすっ飛んできてくれて。だから信用できると思ったんだ」

食べることが大好きというだけあって、神崎自身は少々太りぎみだ。だからなおのこと、この現代社会で、満足に食べられない人たちがいることを見過ごしにはできないのだろう。以来、援助が必要な患者を見つけるたびに、いろはをはじめ、必要なNPOに適宜連絡をくれる。

神崎のような医師は奇特な部類に入り、治療で手一杯の医師や看護師は、虐待やDVなど警察への通知が必要でない限りは、ここまではなかなか動けない。だからこそ小町は、神崎とのパイプを大事にしていて、議員になってからもできるだけ駆けつけるようにしている。逆に言えば、秋嶋麻友子のような存在をこの目で確認することこそが、議員としてのモチベーションを保つ上で欠かせない。

議員になったとたん、周囲の目もあつかいも百八十度と言っていいほどに、ぐるりと変わった。銀座のキャバ嬢から、先生と呼ばれるいかにも偉そうな立場になった。けれど小町自身は、何も変わらない。変わってはいけないのだと戒めるために、こうして神崎医師や麻友子のような人たちと、関わり続けることが大切なのだ。

秋嶋麻友子も、決して特殊な環境で育ったわけではなく、数年前まではごくあたりまえの妻であり母だった。夫と離婚した、ただそれだけで暮らしが一変したのだ。離婚の原因も夫の浮気という、やはりよくある理由だった。父親からの養育費は二ヵ月で止まり、後はなしのつぶて。養育費が継続して支払われる割合は、たった二割に過ぎないから、これもまためずらしくはない。麻友子の両親は田舎で商店を経営していたが、大型店に客をとられ、ちょうど娘の離婚と前後して店を閉めたという。やはり経済的に苦しいために親にも頼れない。

よくある不幸が積もり積もったあげくの困窮は、非常に目につきづらい。外からはわかりづらいということが、現代の貧困の特徴でもあり、大きな問題でもあった。子供に引け目を感じさせてはいけないと、親は苦しい家計の中でも精一杯のことをする。子供の服装や持ち物に気を配り、たとえ量販店で済ませても、小ざっぱりとしたものを身につけさせて、子供自身も決して家庭の窮状を外には漏らさない。自分の家庭が他所とは違うとわかれば、直ちにいじめの材料になり得ると、本能で知っているからだ。

そこまで困っているくせに、子供に携帯電話を与えるとは何事か、などととんちんかんな文句をつける人もいるが、いまや携帯は必須アイテムだ。小学生ならまだ親が持たせてくれないとの言い訳も立つが、高校生にもなれば携帯なしでは友達とのコミュニケーションすら図れない。昔で言えば、テレビや洗濯機に等しく、子供ならグローブか人形と同じものだ。

親も子も、必死になっていまの生活を守り、体裁をとりつくろう。せめてそのあいだに、助けてくれと声をあげてくれればと、小町は悔しくてならない。なまじ忍耐を美徳とする国民性のためか、ぎりぎりまで我慢する親や子が何と多いことか。本当に倒れるまで頑張ったあげくに、病院に担ぎ込まれて初めて貧困の実態が明らかとなる。

病院が最後の砦となるのも、そのためだ。何と貧しい国だろうと、悄然(しょうぜん)となる。もちろん金銭の意味ではなく、若い親や子供たちが、こうも喘がなくてはならない社会は、どこかおかしいと思えてならないのだ。

「秋嶋さん、いままで、よく頑張りましたね」

心を込めて、点滴チューブが繋がれていない方の手を、小町は握った。相手によけいな気遣いをさせないよう、あえてスーツではなく、パーカーに綿のパンツというラフな格好に着替えてきた。

「秋嶋さんがどんなに頑張ってこられたか、よくわかります。私も、シングルマザーの端くれですから。だけど、もう、頑張らなくていいんです」

「……頑張らなくて、いい？」

「そうですよ。もう、秋嶋さんひとりで、頑張らなくていいんです」

何かにつまずくと、頑張りが足りない、という人がいる。けれども本当は、頑張っていない者などいないのだ。精一杯やっているのに、結果が見えない、というだけだ。体力や能力が伴わないのは、決して本人だけのせいではない。

いろはにたどり着く親子は、すでに十二分に頑張ってきたのだ。これ以上頑張れとは言いたくない。これまでの労をたたえ、存分に褒め、ねぎらってあげたい。

「これからは私たちスタッフが、何でもご相談に乗ります。金銭的にも気持ち的にも、いまより少しでも楽になるようお手伝いします。だから退院したら、必ずご連絡くださいね」

議員になってひとつだけ有難いことがある。顔を売ったことで信用が増したことだ。以前なら、新興宗教の勧誘さながらに警戒されたこともあったが、いまはその心配がない。

　小町の手の下にある骨ばった細い指に、初めてかすかな力が宿った。

「ありがとう、ございます……よろしくお願いします」

　それまで蠟(ろう)を塗ったように表情のなかった顔が、くしゃりと歪んだ。麻友子の両の目から涙があふれ、それを見て、小町は心から安心した。泣けるのは、心が壊れていない証拠だ。後から後からわいてくる涙は、枯木でできた人形のようなからだに少しずつしみていくだろう。

　安心と同時に、どうして――とのいつもの疑問が胸に迫った。

どうしてこんなに貧困が多いのか。どうしてこれほど働いても困窮するのか。どうして時代が進むにつれて、貧しさがはびこるようになったのか――。

いまの小町は、その理由を知っている。だから疑問というよりも、怒りに似た感傷だった。病室を出て、神崎医師に挨拶してからも消えず、どうしてを抱えたまま、いろはのスタッフとは別れて、地元の「こまち事務所」に戻った。

「おかえり、小町ちゃん、お疲れさま。病院の方はどうだった？」

　議員会館ではお馴染みだが、こちらの事務所ではめずらしい顔が迎えてくれた。第二秘書の紫野原だった。経理は税理士に頼んでいるが、領収書のとりまとめや仕分けなどは紫野原が担当している。その関係で、永田町からの帰りにこちらに顔を出したようだ。

「なんだ、モーさんも来ていたのね。ちょうどよかった。ね、ルミちゃんと三人で飲みにいこ！」

「私は、あと二十分ほどかかりますが」

第一秘書が几帳面にこたえ、きっちり二十分後、三人は事務所を出て、近くの焼き鳥屋に向かった。


「ぷはあ、旨い！　もうこのために生きてるって気がするわね」

最初の一杯を豪快にジョッキ半分ほどあけて、小町が口許の泡を拭う。

「相変わらず、美味しそうに呑むね、小町ちゃんは。昔から、変わらないね」

「でも酒量では、ルミちゃんには敵わないのよね。スコッチひと瓶あけても、涼しい顔のままなんだから」

「これでも秘書になってからは、だいぶ控えてますよ」

事務所内よりはいくぶんくだけた口調で、遠田がこたえる。

彼女も元は「パラレル」のキャバ嬢で、紫野原は店の客だった。当然のように店での思い出話に花が咲き、開始早々は、あえていまの仕事の話をしないのも暗黙の了解だ。

「昔はモーさんに、どうしてどうしてばかり言ってたわね」

「せっかくキャバクラに来てるのに、ちっとも色っぽい雰囲気にならなくてさ」

「そういえば、紫野原さんといるときは、やたらと話し込んでましたよね、小町さん。

他の指名が入ると、露骨に不満そうな顔をして」

「モーさんにきけば、何でも教えてくれるから、つい楽しくって」

「いま思うと、授業料もらってもよかったな。わざわざお金払って教えにいくなんて、逆だよね」

「あら、それ私から提案したわよ。でも、講釈は年寄りの楽しみだから水を差すなとモーさんが」

「もう、小町ちゃんは、変なところだけ義理堅いんだよね」

まだ国会議員になるなど夢にも思っていなかったころ、さっきのどうしては純粋な疑問だった。横の繋がりをもつＮＰＯの代表にたずねたり、図書館で書籍を読みあさったりもしたが、誰より的確に小町にこたえてくれたのは、実は紫野原だった。

いま思うと、男女一対一という店のシステムが幸いした。いつからか、紫野原と小町は、教師と生徒の間柄になっていた。

「小町ちゃんほど熱心な生徒は初めてだったからさ、ちょっと嬉しくなっちゃってね。熱心というより、食い下がるって感じかな。食らいついた肉を、放そうとしない」

「その小町さんが食らいついた肉というのが、つまり、政治家になった理由。大本ということですか？」

「ご名答」

「じゃあ、肉というのは、子供政策？」

「行き着く先はそこなんだけど、その前段階の説明の方に、膨大な時間を費やしてもらった気がするわ。私、何も知らなかったから」

一杯目が空になったころには、どうしても仕事方面の話になる。これもいつものことだ。

「そもそも、何でああいう話になったのかなあ」

「最初は単なる愚痴よ。働く母親が、あまりに子育てしづらいって愚痴を、モーさんにきいてもらっていたのよ。子育ての困難も貧困も、根本的な原因はそこに集約されるでしょ？」

「それがいつのまにか、資本主義だとか経済のグローバル化だとか、そっちの方まで話がとんじゃってね。それでも小町ちゃんは、食らいついてくるからさ」

「わかりやすいたとえですね。小町さんは、見るからに肉食系女子ですから」

遠田はまじめな顔で冗談を口にして、ジョッキを品良く傾けた。

どうして貧困が、この世に存在するのか？

そんな抽象的な質問にすら、紫野原は実にわかりやすくこたえてくれた。

「資本主義は、もともとそういうシステムなんだ」

自由経済こそが、資本主義の根幹である。この『自由』という言葉に騙されてしまいがちだが、自由とはつまり、「やりたいようにやって、好きなだけ儲けていい」ということだ。

儲けを出すためには、原価と人件費を切り詰めて、できるだけ多く売ればいい。原価を担う、農業や漁業や鉱山労働者、あるいは下請け工場の生産物が安く買いたたかれて、非正規雇用の従業員が増えるのも、実に単純な道理だ。

強者と弱者、すなわち富める者と貧しき者が出るのは必然で、どんなにもっともらしい方便を並べても、『貧富の差は仕方がない』。それすらもいわば、『自由』なのである。

「じゃあ、小町ちゃん、自由の反対語は何か。わかるかい？」

「不自由、でしょ？」

「間違ってはいないけど、政治的には違うよ。こたえは『平等』だ」

「『自由』の反対が……『平等』？」

多くの国がスローガンに掲げている『自由』と『平等』は、実はまったく逆の性質をもつ。そうきかされたときの驚きは、小町にとっては発見に近いものだった。

「『平等』を是とした国が、社会主義国家。そういえば、わかるかい？」

ああ、とたちまち納得がいき、小町は首振り人形のように何度もうなずいた。

「でも、社会主義は、失敗したわけでしょ？」

ソビエト連邦は崩壊し、中国も、経済については資本主義に移行した。キューバやベトナムなども、やはり同じ方向に進むだろう。

「そのとおり。だから少なくとも、この先数十年は、資本主義でいくしかないんだ」

「じゃあ、貧富の差は、なくならない？」

「なくならないどころか、ますます差は開くだろうね。資本主義を続ければそうなると、あのマルクスが、百五十年も前に言ってたからね」

のほほんとしたこの男から、経済学者の名が出るとは意外だった。

「モーさん、どうしてそんなに詳しいの？　パン工場の従業員て、経歴詐称してない？」

「パン工場は本当だよ。いや、あんまり自慢できる話じゃないんだけどさ」

若いころ政治家の秘書をしていたことは、このとき初めてきいた。政治資金規制法違反で逮捕されたことも、紫野原は包み隠さずに明かした。

「国会議員の秘書なら、政治経済に詳しいのも納得だわ」

「いや、実を言うと、この辺の知識は秘書を辞めてから仕入れたんだ。しばらく仕事にもつけず暇だったからさ、遅まきながらこの手の本をやたらと読んでね。どうせ使う機会などない無駄な知識だと思ってたけど、こんなところで役に立つとはね」

嬉しそうに笑った。紫野原は、その一切を、小町に授けてくれた。

「ただね、資本主義にも色々あるんだ。国の、政治の、方向性というべきかな。あえてふたつあげると、アメリカ型と北欧型かな」

アメリカ型とは、新自由主義経済を差し、ネオリベラリズムとも称される。

市場での自由競争を徹底させる、すなわち『市場原理主義』である。長所としては、効率が上がり、価格が下がり、サービスが向上する。反面、原価と人件費を下げる必要に迫られて、貧困層を生む結果につながる。

この方法にはもうひとつ、弱者に不利な要素がある。

市場の自由を最優先とするために、政府は極力介入しない。政府の介入ときくと、経済的な側面を想像しがちだが、そうではない。公共事業や、そして福祉の面でも、介入はできるだけ避ける。たとえそれで困る人々がいても、自由経済のもとで民間に任せ、国庫からは金を出さない。いわゆる緊縮財政をとるために、政治用語では『小さな政府』と呼ばれる。

「いまの日本もね、そうなんだよ。新自由主義と緊縮財政を進めている」

「そうなの？　全然知らなかった」

「ほら、郵政民営化が、まさにその象徴だよ。あの問題がもち上がる、少し前くらいかな。二〇〇〇年前後から、日本の政府は新自由主義に舵(かじ)を切ったんだ」

「民営化って、一〇〇％良いことだと思ってた。国営よりも風通しがよくなって、サービスも向上して……。それに、緊縮財政も。何となく、コスト削減！　みたいな響きがあるでしょ？　税金の無駄遣いをなくす方向なんだって、字面からそういうものを想像してた」

「コスト削減は、間違っていないけれどね。それに小さな政府も、悪い側面ばかりじゃない。何よりも、税金が安いという利点があるんだ」

国家の収入たる税金も、支出たる財政出動も、両方を抑えるのが小さな政府の特色なのだと、紫野原は説明した。

「でも、そのために、弱者や貧乏人がますます困ることになるのよね？」

「嫌なら、自分で這い上がるしかない。なにせ、『自由』なんだから」

「這い上がるにも、足場は必要よ。教育という足場がね。それすら持たない子供が大勢いるわ。家が貧しいから、稼ぎ手の親がひとりしかいないから、進学をあきらめるしかない」

生まれたそのときから、格差は存在する。人は平等だとすり込まれてきた小町には、どうにも理不尽で、呑み込みがたい現実だった。

貧乏が嫌なら、頑張ればいい。そう説く者がいる。店の客にも多かった。けれどもそれは、強者の理屈だ。大方は、自分が強者などとは夢にも思っていない。上には上がいるからだ。けれどもいまの時代、普通の生活を、あたりまえにできているというだけで立派な強者だ。六人にひとりの子供が貧困にあるとされ、その親や、ひいては子供を卒業した若者もまた、同じ困難の中にいる、ということだ。

決して対岸の火事ではない。弱者とは、体力や気力の弱い者を言うが、誰もが弱者にころがり落ちる危険は十二分にある。病気になったりリストラされたり、そして離婚もまた、弱者になり得る要因だ。けれども大方の人は、自分がそんな目に遭わない限り、隅っこに存在する暗がりには無関心だ。いまの生活に満足しているあいだは、人はその継続を望み、変化を忌避する。

懸命に窮状を訴える募金箱の前を、素通りするのと同じことだ。私たちは頑張ったからこそ、いまの生活を手に入れた。怠けているからこそ、貧乏に甘んじることになる。助けてほしいと叫ぶ前に、何故もっと努力をしないのか、もっと頑張らないのか。若者が正規雇用につけないのも、うつ病だの神経症だのと贅沢病にかかるのも、働かないホームレスも、すべては本人の心構えが足りないからだ――。

声高にそう主張する人々は、弱者に陥ったことがないか、あるいは弱者から自力で這い上がった者たちだ。這い上がる体力と気力のある者は、本当の意味では強者である。

自力で立ち上がれない者たちは、社会の役に立たないのだから、捨てるより他にない。自由競争に負けたのだから、貧富の差は仕方がない――それが市場原理主義の本質なのだ。自分がいまの場所からころがり落ちて、初めてその残酷さに気づくのだ。

「同じ資本主義でも、アメリカ型と対極にあるのが、北欧型でね」

黙りこくって考え込む小町を救うように、紫野原は続けた。

「北欧型って、スウェーデンとかデンマークとか？　社会保障が充実した国よね？」

「そのとおり。北欧諸国ほどその方面に力を入れてなくとも、たとえばドイツやフランスには、社会保障国家を目指す政党が、保守党と並ぶほどの大きな勢力となっている。いわゆる二大政党の形だね」

　それらは社会党とか民主党とか呼ばれる存在で、選挙に勝って政権を握ることもあれば、たとえ保守政権下にあっても発言権は非常に強い。新自由主義経済の牽制役を果たし、暴走を食い止めて、『再分配』を促すと、紫野原は言った。

「『再分配』て、何?」

「自由競争で儲けたお金を、いったん税金として納めてもらう。それを国が、弱者にも行きわたるよう再分配する。高所得者から税金をたくさんとって、低所得者に分けることを『所得再分配』というんだ」

「ある意味、社会主義に近い考えってこと?」

「そうなるね。経済は資本主義、福祉は社会主義、そんな感じだね」

「それって、すごくいい考えだと思う!」

「ただ、日本では使えないね」

「どうして?」

「北欧型は、アメリカ型とは逆に、『大きな政府』と呼ばれる。収入も支出も大きいってことさ。教育や医療、介護や失業手当なんかの保障を十分に行うかわりに、税金が馬鹿高い」

　高所得者は、所得税が五〇%以上、消費税は二五%というから、たしかに高額だ。日本の場合、税率は最高でも四五%。消費税に至っては日本の三倍以上だ。消費税は、所得に関係なく税金をとるシステムだから、結果的に弱者を痛めつけることになる。それを避けるために、これらの国々では食品などの生活必需品には税金をかけていない。

　貧富の差は、少なければ少ないほどいい。それが北欧型の考えだった。

「日本で使えないのは、税金が高いから？」

「高い税金に甘んじるのは、それだけ政府を信用してるってことなんだ。だけど、日本はどうだい？　未だに政治資金の流用が、たびたび問題になるだろう？」

「たしかに……そんな政府に、誰もお金を預けたいなんて思わないわよね」

　政府と国民の、強い信頼関係。北欧型には、この条件が不可欠だ。政治不信が強く、社会全体が「政治的であること」を嫌う日本では、夢のまた夢だ。

　有名人が政治的な発言をするたびに、こっぴどく叩かれるのがいい例だ。ブログやSNSは炎上し、それだけにとどまらない。芸能人や報道人ならテレビから干されて、社会的に抹殺される。内容の良し悪しすら関係なく、ここまで敏感な拒否反応は、すでにヒステリーに近い。政治＝悪。政治家＝悪人のイメージが、あまりにも強すぎる。

「まあ、僕らみたいな『先生とその取り巻き』が、悪いんだろうけどさ」

　紫野原は、面目ないと肩をすぼめたが、それだけでは説明がつかない。

「そういえば、政治について学校で教わったことって、ほとんど覚えていないわね。一応、公民とかあったけど、全然頭に入ってない。政治って、生活に直結するのよね？　よく考えたら、すごく大事なことなのに……どうせなら、きちんとわかりやすく教えてほしいわ」

「それは文部科学省で、禁止されているんだ」

「どういうこと？　わけわかんない！」

「『党派的政治教育』を行ってはならないと、文科省の学習指導要領にも出ているよ。特定の政党を支持、あるいは非難することは厳禁とされていてね、これに抵触しないようにすると、骨格しか説明できないんだ」

　学校では、政治については最低限の教育しか行わない。政治について詳しく語ると、どうしても語り手の主義主張が混じってしまい、それは特定の政党への肩入れになりかねない。政治的発言を子供に植えつけるのはよろしくないという配慮であり、間違ってはいないのだが、おかげで日本の子供はおしなべて政治音痴になる。政治を四角い箱にたとえるなら、箱を成す面だけが存在し、ふたを開けると中身は何もなくスカスカのままなのだ。

　投票率の低さが、如実に物語っている。

　この前の選挙では、五四・七％。半数にとどまり、中でも若年層の投票率の低さが顕著だった。選挙権の年齢が十八歳に引き下げられたが、十代の投票率は半数に届かなかった。三十代も同様の投票率で、二十代はさらに低い。つまり十代と三十代はふたりにひとり、二十代に至っては三人にふたりが、選挙に行っていないことになる。逆に五十代以上になると、ぐっと数が増えてくる。もっとも多い六十歳代になると、実に七割に達する。二十代とはちょうど逆に、三人にふたりが投票所へ足をはこぶ。

いまの社会が、若い世代に不利だとされるのも、この投票率の差が一因なのである。

日本の老齢年金と医療保険は、世界的に見ても非常に高い水準にある。若いときに馬車馬のように働いたのだから、当然の報酬と捉えているのだろうが、年金も医療保険も、支えているのは現役世代だ。

また、五十代より上の世代は、ひとつの幻想を抱えている。景気さえ上向けば、高度経済成長やバブル期と同じ時代が、ふたたび訪れるかもしれないという幻想である。

少なくともこの先数十年のあいだは、そんな好景気は二度と来ない——。紫野原は、そう断言した。

「あれはね、一種のお祭りなんだよ。途上国から先進国へと、国が急激に発展するときには必ず現れる、熱病みたいなものさ。中国経済を見ていれば、よくわかる」

いまの時代はビジネスのテンポが速いために、中国の好景気も思いのほか短い期間で下降しはじめているが、昔はもっと緩やかだった。日本は二十世紀の後半に、高度経済成長とバブルというふたつの好景気に恵まれた。ふたつの好景気を合わせると二十四年、ほぼ四半世紀に達する。その幻影が、半世紀以上生きた人々には、当人たちが思う以上にしみついているのだと、紫野原は語った。

「いまの不景気は、そう長くは続かない。心のどこかでそう思っている、というか思いたいんだ。その幻想を、政治家が利用している。景気さえよくなれば、すべてが好転すると言い続けている……景気が低迷しはじめて、そろそろ二十年近く経つのにね」

ふと、疑問に感じて、小町は紫野原にきいてみた。

「さっき、モーさんは言ったでしょ。資本主義は格差を生むと。どうしてその頃には、貧富の差がなかったの？」

「理由はいくつかあるけどね、ひとつには昔は政府の介入が大きかったこと。景気が悪くなると国が公共事業をバンバン発注して、雇用を増やしたりとかね。さらに当時の国会を、保守と革新の二大政党が仕切っていたこともあるかな。ドイツやフランスみたいに、労働者寄りの政党の力が今よりもずっと大きかったから、保守派も滅多なことはできなかった」

いまの民衛党は、それにくらべると呆れるほどに力がないと、紫野原は容赦がなかった。

「あと、いちばん効果が高かったのは、日本独特の企業経営にあってね。いわゆる終身雇用や年功序列だよ。あれは言ってみれば、社会主義に近い方法だ。北欧型と違うのは、目上の人を敬い大事にするという、アジア的な価値観からきているところかな」

「それですか……」と、小町は思わず大きなため息をついた。「終身雇用も年功序列も、いまの時代じゃ到底使えないわね」

「だね。国際競争に勝つために、欧米型の能力主義に切り替えてしまったからね……そういえば、小町ちゃん。忘れちゃいけないことがひとつある」

「何ですか？」

「資本主義が格差を生むのは、必然だと言っただろう。二十世紀後半の日本人には、見えていなかっただけでね。弱者はやっぱり存在したんだ」

「……たとえば、インフラや道路や新幹線を作った、土木工事作業員とか？」

「たしかに、きつい労働に従事した彼らや、田舎から集団就職してきた中卒の若者も、そうだね。でもそれ以上に、海の向こうには弱者が大勢いたはずだ」

紫野原の話をきいていると、時々、目の覚める思いがする。目から鱗というべきか。このときもそうだった。

「どこかの国が潤っていれば、必ずどこかにしわ寄せが来る。日本の好景気の陰には、貧しい暮らしを余儀なくされた人々がいる。主にそれは、途上国が担っていたはずだ……いまも昔もね」

「つまり……他国にかぶせていたつけが、いまになって回ってきたというわけ？　この先も日本の貧困層は、増えることはあっても減ることはない？」

その恐れは十二分にあると、紫野原はうなずいた。

「どうして貧困がこんなに増えたのかって、最初に質問されたよね。最大の原因をあげるなら、経済のグローバル化だよ」

国をまたいで活動する巨大企業は、もっとも有利な条件の土地に生産拠点を構える。賃金が安くすむ新興国に工場を移し、最大限の利潤をあげようとする。そんな企業と競争しようとすれば、国内の労働賃金も上がりようがない。

経済の中心が、情報産業に移行したことも見逃せない。いわゆる職人やオフィスの事務系職員は不要になり、かわりに保育・介護・飲食系などのサービス業は引く手数多だが、賃金は驚くほど低く抑えられている。

きけばきくほど八方塞がりな気がしてきて、それでも小町はあきらめなかった。

「何か、何か方法はないのかしら……子供たちが窮屈な思いをせずに、好きなだけ学んで自分の好きな道が選択できて、親たちが安心して子供を産んで育てられる。そんな方法が、どこかに……」

「一気に変えられる魔法のような方法はないだろうけど……いっそ、小町ちゃん、政治家になってみたら？」

「……え？　私が？」

「魔法は無理でも、たぶんそれまで見えなかった色んなものが見られるよ。視野が広くなれば、地道なやり方や対症療法に過ぎなくとも、何らかの方法が見つけられるかもしれない」

あのときの紫野原の顔は、忘れられない。

ニコニコと笑う仏顔の向こうに、亡くなった父の姿が一瞬重なったからだ。

思えば、紫野原を質問攻めにしていた頃は、熟成期間だった。

子供のための政策に、格差と貧困の問題に、本気で取り組もう――。国会議員を目指そう――。

その決心を固めるための、大事な時期だった。

ほんの数年前のことだが、子供の貧困にも母親の働きづらさにも、まだまだ世間の関心は低かった。いまはずいぶんと光が当てられるようになってきて、同じ疑問を感じていた人が他にも大勢いるとわかり励まされもしたが、裏を返せば、それだけ状況が深刻だということだ。

もちろん、小町ひとりが国会で訴えたところで、社会が変わるわけもない。もと議員秘書であった紫野原が教師役を務めていただけに、議員の内情についても覚悟していた。それでも議員になった以上、小町には責任がある。果たせるかどうかさえ見通しが立たない重い役目だが、できる限りやってみるしかない。

すでに三つのビールジョッキは空になっていて、小町はレモン酎ハイを注文した。紫野原と遠田は、ハイボールを頼む。店員が席を去ると、小町はふたりの秘書に告げた。

「今日は好きなだけ飲んでちょうだい。明日から、ますます忙しくなると思うから、せめてもの慰労よ」

「小町さん、何かはじめるつもりですか?」

遠田はやや戸惑っているが、紫野原は先刻承知なのか、いつもの笑顔のままだ。

「議員提出法案を、作ろうと思うの」

「法案、ですか……」

「なあに、ルミちゃん、その不安そうな顔は」

「この前、高花田さんにきいたんです。議員法案が採択されることは、ほとんどないって……野党なら、なおさらだって」

「そうね。採択に至るのは、至難の業ね。それでも、私はこのために議員になったから、とにかくやれるだけやってみるわ」

すでに小町の中では決定事項だと、瑠美も察したのだろう、こくりとひとつうなずいた。

「わかりました。小町さんがそのつもりなら、私も精一杯お手伝いさせていただきます」

「もう、ルミちゃんたら固いなあ。それじゃ、選挙演説みたいだよ」

すかさず紫野原に突っ込まれ、瑠美も苦笑する。それぞれ二杯目のグラスを手にしたとき、小町は高らかに音頭をとった。

「私たちの法案に、乾杯！」

まるで開始のゴングのように、三つのグラスが派手に鳴った。

十

「そうですか。小町さんが、議員提出法案を……」

高花田が、ひどく複雑な表情をする。

小町が第一・第二、ふたりの秘書に、議員提出法案を作ると居酒屋で宣言した翌朝、議員会館に出勤した紫野原は、若い同僚たちにその話をした。

「あれえ？　浮かない顔だね。ひょっとして、新之助くんは反対なのかな？」

「いえ、そうじゃありません。政策秘書をもちかけられたときから、小町さんからきいてましたし。僕も、引き受けた当初は、結構やる気だったんですけど」

「じゃあ、どうしてですか？　法案てつまり、法律の原案てことですよね？　国会議員は、法律を作ることが、本来の仕事ですよね？」

多部は不思議そうに、となりのデスクの高花田をながめる。

「それはあくまで建前でね。法律の立案に参加できるのは、原則、与党議員だけなんだ」

「えーっ！　それって、おかしくないですか？　だったら、野党議員の存在意義は？　野党を支持する皆の声は、一切、反映されないってことですか？」

矢継ぎ早の不平に、高花田は苦笑を返す。紫野原が、のんびりと助言した。

「エリちゃん、与党と野党ではね、いわば戦い方が違うんだよ」

よくわからないと言いたげに、多部が右に首をかたむける。

「ああ、そうか。新之助くんはその辺を知っているから、微妙な顔になっちゃったんだね？」

「はい……僕も実情は、政策秘書を引き受けてから知ったんですけど……そもそも議員提出法案は通りづらい上に、野党となると国会にかけられることすらない」

「『真に立法に携わっているのは、与党議員だけ』。そう明言する自雄党議員もいるからね」

「悔しいけど、言い得て妙ですね。野党という立場がここまで弱いとは、正直、議員会館に来るまではわかっていませんでした」

紫野原が、うんうんと相槌を打つ。多部はききたいことが山積みなのだろう、頭に「?」がついた顔つきのまま、ひとまず手許(てもと)の仕事をこなしている。

「いちばんびっくりだったのが、委員会での質問時間ですけどね」

「ああ、あれね。まさに数の論理だよね。『多数派こそ正義』って法則が、露骨に現れているからね」

「それでも民衛党は野党第一党ですから、まだましですけど、無所属議員となると本当に大変そうで。質問時間の節約やら拝借やらで賄っているときいて、涙が出そうになりました」

ません」

「時間を節約って、どういうことですか？　多数派が正義っていうのも、何か納得いきませんし」

とうとう堪えきれなくなったのか、多部が口を挟んだ。秘書教育も自分の務めとわきまえている高花田は、面倒な顔もせずに多部に語った。

「まず、委員会は、この前教えたよね。覚えてる？」

「はい。えっと……国会にかける前に、案件を相談する場所ですよね？　国会で本審議にかけるかどうか選別したり、かける前に議案を精査したり、いわば予備審査の場で……ええっと、それから……常任委員会は、いまは十七あって、多くが省庁と同じ名前で、他に期間限定で特別委員会もありましたね。主に、災害や外交問題の対策のために」

覚える傍から剝がれて底に溜まっていた脳内のメモ書きを必死でかき集めながら、たどたどしくこたえる。それでも及第点をつけるように、高花田は大きくうなずいた。

常任委員会とは、メンバーのすべてが国会議員で構成され、委員会ごとの員数についても、衆議院規則で定められている。法務省、外務省、文部科学省といった、各省庁の職務に関連する案件は、それぞれ法務委員会、外務委員会、文部科学委員会で話し合われる。省庁の名をもたないものとしては、予算、議員運営、懲罰などがあり、衆議院には現在、十七の常任委員会がある。

ちなみに委員会は衆参両方にあり、参議院にもやはり十七の常任委員会が存在する。

特別委員会は、衆議院では現行九つ、災害対策や原子力、あるいは沖縄および北方問題などのテーマに沿った委員会だ。

国会議員は、必ずひとつ以上の常任委員会に所属しなければならない。どこに入るかは、議員それぞれが自身の政策や得意分野に沿っていくつかの希望を出し、メンバーの人数や政党のバランスなどを調整した上でふり分けられる。小町は、厚生労働委員会と文部科学委員会を希望して、厚生労働委員に任じられた。

衆議院の厚生労働委員会は、員数四十五人。現在は委員長一名と理事八名、委員三十六名が在籍する。

委員長は自雄党。八人の理事のうち、六人が与党、二人が野党という構成で、委員の比率も同様だ。三十六人の委員の内訳は、与党が二十四人、野党十一人、無所属一人という顔ぶれだった。

ほぼ七割が与党という構図は、発言力の大きさを如実に表している。単に数が多いというだけでなく、実際に発言する時間は、国会の議席数によって決まるのだ。

たとえば現国会は、四六五議席のうち、自雄党が六〇％、二二％が民衛党。他、少数政党が与野党合わせて一三％、無所属は五％にとどまる。

現在の与党は連立政権であり、与党第二党は少数ながら手堅く議席を確保している。これを合わせると、与党の議席は六七％を占める。

これらのパーセンテージは、国会本審議や委員会での質問時間に直結する。質問時間は原則、各政党の割合に応じて配分されるからだ。つまり枠を一時間とすると、与党は四十分、民衛党が十二分、他野党が七分、無所属は二分ということになる。議員ひとりひとりの発言権を確保するための配慮だと、その建前がかざされているものの、野党議員はまだしも、これでは無所属議員はあまりに分が悪い。

ただしこれを厳密に適用するのは不合理であるために、調整は行われる。それがいわゆる「質問時間の節約や拝借」だと、高花田は多部に説明した。

「たとえば、したい質問が三つあるとすると、ふたつは我慢してひとつに絞る。これが時間の節約だね」

「我慢したふたつは、どうするんですか？　諦めちゃうんですか？」

「そちらは発言ではなく、後日、文書で質問する。『質問主意書』といってね、内閣宛に提出する。こちらは担当する委員会以外のテーマでも構わないんだ」

子供政策には、当然のことながら厚労委員会だけでなく文科委員会も関わっている。小町は両方の委員会への所属を希望したが、文科委員会へは入れなかった。そのため文科省関係の質問は、やはり文書で行っていた。

「質問主意書には、内閣は受けとった日から原則七日以内に答弁しなければならない。この答弁は、いわば政府の公式見解でね。いい加減な答えはもちろんできないし、過去の政府答弁と矛盾してもいけないんだ」

「じゃあ、その質問主意書で、発言時間の短さをカバーできるんですね」

「そういうこと。口頭質問にくらべるとまどろっこしいけど、野党にとっては大事な武器だ。毎年、数百件の質問主意書が出されていて、ほとんどは野党議員からなんだ」

話が逸れてしまったと、高花田が軌道修正して続けた。

「質問時間の節約については、わかったよね？　もうひとつの拝借は、他の政党の質問時間を借りる方法なんだ。政党が違っても、同じ考えの人はいるからね。そういう議員を通して、その政党の質問時間を少しまわしてもらうんだ」

「そういうことですか……無所属って党の縛りがなくて、その点は自由そうに見えましたけど、色々と大変なんですね」

「だよね。だから大方の議員が、どこかの政党に属することになる。数の力がないと、いざ法案を作っても提出すらできないんだ」

「提出に、数が関係あるんですか？」

「大有りだよ。国会ほど、数の力がものを言う場所はないからねえ」

にこにこしながら、紫野原がおっとりと受け、後を高花田が引きとった。

「議員提出法案には、条件があってね。衆議院なら二十人、参議院なら十人の賛成議員が必要なんだ。数に満たない場合は、提出が認められない」

「えーっ！　そうなんですか！」

「予算を伴う法律の場合は、さらに条件が厳しくてね。衆議院なら五十人、参議院で二十人そろえないとならない」

「五十人！　それって、うちの政党なら半分以上じゃないですか」

野党第一党の民衛党ですら、決して容易ではない。五十人に満たない少数政党の場合は、他派の力を借りないと法案の提出すら覚束ない。従って、議員提出法案の九割は、政党からの提出ということになる。

「小町さんが考えている法案も、おそらく予算は必須だろうね。詳しいことはまだ小町さんの頭の中にあるけれど、主に貧困家庭の子供のための法律だろうから」

「じゃあ、五十人てことですか……」

新人議員が、党の半分以上の支持を集めるというのは並大抵のことではない。それは多部にも察せられるようだ。

「たとえ五十人集められたとしても、衆議院で可決されるかどうかわからないですしね」

「可決どころか、国会の本審議にも、一〇〇％上ることはないね」

「たぶん委員会で止められて、ほとんど相手にされないだろうね」

高花田がため息をつき、紫野原が補足する。

「え？　え？　それじゃあ、法案を作っても何の意味もない。それこそ一〇〇％、無駄ってことですか？」

「平たく言うと、そうなるね」と、紫野原がうなずく。

「……意味、わかりません。それじゃあ法律って、どこの誰がどうやって作るんですか？」

「政府だよ。つまりは内閣ってこと」

「もう少し詳しく言うと、官僚、とも言えるね」と、今度は高花田が言葉を添える。

「内閣と、官僚……？　だったら国会議員は？　まさか決をとるためだけに、国会に何時間も何十時間も座ってるってことじゃないですよね？」

「議員の仕事は他にも色々あるけれど、法の制定という一点に絞れば、それもあながち間違いじゃないねえ」

「何か、呆然の事実なんですけど……」

「僕の覚えだから、かなり古い記憶だけれど、ある通常国会に出された法案は、衆参合わせて八十件だった。そのうち二十四件が政府からの法案で、十八件が成立した」

「比率で言うと、七五％が成立ってことですね」と、高花田が素早く計算する。

「一方、議員からの法案は五十六件。法案数こそ倍だけれど、成立したのはわずか三件」

「こちらは、たった五％ですか……二十件出してようやく一件とは、きさしに勝る率の低さですね」

　年によって法案件数が上下しても、成立する率には大きな開きはないだろうと、紫野原がつけ加える。

「メジャーな法案なら、政府の側からも出されるからね。まず政府案が採択されて、議員案は委員会止まり、本会議にさえかけられない、というのが実情だよね」

「こればかりは、与党議員には敵いませんね。政府案に積極的に介入できるのは、彼らだけですから」

「あのお……介入とか言われると、とたんに難しく思えるんですけど」

遠慮がちに割って入る多部を、ふたりが気づいたようにふり返る。

「ああ、ごめんごめん。委員会はこの前教えたけど、政務調査会については言ってなかったよね」

「うわあ、私そろそろ無理かも。漢字五文字以上になると、もうついていけなくて。その単語、絶対覚えられそうにありません！」

ふわふわの髪の毛を、たちまち両手で抱えたが、焦らなくていいからと高花田がなだめる。

「ニュースとかで、政調会長ってきいたことない？」

「そういえば、何となく……」

「政調会長は略称なんだ。正式には政務調査会長、これは自雄党の場合でね。民衛党なら、政策調査会長」

各党に同様のポジションはあるものの、呼称が違ったり、小さな党なら兼務も多い。メディアに出てくる政調会長は、まず自雄党政務調査会長をさす。そして実際に大規模な政調会を組織しているのは、与党だけだと高花田は語った。

「与党だけに、というか、長く政権を握ってきた自雄党だけにある機関なんだ。役目は委員会とよく似ていてね、委員会はさまざまな政党が混じっているけれど、その自雄党版と考えればいい」

「そっか、自雄党内にある、自雄党議員だけの委員会ってことですね？」

うん、と高花田がうなずいて、やはり委員会同様に、省庁と似たような名がついた十四の部会と、さらには三十余にのぼる調査会や多くの特別調査会もあると説いた。

「委員会よりも、数が多いんですね？」

「つまりはそれだけ、綿密な話し合いができるということになる。メンバーも工夫されていて、政務調査会は自雄党の議員だけでなく、総裁が委託した学識経験者も含まれる」

「総裁って……」

「自雄党の総裁、つまりは総理大臣」

「ふええ、何かすごい！」

「たしかに委員会よりも、より専門的で中身の濃い討論になるだろうね」

政務調査会の数の多さは、国民の声や世情の問題に際して、直ちに対応策を練る必要に迫られるからだ。つまりは委員会よりも、より実地的なものとなり、法案を作成するのが目的というよりも、法案もまた、問題を解決するための一手段に過ぎない。

テーマによっては、まったく白紙の状態から始めなくてはならず、建設業界にたとえるなら、個人向けの住宅だけを建てるのが委員会なら、橋やらトンネルやらあらゆる工事に携わり、地形や環境に見合った建造物を、予算に応じて造るのが政務調査会と言える。

「メンバーの数だけは多いけれど、委員会では与党議員はおとなしくてね。もっぱら野党議員が発言する。与党議員は、政務調査会で存分にやり合うから、委員会ではその必要がないんだ」

「委員会が野党議員の戦場なら、与党議員の戦場は、政務調査会だというからね」

紫野原はおっとりと受けたが、多部は面白くなさそうに下唇を尖らせた。

「何だか、それ、ちょっと腹立ちます。自雄党の議員は、委員会なんてはなも引っかけてない。適当にあしらってる、ってことになりませんか？」

「平たく言えば、そのとおりだね」

高花田が肩をすくめ、多部がますますしかめっ面をする。おかしそうにながめながら、紫野原はさらに多部を煽(あお)るようなことを口にする。

「政務調査会には、もうひとつ大きな弊害があってね。地元とか支援団体とか、議員個人の利益に繋がるよう、利益誘導やゴリ押しをすることも少なくないんだ。昔はことにあからさまでね」

「いわゆる、『族』議員ですか？」

高花田が言って、そうそう、と紫野原がうなずく。

「農林族、建設族、文教族、商工族と、それぞれ専門分野があってね。ほら、大臣なら短期間で首がすげ替えられるけど、彼らはじっくり腰を据えて何年も同じ調査会に居座るだろ？」

「政務調査会の部会長のポストは、ある意味、大臣よりも重いときいたことがあります」

「知識を蓄え経験を積んで、いわゆるその分野の玄人が族議員なわけだけど、それだけ関係団体や業界との癒着も強まる。毎年、年末の予算編成期になると、陳情団が凄まじくてね。いわば圧力団体が、族議員に対して直接行動に出るんだよ」

とりわけ自雄党本部と衆参議員会館の玄関は、陳情ラッシュで黒山の人だかりだったと懐かしそうに語る。

「昔とくらべると少しは減っているのかもしれませんが、いまも陳情ラッシュは続いているそうですよ。ただし時期は、八月だとききましたが」

八月は、国会は閉会するのだが、来年度の予算獲得のために永田町では丁々発止のやりとりが繰り広げられる。別の議員秘書からきいた話だと、高花田がネタ元を明かす。

「どっちにしても、利益誘導やゴリ押しなら、政治を私物化してるってことじゃないですか！　そんなこと許されません。どうしてそんな悪習が、まかり通っているんですか！」

多部だけは、潔癖に拒絶反応を示す。高花田は、少し困った顔で告げた。

「委員会は公開されているけれど、政務調査会は非公開なんだ。中で何が行われているかは、外からは見通せないんだよ」

「政務調査会の部会で無理な要求を通すことこそが、政治家の腕の見せどころだと、豪語していた政治家も昔は大勢いてね」

「無理が通れば道理引っ込む、ですね。いまは外で豪語する政治家はいないでしょうけど、利益誘導は目立たない形で続いているでしょうね」

「たぶんね。だって地元選挙区の利益にならないと、次の選挙で勝てないからね」

「国会議員は、たしかに地元の代表者という側面は否めませんが……仮にも国とつくんですから、国全体の利益の方を優先させてほしいなと、ま、理想論ですけどね」

「以前、野党が政権を握ったときは、この慣習を嫌って、政務調査会を置かなかったみたいだね」

無理な要求を飲まされる側は、官僚であり省庁である。

委員会にも政務調査会にも、必ず関係省庁から、官僚がアドバイザーとして出席する。いったん政務調査会の部会で官僚に要望を飲ませてしまえば、その後の委員会で野党質問の矢面に立つのは、ゴリ押しした議員ではなく官僚なのである。たとえ官僚当人や省庁にとって理不尽な内容であったとしても、苦しい言い訳に似た理屈を並べ、ひたすら時間稼ぎをして野党の追及をかわす。それもまた、官僚の仕事であった。

紫野原に語られて、多部が呆れた声をあげる。

「いったいどうして、官僚はそこまでするんですか？　議員に恩を売ると、何かいいことでもあるんですか？」

「大有りだよ。自雄党政調会の各部会と関係省庁はいわば『持ちつ持たれつ』でね。官僚に無理強いするかわりに、議員は省庁にかわって財務省と掛け合って、予算をぶんどってくるんだ。それこそゴリ押しは、代議士の得意分野だからね」

「何だかそれって、ますます悲しい気がします」

「政治家は、弁が立ってなんぼの世界だからね。官僚は、口ではとても勝てない。互いの苦手分野をカバーし合うんだから、まさに『持ちつ持たれつ』ですよね」

そんな関係を何十年も続けてきたのだから、自雄党と省庁の絆ならぬ癒着は、土中で複雑に絡み合う根っこのごとく解きようがない。無理にひきちぎれば、国という木そのものが倒れるかもしれない――その思いから、誰も手をつけられないのである。

官僚を味方につけると、他にもさまざまな利点がある。顕著なものとしては、彼らがもつ膨大な情報だ。省庁が長年のあいだに蓄積した、知識やデータ、ノウハウを、自雄党は専用のシンクタンクのごとくに利用できる。

政策を練るにも、野党や無所属議員は、自前のパソコンと国会図書館だけが頼みの綱だが、対して自雄党は、国中でもっとも高性能な電子頭脳と、そこに詰まった莫大な情報を存分に駆使できるに等しい。

その後ろ盾があるからこそ、野党側から出た法案を、与党は、政府は、何のためらいもなく切り捨てることができるのだ。

「たとえ小町さんが、五十人の支持者を集めて、非の打ちどころのない法案を作成したとしても、厚労委員会で形式的な質問をいくつかされるだけで、それで『審議』されたとみなされて、ほとんど相手にされない。同様の法案は、内閣や自雄党政調会が組み立てた政府案があるからね、そっちは難なく委員会を通過して国会にかけられる」

与党が七割近い議席を占めるいまの衆議院なら、楽々と可決に至るだろう。参議院に至っても、六割以上がやはり与党で、仮に否決されたとしても、法案がふたたび衆議院に舞い戻れば、結果は目に見えている。

「それじゃあ、これから小町さんがやろうとしていることは、何の結果も生まない。無駄骨以外の何物でもないってことですか？」

「そこまでは言わないけど……」

真剣な眼差しが痛かったのか、高花田が視線を外す。

「でもね、エリちゃん。無駄をひたすら続けるのが、野党議員の仕事であり戦い方でもあるんだよ」

「無駄が、仕事で戦い……ですか？」

不思議そうに、机を挟んだ向こう側にいる紫野原をながめる。

「仮に野党がいなければ、誰にも何も文句をつけられず、与党の法案はざくざくといくらでも通過する。それはとても危険なことなんだ」

多部の瞳が左上に向けられたのは、考えている証しだろう。

「つまり、見張りってことですか？」

「ご名答。野党側からの反発は、国民の声でもあるし、弱者やマイノリティーの代弁でもある。たとえ表向きは、法案を覆すには至らなくても、あるとないとでは全然違うんだ。そうだな……たとえば政府案を、駕籠に乗った殿さまだとしようか」

「何か、時代劇みたいですけど……まあ、いいです」

多部には若干わかりづらいたとえだったようで、かすかに眉をひそめながらもうなずく。

「この殿さまを国会というお城まで運ぶわけだけど、途中で野党が放った刺客に狙われる」

「それじゃあ、私たちが悪人みたいじゃないですか」

「いまの野党には、相手を殺すほどの力はありませんから、刺客はどうかと」

若いふたりから、別個にクレームをつけられて、紫野原が苦笑する。

「じゃあ刺客ではなく、直訴の集団としようか。いわば市民デモの団体とでも思えばいい」

「それなら納得です」と、今度は多部から許可が下りる。

「デモ隊の真ん中を通り抜けようとすれば、それなりの準備が要るだろう？　警備の数を増やすとか、あるいは駕籠の造りを丈夫にするとか、もしくは万が一に備えて、駕籠の中の殿さまにも、甲冑を身につけさせたり武道を習わせたりすることも必要になる」

ふんふんと、紫野原のたとえ話をふたりが拝聴する。

「もしも道中に、邪魔になる支障がなければ武装も警備も必要ない。ふにゃふにゃにふやけたひ弱な殿さまでも、構わないということになる」

「そのたとえでいくと、野党がいるからこそ、政府案そのものが強く……いえ、攻撃に耐え得る間違いのない法案となり得ると、そういうことですか」

「新之助くん、大正解」

紫野原が、嬉しそうに目尻を下げる。

「だからこそ、野党議員が作成する法案は手が抜けない。政府案を脅かすほどの代物に仕上げないと、それを阻む武器とはなり得ないからね」

「市民デモは、武器はもちませんよ」と、多部が横やりを入れる。

「じゃあ、武器じゃなく、拡声器だね。うんと大きな声を上げれば、それだけ遠くまで響くからね」

「大きな声を上げるための、拡声器か……」

どうやら高花田の中では、納得がいったようだ。こくこくとうなずいて顔を上げた。

「すみません、とりかかる前から弱気になったりして。本当は、そのために政策秘書に据えられたことは、はなからわかっていたんですけど……」

「新之助くんにとっては初挑戦なんだから、二の足を踏むのもあたりまえだよ。たとえお城までは届かなくても、その途中までは堂々と声を張り上げられる、そんな法案を作ってほしいな」

「いえ、むしろ、委員会で素直に止められるなら、心配はないんですが」

「どういう意味?」と、紫野原が初めてきょとんとする。

「単純に子供のための法案なら、賛同者も得られやすいはずですけど……なにせあの小町さんですから。何かとんでもないことを思いつきそうで怖くって」

想像するだけで胃が痛いと、高花田がみぞおちの辺りを押さえる。

「もう、新之助くんたら、そんな楽しそうなことを考えてたんだ」

「私も、ちょっとわくわくしてきました」

紫野原と多部のお気楽ぶりに、高花田がいっそうゲンナリする。

政策秘書の懸念は、杞憂には終わらなかった。

高花田新之助は、翌日、早くもその現実を思い知らされた。


「そんな無茶苦茶な法案、通るはずがないじゃないですか!」

扉を閉めた議員室の中から、高花田の悲鳴がきこえる。紫野原と多部は、思わず互いに顔を見合わせた。

「高花田さんの予言、当たっちゃいましたね」

「あの声から察するに、想像以上に突飛な法案みたいだね」

ひそひそ声で交わしながら、耳だけは隣室に集中させる。ただ、肝心の法案の内容までは、扉の外にまでは伝わらない。

議員室の内では腕を組んだ小町が、大きなデスク越しに平然と秘書を見返していた。

「どこが無茶苦茶なのよ。これ以上ないほど、理路整然とした道理じゃないの」

「理屈は通っても、いわば禁忌です。手をつけたら、ややこしいことになる。各方面からブーイングを受けるのは必定ですし、民衛党の支持団体を怒らせかねない」

「どうして彼らが怒るのよ？　いままでサボって見て見ぬふりをしていた部分を、ちゃんとしてくださいとお願いするだけじゃないの」

「だーかーらー、目を逸らしていたのには、それだけの理由があるってことですよ。日本人の国民性とか生活習慣とか、繊細な部分を刺激しかねない。ある意味、開けてはいけない地獄の釜です」

「オーバーねえ。実際、欧米じゃあたりまえなのよ」

「欧米の何でもかんでもが、日本では通用しないと言ってるんです。本気で導入しようとすれば、おそらく問題ばかりが噴出して、肝心の目的は果たせないかもしれない」

「だったら他に、金の出所がある？　予算を獲得しなければ、動き出せないし何もはじまらない」

「それは……次の消費増税分からとか、国債とか……」

「その程度じゃとても足りないし、第一、消費税や国債は、私の個人的な意見としては反対よ。消費税は所得税と違って、全国民が均等に負担するシステムだから、貧困層にとっては大きな打撃になる。国債はとどのつまり、国の借金が増えるだけでしょ？　結局は子供や孫世代に、つけを押しつけることになる」

難関とされる、政策秘書資格試験に合格したほどだ。高花田にもそのくらいはわかっているのだろう、きゅっと唇を噛みしめる。

「どうして、そこまで……。子供のための格差是正を促す法案なら、誰にも反対はされないし、無闇に敵を増やすこともない。予算についても、あくまで政府に要求するという形をとれば穏便に運びます」

「それじゃあ、これまでと同じでしょ？　国庫は万年赤字状態で、要求した金額より必ず削られて、対策はそのぶん遅れることになる。六人にひとりの子供が貧困にあるというのは、すでに待ったなしの状態なのよ」

「ですがその方法は、あまりに無謀です」

現状を把握しているからこそ、用心を迫るのだ。いざ走り出したとき、どれほど非難が集中するか――。非難を受けるのは、秘書ではなく議員だ。ただ小町の身を案じて、懸命に止めようとする――。

すべてわかった上で、小町はあえて政策秘書に命じた。

「とにかく、早急に法案作成のための資料をそろえてちょうだい」

「……わかりました。でも、ひとつだけ」

「何？」

「もしも僕が、法案の下地を作る過程で他の方法を見つけたら、考慮してもらえませんか？」

「勝負ってわけね。いいわよ、受けて立つわ」

一礼した政策秘書が、議員室のドアを開け、事務室へと戻る。

「ねね、高花田さん。小町さんの法案てどんな……」

待ちかねていたように多部がたずねたが、めずらしく途中でさえぎられた。

「ごめん、多部さん。骨子が固まるまでは話せないし、先にメールしないと」

小鼻をふくらませて、高花田がパソコンの前に座り、猛然とキーを叩きはじめる。合間に受話器をとり上げて、資料について確認し、あるいは調査を依頼する。それを横目で見ながら、多部が声をひそめて紫野原に話しかける。

「何か、変なスイッチ入っちゃったみたいですね」

「だね。電話の相手はたぶん、国会図書館か、民衛党の調査機関だろうけどね」

自雄党ほどではないにせよ、最大野党たる民衛党にもデータや資料を提供してくれる機関が存在し、また国会図書館は、省庁のバックアップが期待できない野党や無所属議員にとっては、もっとも活用の利く場所だと、紫野原が説明する。

国立国会図書館は、日本一の蔵書数を誇る施設だが、もともとはまさに国会や議員のために造られたときいて、へええ、と多部が素直に感心する。蔵書の管理や閲覧用の貸出、複写といった、並みの図書館業務もこなしてはいるが、本来の業務は、国会議員の調査・立法をサポートすることにある。

該当資料の提供だけに留まらず、『調査及び立法考査局』が図書館内に設けられ、委員会の案件を分析・評価して、決定のための資料を提供するなどの職務を担う。国会や議員から要求があればもちろん、また要求を予測して自発的かつ迅速な対応も求められる。

こちらが指定した文献は、議員会館まで届けてもらえるし、あるテーマについて調べてほしいと依頼すれば、概ね二、三日でレポートにまとめてくれる。

高花田は、それらサポート機関を、フル活用するつもりのようだ。

「いざとなると、頼もしいねえ、彼は」と、紫野原がにこにこする。

彼女なりの気遣いか、多部がお茶を淹れようと立ち上がる。そのタイミングで、小町が執務室から出てきた。

「そういえば、美味しい紅茶をいただいたんです。麻布（あざぶ）の紅茶専門店のもので、香りがすっごく良いんです。小町さんもどうですか？」

お願い、とこたえ、紫野原に経理の書類をわたす。それから改めて気づいたように多部にたずねた。

「いただいたって、どちらから？」

「お向かいですよ」

「お向かいって……」

「七二四号室です」

「それって、小野塚遼子議員？」

真剣な顔で画面に向かっていた高花田が、素っ頓狂な声をあげる。

「まさか、議員ご本人から？」

「いいえ、秘書の方からです。この前、お菓子をさし上げたので、そのお礼だって」

「エリちゃん、いつのまに仲良くなったの？」と、小町も目を見張る。

「仲良くってほどじゃ……挨拶はもちろんしますけど、話をするようになったのは先週からです。きっかけはマシュマロで」

「……マシュマロ？」

小町には意味がわからず、間抜けな表情で首をかしげる。

「ほら、先週、私が買ってきたじゃないですか。うちから一駅先に、マシュマロ専門店ができたんです。ハニーメレンゲ味とキャラメルカスタード味が、特に絶品で」

小町はあいにく終日外出していたためにお相伴には与れなかったが、ああ、と高花田と紫野原が思い出した顔をする。

「あのマシュマロは、美味しかったね」

「たしかに、すんごい甘かったけど……」

甘辛両党の紫野原は目尻を下げたが、見かけによらず甘いものが苦手な高花田は顔をしかめる。

「あのお店、ネットや雑誌にも紹介されて、結構有名なんですよ。そこの廊下で会ったとき、向こうの秘書さんが、私がもっていた紙袋に目を止めて。ずっと気になっていたのに、家から遠いからなかなか行けないって。だから半分おすそ分けしたんです」

小野塚事務所には、多部と同じ年頃の若い女性秘書が何人もいる。そのうちのひとりのようで、お礼に紅茶を届けてくれて、ほんの数分だが会えば話をするようになったという。

「女子のスイーツ力は、恐るべしね。敵の国境線すら、難なく越えてしまうんだから」

「もう、小町ちゃんたら、戦争映画じゃないんだから」

「エリちゃん、いまさらだけど、こちらの情報を流したりしてないよね？」

「いくら私でも、そのくらいのわきまえはあります。向こうだって同じでしょうし、お互い女子トークしかしませんよ」

別の心配をしはじめた高花田に、多部は口を尖らせる。

「あ、でも、小野塚議員も、やっぱり法案のための準備をするとはききましたけど」

瞬間、小町の目が、別の光源を当てられたかのように、違う光を帯びた。

「それ、本当なの、エリちゃん？　いつから？」

「今週の月曜に、これからはじめるとききましたけど」

小野塚遼子もまた、小町と同じ厚生労働委員会に名を連ね、かつ自雄党政調会でもやはり厚労部会に所属している。遼子が法案を準備するというなら、間違いなく小町と同じテーマだろう。

「面白いわね……俄然、やる気が出てきたわ」

小町がにんまりと笑い、多部が淹れてくれた紅茶のカップを手に、意気揚々と執務室へと向かう。扉の向こうに後ろ姿が消えると、多部が言った。

「小町さんも、変なスイッチ入っちゃったみたい」

「楽しみが、またひとつ増えたね」

「僕は、嫌な予感しかしません……」

胃のあたりを押さえながら、高花田はふたたびパソコンの画面に向かった。

十一

「あら、小町ちゃん、いらっしゃい。よく来てくれたわね」

愛想よく迎えてくれたが、小町はしかめ面を返した。

「いらっしゃいと言われると、ちょっと傷つくなあ。私のホームグラウンドは、いまもここだと思ってるのに」

「ああ、そうね。じゃあ、お疲れさま」

午前三時。ふだんは子供たちの声でにぎやかないろはルームも、さすがにこの時間は静まりかえっている。とはいえ職員は全員、働いている。乳幼児室には二人の保育士が詰めて夜通し面倒を見ているし、子供たちの寝室も、小まめにようすを見てまわる。今日は六人のスタッフが勤務していて、二十人の子供を預かっていた。

その責任者が、菊園長こと菊島あさ子だ。

いまはがらんとした食堂に入ると、小町は二人分のコーヒーを淹れて、あさ子のとなりに座った。

「お店にも寄ってきたの？」

「うん、三時間だけだけどね。その帰り」

「忙しいのに、よく時間とれるわね」

「まあ、こっちは夜だから、何とか」

「ちゃんと睡眠とれてる？　からだ壊したら元も子もないし、油断してると肌に出るわよ。私の歳くらいになったとき後悔するからね」

あさ子は去年、五十代を迎えた。腰回りや二の腕は歳相応にふっくらしているが、動作がきびきびしているせいか若く見える。

初めて会ったのは、四年前。縁を繋いでくれたのは、多部恵理歩だった。

「ええっ！　私がですか？　ムリムリムリ、絶対ムリですって！」

「たしかに責任者としては若過ぎるけど、若いからこそ新しいことにも躊躇しないでしよ？　案外イケると思うけどなあ」

「もちろん、保育士のひとりとしてなら、ぜひ！　参加というか雇ってほしいです。でも、私に園長を任せるなんて、ムボー過ぎます」

　いろはルームの骨子を、あれこれと模索していた頃だった。初期の段階では、あえて恵理歩の若さを買って、任せてみたいとの考えもあったのだが、当人に頑迷に辞退された。その代わりに、専門学校や保育士の頃の伝手（つて）を当たって、人材を探してみると請け合ってくれた。菊島あさ子の名前が挙がったのは、それから十日ほど経ったころだった。

「いましたよ、小町さん！　もう、打ってつけの人材が。私が辞めた保育園で働いていた、ベテランの保育士です。園では、ナンバー2のポジションにいました」

「エリちゃんがいたところって、ただでさえ人手が足りてないのよね？　そんな園から、リクルートできるわけ？」

「菊島先生も——あ、その方、菊島あさ子さんていうんですけど——やっぱり今年の三月で、その保育園を退職したそうなんです。次の職場は決まっていないそうですし、いまが狙い目ですよ、小町さん！」

　ガッツポーズで、強力にプッシュする。たしかにこれ以上ない人材ではあり、ひとまず恵理歩に顔繋ぎを頼んで、菊島あさ子の最寄り（もより）駅である、浜町（はまちょう）駅前の喫茶店で会った。

　十月初旬、晴れてはいたが風は冷たく、少し寒い午後だった。

「ごめんなさいね、このお話は、お受けできないわ」

小町が概要を説明し終えると、即座にそう断られた。となりに座る恵理歩は肩を落としたが、逆に小町は希望をもった。考えさせてくれといった曖昧な返事ではなしに、この場ではっきりさせる率直さにも、好感を覚えた。

店に入り挨拶をしたときから、これは駄目そうだと直感した。あさ子は最初から引き受けるつもりはなく、それは小町がキャバ嬢であるとか、ゼロからスタートするリスクであるとか、そういう理由ではなさそうだと、相手の態度から察してもいた。だとしたら、断る理由はひとつだけ。あくまであさ子の側にある。

「差し支えなければ、わけを話していただけませんか?」

「まあ、言ってみれば、エリちゃんと同じね。保育士という仕事が、つくづく嫌になったの。主人がいるから、いますぐ食べるのに困ることはないし、そのうち何か仕事は探すけれど、保育とは無縁のパートでも見つけるつもりよ」

あさ子もまた、疲れきっていた。保育士の過酷な状況は、恵理歩から散々きかされてはいたものの、あさ子のようなベテランの口を通すと、さらに重みが増す。

「菊島さんは、保育士としては何年お勤めに？」

「そうねえ、十七、八年といったところかしら。子供が小さいうち、十年ほどは遠ざかっていたの。昔はまだ、多少はましだったのだけど、復職してみたら、とんでもなく3Kな職場になっていて」

「3Kって、何ですか？」

「エリちゃんの歳じゃ、使わないわね」と、あさ子が笑う。

きつい、汚い、危険の頭文字をとって3K。主に工事現場などの、いわゆるブルーカラーの職場環境を表しているが、いまの保育士の待遇もこれに匹敵する。万一、子供に何かあれば、訴訟どころか刑事責任にもなりかねず、また自らからだを壊す恐れも大いにある。危険とはそういう意味だと、あさ子は皮肉な笑みを浮かべた。

あさ子は短大で保育士の資格をとり、それから七年勤め、長男の出産を機に、十年間は子育てのために家庭に入った。三十七歳のときに職場復帰したものの、その間に保育士の待遇は、悪化の一途を辿っていた。

「まず給与面から言えば、十年前とまったく変わっていない。むしろ園によっては、前より削られているところもあるほどよ。原因は、とにかく預かる子供の数が増えたこと。それに尽きるわね」

長い不況で、リストラや賃金カットは茶飯事になった。稼ぎ手がひとりではどうにもならず、母親も働かざるを得ない。保育園に預ける子供の数は、右肩上がりに増え続けている。あさ子が保育士をいったん辞めた年は、一九九三年。この頃はまだ、保育所の空き定員にも余裕があった。しかし二〇〇〇年前後には余剰はほぼなくなり、厚生労働省が本格的に待機児童数を調査しはじめたのも、やはりこの頃からだ。

そして現在の保育園には、国が定めた「公定価格」というものがある。地域、園の定員数、そして子供の年齢によって、実に細かく分かれているのだが、高花田が入手してくれた資料の中に、わかりやすいものがあった。

今年、二〇一七年五月に、関係省庁から各都道府県に配付された、私立保育所の運営に要する費用について、公定価格の内訳や人件費などを例示した書面である。あくまで給与格付けの一例としてはいるが、これが「標準」だと明示しているに等しい。

人件費の年額、つまり年俸は、主任保育士で四五〇万円、保育士で三八〇万円。賞与や手当の一切を含めた税込所得であるから、当然、手取りはもっと低い。

このところ、保育の重要性や保育士の待遇改善が叫ばれているだけに、これでも多少上がってはいるのだが、決して高い水準とは言えない。そして、わざわざ「標準」を示したのには、私立の保育所ではそれ以下の待遇がまかり通っていることへの、せめてもの警鐘のつもりもあろう。実情は、東京都の平均ですら、三八〇万円には届かない。

何よりも深刻なのは、低い賃金が続いているにもかかわらず、保育を必要とする子供の数は年々増え続けていることだ。保育士の負担は増す一方で、しかし国や自治体からの補助金は限られている。

園側も苦肉の策をとるより他になく、ひとりの保育士に任せる子供の数を増やすか、あるいはひとり頭の給与を削って、そのぶんで人員を増やすか。その両方で何とかかまわしている園も少なくない。国が算定しているのは、あくまで人件費の総額であり、保育士個人の給与が保障されているわけではないからだ。

あさ子が３Ｋと言ったのもうなずける。いまや保育士の労働環境は、危険と言えるほどに悪化していた。

「保育園は、受け入れの定員が決まっているはずでしょう？　なのにどうして、そこまで保育士の負担が増えるんですか？」

当時の小町はこの方面にも疎く、そんな質問を投げかけた。

「定員は、つまりリミット。私が若いころは、百二十人の定員でも、百人に届くことはなかったわ。その数に見合うほどの給付額だったのに、いまは定員ぎりぎりまで詰め込まれる」

「ああ、そういうことですか」と、小町もようやく納得がいった。

子供が好きで、だからこそその養育にたずさわりたい。本来なら夢も希望もあるはずの職業なのに、肉体的にも金銭的にも追い詰められて、ボロボロになってやめてゆく。

恵理歩からも散々きかされていたのだが、本人ののほほんとした明るい性格と若さ故に、どこか切迫感が伴っていなかった。しかし、いわば保育の玄人から改めてきかされると、重みが違う。あさ子は終始冷静で感情的に語ることもなかったが、それがなおさら、事の深刻さを小町の眼前に示してみせた。

「自分がしんどいだけなら、我慢のしようもあったのだけど、この歳になると、経営者と保育士のあいだを、とりもつことも仕事になるでしょ。若い保育士たちに無理を強いて、一方で園の経営が苦しいことも承知している」

「菊先生、ずっと板挟みになってたんですね……」

　恵理歩が、同情のこもった眼差しを向ける。園にいたころから察してはいたのだろうが、あさ子は自分の苦境を訴えるような真似はしなかった。同僚や保護者ら大人に対しては、常に穏やかで沈着な態度をとり、けれど子供には、気さくでありながら怒るときは怒るという、メリハリのある接し方だった。いろはルームの子供たちから、一目置かれているのもそのためだ。

　話をすればするほど、菊島あさ子という人間を知れば知るほど、どうしても欲しい！という強い欲求が、むくむくと胸にわいた。これから作ろうとしている保育施設のために、誰より得難い人材だとの打算ももちろんあった。けれど、それだけではない。恵理歩と会ったときと同じように、共感（シンパシー）めいたものを感じ、単純に友達になりたいと思えたからだ。

「いちばん申し訳なかったのが、子供たちに対してね。大人の事情なんて、何ひとつ知らないし責任もない。それでも子供は敏感に察するのよ」

　保育の現場から引退する決意をさせたのは、ある子供から言われたひと言だった。

『菊先生、疲れてるの？　最近、元気ないね』

「それが、三歳の男の子でね。男児は女児にくらべると、他人の情動に関しては疎いと言われているのにね……思わず泣きそうになっちゃったわ」

　三歳の男の子に見破られるほど、疲弊しきっていたのかと、あさ子は我が身をふり返った。

子供に関することなら、いくらでも悩むし、その甲斐もある。悩みながら解決してゆくひとつひとつの過程こそが、保育士にとっては何よりのキャリアになるからだ。けれど現実は、大人の事情に押し潰されている。経済の状況やら、景気の良し悪しやら、雇用の形態やら、そういうものの一切が働く親たちにのしかかり、保育士たちに負担を肩代わりさせている。小町の中に、言い様のない憤りがわき上がった。

「復職して、最初の保育園でショックを受けて、そこは四年でやめたわ。当時はまだ、園の方針に納得できなかったのね。園が違えば、やり方も違うはずだと、まだ望みを抱いていた。その次が六年。エリちゃんと一緒に働いた職場ね。そこでもやっぱり大同小異だった。しかも年を追うごとに改善どころか、状況はますます厳しくなる……保育士という職業に、今度こそ希望がもてなくなったのよ」

あさ子は最初の園に七年、育児で十年休んで復帰して四年、さらに園を変えて六年、働いたことになる。のべ十七年にわたって、保育の現場の歴史を見てきた上に、職場は三つの保育施設にまたがっている。その見識の広さこそが、何よりも魅力的な人材だった。

「保育士という仕事に希望がもてないのなら、菊島さん、あなたが作ってみませんか？」

「……え？」

「理想的……とまではいかなくとも、少なくとも菊島さんが納得できる保育施設を、菊島さんご自身が作るんです。保育士が働きやすくて、やり甲斐が感じられて、それは結果的に、子供たちにとっても最良の環境になり得るはずです。そういう施設を、作りたいとは思いませんか?」

「あなた……本気で言っているの?」

「もちろんです。ただ最初から、リスクや面倒だらけであることは、お断りしておきます。お話ししたとおり、開設したいのは夜間託児所ですから。私のようなキャバ嬢やホステス、あるいはホストや黒服が、その親たちです。昼の仕事にくらべれば、総じてだらしなく自己管理も甘い——世間一般の認識は、あながち偏見ばかりではありません。そんな親たちとつき合うのは、それだけでストレスになるでしょう」

それでも、と、小町はひときわ力を込めた。

「子供を思う気持ちは、同じなんです! いいえ、むしろ強いかもしれない。彼らは、彼女たちは、自分を肯定できない。これでいいとは、決して思っていない。自信がもてないからこそ、いっそう子供に傾くことになる。あるいは、自分のことで精一杯で、子供に無関心な親もいる……正直、バランスが悪いんです」

仕事にプライドをもっている者ももちろんいるが、ほんのひと握りだ。先には年齢という大きな壁が立ち塞がっており、それがいっそう不安を煽る。将来の不安、生活の不安、頼れる肉親がいない不安……絶えずそんなものに脅かされていては、精神の均衡など図りようがない——。小町とて、決して他人事ではない。

そんな親たちに、せめて心から安心できる預け先を提供したい——。それが小町の願いだった。何の心配もなく子供を預け、仕事から帰ったら、子供が楽しそうに昨晩のようすを語る。それだけで、どれほど大きな安堵が得られることか——。その小さな幸せが、毎日毎日続くことで、いかに大きな慰めとなり、親たちの救いになるか——。

仕事の昼夜は関係なく、親にとっては何よりの恩恵となろうが、夜間の預け先は、昼間の保育所よりも条件が整わないことは周知の事実だ。せめて自分の周りにいる親子のために、そういう場所を提供したい——。小町はあさ子に向かって、懸命に語った。

「夜間施設となれば、認可・認証を受けることは難しい。まず無理だと思います。親たちの収入は、ある意味悪くはありませんから、相応に負担してもらうことになるでしょうが、決して営利目的ではなく、できるだけ抑えたいと思っています。むしろ、働いてもらう保育士の方々の営利を優先してもらって構いません。私自身は、一切儲けるつもりはありませんので」

「それならいっそ、NPO法人にしてはどう?」

小町の熱意に釣り込まれるように、あさ子がふと口にした。

「NPOというと、非営利民間組織のことですよね? 私はよく知らないんですが、法人にすると、何かメリットがありますか?」

「私も決して専門家ではないのだけれど、友人の何人かがNPOに関わっているの。ボランティアだったり専業のスタッフだったり、代表をしている人もひとりだけ」

当時はその方面に疎かった小町に向かい、あさ子は知り得る限り説明してくれた。

実利の面では、まず節税があげられる。個人事業主の場合は、所得の額に応じて税率がアップする、いわゆる累進課税がかけられるが、収益事業をしない場合は、法人税は原則非課税。法人税法に規定された収益事業を行う場合には、企業と同じ税率で法人税を納めることになるが、子供の健全育成をはかり、かつ収益はすべて職員と設備に還元するとなれば、非営利と認められるだろうとあさ子は言った。

「他には、社会的な信用が増すとか、国や自治体の事業を請け負うことも可能になるわ」

「事業を請け負う、というと？」

「福祉や子育てに関するプロジェクトを、ＮＰＯに発注したり協働したりすることがあるのよ。参加が認められれば助成金も出るそうよ」

一〇〇万円以上の事業の場合は入札になり、いくつもの団体をからめてのプロジェクトも多い。参加できれば助成金の利のみに留まらず、国や自治体、あるいは他の団体と横の繋がりもでき、何かと利点が大きいと説明された。

「逆に、デメリットはありますか？」

「それももちろんあるわ。厳正な事務処理と、税務申告の義務が生じる。定款も作らないとならないし、情報開示も必要になる。言ってみれば、何かと面倒くさいということね」

「でも、しっかりとした組織を作るには、むしろ必要不可欠な事柄ですよね？」

長い目で見れば、基礎となる土台は頑丈な方がいい。それまであまり目に入っていなかったNPOという選択肢が、小町の前に急に大写しになった。

「それと、あなたの話をきいた限りでは、年齢も総じて若いし、子育ての悩みを色々と抱えた親御さんも多いのでしょ？」

「そりゃあ、もう！　できちゃった婚ならいい方で、とりあえず産んじゃったみたいな子も結構いて。ある意味、にわか母親ばかりですから」

「第一子のときは、にわか母親は誰でも同じだけれどね」

と、あさ子が笑う。最前の固い表情が消えて、柔らかな佇まいになっていた。

「園にいたころも、やっぱりそうだった。お母さんお父さんから見れば、私たちは育児のプロでしょ？　色々と質問されることも多かったのだけど、なにせ時間がとれなくて、十分な対応ができなかった。いっそ、相談専門の窓口を設けるとか、専門のスタッフを置くとか、できればよかったのにって」

「それ、いいですね！　子育てについてだけでなく、各種手当の申請方法とか、そういうお役所関係に疎いタイプが多くって、よくたずねられるんです。どうせNPOにするなら、託児所とは別に部署というか窓口を作って、ていねいに対応できるといいですね」

「そうなると、行政書士とまではいかなくとも、ある程度その方面に詳しい人が別途必要になるし……その前に、夜間保育なら看護師は必須ね。子供は概ね、夜に具合が悪くなるものだから。急病のときに看てもらえるよう医院との提携も要るし、できれば栄養士も。夜間保育なら、晩ご飯と朝ご飯を提供した方が、子供の健康や食育のためにはいいと思うのよ。あとは……」

「たくさん、あるじゃないですか」

「……え？」

「先々の抱負、たくさんおもちですよね？　それって、希望、ではありませんか？」

あさ子が初めて、あら、と気づいた顔になる。いつのまにか、小町の熱意に釣り込まれていたことに、自分自身で驚いているようだ。

「でも、私が言ったのは、あくまで理想論よ。すべてやろうと思ったら、お金がいくらあっても足りないわ」

「すぐには無理でも、少しずつ近づけていけばいい。夢や理想は、決して雲をつかむような捉えどころのないものではありません。きちんと土台を作って、地道に積み上げていけば、いつかは手が届く——。私は、そう思います」

「私も、小町さんに一票！　子供を育む場所なんですから、夢や理想は、うんとあっていいはずです」

恵理歩はすぐに賛同してくれたが、あさ子は苦笑を返す。

「子育てほど、現実的なものはない。夢や理想とは、もっとも遠いところにあるわ」

若いふたりに、しっかりと釘をさしたものの、最初のときとは明らかに違うものが、あさ子の目の中に瞬いていることを小町は見逃さなかった。

夢や理想に、とても近いもの——それは希望だ。期待という方が、正確だろうか。さっきまで、保育士の仕事そのものに絶望していた彼女の中に、小さな光が灯っていた。もう一度だけためしてみようか、このふたりとならもしかしたら叶うかもしれない——そんな淡い期待であろうが、小町にはそれで十分だった。

「お願いします、菊島さん。私たちが構想する夜間託児所に、手を貸してください。というよりも、あなたの理想を存分に詰め込んでください。それはきっと、私たちの目指すものと同じはずです」

「そうね……一週間ほど、時間をちょうだい。考えてみるわ」

あさ子はその場での回答を避けたが、小町は確信していた。

あさ子から了承の返事をもらったのは、わずか二日後だった。

いろはルームは、その半年後、四月一日に開所を迎えた。あさ子のアドバイスに従って、NPO法人としてスタートし、もちろんその間小町は、保育園や託児所、NPOといくつもの同業者を訪ねて、せっせと知識を溜め込んだ。

看護師が常駐できるようになったのは一年後、行政書士を置くには二年かかった。それまでは、病気の子供を専門に預かるNPO法人を頼り、小町やスタッフ自らが行政書士に教えを乞うて、区役所への各種手続きや書類申請の方法を身につけることで凌いだ。顧問弁護士も頼み、定款はもちろん、毎年の事業報告書と決算書もホームページに開示した。

開所時間は、夕方五時から翌朝の八時まで。夜間専門の託児所は、都内でも非常に稀で、夜間預かりを行っている施設のほとんどは、二十四時間保育を旨としていた。だからこそいろはルームを開設したのだが、昼間の預かりをやめたのは理由がある。

まず、保育士の労働環境のためというのが第一に来る。夜間勤務はたしかにきついが、昼の仕事に夜勤が混ざるよりは生活のリズムが整いやすい。そして開所時間の十五時間を、早番と遅番の二交替制にした。交代時間を深夜十一時としたのは、終電に間に合うようにとの配慮からだ。早番は六時間、遅番は九時間と差があるが、早番は昼の二時から入ってもらい、五時までの三時間はいろはサポートルームのスタッフとして働く。ただし遅番は深夜手当もつくために、概ね二割ほど給与に差が出る。

当人の希望がない限り、日によってシフトを変えることはあえてしない。自ずと住み分けができて、たとえば多部恵理歩は早番だったが、村瀬敦美のように子供のいる既婚者は、夕食時に家をあけるわけにはいかない。遅番を希望して、朝食は夫と子供たちに任せていた。

菊島あさ子だけは例外で、早番と遅番、両方でシフトを組んでいる。

からだがきついのではないかと、小町などは逆に止めようとしたのだが、園長は所内の隅々まで把握すべきだと、あさ子は譲らなかった。

一時間の休憩を除いて、勤務はあくまで八時間。たまに閉所時間の朝八時になっても子供を迎えに来ないという親もいて、延びた労働時間は残業手当を支給した。これもあさ子からの提案であり、大方の保育所では残業手当が出ないからだ。開所時間は延びる一方なのに、そのぶんは保育士のサービス残業となる。そういうやむやをなくすことで、深夜常勤というハンデを減らし、少しでも働きやすい職場にしたいとのあさ子の願いが込められていた。

日曜日だけはお休みで、他に週に一日、交代で休みをとる。実質、週休二日制も導入し、夏休みも七月から九月の好きな日程で、一週間とれるようにした。雇用形態をフルタイムの正社員のみとしたのも、昼の仕事とのかけもちを防ぐためだ。疲れや睡眠不足は、事故を招きやすい。子供を預かる上は、それだけは避けたかった。最初は保育士資格をもつ人材に限定していたが、後には資格がなくとも、三年以上の実務経験があれば雇用することにした。ただし給与には一、二万の差をつける。ボーナスはあえて支給せず、外資系企業に多い年俸制をとった。年俸を十二で割って毎月支給する方法で、ボーナスのように景気によって変動する不安定な部分を払拭するためだ。

平均の年俸は、三八八万円。いろはを開設した二〇一四年の、都内の保育士の平均給与は三六八万六千円だった。二〇万ほど手取りは多いが、夜勤という形態を考えると決して高くはない。

それでも保育士不足に悩まされなかったのは、無理を強いることのないシフトと残業手当が保障されているためだろう。毎日の夜勤はたしかにきついが、昼間と違って一日中子供の相手をすることもない。けれどもいちばんの効果は、菊園長の気配りにあると小町は思っている。若い保育士たちに絶えず目を配り、相談相手になり、小さな不満や摩擦をまめにとり除いてやる。あさ子の毎日の気配りがあればこそ、働きやすさが確保されている。離職率の低さが、それを如実に物語っていた。

スタート当初の保育料は、〇歳児で月極コース一四万二千円と決して安くはなかった。年齢が上がるごとに減額されて、三歳以上は八万六千円。小学生になると五万円台にまで下がるものの、それぞれ一万円ほど減額するのに二年かかった。

理由は、NPO法人として認められ、助成金や事業費が獲得できるようになったからだ。貢献してくれたのは、相談窓口たるいろはサポート部門だった。

朝、子供たちが帰っていくと、いろはルームは、いろはサポートへと切り替わる。食堂の長いテーブルに仕切りを置いて、三つの個別面談所を作り、深刻な相談の際には奥の部屋でじっくりと話をきくこともある。

託児所を夜間のみとしたのは、相談窓口を昼間に置くためでもある。利用者の子育ての悩みなどには夜間でも保育士が対応するが、手当の申請や就労相談、あるいは保活のレクチャーなどは原則昼間に行っている。託児所の利用者に限らず、誰でも相談ができるのだが、やはりもっとも多いのはひとり親家庭からの依頼だった。こちらはボランティアスタッフの協力もあって、ほぼ無償で行っており、いろはが子育て支援の団体として認知されたのも、この活動によるところが大きい。

たとえば自治体や民間企業が募集する、子育て支援の助成金に申し込みをしたり、あるいは都や区が、月に何度か催している育児相談窓口や育児講座にスタッフを派遣することで事業費が下りる。これも最初のうちは、申し込んでも相手にされないことの方が多かったが、小町のメディアへの露出が増えたこともあり、少しずつ実績を積んで人脈ができてくると、門前払いされることもなくなった。

城東病院の神崎医師のように、相手方からの要請で、関係が築かれることもある。先日、病院で会った秋嶋麻友子も、いろはサポートでできる限りの援助をするつもりだ。

けれども、子育て問題に関われば関わるほど、疑問のような焦燥のような感覚が、しだいにふくらんでいった。店で紫野原を、質問攻めにしていたのもそのころだ。

託児所やNPO活動が軌道に乗り、いろはルームが二周年を迎えたころには、それははっきりとした形を成した。

この国は、子供にかける費用が、あまりに貧し過ぎる——。

子供の貧困の原因は、ある意味、それに尽きるのだと。

「そういえば、一度、小町ちゃんにきいてみたかったのよね」

　小町の淹れたコーヒーをひと口飲んで、菊島あさ子が言った。

「何ですか？」

「どうして、国会議員だったの？」

　質問の趣旨がいまひとつ摑めず、小町が首をかしげる。

「政治に関しては、ずぶの素人でしょ？　ふつうは、区議会とか都議会とか、その辺からはじめて、国会議員を目指すのが常套じゃないかなって」

「私が、常套をえらぶ人間に見えますか？」

　自虐めいた冗談でこたえたが、あさ子は真面目な顔で思いもかけないことを告げた。

「みんな派手な外見にだまされているけれど、小町ちゃんは、見かけよりずっと地道な人でしょ？」

　ちょうど喉を通った茶色の液体が、むせそうになった。どうにか飲み下したものの、とんとんと胸を叩いてやり過ごす。あさ子がそのようすに、ふふっ、と笑う。

「地道な人間でなきゃ、非営利な活動なんてできないわ、そもそもね。小町ちゃんは、自分のことを飽きっぽいと言ってたけど、私から言わせると逆ね」

「……そう、ですか？」

「飽きっぽい人間は、あきらめるのも早いのよ。でも、小町ちゃんは、決してあきらめないでしょ？」

　あさ子が言うと、妙に説得力がある。そうだろうかと、いまさらながら過去の自分をふり返ってみる。

「地道と合わせて、現実的でもあるし。いろはを開くときのあなたを見ていたから、よくわかるわ。理想はあっても、それにふりまわされない。きちんと足場を固めてから、自分たちの手の届く範囲で、確実なものを選択する。正直なところ、あのころは意外にも思えたわ」

大ざっぱで度胸があって男前。外から受ける小町の評価は、概ねそんなところだ。だから国会議員に立候補すると宣言したときも、驚きはされたものの、誰もが小町らしいと苦笑いを浮かべた。けれど、あさ子だけは違うようだ。

「いちばん確実な方法をとるなら、区議や都議からはじめるものでしょ。経験を通して、政治について学びながら人脈を築く。小町ちゃんなら、その方法を選択してもおかしくはないのに……どうして一足飛びに国会議員なのかなって」

あさ子の中では長いこと納得がいかず、いまも疑問は解けていないようだ。

「そうだなあ……理由はいくつかあるけど」

「教えて」

「実を言うと、最初は私も、区議や都議がまず頭に浮かんだのよ。だから区議会や都議会を、何度か傍聴しにも行ったんだけれど」

「魅力がなかった？」

「何というか、びっくりするほどに、古いと感じたのよ」

「古いって、何が？」

「平たく言えば、雰囲気がすんごい昭和なの！　もちろん建物じゃなく、人が、よ。おじさんたちは総じて行儀が悪いし、野次はひどいし、女性や若手なんて、てんで相手にしていないと、これ見よがしに態度に示すし」

まあ、国会も似たようなものだがと、小町が注釈を入れる。

「いちばんひどかったのが、この二十一世紀に、これでもかというほど男尊女卑がまかり通っていることよ。三十年前の昭和と、少しも変わらない。千三百万の人口を誇る、首都東京がこの体たらくかと、心底がっかりしたわ」

子供やひとり親の窮状を訴えるのは、たいていは若手や女性議員だ。しかし親父の海のような議会場には、ぶ厚くふてぶてしい空気が満ちていて、彼らの訴えに無言の圧力をかける。

その根底にあるのは、母性信仰だ。彼らは専業主婦の母親から、十分に世話をされて育てられた。男は外で働き、女は家を守るものだとの信仰を、錦の御旗のように掲げ、ひと筋の疑問も抱かない。それこそが正義であり、神なのだ。夫の浮気くらいで離婚に至るとは何事か。我慢して夫を支え、子供を育むことこそが女の務めであり、たとえ寡婦になっても、母親が苦労して子供を育てるのはあたりまえ。いちいち国や自治体を当てにするな――。

分厚い皮膚の下に溜めた主張を、隠そうともしない。

「そういえば、少し前に問題になったわね。都議会でのセクハラ発言が」

「槍玉に上がったのは、たまたまね。似たようなヤジは、呆れるほど多かったもの」

これほどまでに価値観が多様化しても、社会の仕組みは昔のままだ。女は出しゃばるな、男の領域に立ち入るな。家でおとなしく家事と育児に専念しろ――。女性の側も、できることならそうしたい。仕事と家庭の板挟みで疲れ果て、どちらも満足にこなせない。専業主婦にあこがれるのは、若い世代にも多いときく。けれどこの国の経済は、すでに女性の労働なしには成り立たなくなっている。

女性の社会進出を必要としたのは、国であり社会であろう。その代表者であるはずの彼らが、何故平気でそれを阻むのか。まるでヒステリーだ。自分たちがどれほど矛盾しているか、それすらも彼らは理解していないのだ。

「まさに議会は、この国の縮図だった。それも、もっとも立ち遅れた部類のね。こんなところには、一日だっていられないと、そう思ったわ」

「それでいきなり、国会というわけ？」

「おじさんたちの根っこにあるものは、基本変わらないし、ある意味もっと根深いかもしれない。でも少なくとも国会は、ＮＨＫで中継されるでしょ？　衆人環視の目があるとないとじゃ、雲泥の差よ」

都議会や、場合によっては区議会もテレビ中継はされるのだが、ローカル局やケーブルテレビということもあり、視聴者の数が違う。

「あとは、モーさんが国会議員の秘書をしていたり、千鶴子ママのおかげで久世議員と顔繋ぎができたことも大きいかな。久世さんの主宰する政治塾に通い出したのもそのころからだし」

小町の立候補が叶ったのは、党内ではナンバー3の位置にいる、民衛党の久世幸子議員の後押しがあったからに他ならない。

久世もまた、待機児童問題や子供の貧困対策を、まず第一に掲げている。その点では、非常に考えの近いところがあり、かねてより子供関連のシンポジウムなどで、久世の姿はよく見かけていた。議員はとにかく忙しいから、たいていは短いスピーチだけして、風のように去っていくが、小町がNPOの代表であることは、有利なポイントと取られたようだ。もちろん、メディアで顔が売れていることも大きい。また物怖(ものお)じせず堂々として見えること、他人とのコミュニケーションに長けていること、緩急とユーモアに富んだスピーチの上手さも、久世は評価してくれた。

『私が国会議員を目指すと言ったら、笑いますか?』

そう言ったとき、久世は少しのあいだ繁々(しげしげ)と小町をながめ、そしてこたえた。

『そうね……やってみる? ただし、選挙にはお金がかかるわよ。途方もなくね。あなたには、仕度できる?』

高給取りのキャバ嬢とはいえ、いろはルームに注ぎ込んでいる小町には、ろくな貯金もなかった。資金源の見当など皆目つかなかったが、『できるかどうか、やってみる』

と応えていた。実際、お金の方は、まったくと言っていいほど足りず、党から下りた選挙資金が唯一の頼みどころだったと言っていい。

そのかわり小町には、財力の代わりに、『人力』があった。店の女の子や「銀ママ会」の親たち、いろはで関わった親子や、さまざまなNPO団体。小町自身が驚き、感動して思わず涙ぐむほどに、実に多くの人々が、手弁当で選挙の応援を買って出てくれた。

久世幸子が、小町を候補として党に推してくれたのも、その『人力』を見込んでのことだ。

小町はその辺りを語ったが、あさ子は未だに納得がいかないようすだ。

「それだけ？　ちょっと決め手にかけるなあ。きっかけは、小町ちゃんの方から久世さんに打診したようなものでしょ？　そもそもどうして、国会議員なの？」

めずらしくあさ子に粘られて、小町も本音を語る気になった。特に隠していたわけではないが、いままで誰にも突っ込まれたことがないから、語る機会もなかったのだ。

「たぶん、いちばん大きな理由は、私がもつ唯一の武器が使えるのは、国会議員だけじゃないかと思えたからよ」

「唯一の武器って？」

「キャバ嬢であることよ」

「……なるほど」

びっくりと納得が半々になった表情で、小町を見返す。

「もちろん芹沢小町という一個人として、ひとりの母として、立候補する道もあったわ。でも、現役キャバ嬢という肩書は、どうしたってついてまわるでしょ？」

「そうね、たしかに」

「弱みは隠せばマイナスに働くけど、正面に堂々と飾れば、逆に強みになる。それが活かせるのは、都区よりも国会議員じゃないかなって。ほら、メディアでもいろはのブログでも、何よりも宣伝効果があったのは、代表がキャバ嬢だってところじゃない」

いろはルームのサイトには、子供たちの日常を綴ったスタッフの日記とは別に、小町専用のページがある。『キャバ嬢小町の育児あれこれ』というタイトルで、菓音もたまに登場するが、いろはサポートに来る親子の現状を、からりとした愚痴の口調で軽妙に綴るところが評判を呼んでいた。他にも各種ソーシャルサイトを利用して、呟いたり書き込んだり、あるいは相談や質問にも答える。

議員になってからは、『育児&議員あれこれ』としたが、三日に一度の更新ペースは落としていない。いまの時代、名前を売るのにネットを利用しない手はない。この点はNPOも国会議員も同じであり、いろはの寄付を集めるにも、また選挙に向けてのボランティアを募るにも、大いに活躍してくれた。

そんな過程からも、現役キャバ嬢の肩書は、経験も知名度もない小町にとって、最大の武器になり得ると確信した。

「最初から色物なのだから、できるだけ派手に目立った方がいい。それには都区より、

「どうするつもりなの？　その後は、長くは続かないわ。色物の力は、でも、国会でしょ？」

憂うような瞳とぶつかって、小町は、にっと笑った。

「色物は色物らしく、ぱっと咲いてぱっと散る――できるだけ、大きな花火を上げること。私にできるのは、それだけよ」

「花火って……小町ちゃん、もしかしてあなた……」

いつだったか、第一秘書の遠田瑠美から、まったく同じ眼差しを向けられた。あのときと同じに、その推測をかわすように自論を打った。

「私は、後のことなど考えてないわ。いまのうちに、どれだけ派手な花火を上げてみせるか、それが大事。私が国会議員を選択したのも、そのためよ。すでに機は、熟しているのだから」

少子化、待機児童、格差問題――。ここ一、二年のあいだに、急速に焦点が集まるようになった。これは母親たち自身が、声を上げるようになったからに他ならない。この勢いを、止めてはいけない。鈍化させてはならない。むしろ起爆剤となり得る、思いきり人目を引く花火を、空に打ち上げるべきなのだ。

「人の目により強く焼きつけるには、きれいなだけじゃ駄目なのよ。猛反発を食らって、大揉めに揉めるくらいの方が、強烈な印象を与えられる」

「でも、小町ちゃん……それだと、非難を浴びるのは、あなた自身ということに……」

こくりと、あさ子の喉が鳴った。平然とした顔にあるのは、腹の据わった覚悟だけだ。それが見てとれたのだろう。

「それで、いいの？　……菓音ちゃんのことも、あるでしょ？」

「そこを突かれると、正直痛い……」

ふいに現れた出っ張りに、額をぶつけたように顔をしかめる。

「親の身勝手で申し訳ないけれど、菓音には、堪えてもらうしかない……子供に犠牲を強いるなんて、ほんと、最低の親だけれど……」

「そんなの、菓音がかわいそうじゃないか！」

急に別の声にさえぎられ、驚いて食堂の入口に顔を向ける。

「凜太……あなた、きいていたの？」

思わず腰を浮かせた菊園長には一瞥もくれず、青とグレーのスエットの上下姿で、凜太はつかつかと小町に歩み寄った。

背は六年生にしてはそう高くない。小町の前に立ち、その目は彼女をにらんでいる。

「この前、あいつ、クラスの連中にいじめられていたんだぞ。原因は、こまっちゃんだ」

小町が背筋に感じたのは、寒気ではなく痛みに近いものだった。

「お母さん、すごい！　ホントに早く帰ってきた」

玄関で母を迎え入れた菓音が、はずんだ声をあげる。

いろはルームで久しぶりに菊島あさ子と会話した、同じ日の晩だった。

夜の七時半。決して早いとは言えない帰宅だが、議員になってからは、ほとんどいろはルームにお泊まりさせているありさまだ。

「今日はがんばって早く帰るから、いろはには行かずに家で待っててくれる？　晩ご飯、一緒に食べよ」

今朝、菓音と約束し、幸いにも予定が狂うような大事は起こらなかった。

菊園長と話をして、それから少し仮眠をとって、朝は菓音と一緒にいろはルームを出た。菓音は毎日、いろはからまっすぐ小学校へ向かう。小町はいったん家に戻り、身支度を整えてから出勤する。菓音とは最寄り駅で別れたが、そのときに早く帰るからと告げてあった。

「晩ご飯、何食べる？　これからファミレス行くの？」

「今日は、オムライスの予定なんだけどな」

と、帰りがけに寄ったスーパーの袋をもち上げてみせる。

「菓音はどう？　そういう気分？」

「気分！」

料理上手とは言えない小町の、数少ない得意メニューだ。もっとも、ふわふわオムレツがうまく作れないから、ゆるいスクランブル状にしたとろとろ卵をチキンライスにかけることになるのだが、菓音はこれが大好きだった。

滅多にないだけに、母親と一緒に台所に立つのが嬉しくてならないようだ。菓音はずっと小町に張りついて、玉ネギをむいたり卵をかき混ぜたりしていた。チキンライスの味だけは、定評がある。醤油とソースを、ほんのぽっちり隠し味に入れるのと、火から下ろし際にバターをひと欠片足して香りを出すのがコツだった。

「お母さんのオムライス、やっぱり美味しーい！」

嬉しそうに菓音が頬張る姿を見るだけで、幸せな気持ちがふくふくと込み上げてくる。だからこそ、知ってしまった以上は、ないがしろにできない。食事を終えて、デザートのプリンを食べながら、小町は娘に切り出した。

「菓音、さ。もしかして、お母さんのことで学校でいじめられてない？」

え、と菓音は顔を上げたが、その表情には、ぎくりとかひやりとか、そういうたぐいのものは含まれてはいない。ただ単純に、驚いている顔だった。

「ちょっと、そんな話をいろはできいたから、心配になったんだ。前に言ったよね？　何か辛いことがあったら、お母さんと半分こしようって。だから、教えてくれないかな？」

「あっ、わかった！　凜太でしょ、告げ口したの」

「告げ口っていうか……心配してくれたんだよ、菓音のこと」

その先をどう続けていいか、小町は考えあぐねていたが、意外なことに、菓音はぷふっと笑った。

「凜太は、カホゴだから……おっかしいんだよ。サキちゃんやルミちゃんに、言ってたんだって。菊園長に頼まれたから、仕方なくだって」

子供の話だけに脈絡がない。いくつか質問を重ねながら、ようやく事のしだいが呑み込めてきた。

深夜のいろはルームで、凜太からきかされたときには、からだがすうっと冷たくなった。露出が多かっただけに、キャバ嬢であることは周知の事実だ。そこに国会議員がつけ加えられたことで、よけいに派手な存在となった。そのために菓音が、数人の女子からいじめを受けていたと、凜太は訴えたのだ。

わざわざ菊園長と小町に告げたのは、それだけ凜太が、事を深刻に受けとめている証しでもある。いろはルームで毎日のように顔を合わせている上に、クラスこそ違うものの、菓音と凜太は同じ学校の同じ学年に在籍している。どこか家族や姉弟に似た感覚があって、他人事とは思えないのだろう。

小学三年生のときに、ふたりは同じクラスで、小町は凜太の母親と、授業参観で知り合った。凜太の母親の里中由紀（さとなかゆき）も、やはり離婚してひとりで凜太を育てていて、夜間専門の託児所の話をきくと、ぜひ預けたいと言ってきた。由紀は若いながらも自分で二軒のバーを経営しており、深夜に子供を預ける必要があったからだ。

「この前、帰りの玄関でね、別のクラスの女子が、お母さんのことテレビで見たって」

どんなふうに言っていたのか、菓音は語らず小町もきかなかった。決して好意的な態度ではなかったことは、娘のようすからも凜太の怒りようからもわかっていた。おまけに相手は三、四人いて、結構しつこかったようだ。菓音の危機だと、一緒にいた友達は察したようだ。ひとりがすぐさま階段を駆け上がり、凜太に知らせにいった。

「凜太ってば、すんごい勢いで走ってきて、『なに、いじめやってんだ！』ってでっかい声で怒鳴るから、玄関中に響きわたって、あれ、結構恥ずかしかった」

「凜太はあらかじめ、サキちゃんやルミちゃんに言ってたんだね。菓音に何かあったら知らせるようにって」

「うん、菊園長にお願いされたんだって」

凜太も、そしてあさ子も、そんな話はしていなかった。そこだけは凜太の創作だろうが、あえて黙っていた。凜太の気持ちが、嬉しくて有難くてならなかったからだ。

「その後は？　その子たちは、構わなくなった？」

「うん、なった。あのとき、凜太の後ろに七、八人いて、凜太と同じクラスの男子や女子だけど。みんな怒ってたから、相手の女の子のひとりは泣いちゃって……あれって、ずるいよね。泣いたら凜太の方が悪者みたいだもの。先生が来て、ちょっと怒られてた」

教師に問いただされて、凜太は平然とこう返した。

『なんでもありません。こいつらが感じ悪いこと言ったんで、こっちも言い返したら泣かれました』

それをきいて、小町もつい笑ってしまった。態度はぶっきらぼうだが、よく気がまわり、目下の子供たちのこともよく見ている。いろはには、中学生や高校生も寝泊りするが、数は限られている。小学六年生の中から、リーダー的な役目を負う子供がいて、代々引き継がれているようだ。人選には大人は介在せず、前任者が次のリーダーを任命する。

去年は男前な性格の女の子だったが、彼女が指名したのが凜太だった。菓音を守ってくれたのには、その責任感もあるのだろうが、親として有難いことには変わりない。

菓音の母親である自分には、もっと重い責任がある。それを果たさなければいけないと、小町は少しだけ顔を引きしめた。

「菓音にね、話しておかないといけないことがあるの」

「なに？」

「お母さん、いままでもテレビやネット番組に出ていたけど、これからもっと増えるかもしれない」

「わあ、ホント？　楽しみ！」

娘は単純に喜んだが、そんなに生易しいものではない。画面に登場する小町の印象は、十分に生意気で辛辣であったが、今後の発言は、その程度では済まない。まさに爆弾とも言えるレベルで、おまけにその主張を訴え続けることになる。面白がる者もいるだろうが、味方以上に敵を増やすことはわかりきっている。小町はそれを、嚙み砕いて娘に話した。小町への反感は、かならず大波となって娘にはね返る。飛沫がかかる程度ならまだしも、小さな菓音はからだごと波に呑まれてしまうかもしれない――。

そんなリスクを子供に負わせるなど、ふつうの親ならまずしない。常軌を逸しているとそしられても反論できない。それでも小町はやろうとしている。大事な愛娘を危険にさらし、世間という津波に放り出そうとしている。

すべて承知の上で、それでも小町は菓音に言った。

「私の考えに、反対する人は必ずいるし、私を嫌いになる人も大勢いる。そうしたら、きっと菓音も、学校で意地悪されたりするかもしれない。菓音には、いくら謝っても謝りきれないけれど……」

「でも、お母さんは、そうしたいんでしょ？　『みんなのために何かをしたい』んだよね？」

気づくと、食べかけのプリンはそのままに、真っ直ぐな娘の目が小町を見ていた。

「ええ……そうよ。そうだけど……」

「やっぱり、お母さん、あのときと同じだね」

「あのときって？」

「お父さんと、おじいちゃんとおばあちゃんに、お母さんが言ってた。『みんなのために何かをしたい』って。一生懸命言ってた」

　ふいを突かれて、しばし呆然となった。祖父母と父親が出てきたということは、国会議員がらみではなく、ある意味トラウマとも言える、町議会議員選挙のことだろう。娘はまだ、六歳だったはずだ。

「菓音、覚えていたの……」

「うん、覚えてるよ。お母さん、カッコよかった！」

「カッコいい……？　まさか……」

「本当だよ。お母さん、すっごくカッコよかったよ。いっぱい反対されたのに、それでもあきらめなくて。磯名町のために、島のために働きたいんだって……それに」

「それに？」

「お母さんも芹沢のおじいちゃんも、間違ったことは言ってないのに、どうして許してもらえないのかって、言ってた」

　正直、あのころのことなど、小町自身は思い出したくもない。固く封印して、人目につかない簞笥(たんす)の片隅に押し込んでしまいたいところだ。菓音はそれを母の代わりに、きちんと埃を払って、大事に抱えていたのか。鼻の奥がつんとして、泣けそうになった。

「お母さんが正しいことを言っても、反対する人もいるって、知ってる」

「正しいは、人によってさまざまだからね」

「人によって、正しいが違うの？」

「そうだよ。大人になると、正しいはひとつじゃないの。色んな人が色んな考えをもっていて、正しいにも色んな形があるの」

変なの、とそこだけは子供らしく返したが、母親が思う以上に、菓音は世間の反感というものを、すでに体得しているのかもしれない。

父や祖父母ばかりでなく、小町の兄夫婦も近所の住人たちも、小町の立候補には苦い顔をしていたからだ。母親が島を離れた後も、否が応でもその名残りは、菓音の目や耳に届いていたはずだ。改めて娘が不憫に思えたが、菓音は不思議なほどに、その原因となった母親を憎んではいなかった。

「私ね、カッコいいお母さんが、大好きなんだ。誰に何を言われても、絶対にへこたれないで、正しいことは正しいって、ちゃんと言うでしょ？」

「まあね。それで喧嘩になっちゃったりもするけどね」

「菓音は喧嘩するの怖いから、あんまり言えないけど……言いたくても言わないことが多いけど……だからよけい、お母さんはカッコいいなって思うんだ」

「そっか……菓音はそんなふうに、思ってくれてたんだ」

うん！　と娘が満面の笑顔をくれる。これほど心強い後ろ盾は、どこにもない。どんな大物政治家よりも、貴重で有難い存在だった。だからこそ、小町は娘に言った。

「菓音、さっきも言ったけど、嫌なことや悲しいことがあったら、お母さんと半分こだよ」

「うん」

「もしかしたら、お母さんと半分こしても、やっぱり菓音が潰れちゃうほどに重いものかもしれないけど……」

思わず口にした事実に、心底ぞっとした。単なるたとえ話ではない。本当に娘の身に起こり得る、ある意味予測であったからだ。

無茶なことは、やめようか――。このまま大人しくしていれば、そのうち任期は終わる――。波風立てず無難に過ごせば、爪痕も残らない代わりに平穏無事な生活が待っている。

何よりも、娘のためだ――。

この言葉の誘惑に、逆らえない親などいない。

入道雲のようにムクムクと、迷いがわく。実を言えば、迷うのは茶飯事だ。外からは見えず、また小町もそう見られないよう装ってもいるのだが、本当のところは毎日迷いながら、難しい取捨選択を続けている。その拠所は、これまでに接してきた大勢の子供たちと、その親たちだ。どうすれば彼らの一助になるか――迷ったときは、その一点だけに集中して選択する。けれども、その天秤の反対側に、菓音が乗っているとしたら……。そんな恐ろしい選択は、小町には到底できない。

煮詰まった迷いが、頭の鍋から溢れそうになったとき、菓音がぱっと蓋を開けた。

「そのときは、お母さんと一緒に、また逃げればいいよね？」

「……え？」

「福岡から東京に来たときみたいにさ、ふたりで逃げちゃおうよ」

娘が歯を見せて、にん、と笑う。その笑顔は、意外なほどに逞しかった。

事に際して、逃げるのではなく立ち向かえ――。それが大義名分なのだろうが、必ずしも正しいとは限らない。戦う気力すらなくなっても、相手がいかに強大でも、立ち向かえと発破をかけるのは自殺行為だ。実際、追い詰められて、自ら命を絶ってしまう者もいる。彼らは総じて真面目なのだ。大義や名分に則った、険しい道をあえて行こうとする。それが道幅を狭め、出口を閉ざしてしまうことになる。

卑怯だろうが無責任だろうが、逃げるという選択肢をもつ者は、それだけしたたかで逞しい。娘の中に、そんな一面があったのかと、改めて目を見張る思いがした。

大きな安堵とともに、ふっと笑いがこみ上げる。

「今度は、どこへ逃げよっか？」

「うーんとね、福岡から東京まで来たから、今度は北海道かな？　あっ、海外もいいな。お母さん、ハワイに逃げようよ！」

「いいね、ハワイ！」

どんなに世間に叩かれようと、いざとなったら尻をまくって娘とふたりでハワイに逃げる。何ともお気楽な空想は、小町をこの上なく楽にしてくれた。

と、同時に、小町の腹を括らせた。

法案の作成には時間がかかる。紫野原が殿さまにたとえたとおり、与党は野党や世間の風当たりに負けないだけの法案に、野党はそれと肩を並べるだけの質実の伴った法案にしなければならない。

小町は翌日から、法案作りにとりかかった。初登院からひと月が過ぎた、十月半ばのことだった。

やがて年が明け、二〇一八年。国会議事堂では一月二十二日から通常国会が開かれた。毎年一回、一月に召集されるのが通常国会と規定されている。今回は、六月二十日までの百五十日間、ただし会期はしばしば延長される。

野党案では望み薄だと承知していても、目指す場所はやはり今国会の本審議だ。追い込まれるように作成に取り組み、日を追うにつれて苛烈なものとなる。

「もう！　何だってこんなに、わかりづらい日本語の羅列になるのよ」

「仕方ないでしょう！　法文書というものは、そういうものなんです。いい加減、慣れてください」

議員室から毎日響く、小町と高花田の舌鋒も激しくなる一方だ。

「このところ、もうが増えて、モーさん大人気ですね」

だね、と多部に向かって紫野原がにこにこする。

原案が仕上がったのは、国会の開催から二ヵ月後。平年より九日も早く、桜の開花が宣言されて二日目のことだった。

翌日、小町は、議員会館の三二三号室の扉を叩いた。

十二

「急にもかかわらず、お時間をとっていただいて感謝します」

議員室に通されると、まず礼を述べた。革のソファにゆったりと腰を降ろした議員は、いいえ、と短くこたえ、小町にコーヒーを勧めた。

民衛党でナンバー3の座にいる、久世幸子である。

五十九歳、仙台市の中心を占める、宮城県第一区から選出された。国会議員としては五期目を迎え、いまは民衛党の代表代行を務めている。民衛党では、最高顧問や常任顧問といった、いわゆる会社でいう会長や相談役にあたる名誉職もあるが、いわば社長のポストは代表である。代表代行は、代表を補佐する役目で、現在は三人いる。そのひとりが久世幸子で、次の代表として必ず名前が挙がる人物だ。

明るい印象の丸顔で、年齢相応のふくよかさと相まって、おっかさんといった風情だ。

この印象に、良くも悪くも騙される。

彼女の内面は、ひと言で言えば不撓不屈。非常に強靱で、たわむことのない精神と信念をもっている。しかしそれを、女性議員にはありがちな体でヒステリーぎみに叫ぶのではなく、あくまで冷静に論理立てて物事を説く。

そのギャップにこそ、久世の魅力と手ごわさがあり、小町もまた大いに認めていた。素人である小町が国会議員を目指すには、どうしても現職議員の後押しがいる。一方で、誰でもいいというわけではなく、自分とは相容れない考えの持ち主では、やはり難しい。

引き合わせてくれたのは千鶴子ママだが、思えば久世との出会いは幸運だった。

客商売をしているだけに、初対面の相手は、五秒で判断する癖がついている。どういう人物か、気を許せる相手か、自分とは合うか合わないか――。

久世と目が合った瞬間、決して油断のできる相手ではないと、即座に察した。年齢は関係ない。この人は、容赦なく人を切り捨てるような、薄情な面ももち合わせていると感じたからだ。

だからこそ、面白いとも思えた。薄情は裏を返せば、そのぶん感情にふりまわされることがないということだ。女性は特に、計算よりも感情が先走りがちで、政治に向かないと言われるのもそれ故だ。けれども久世は、理で動く人間であり、小町にとってはわかりやすく、ある意味つき合いやすい相手だと判断した。

国会議員に会ったのは、久世が初めてではない。いろはの活動を通して、何人もの議員と挨拶を交わしたことがある。誰もがにこやかに接してくれたが、正直なところ、大げさ過ぎる愛想の良さに、張りつけたような嘘くささを感じた。小町のことを、もしかしたら票を入れてくれるかもしれない、大事な有権者のひとりとは認識しているものの、ただそれだけだった。

しかし久世は、そういうわざとらしい愛想の良さとは無縁だった。いたってとっつきやすく見える自身の外見を、承知しているためもあるだろうが、たやすく騙されず、気を抜かなかった小町に対し、久世もまた興味をもってくれた――。小町には、そう感じられた。

最初の紹介では、千鶴子は議員の話などおくびにも出さず、夜間託児所を自ら経営し、ひとり親世帯の支援に取り組むＮＰＯの代表として、小町を引き合わせた。

「お顔はテレビで存じています。存在は派手なのに、語る内容は案外真面目だし何よりも芯がある。スパイスが利いているのも、一種のご愛敬ね」

メディアの中の小町のことも、的確に評した。

三十分にも満たない時間だったが、そのときの久世との会話は、非常に密度の濃いものだった。問題の抽出に留まらず、現行の子供政策や将来の展望にまで話はおよんだ。手応えのある相手だと見込んだからこそ、久世の側でも自分の主宰する政治塾に誘ってくれたのだろう。

「折り入って、ご相談したいことがあって参りました」

小町がそう切り出すと、きくわ、とだけこたえて話を促した。

大きな窓ガラスの向こうの空は、どんよりと曇っている。桜の開花が発表されたというのに、今日は冬に逆戻りしたように冷え込んで、明日は雪になるかもしれないとの予報だった。

今日、小町のために割いてくれた時間は、二十分だ。よけいな口は挟まず相槌だけに留め、いつものおっとりとした風情も崩さなかった。話が進むごとに青ざめていった高花田とは対照的だ。小町が話を終えて口を閉じると、久世はひと呼吸おいてから、はっきりと告げた。

「その案は、無理ね。民衛党のイメージダウンに繋がりかねない。党のお偉方はもとより、若手議員からでさえ反発を食らうわ」

「承知しています。ですが、だからこそです。それくらいしなければ、いまの民衛党にはカンフル剤とはなり得ません。このまま行けば遠からず、党そのものがなくなってしまうかもしれない。そのくらいの危機に直面している……そう、思いませんか?」

「代表代行に対して、ずいぶんと失礼な物言いね」

ちくりと釘を刺したが、久世はうっすらと笑みさえ浮かべている。民衛党の危うさは、久世自身が誰より肌身に感じているのだろう。

いかに野党第一党でも、決して安泰の立場とは言えない。かつて、保守と同等の力をもっていた党ですら、あれよあれよという間に凋落し、いまは見る影もない弱小政党になった例もある。そしていまの民衛党は、まさに断崖絶壁に立たされていた。

現内閣の支持率の高さに加え、野党第二党が着々と力をつけて、第一党の座を虎視眈々と狙っている。にもかかわらず、民衛党はここ数年、支持者の数を伸ばすことができずにいる。ただ保守政権への反対意見ばかりを声高に叫び、その内容も幼稚になる一方だ。政府の揚げ足取りに終始して、要となる審議はいっこうに進まない。保守が野党に下ったときも、やはり同じ構図ができていたのだが、世間もそんな時代を忘れかけている。なまじ一度政権を握っただけに、民衛党には政治能力はないとの評価がすでに下されており、何よりもそれが痛いところだ。

いまに満足していない者は、変化を望む。

この党が政権をとれば、社会が変わるかもしれない——。それは希望となり得るもので、民衛党の支持層は、本来はそういう人々だ。その期待がもてないとなれば、支持する張り合いも大きく減退する。

次の総選挙で、野党第一党からころがり落ちる懸念は、十二分にあった。

「党にとってマイナスとなるのは、バッシングではありません。関心すらもたれず、忘れ去られることです。若手議員が反感を覚えるなら、かならず世間からも反発を食らいます。むしろ、それを利用するんです」

「……もしや、炎上商法というわけ？」

「そのとおりです」と、小町はうなずいた。

いまやネット用語と化しているが、炎上は、マイナスの側面ばかりではない。注目を集めるという点では、もっとも即効性があり、タレントなどがわざわざ狙ってコメントすることも少なくない。人気商売もやはり、人目から消えてしまえば立ち行かない。良くも悪くも、噂となって人の口に多く語られることこそが、人気のバロメーターとなる。

「好きな芸能人のトップテンに入る人物は、かならずと言っていいほど、嫌いなランキングにも名前が挙がります。それと同じ理屈です」

「でも、私たちは政治家なのよ。たしかに人気は必要だけれど、総スカンの状態では、それこそ次の選挙にダメージを受けるわ」

「そのときは、私を切り捨てればいいんです」

久世が初めて、怪訝そうに眉をひそめた。こんな顔をするのはめずらしい。

「現役キャバ嬢が、ひとりで勝手に喚(わめ)き立てた。学のない水商売の女だからこそ、考えなしに口にしたと、世間にそう思わせれば済むことです」

――本気だろうか？　らしくない久世の表情には、疑念に近いものが透けている。

「久世先生なら、できるはずです。ご自分と党は泥を被ることをせず、私だけを切り離すという芸当が……下手に情を絡めて、新人議員と一緒に自身も足をすくわれる。そんな無様な体たらくには陥らないと」

久世についていこうと思った、いちばんの理由だと、小町は告げた。

「そんな人でなしに、私は見えるのかしら？」

「褒めているんです。私たちが求める理想に近づけるために、何がいちばん大事か、取捨選択ができる方だと」

「政治家には、必要な能力よ」

「向かう方向が同じでも、人にはそれぞれ役目があります。この危ない橋を渡ることができるのは、私より他にいないはずです。芹沢小町だからこそ、世間の顰蹙を買う突飛な発言も許される――所詮は現役キャバ嬢だ、浅はかな考えも仕方がないと」

「キャバクラ勤めは、いわばあなたの上っ面、隠れ蓑に過ぎないでしょ？　本当は、あなたほど政治家に向いている人はいない――タフで粘り強く、いい意味で恥知らず」

「それ、いい意味ですか？」

「イメージ戦略は大事だけれど、外野のヤジに一喜一憂しているようでは務まらないわ。図太さがないと、永田町ではやっていけない。だからこそ、政界に引き入れたのよ」

「褒め文句として、受けとっておきます」

ちょっと笑い、ふたたび口許を引き締めた。ここが正念場だ。目の前にいる党の顔役に認めさせせなければ、この計画そのものが頓挫する。

「お願いします、久世さん。やらせてください。少なくとも、民衛党の注目度は一気に上がる。たとえ反対が多くとも、賛成する者も一定数見込める。それは主に、若い女性層のはずです」

年配層はいまや、保守にがっちりと握られている。民衛党が次の選挙で議席を獲得するには、無党派層や若年層の支持が不可欠だ。保守支持層が反論し、その声が大きければ大きいほど、彼らは面白いと感じてくれるはずだ。

中でも小町は、ターゲットを女性に絞った。子供の産みづらさ、育てづらさを解消する一案を、原案の中に盛り込んだ。

「後始末さえ間違わなければ、必ず党のためになるはずです。それができるのは、久世さんしかいません」

「具体的に、どうしろと？」

「私がこれから起こす騒ぎの、後始末をつけてください。党への被害が、最小限で食い止められるように」

久世は、やはりいい顔をしない。

「ずいぶんと、勝手な言い草ね。自分がすべきことは放ったらかしで、面倒事だけをこちらに押しつけるつもり？」

何を意味しているのか、すぐにわかった。ポスター貼りやビラ配り、日々の街頭演説など、いわゆる民衛党員としての義務を怠っていることを指摘されたのだ。

「申し訳ありません。その点は、お詫びします」と、小町も素直に認めた。

「いまの申し出をきいて、やっと理由がわかったわ。あなたは二期目を望んでいない。最初から、今期きりのつもりで出馬した」

「そのとおりです」と、小町は初めて認めた。

遠田瑠美と菊島あさ子も、同じ疑念を抱いたはずだ。けれども近しい間柄だからこそ、彼女たちの前では明かせなかった。しかし政治家同士なら話は別だ。何よりも、この前提をここで明示しなければ、小町の計画は先に進まない。

「それは私たちへの、ひいては国民への背信行為よ。いまさら言わずもがなだけれど、あなたのための選挙資金は、国民の税金から拠出されているのよ。政治家として育てよう、長く政治に関わってもらいたいと思うからこそ、選挙に際して、お金や資材、人員を注ぎ込むのよ。一期だけでは、とても元はとれないわ」

「そうでしょうか？　久世さんだからこそ率直に申し上げますが、たとえ一期だけでも当選さえしてくれればそれでいい。そう見込んで立てた候補もいるはずです」

選挙はとにもかくにも、勝たなければ意味がない。ひとつでも多く議席を得なければ、その後の政治活動にさし障る。まさに、『多数派こそ正義』なのだ。タレント候補が乱立するのもそれ故で、ことに野党はその傾向が顕著に現れる。

「私もいわば、同じ立場にあった。職業ではなくともタレント議員の側面は否めませんし、何よりキャバ嬢という肩書は色物以外の何物でもありません。もちろん党の援助は感謝しています。ですが当選して、貴重な議席をひとつ獲得した時点で、貸し借りはチャラになったと私は考えています」

「ずいぶんと、傲岸不遜な考えね」

「お叱りはごもっとも。甘んじて受け入れます。ですが、私が国会議員になったのは、議席の確保が目的ではありません」

自分がここですべきことを、自分にしかできないことがしたいと、小町はくり返した。

「いまの日本では反感を買うでしょうが、決して間違った意見ではありません。五年先、十年先には、あたりまえになって然るべきです。誰かがここで声をあげないと、それが二十年、三十年先になるかもしれない。子供はそこまで、待ってくれません」

「急ぐべきだということは、わかっているわ。でも、わざわざその貧乏くじを、あなたが、民衛党が引くことはないと思うわ」

「じゃあ、伺いますが、私以外の誰が、それを引くんです？」

「自分を犠牲にすることは、ないと言っているのよ！」

「犠牲ではありません！　必要なことです。いまこのときも、困窮している子供がいて親がいる。助けたいという思いは、久世先生も同じはずです！」

思いがけず気色ばんだことに気づいたのか、久世が口を閉ざす。

ふたりが正面からにらみ合う。それまで届かなかった隣の事務室の、控えめな人声や物音が急に大きくなる。

大きく深呼吸してから、丸い肩がすとんと落ちた。

「わかったわ……あなたのその覚悟に免じて、検討してみるわ」

「ありがとうございます！」

「ただし、覚えておいて。私たちにできるのは、あなたが渡った危ない橋そのものを、落としてしまうことだけ。向こう岸に渡ったあなたのことは、一切かえりみない。いわば切り捨てることになるわ」

「ええ、構いません。自分の面倒は、自分で見ます。これまでも、これからも」

「たくましいわね」

久世の頬にようやく、いつもの穏やかな微笑が浮かんだ。

「ねえ、小町ちゃん。これだけは覚えておいて。私はあなたを惜しんでいるのよ。あなたはいい政治家になれる。せっかくの素質を、無駄にする手はない……考え直す気になったら、いつでも言ってちょうだい」

「久世さんにそこまで言ってもらえれば、本望です」

「本望というより、翻意してほしいところだけど、それはないようね」

あきらめたように、久世が小さなため息をつく。

「ご検討いただいた上で、良いお返事をお待ちします」

「おそらく、前半部分については、案外あっさりと通ると思うわ。保守の若手からも、まったく同じ意見が出ているそうだから」

「本当ですか？」

小町にとっては初耳だ。思わず、声が大きくなった。

しかし考えてみれば、不思議でも何でもない。小町が出した案も、決してひとりで思いついたわけではなく、子供の問題に携わる民間のあいだでは、ぜひとも実現すべきだとの意見は出ていたからだ。

「若手というと、どなたですか？」

「中心になっているのは、三十代の議員ふたりよ。どちらもいわゆる二世議員だけれど、実力はたしかね。ひとりは、舞浜繁（まいはましげき）議員。ご存じのとおり元首相の息子で、自雄党では、若手随一と噂される切れ者よ」

歳は若いが、国会議員としてはすでに三期目に入り、親子二代で首相の座に就くのではと、将来を嘱望されている人物だ。なるほどとうなずく一方で、少し意外に思えたのは、舞浜議員は環境から防衛まで、さまざまな分野に精力的にとり組む議員ではあるが、この方面の問題には、表立っては政治指針を示してこなかったからだ。

「どうやら、もうひとりの若手が焚きつけて、巻き込んだようね」

「もうひとりというのは？」

問いながら、小町の中にはある確信があった。

「あなたと仲良しの、小野塚遼子議員よ」

仲良しは、もちろん皮肉である。マスコミが煽ったためばかりでなく、実際に芹沢小町と小野塚遼子は犬猿の仲らしいとの噂は、議員会館でひそやかにささやかれていた。

「そうですか……舞浜さんと小野塚さんが」

沸々とみなぎってきたのは、それまで以上のやる気だった。保守側と政策が被ったからと言って、落胆するにはおよばない。むしろそれだけ、現実味が出てきたと解釈すべきだ。小町の内心を読みとるように、久世が声をあげた。

「そんな顔をするなんて、意外ね。小野塚議員とは、手を携える気はないと思っていたわ」

「もちろん、彼女と馴れ合うつもりはありません。むしろ徹底的に、やり合うつもりです」

「党は違えど、前半は同じ考えなんだから、共闘しても構わないんじゃない？」

「民衛党の顔役が、それを言いますか？」

まあね、と、久世も肩をすくめる。

「で、やり合うのはいいけれど、具体的にはどうするつもり？」

「まずはメディアに向けて、大きな花火を一発打ち上げます。打ってつけの番組があって、前々から出演を打診されていたんです」

その方面に詳しい議員や専門家などを呼んで、ひとつの問題について討論しようという番組なのだが、まったく正反対の意見をもつふたりを招き、戦わせることが、その番組の狙いであった。当選した当初から、番組のプロデューサーから出演依頼を受けていたのだが、これまでは時間がとれないという理由で先延ばしにしてきた。あくまで断りではなく日延べという名目を通したのも、いつかこんな日が来ることを予期してのことだ。

「夜十時台と、多少遅い時間帯で、視聴率も一桁台ですが、大手テレビ局の番組ですし、出演して損はありません」

「その番組なら、私も知っているわ。民衛党(うち)からも何人か出演したし……でも、正反対の論者というと、相手は……」

「もちろん、小野塚議員です。正直、舞浜議員では相手として不足ですから」

「言うわね、あなたも。だけど小野塚議員が、承知してくれるとは限らないし」

「まずはテレビ局側から申し込んでもらって、駄目なら、私から直接頼んでみます」

厚顔ぶりに脱帽するように、久世はため息とともに、丸みを帯びたからだを背もたれに預けた。

久世には強気の発言を通したが、おそらく小野塚遼子は断ることはあるまいと、小町には目算があった。遼子が舞浜らとともに検討を重ね、また小町自身も思いついた案は、いまの時代では目新しいと言える方策だ。たとえその案をお披露目しても、世間からはまず、とまどいの反応と、これ以上国民から搾取するつもりかと反論されるのが落ちだった。

この法案の重要性と必要性を、自らアピールする場として、テレビというメディアはまさに打ってつけだ。みすみす逃す真似はしまいと、小町は踏んでいた。

とはいえ、万事に慎重なのが小野塚遼子の身上だ。

数日後、テレビ局から小野塚事務所に出演の依頼があったが、遼子は最初固辞した。

「たしかに、子供の貧困と少子化対策ということなら、私の政策趣旨に重なるけれど……私の一存では決めかねますし、むしろ舞浜議員の方が適任では?」

「それが、今回はぜひとも、遼子議員にお願いしたいと先方が」

依頼内容を伝える第一秘書の常村が、めずらしくそこで口ごもる。

「私でなければいけない理由が、何かあるの？」

「はい……先ほどお話ししたとおり、反対意見の相手と討論を戦わせるのが骨子の番組なのですが……その相手というのが、民衛党の芹沢小町議員でして」

その名をきいたとたん、遼子の眉尻がぴりりと上がった。

「芹沢議員ですって？」

「遼子議員を指名したのは、彼女だそうです。もちろん、前回の選挙で注目を集めたおふたりですので、番組側でも端からそのつもりでいたそうですが、意外にも芹沢議員の方も、ぜひ遼子議員と意見を戦わせたいと大乗り気だそうで……」

芹沢小町が局側に出した出演の条件が、小野塚議員とのいわば共演だと告げられて、ますます遼子の顔が険しさを増す。

「正直、私個人としては、やはり出演は辞退された方がよいかとも……」

「いいえ、出ます！　これで辞退したら、逃げたとか政策に自信がないとか、あの女に吹聴されかねない。それだけは我慢ならないわ」

やっぱりか、と言いたげに、常村が片手で額を覆う。こうなることが目に見えていたからこそ、芹沢小町の名は出したくなかったのだが、黙っているわけにもいかない。

かくして、四月六日の収録日、ふたりの女性議員はテレビ局のスタジオに顔をそろえた。

十三

「今週もはじまりました、『対決・解決　マジメバトル』。巷の問題・課題・お悩みを、ふたりの専門家にとことん論じていただきます」

　番組司会者が歯切れよく開始する。司会はヤリ手と評判のフリーの男性アナウンサーで、アシスタントは、コメントの的確さでニュースキャスターまでこなす女性タレント。

　番組名にあるとおり、マジメな討論を売りにしていることに加え、後半になるにつれて出演者の歯に衣着せぬ応酬が過熱して、ほぼ喧嘩腰の言い争いになるのは恒例で、若い局アナでは対処できない事態となるために、進行役は入念に人選されたようだ。

　もっとも番組側の狙いもそこにあり、メインゲストには必ず、意見が対立する、あるいは立場が逆になるふたりが据えられる。官と民、男と女、正社員とフリーター――そして与党と野党。ただし民放だけに、中には資産家とホームレス、コンビを解消した漫才師など、視聴率狙いと思える回もあり、決してマジメなだけの討論番組ではない。また解決と銘打っているわりには、意見がまとまることなく時間切れとなるのがほとんどだった。

　それでもあつかう問題そのものは、雇用や年金といった政治や経済が関わる、いわゆる旬の時事ネタが多く、民放の情報番組としては真面目な部類に入るだろう。

「いいですねえ。日頃は地味なスタジオが、ぱっと明るくなりました。今日のゲストはこちらのおふたり、自雄党の小野塚遼子議員と、民衛党の芹沢小町議員です！」

拍手とともに、二台のカメラがメインゲストのふたりをズームアップする。放送の際には、左右にふたりの顔を並べて、あいだに派手な書体で『対決！』の文字が映し出される。この番組の恒例だった。

「どうです、この艶やかさ！　百合と桜の競演といった華やかな趣きですねえ。いつもはこのスタジオ、おっさんばかりですからねえ」

一般公開はしておらず観客はいないものの、司会者の軽妙なしゃべりに、スタジオセットをとり囲むスタッフから、大げさ過ぎるほどの笑いが返る。女性議員よりさらに磨き上げに余念のない女性タレントが、本当ですね、ともっともらしく相槌を打った。

「党派こそ違いますが、ともに先の総選挙で、ひときわ注目を浴びた新人議員。しかもお二方とも美人！　ですからね」

「そこがあまりしつこいと、セクハラになりますよ」

視聴者への弁解代わりか、アシスタントが台本通りに突っ込む。出演者同士の討論には、ほぼ制約はないものの、番組の序盤や進行には、かなり綿密なシナリオが作られていた。

「そうは言ってもねえ、男性陣としてはやっぱり、気合の入り具合が違いますよ。ねえ、沖田さん？」

「そりゃ、そうですよ。こちらに顔を向けると、何かいい匂いがするしさあ」

「やめてくださいよ、沖田さん。それこそセクハラですからね！」

アシスタントに苦言を呈され、だいぶ腹の出た恰幅の良い男が、ガハハと笑う。小野塚遼子のとなりに座るのは、テレビで頻繁に見かける政治評論家だった。

メインゲストのふたりには、それぞれオブザーバーがつけられる。経済アナリストや国際ジャーナリストなど肩書はさまざまだが、概ねが新聞社の部長職や元官僚といった顔ぶれで、沖田という政治評論家も、この番組ではお馴染みだった。

小町の横にいるのは、元厚労省の官僚で、こちらもメディアに広く出演している。テレビ慣れしていない識者では、座の盛り上がりに欠ける。やはり民放だけに、この枠はいわばにぎやかしの意味もあるのだろう。

また、その日の議題によって専門家も招かれる。

今日の議題は、『待ったなし！　子供の貧困』。

『少子化対策』ではなく、よりインパクトが強いとして、このタイトルが掲げられた。

専門家として招かれたのは、子供の学習支援活動もしている大学教授と、二十四時間託児所としては大手にあたるＮＰＯ団体の代表だった。どちらも男性であり、圧倒的に女性が多いこの分野では、ある意味新鮮な顔ぶれだった。大学教授が遼子側、ＮＰＯ代表が小町側についた。

真ん中に進行役のふたりが座り、左右にゆるい弧を描いた机のセットが配置されている。向かって左側が小野塚陣営で、右側が芹沢陣営。MCに近い側から順に、メインゲスト、オブザーバー、専門家と並んでいた。

司会者がそれぞれを紹介し、名前が呼ばれると、小町と遼子はカメラに向かって頭を下げた。出演の経験が豊富なだけに、小町はこの手のスタジオには慣れている。一方の遼子も議員になってから数度、ニュース番組などに招かれてはいたが、天敵を前にしているためか、今日は少し緊張気味のようだ。小町はあえて赤のスーツで挑み、いかにも上品な、おそらく視聴者の好感度を重視したクリーム色のスーツ姿の遼子とは、見事なまでに対を成していた。

いきなり討論がはじまるわけではなく、まず現状や問題点について、三分ほどにまとめられたビデオが流される。

昔と違って、貧困は表からは非常に見えづらい。百均ショップや量販衣料品店のおかげもあって、服装や持ち物だけは体裁をとり繕うことができるからだ。子供にせめて恥ずかしくない格好をと望むのは、親としての切実な願いであり、実際、貧困があからさまになればたちまちいじめの対象となり得る。

その一方で、おろそかにされがちなのが食事だった。家族四人の食費が一日三〇〇円という家庭や、育ち盛りにもかかわらず食事は一日一食、つまりは給食だけで過ごしている子供などが紹介された。番組側が大げさな事例ばかりをとり上げていると思いがちだが、同様の境遇の子供たちが少なからず存在することは、小町も遼子もよくわかっている。

『こども食堂』が、近年数多く開設されたのが、その証しだった。

いまから五、六年前、東京都大田区で有機野菜をあつかう小さな青果店の女性主人がはじめたのが、こども食堂の発祥と言われる。親が病気などで生活の苦しい子供がいて、昼の給食以外は、夕食にバナナ一本、あるいは菓子パン一個だけで過ごす。それがひとりやふたりではないと、小学校の教師からきかされたことがきっかけだった。

自分にできることはないか、子供の食は、地域で何とかすべきではないか――。そんな思いや焦燥が、こども食堂の発想に繋がったのだ。

週に一度、メニューは一種類だけ。それでもご飯と味噌汁に、三品から四品のおかずがついた定食が、子供には一〇〇円で提供される。商売柄、新鮮な野菜を使ったおかずが多く、栄養面や食育についても、よく考えられている。大人料金は五〇〇円だが、元などとれるはずもなく、ボランティア以外の何物でもない。

この食堂の存在意義は、単にお腹を満たすということに留まらない。

ひとり親ならむろんのこと、両親がいても共働きの家庭は多い。親は仕事で帰らず、ひとりで食事をとる『孤食』は、子供のあいだにも非常に多い。

食事は、楽しいものだ。誰かと気兼ねなく会話しながら、美味しいものをお腹いっぱい食べる。そんなあたりまえの楽しさすら、知らない子供が大勢いる。それがいまの日本の現状だった。

だからこそ、ほんの数年のあいだに、同様の活動を旨とすることも食堂は、全国で数百ヵ所に増えたのだ。それでも決して十分ではない。そのどれもがボランティアであり、週に一度、月に二、三度開くのが精一杯だ。

民間での草の根運動には、限界がある。これを政治の場まで押し上げて、できるだけ多くの国民の関心事とし、税金を用いた福祉対策にまで発展させるのが、いわば国会議員の役目であった。

「何とも切ないというか、辛い現実ですねえ。満足に食べられないというのは、昭和の戦中戦後の代名詞のはずでしたが、戦後七十年以上も経ってからきかされるとは思いもしませんでした」

「本当に……涙が出そうになりました。今日のタイトルどおり、まさに待ったなしの状況ですよね」

ビデオが終わると、司会者がいかにも深刻そうな表情を浮かべ、アシスタントも深く同意する。

「さて、この状況を、政府はどう受け止めているのか。そして現状を打開するためには、どのような対策・政策を立てるべきなのか。今日はその辺りについて、存分に意見を戦わせていただきたいと思います」

「では、まず小野塚議員からお願いします」

司会者の前振りに続いて、アシスタントが遼子に発言を促す。

「はい、やはりいまの映像にもありましたとおり、非常に深刻な状況です。いまは六人にひとりの割合ですが、ここで手を打たなければ数年のうちにさらに状況が悪化して、五人にひとりにもなりかねません。また、もっとも楽観視できない要点として、この状況が、決して対岸の火事ではないということが挙げられます」

「と、言いますと？」

「どの子供にも、ひいてはどの親子、どの家庭にも起こり得る、ということです」

なるほど、といかにも感心したふうに司会のふたりがうなずく。

「不安定な雇用形態、つまりはパートやアルバイト、契約社員や派遣社員をさしますが、その割合は依然として高いままですし、いまは正社員ですら決して安穏とはできません。一家の稼ぎ頭が、いきなり仕事を失うという事態もめずらしくはないんです」

「ここ数年の政府の金融政策が功を奏して、失業率は減少傾向にあるけど、賃金の上昇は思うような結果に繋がってないしねえ。長い不況を経験した企業が、儲けを抱え込んじまってるんだ、会社の保険としてね。だから従業員の給料は安いままなんだよ」

遼子のとなりから、政治評論家の沖田が解説する。遼子が、そのとおりですね、と行儀よく相槌を打ち、先を続けた。

「もうひとつ、貧困に陥る大きな要因に挙げられるのは離婚です。いまや三組に一組、夫婦の三分の一が離婚していますから、ごくあたりまえとも言えますが……」

離婚率とは、一年間に離婚したカップル数を、同じ年に結婚した数で割ったものである。もっと緻密なデータがあれば、離婚率はもっと少なくなるはずだと、遼子は注釈をつけ加えた。

「それでも、いまや離婚は決してめずらしくないことは、周知の事実です。そして仮に共働きの夫婦の場合、単純に考えて収入が半分に——いいえ、半分ならまだ良い方で、たいていは半分以下に大きく下がります」

　この点については、今度は遼子の側に座る大学教授が補足を入れた。

「離婚した夫婦のうち、親権をもつのは母親が圧倒的に多いですからね。八割以上は母親が子供を引きとり養育します。大方の世帯では稼ぎ頭はお父さんですから、母子世帯になったとたん収入が大きく目減りする上に、特にお子さんが小さい場合は、フルタイムで仕事をすることが非常に難しい。たとえ保育園や託児所に預けても、しょっちゅう熱を出したりする。そのたびに仕事を休まなくてはなりませんから、上司の評価は下がるし同僚の目も厳しい。自ずとより待遇の低いパートやアルバイトに移らざるを得ないんですよ」

「こう言っては語弊があるかもしれませんが、失業も離婚も、現代では本当に誰にでも起こり得る、起こっても何の不思議もないことです。もはやあたりまえと言っても過言ではありません。それが直ちに子供の貧困に繋がるということが、この問題のもっとも懸念すべき点だと思います」

「芹沢議員は、その辺りはいかがですか？」

「小野塚議員の、仰るとおりだと思います」

司会者に向かって、にこりと微笑む。バトルとは程遠い反応に、司会者はやや拍子抜けした表情になる。いくつか質問を重ねたが、小町はほぼ遼子と同じ意見を短く述べただけに留まった。

どういうつもりだろう？　訝るように遼子は向かい側の赤いスーツを見詰めていたが、反論らしい意見は一切出てこない。もっとも貧困問題の原因については、すでにわかりきっていることだから、異論を唱えるのも的外れだ。それでも芹沢小町のことだから、政府の対応がまずいとか、何らかの批判を受けるものと身構えていた。

しかしそれは杞憂に終わり、話は具体的な対策に移った。

専門家たる大学教授とＮＰＯ代表により、現行の対応策と付随する問題などがいくつか列挙された。

昨今叫ばれているとおり、圧倒的に保育園が足りない。特に都市部では、不足が顕著だった。子供の預け先が確保できなければ働きに出ることもできず、ひとり親世帯では死活問題となり子供の貧困に直結しかねない。女性の社会進出を謳いながら、フォローアップがお粗末過ぎると言わざるを得ないと、大学教授は、この点ばかりは政府の対策遅れを指摘した。

保育園を増やすには、保育士の待遇改善が不可欠だとしたのは、ＮＰＯ代表である。給与アップはもちろんだが、残業手当もないまま長時間労働があたりまえになっている。

保育園不足は、深刻な保育士不足も影響している。認可・認証という形で関わっている以上、保育士の待遇改善策を、政府や行政がもっと積極的に打ち出していくべきだと主張した。

また、小町のとなりに座る元官僚の経済アナリストは、現在、高校までが対象とされる学費援助を、大学まで延長すべきだと発言した。

二〇一〇年から、それまで中学までだった就学支援が高校に引き上げられた。二〇一四年に「高等学校等就学支援金」と名称が変わり、一部内容も改正された。従来は公立私立を問わず全世帯に対して、高校生ひとりにつき月額九九〇〇円が支給されていたが、二〇一四年からは、所得によって、支給される世帯が限られるようになった。モデル世帯に当てはめると、概ね年収が九一〇万円未満となり、両親が共働きの場合は、夫婦の所得を合算した金額で、親以外、祖父母等が養育している場合は、その保護者の収入から計算される。

特に収入が低い世帯については三段階に分けられて、さらに一・五倍、二倍、二・五倍の加算支給を受けることができる。

本来なら公立私立を問わず、すべての子供の学費を免除するのが理想であり、実際そういう国もあるのだが、いまの政府予算ではとても賄えない。世帯収入による支給差は仕方がないとしながらも、せめて大学卒業まで延長させるべきだと経済アナリストが述べて、遼子側にいる大学教授も賛成した。

せっかく受験を乗り越えて受かった大学を、経済的な理由から退学せざるを得ない学生があまりにも多いという。しかもその教授の勤める国立大での話だ。学校を去ってゆかざるを得ない学生を目にするたびに、切なくてならないと教授は声を落とした。昔ほどは学歴至上社会ではないと言われているが、実際には、やはり高卒と大卒の差は存在する。賃金の差よりもむしろ、一流企業は高卒にはあまりに狭き門だ。学歴は、人生の間口を広げる意味で、高いに越したことはない。

学費支援については、小町も続いて発言した。

「現在の学費支援は、あくまで日本国民が対象で、外国人就労者の子供たちは就学義務の対象にすらなりません。つまり、小学校・中学校といった義務教育すら保障されてはいないのです。すでに外国人就労者は二百万人を超えていて、政府はさらに受け入れ枠を増やそうとしている。なのにその家族の生活については、何の支援もない。あまりに不公平だと言わざるを得ません」

「私も、芹沢議員の仰ることはもっともだと思います」

さっきの借りを返したいとでもいうように、遼子が賛意を示した。

「たとえ外国籍であっても、十年・二十年と暮らせば、日本語を話し日本文化にも馴染みます。そうなれば、彼らは立派な日本人です。子供ならなおのこと、きちんとした教育を受けることで、将来はこの国の担い手ともなり得るはずです。政府内でも、速やかに検討すべき事案です」

これらの対応策については、いずれも早急に対処すべきだとの意見は一致したものの、主に予算と、また諸般の事情により、すんなりと運ばないこともこの場の誰もが承知していた。それでも官民の双方が、ときには反発しあい、ときに手を携えながら、一歩一歩地道に進めていくよりほかはない。傍から見れば、牛歩どころか亀より遅いだろうが、すべてが一瞬で解決する魔法は、この世に存在しない。人の価値観は、あまりに千差万別だからだ。

小町や遼子がどんなに懸命に説いても、意見を異にする人々は必ず、しかも大勢いる。日本人ですら生活が覚束ないのに、外国人の子供たちまでとても面倒は見きれない。日本人の税金を、何故外国人のために使うのかと、反論を唱える者は必ずいる。同じ子供であり、人種や国籍に関係なく、子供は平等に機会を与えられるべき存在だとの考えは、むしろ少数派と言えるのかもしれない。

続いて経済アナリストが口にした、賃金格差の是正もまた、おいそれと解決できない問題だ。雇用における正規と非正規の賃金格差は、男女の所得格差にもほぼ比例する。母子世帯が圧倒的に多いひとり親家庭では、母親の低い所得がそのまま子供の貧困に直結する。いくら政府が是正を呼びかけたところで、経営者が企業の利益を優先させる市場原理主義のもとでは、単なる掛け声に過ぎない。昔、紫野原が語ったとおりだ。

「子供の貧困を止める、画期的な打開策というものは、ないもんでしょうかね？　どうでしょうか、小野塚さん」

大方の意見が出尽くしたところで、司会者が遼子に話をふった。

ここまでは、大筋で台本からは外れていない。ここから先は、メインゲスト同士の討論となるが、制作側の台本はこの部分はほぼ白紙である。何がとび出してくるかわからない舌戦こそが、この番組の売りだからだ。とはいえ録画であるから、本当にマズい発言は編集でカットすればいいだけなのだが、放送禁止用語に触れない限りは、むしろ意図的に手を加えないのが、制作側の主義だった。

編集次第とはいえ、時間的にはすでに半ばを過ぎている。そろそろバトルが勃発してくれないと、番組としても不本意だ。司会者の物言いには、その辺りの期待感が見え隠れしていた。

「実は、自雄党の一部の議員のあいだから、ひとつの具体案がもち上がっておりまして」

「一部というと、主に若手の議員さんですか?」

総勢二十人ほどの集まりだが、五十代や六十代、あるいは四期以上の当選回数の者もいて、必ずしも若手とは言い切れないが、中心メンバーの多くは、党内では若手の部類に入ると、遼子は言い添えた。

「で、具体案というのは?」

「『子ども年金』の創設です」

誰にとっても初耳だったらしく、司会のふたりもオブザーバーと専門家の四人も、一様に戸惑った表情を見せる。ただ、小町だけは別だった。かすかな笑いに似たものを瞳に浮かべる。

「年金、というと……いわゆるお年寄りの、というかリタイアした方のための老齢年金しか浮かびませんが」

「『子ども年金』はあくまで仮称ですが、そう言いあらわすのが、もっともわかりやすいかと思います。老齢年金と形態は同じもの、つまりシニア世代の生活を保障するように、子供の生活を保障するための基金です」

「それは、非常に画期的な、良案ですね！」

即座に賛意を表明したのは、ＮＰＯの代表だった。

「実はそれに近い案は、すでに仲間内でも俎上にあがっていました。仲間というのは、子供やその親を支援する、私たちのようなＮＰＯの代表やスタッフですが」

「だけどシニアとジュニアじゃ、決定的に違うだろう。だいたい年金というのは、若いうちから積み立てをして、引退後に受けとる仕組みだよ。子供のうちじゃ、積み立てのしようがないじゃない」

遼子のとなりから、沖田が声をあげる。オブザーバーとはいえ、必ずしも自身の側にいる者を擁護するわけではない。ことに後半は、彼らも持論を好きにぶつけてきて、それがいっそう論戦に拍車をかけることになる。

「たしかに、年金の建前は積み立てですが、周知のとおり少子高齢化に伴って、積み立て分だけでは賄えない状況です。いま現在、受給されている方々の年金を実際に支えているのは現役世代です」

「にしてもさあ、原則二十五年だよ？　二十五年以上支払い続けて、ようやくまともな額を手にできる。四十年間納付した満額受給者でさえ、国民年金なら年間七七万九三〇〇円。これは今年の、二〇一八年の額だけどさ。夫婦ふたり分を合わせてもかつかつだよ」

自身も六十歳を超えている政治評論家は、我がことのようにぼやいたが、すかさず司会者が横やりを入れた。

「でも、沖田さんは新聞社勤めでしょ？　だったら厚生年金がもらえるじゃない。ええっとたしか、夫婦ふたり世帯で、月額約二十二万でしたっけ？」

「それは四十年勤続した場合の額だから。中途退職した僕は、そんなにもらえないよ」

あくまで軽口の域で、ふたりがやりとりする。それが終わると、遼子は子ども年金について、本格的に説きはじめた。

「老齢年金の給付額に大きく関わってくるのが、寿命と出生率です。もちろん寿命については、元気で長生きすることを誰もが望んでいるはずです。後は出生率を引き上げて、年金を支える世代を増やす以外に方法がありません」

決して真正面ではないものの、遼子の視線は自ずと、向かい側に座る小町に向く。最初はできるだけ目が合わないよう避けていたのだが、強烈なスーツの赤に引きつけられでもするように、いまや遼子はしっかりと小町に向かって持論を説いていた。

「理想的な出生率は、二・〇と言われていますが、現在は一・四五。理想にはほど遠い数字です。せめて二〇二五年までに一・八を達成したいと、過去に首相は述べられましたが、単なる目標ではなく、実行可能な数値とするためには何をすれば良いか？　それを私たち若手のあいだで議論し突き詰めて、結果としてできあがったものが子ども年金です」

と、ここで司会者たちの後ろのパネル画面が、ぱっと切り替わった。それまで今日の題目が躍っていたところに、箇条書きの項目が並ぶ。子ども年金の骨子であった。

一．日本年金機構と同様に、独立した機関であるが、国や自治体とは情報の共有化をはかる。

二．現存する子供関連の手当を全て包括させ、受給口座の申請以外は、受給者側の手続きは不要とする。

三．同時に、関係省庁も同機関で集約させ、受給者への一本化した窓口とする。

四．受給額については、住民票と、地方税の納税額から算出される所得にて決定する。

五．財源については、現行の児童関連手当と同様、公費より拠出し、また『子ども支援金制度』を新たに設けて、財源の確実性を計る。

司会者が五項目を読み上げたが、最後の五の部分でスタジオ内がざわついた。

「新たな制度って何よ？　財源てことは、どんな名目にせよ、つまりは税金てことだろ？　勝手に増やされちゃ、納税者はたまったもんじゃないよ」

「まあまあ、沖田さん。これから小野塚議員に詳しく語っていただきますから。質問はその後で」

司会者がひとまずなだめ、政治評論家は口をつぐんだものの、腕を組み憤慨を鼻息にして漏らす。決してパフォーマンスではなさそうだ。司会者に促され、遼子がうなずいた。

「まず、この年金を創設する主旨は、言わずもがなですが、子どもと子育ての支援にあります。現在もさまざまな手当があるものの、数が多い上に申請書類が煩雑で、ことにひとり親家庭を対象とした児童扶養手当は、個々の家庭内事情によって支給額が非常に細かく計算されます」

家庭内の一切を暴露するに等しく、たとえ伏せる理由のない家庭であっても、何もこまでと躊躇（ちゅうちょ）するような内容だ。離婚をはじめとする何らかの事情を抱える親たちには、それだけで負担が大きい。ましてや過去に小町が会った、藪原弥里や田村香澄のように病気や貧困に喘いでいれば、苦しい家庭事情を申請することなどあり得ない。切実に手当を必要とする世帯への、支給を阻む一因となっている。

取りこぼしを防ぐためには、子供の出生届と連動させた、自動的に把握できるシステムが必要となる。子供に特化して、でき得る限り情報を集約させて現状を追いかけ、また逆にその情報を自治体に送り、児童相談所などとも連携をはかる。

ただし、これでも万全ではない。引っ越しても住民票の届けをせず、納税していない親たちも存在するからだ。弥里や香澄のように、闇の中に深く潜ってしまう。それでも、面倒な手続きなしで月々の手当が受けとれると広く周知されれば、そのうちの何割かは支援が叶うだろう。

遼子は要領よくこれらを語り、項目の一から三については、スタジオ内の者たちにも概ねが理解できたようだ。

「つまり子ども年金機構は——仮にそう呼びますが——子供に関する手当支給の効率化および簡便化とともに、ひとりひとりの子供の情報を把握するというもうひとつの大義があります。昨今、問題視されている児童虐待の迅速な発見にも、繋がり得る機関とすべきだと考えています」

いいですか、と手を上げたのは、遼子の側に座る大学教授だった。

「ある意味、支給の効率化と虐待の発見は、相反するのではないかとも……虐待はただでさえ、表には出てこない。申請の簡便化によって内情が見えづらくなれば、いっそう発見に遅れが出る懸念もあるのでは？」

「たしかに、その側面は否めません」

と、遼子は意外なほどにはっきりと応じた。すでに相談に加わった議員の間からも、同様の意見が出されていたという。

「ですが、その欠点をカバーしうる利点が、ふたつあります。ひとつは、支給を確実にすることで貧困が緩和され、保護者の金銭的なフラストレーションを幾分でも取り除けることです」

もちろん虐待の理由はさまざまで、暴行を与える当人に自覚がないことすら少なくない。金銭的な問題による暴力はむしろごく一部で、それですら手当の支給が、直ちに虐待防止に繋がるわけではない。それでも、家計の心配が減少すれば、保護者も精神的に楽になる。間接的に、虐待の防止になると遼子は説いた。

「もうひとつの利点は、情報の集約化です。皆さまもご記憶でしょうが、つい先月にも痛ましい事件が起こりました」と、遼子が沈痛な面持ちになる。

移転前の警察や児童相談所は、虐待の事実を摑んでいたが逮捕には至らなかった。子供への虐待は、立証が難しい。このような親が、他県に引っ越す例は往々にある。警察や児相の、追及の目を逃れるためだ。先月、幼い子供が亡くなった事件は、この問題を顕在化した。

「児童相談所の運営は各自治体に任されており、世帯の移転に伴って、せっかく把握した子供の情報が途切れてしまう、あるいは移転先で活用されないという事態が起こり得ます。情報を一元管理して、確実に移転先の児相や警察に伝え、かつ経過を見守る。いわば児相を管轄する機関が必要であり、子ども年金機構はその役割を果たすべきだと考えています」

遼子の力説に、小町の隣にいる経済アナリストから質問が挟まれた。

「ですが、そこまで踏み込むには、それなりの人手もかかる。到底、財源が足りませんよね？　項目の五に該当することでもありますが」

「ああ、財源についてね。それはたしかに拝聴したいな。『子ども支援金制度』だっけ？　それって平たく言えば、新税のことだろう？」

質問が先行し、遼子は四を後にまわして、項目五の仔細を説く。

「ええ、沖田さんの仰るとおりです。私たちの案では、三十歳以上のすべての納税者から、月額三千円前後を、子ども支援金として徴取したいと考えています」

最初に項目を読み上げたときと同様に、スタジオ内がざわつき出す。

「モデルは、介護保険ですか？」と、経済アナリストに問われ、遼子がうなずいた。

介護保険は、四十歳以上に支払義務があり、二〇〇〇年から施行された。高齢化を鑑みて、年金制度だけでは間に合わないと踏んだのだろう。介護サービスに限定するとの名目で、ろくに周知もされないまま法律化された。そう感じる者も多い。

「ちなみに、三十歳以上とは、年金受給者も含まれていますか？」

「はい。ただし、年金を含めた所得が、一定の水準以上の方に限られますが。これも介護保険の規定に、ある程度則って進めるつもりです」

介護保険料は、所得によって十七もの段階が設けられている。六十五歳以上、すなわち年金受給者にも介護保険の支払義務があるのだが、現役世代よりも金額は幾分抑えられていた。

「そりゃあないよ。介護保険は、いわば自分たちのためだから支払いにも応じるけどさ。それじゃあ、なに？　引退したおじいちゃんおばあちゃんに、子育てを支援しろってこと？　自分の孫ならいくらでも支援するけどさあ、他所の子供までは面倒みきれないなあ」

質問者は経済アナリストだが、沖田がいちいち茶々を入れる。番組の盛り上がりを考慮しての、にぎやかしのつもりもあるのだろう。

「おまけに、三十歳未満は払わないって、どういうことよ？」

十代、二十代の若年層は、所得の低さがひときわ顕著だ。非正規雇用が圧倒的に多く、たとえ三千円でも毎月の出費は負担になる。一方で三十歳以上は、介護保険と同様に、子供手当の受給資格者からも、均等に徴収される。そのように遼子は述べたが、相変わらずぐずぐずと沖田からは不平がこぼされ、大学教授や経済アナリストも、反対というよりは実現が難しいと慎重な意見が出される。

唯一、味方に立ってくれたのは、小町側にいるNPOの代表だった。

「介護保険に倣うのは、理に適っていると思います。自分の力だけでは暮らしが成り立たないという条件は、お年寄りも子供も同じですから」

苦虫を嚙み潰したような沖田に向かい、熱心に説く。

「この国の老齢年金は、よくできています。世界的に見ても、もっとも手厚いと言える。一方で、子供にかけるお金はあまりに少ない。子供もお年寄りと同格の、守るべき者として捉えるべきです。社会全体がお年寄りを支えるように、社会が子供を育てる。その意識を持たないと、先はありません」

　仮にいま、六十五歳としても、平均寿命に達するまでおよそ二十年。つまりはいまの子供たちに暮らしを支えてもらうことになる。四、五十代の現役世代ならなおさらだ。

「昨今は何かと、老後の不安ばかりが取り上げられますが、不安であればなおさら、子供に投資すべきです。『子供は未来』とよく言われますが、真実です。未来の社会の礎なのですから。ある意味、どんな保険よりも手堅い投資です」

　ＮＰＯ代表の熱弁に気圧されたのか、さすがの沖田も不承不承ながら引き下がる。

　ありがとうございます、と遼子は代表に礼を述べ、残っていた項目の四、受給額について説明した。

　すでに一律に支給月額が決まっている児童手当や児童育成手当は、もちろんそのまま受給できる。問題は先刻から話題にしてきたひとり親世帯のための扶養手当で、これまでの計算方式を撤廃して、保護者の年収を五段階に分けて相応の金額を支給する。受給者と支給側、双方の手間を省くためだ。

「それはどうかと思うなあ」

　いったん口を閉ざした沖田が、再度横やりを入れる。

「家庭の事情を一切無視して単純に収入だけで支給額を決めると、こう言っちゃなんだけど、必ずずるをする輩が現れる。受給者ばかりでなく納税者たる国民だって黙っちゃいないでしょう。ほら、生活保護の支給でも、ちょくちょく揉めるでしょ」

生活保護の審査は非常に厳しく、たとえ受給に至っても、その後の生活が厳しく制限される。この国には未だに、福祉を施しと捉える者があまりにも多い。施しは恥であり、弱者の象徴でもある。受給者の暮らしぶりに、いちいち目くじらを立てるのがその証しだ。

長い人生の中には、誰にだって山や谷がある。谷に落ち込んでいるときに福祉の恩恵を受けて、また山を目指すための足掛かりにする。その間の保護が本来の目的のはずが、周囲の冷たい視線と当人の引け目が相まってか、なかなか這い上がれない。強烈な偏見が、生活保護の目的を歪めてしまっている。

『生活保護？　冗談じゃないわ！　周りにバレたら、子供がいじめられるんだよ』

氷水を被ったときの、田村香澄の言葉がよみがえり、思わず小町の口を開かせた。

「多少のずるには、このさい目をつむるしかないと思います。児童手当の最終受給者は、子供なのですから」

「おっと、これは芹沢議員。本来は対立すべき反対陣営から、擁護の意見が出ました」

司会者が驚きの表情を向け、全員の目が赤いスーツに集中する。何をやらかすつもりかと、遼子は疑り深い視線を注ぐ。

「ひとりでも多く、子供を貧困から救い上げる。手当の目的はそこに尽きるはずです。現行では笊の目が詰まり過ぎていて、笊そのものが深いところまで沈まない。笊の目を広げて、深い場所に沈んだ子供たちをより多く救い上げることができれば、それでいい。そう考えるべきなのでは？」

「仰る意味はわかりますが、沖田さんの懸念にも一理あると思いますよ」

反論を唱えたのは、沖田のとなりに座る大学教授だ。

「いわゆる手当を受給するための、詐欺まがいの行為が横行する危険もあります。究極の手口としては、偽装離婚です。現行では養育費の支払いが、扶養手当の金額に加味されますが、いわばそれを撤廃するということですよね？　役所で離婚手続きをして見かけの収入を減らし、手当を不正に受給することも可能になるということでは？」

「それを防ぐ、良い手段があります」

自信たっぷりに、小町が微笑む。遼子には、そんな手段など思いつかない。怪訝な眼差しで正面にいる小町をながめた。

「ですが、それは後ほど。いまは小野塚議員の持ち時間ですから」

大人しく主導権を渡すところが、かえって不気味に思える。疑いが晴れないまま、遼子は後を引きとった。

「偽装離婚などの懸念は、たしかに存在します。けれども、たとえ偽装でも、離婚のリスクはついて回ります。不正受給が発覚すれば、手当の停止もあり得ますし、子供のためを思うなら、危ない橋は渡らない。ほとんどの親御さんは、その常識をおもちでしょう」

不正受給を企む者は、どんなに法の目を細かくしても必ず抜け穴を見つけるものだ。不正が多少増えようと、やはり救える子供の数を増やすのが先決だと、遼子は訴えた。

「私からも、ひとつよろしいですか？　項目の三についてなので、話が前後しますが」

小町のとなりにいる経済アナリストから、質問が入る。

「関係省庁を集約させるとありますが、厚労省と文科省、総務省あたりですよね？　省庁はある意味、可能だと思いますが……省庁同士の折り合いさえつけば、ですが」

元厚労省の官僚であっただけに、そう前置きする。

「ただ、省庁以上に面倒なのが、地方自治体だと思います。都道府県や市区町村ですね。地域によっては、手当を増やしたり保育園を増設したり、子育てのしやすさをアピールする自治体もありますから。それをいわば国が取り上げてしまうのは、当然、反発が起きるのでは？」

これには遼子が答えるより早く、またも小町から反論が上がる。

「もともと、地域によって受けられるサービスが違うという方が、おかしいと思います。大人なら住まいをえらぶこともできますが、子供にはその選択権がありません。せめて、できるだけ公平なサービスを受けさせる。地域差をあえてとり払う方向に、行政を改善して然るべきです」

「それじゃあ、理想論だよ。自治体には自治体の事情ってもんがあるしさあ。子ども年金は、老齢年金をモデルにしてるんだろ？　やっぱり自治体の働きや、まめなケアがなければ成り立たない。蚊帳の外に押し出すやり方は、市区町村側も納得しないよ」

沖田は相変わらずのぼやき口調ながら、ある意味もっとも現実的な点を突いている。しかしそんなものは、たちまち小町に一蹴される。

「自治体の事情より、国の方針が優先されるのは、毎度のことだと思いますが。児童手当然り、マイナンバーの導入然り。そのたびに事務処理にわたわたさせられるのは自治体です。少なくとも、子育てに関わる事務処理の半分でも負担をせずに済むのなら、文句よりむしろ賛同してくれる数の方が、圧倒的に多いと思います」

きっぱりとした淀みのなさと、理路整然とした強気の発言。そして何よりも、確固たる自信に裏打ちされたその表情。

いったいこの自信はどこから来るのか——？　この場にいる誰もが、同じ眼差しで小町をながめた。迷いのなさは頼もしく映り、揺らがない信念は人を引きつける。

ひとりの人間の考えなど、所詮は高が知れている。だからこそ周囲の意見をきいて、より多くの情報を集め、分析し対処するのが本来の民主主義のはずなのだが、多くの意見が集まれば、雑音もそれだけ大きくなる。

雑音とはつまり、自分自身の考えとは異なる意見だ。

一般の人々なら、ちょうどヘッドホンでさえぎるように無視すればいいのだろうが、それをしてはならないのが政治家だ。逆に絶えずアンテナを張り、どんな雑音も、つまりは苦情や地域の問題をとりこぼさない対策が必要となる。特に自身の選挙区ならなおさらで、たとえ遠方であろうと、ほぼ毎週のように議員が地元に帰るのもそのためだ。さすがにすべての雑音を拾うことは不可能なのだが、努力していますよ、とアピールすることが大事なのだ。

一方で雑音を拾えば拾うほど、困った問題が生じる。人の利害とは、おしなべて一致しないものだからだ。片方が儲ければ、もう片方は損をする。大型ショッピングセンターができれば、昔ながらの商店街が寂れるのと同じ理屈である。

この場合、与党ならまずショッピングセンター誘致を、そして野党なら商店街の側に肩入れする。いわば政治家の住み分けである。与野党の対立構図は、市民の利害関係をわかりやすくシミュレーションしたものとも言えるのだ。

ただし実際は、二者対立で済むような単純な問題ではなく、多くの意見が複雑に絡み合い団子になっていて、解くことすらままならないこともある。商店街を残そうとの思惑は一致していても、生活密着型を貫くのか、あえてショッピングセンターにはない商品で差別化を図るのか、あるいは観光客を呼び込める個性的な商店街を目指すのか、八百屋と食堂と花屋ではやりようが異なるからだ。

政治家は、その調整役も担っている。三十軒の商店、すべてを満足させるのは無理でも、各々の商店の状況を勘案し、互いに痛み分けという形で落着させる——それが『政治』というものだ。仮に、三十人の商店主の話を何年もかかってじっくりときいてあげる者と、多少強引にでも数ヵ月でひとつの方向に絞る者がいたとする。人として好感がもてるのは前者だろうが、政治家として評価されるのは後者の方だ。リサーチに何年もかけていては、対応が遅すぎて商店街自体が立ち行かなくなる。

そしてごく稀に、その方向性が非常にはっきりしている政治家がいる。

誰にでもよく見えるわかりやすい線を引き、周囲の雑音などものともせずに、その道を邁進する。彼にはその道の先にあるものしか見えておらず、引かれた線は決してぶれることがない。そのくっきりとした鮮やかさに、人は魅せられる。その先にある景色をともに見てみたいと、彼を追って走り出す――。

言うまでもなく、ここにはひとつの落とし穴がある。未来は、誰も予知できない。道の先にある景色は、彼自身ですらも本当はわかっていないのだ。

ひとりの考えには限界がある。雑音をすべてとっ払って目指す道は、当然、ひどく極端な方向に偏ることになる。世界大戦中のナチスが良い例だ。それでも大衆は、結果をより早く提示できる迷いなき指導者を、心のどこかで求めている。中東でテロ組織が気勢を挙げるのも、欧米の指導者に極右思想をもつ者が台頭してきたのも、同じ理屈である。

もちろん芹沢小町は、国の指導者になり得るような大物ではない。けれどもキャバ嬢議員、タレント枠と揶揄されながらも、人口五十万人を擁する東京十五区で見事当選を果たしたのは、単なる色物というだけでなく、このぶれのない断固とした姿勢が世情の期待感を煽ったためだと、先輩議員の久世は評価した。

発言をするときの小町には、いっそうその傾向がはっきりと現れる。人によっては傲慢に映るだろうが、一種のオーラと捉える者もいる。ちょうど菓音が、「恰好いい」と評したように——。

「ええっと、では……芹沢さんも子ども年金には全面的に賛成ということでしょうか？」

逸れた話を本筋に戻そうと、司会者が小町に改めてたずねた。

「そう解釈いただいて構いません。二番煎じのようで恐縮ですが、子ども年金とほぼ同じ構想は、民衛党のあいだでも一部の議員から出ておりました」

一部の議員とは、小町を含めた三、四人に過ぎず、茶飲み話のついでにあれこれ語り合うというレベルである。遼子たちのように組織立った動きには遠くおよばないものの、とりあえず嘘ではない。

何よりも、子ども年金の構想は、小町が議員になるより前から何年も温めてきたものだ。

自信たっぷりな態度には、その思いが裏打ちされていた。

決して小町ひとりの独断ではなく、子供の問題に関わる多くの者たちのあいだには、この場にいるNPO代表のように同じ理想をもつ人が大勢いる。

待ったなしの子供の貧困は、そのまま不安定な未来社会を暗示している。従来のような対症療法に等しい付焼刃の対策ではなく、強力なカンフル剤が必要なのだ。

ここで議案を改めて整理するように、経済アナリストが遼子に向かってきいた。

「先ほど財源について伺いましたが、今日の議題にある子供の貧困を解消するためには、新税にあたる子ども支援金だけではとても足りない。足りない財源は、どこから調達するのですか？」

いかにも経済アナリストらしい疑問に、遼子が深くうなずいて、その内訳を説いた。

「財源の柱としては、三つの案があり、その全てを併用できるのがベストと考えています。ひとつめは、次回の消費税増税です」

二〇一九年十月から消費税が一〇％に引き上げられる。この増収分のうち、五千億円は社会保障の充実に充て、その六割にあたる三千億円を待機児童解消などの子育て支援に充てると首相は発表した。

待機児童解消もまた、子供の貧困問題に大きく関わっている。安心して子供を預けられる場所が確保できれば、保護者はより安定した就労先を見つけやすくなる。間接的にだが、子供の貧困解消に繋がり、また三千億円のうち一部でもまわしてもらえれば、収入が不安定な子育て世帯を直接支援することもできる。

「私たちは首相をはじめとする政府に対し、要望書を提出する準備を進めています。遅くとも、今年の五月末までにはまとめるつもりです。また、もうひとつの財源としては国債があります。いわゆる『子ども国債』を発行して、それを基金設立の財源とする方法です」

子ども国債もまた、識者のあいだではかねがね囁かれていた。

「国債」は概ね、国家が発行する債券を意味し、企業や個人がこれを購入し、その収入が国の財源となる。言ってみれば、国が民間に借金をするのと同じことで、借りたお金はいつか返さなければならない。

それでも深刻な赤字財政を補塡するために、いわゆる「赤字国債」は頻繁に発行される。赤字国債は、一九七五年、オイルショック後にはじまり、バブル崩壊に伴い一九九八年から無制限に発行されるようになった。そこから右肩上がりに増え続け、一昨年、二〇一六年末の見込み残高で、国債残高は八四五兆円。地方債務を合わせると一千兆円を越す。一千兆円を単純に人口で割ると、ひとりあたり八一〇万円となる。

これを返すのは、国ではなく国民である。もっと正確に言えば、将来税金を支払う国民、すなわち子供たちということだ。過日、高花田に向かって、小町が国債に反対した理由だった。

とはいえ、早急な財源確保のためには、何よりの早道であることも否めない。

特別な費用のための国債もすでに存在し、建設国債や災害復興国債などが挙げられる。子ども国債もまた、同じものに位置づけられよう。

そして三つ目の財源が、さっき物議をかもした子ども支援金となる。

「介護保険は五千円くらいだから、合わせて八千円か。やっぱキツいかなあ」

「老齢年金と違って、子供のいない人は実質的には恩恵に与れない。独身者はただでさえ、さまざまな控除が受けられず、税金面では損をしていますからねえ」

政治評論家が蒸し返し、大学教授までも渋い顔をする。先ほどＮＰＯ代表が熱弁した、「社会全体で子供を育む」にはほど遠く、日本はまだまだ土壌すら整っていないというのが実情だった。

「ひとつ、よろしいですか？」

この場では年長にあたるふたりのため息を、小町が打ち消す。片手を上げて、司会者に発言の許可を得る。

「子供をもたない世帯や個人が、いわば増税を渋る気持ちはよくわかります。ですから、あえて四本目の柱となる財源を提示したいのですが」

「ほう、それは興味がありますね。財源とは、どのような？」

司会者ばかりでなく、アシスタントやゲストの面々も一様に興味を示し、小町の発言を待った。

「先ほどのお話にもありましたが、貧困のひとつの原因として離婚が挙げられます。ですが、おかしいと思いませんか？　生物学的には、子供には必ず両親がいるはずです。なのに離婚という戸籍上の手続きだけで、いきなり保護者の片方を失うことになる。子供にとっては理不尽以外の何物でもありません」

「子供の立場からすれば可哀そうだけどさ、離婚は大人の事情なわけだから、ある意味仕方ないでしょう」と、沖田が口を尖らせる。

「たしかに、離婚は仕方ありません、私自身もバツイチのシングルマザーですし。ですが、親権をもつ側が、経済面も養育面も全責任を負うというのは、納得しかねます」

「芹沢さんが言いたいのは、もしかして養育費の話ですか？」

問いを投げた経済アナリストに向かって、小町が大きくうなずいた。

「離婚したカップルのうち、養育費についての合意がついた夫婦は六割に留まります。しかも、継続的に支払いを続ける割合は、わずか二割。八割の親たちが、養育費の支払いを放棄しています。これは子供の親として、あまりに無責任だと思いませんか？」

小町の意図が、遼子にもぼんやりと見えてきた。けれども、まさかという疑念が勝り、半ばおそるおそる口を開いた。

「養育費については、政府も憂慮しています。養育費の合意率を、今後は七割にとの目標も……」

「七割では、まったくお話になりません！　しかも合意率をいくら上げたところで、肝心の支払率が上がらないことには、絵に描いた餅に過ぎません」

小町のまとう気配が、がらりと変わった。向かい側にいる遼子が、思わずどきりとする。

議員会館のエレベーターホールで、初めて挨拶したときと同じ感覚だった。肉食獣に似た好戦的な雰囲気が、真っ赤なスーツ越しに伝わってくるようだ。

「養育費の支払率を、八割に引き上げる。それがいわば、四本目の柱です」

出演者だけでなく、スタジオセットを囲むスタッフさえも、一様にポカンとした顔をした。驚きというよりも、まず呆れている。

「……八割とは、また大きく出ましたね、芹沢議員」

辛うじて沈黙を破った司会者を、小町がちらりと睨む。

「決して誇大な数字でもなければ、実現不可能な夢物語でもありません。ごくあたりまえの、大人が、親が、果たすべき責任です。本来なら十割と言いたいところを、これでも譲歩したつもりです」

離婚の原因には、経済面も大きな理由となり得る。配偶者の浪費癖やギャンブル依存、借金、あるいはリストラや非正規雇用で収入が覚束ない場合もあるだろう。貧困率から考えても、二割は支払い能力がないとするのは妥当な線だ。そのかわり、残る八割からは何をおいても養育費は支払ってもらうと、小町はそう言い切った。

「しかし、いくら払えと言ったところで、当人にその気がなければ如何ともしがたい。離婚して親権をもつのは、たしか八割以上は母親でしたよね」

と、政治評論家がとなりの大学教授に確認する。

「つまり養育費を支払う側の八割は、父親ということになる。親権がとれない場合、子供に会えないお父さんも多い。なのに金だけ搾取されるのは、納得がいかないいんじゃないかな」

「沖田さんが仰っているのは、父親を守るために、子供を犠牲にしろということですか？」

「いや、そんなことは言ってないだろう！」

それまで物慣れたふうに余裕を見せていた政治評論家が、初めて気色ばんだ。

「搾取ではなく、親としての当然の義務だと申し上げたはずです。大人の納得など、この際関係ありません。養育費の未払いは、明らかな責任逃れです！」

毅然と突っぱねられて、沖田が面白くなさそうに顔をしかめる。

「ですが、芹沢議員。八割というのは、やはり高い数値です。どのような方法で支払率を上げるのか、何か方策がおありですか？」

たずねたのは、経済アナリストだ。他の四人も同じ疑問をもっていたようで、うなずきながら回答を待つ。小町の形の良い唇が、はっきりと笑みを刻んだ。

「もちろん、税金として、国税庁に納めていただきます。それを子ども年金機構にいったんプールして、子育て世帯の経済状況を鑑みて、適宜ふり分けます」

えっ！　といくつかの驚きの声がスタジオ内に響き、セットの外からはざわめきが返る。

「それってつまり、必ずしも養育費が、自分の子供に行くわけじゃないってこと？」

「そうなりますね」

「さすがにそれは無理が……そもそも養育費というのは、家裁の離婚調停などで話し合って金額を決めるものですし」

「家裁では、親権をもつ権利者と、養育費を払う義務者の収入をグラフにした算定表が使われますが、そのような面倒も一切なくなります。あくまで離婚して親権をもたない側、つまりは支払い義務者の収入額のみを参考に、累進課税方式で計算します」

「離婚したお父さんは、否応なく一定額を支払わされるということですよね？　金額としては、だいたいどのくらい？」

「養育費の相場からすると、年収五〇〇万円の方なら、月々五万円といったところでしょうか」

「五万円！　毎月そんなに支払っていたら、再婚すらできない」

「自分の子供の困窮を放ったらかして、さっさと再婚する方が、よほど浅はかだと思いますが」

「ひとつ大事なことを忘れています。戸籍法と税金の徴収は、平たく言えばまったく別の窓口にあたる。仮に戸籍の上で離婚しても、年末調整の提出書類で申告しない限り、税務署側では把握するのは難しい。もちろん嘘の申告は罪になりますが、養育費という税金逃れのために、この手の犯罪が多発する懸念も否めません」

「何のためのマイナンバー導入ですか。いちばんの目的は、税金逃れを減らすためですよね？」

「マイナンバーの本来の目的は、行政の効率化や国民の利便性にあって……」

「それはあくまで、政府の建前ですよね？　現に導入してわずか二年ほどですが、会社員はもちろん自営業やフリーランスでも、取引先や顧客企業に対してマイナンバーを通告する必要がある。これほど迅速に浸透させたのですから、使わない手はありません」

「子供には会えず養育費だけとられるのは、親権のない親にあまりに酷ではありませんか？」

「養育費を支払う側にも、親としての責任があり、また子供には親と会う権利がありす。養育費義務を果たしている親には、子供と会える機会を保障します。たとえ離婚はしても、共に養育するのですから、当然の報酬だと考えます」

「しかし親権者の側が、拒否したらどうします？　離婚した相手とは、二度と会いたくない、子供にも会わせたくないとする親も多いはずです」

「そこは堪えてもらうしかありません。生活の安定と、月に一、二度の我慢と、どちらをとるか？　子供のことを考えれば、自ずと答えは出ます。もちろん、離婚の原因がDVや虐待、生活破綻などであれば接見はさせません」

「とはいえ、精神的な虐待の場合は、周囲にはわかりづらいものですし、その辺りの判断はどうするのですか？」

出演者のみならず司会者やアシスタントからも、反論めいた疑問が次々と浴びせられるが、小町は鮮やかに切り返し、少しも怯まない。

遼子だけは、一言も口を挟まず、じっと芹沢小町に視線を据えた。

この違和感は、何だろう――？　何かがおかしい、何か大事なことを見落としている

――そんな落ち着かなさに襲われていた。

小町の言い分は明らかに無茶であり、単に養育費の徴収だけでは済まない、さまざまな問題を内包している。そんなことにすら、考えが及ばないのだろうか？　芹沢小町とは、そこまで短絡的な考えの持ち主だろうか？

敵意を覚えたからこそ、遼子は絶えず小町を意識していた。あの不愉快な挨拶以来、ろくに言葉すら交わしてはいないが、国会や委員会、議員会館の食堂などで見かけるたびに、さりげなく芹沢小町という人間を観察してきた。

所詮は考えの浅いキャバ嬢に過ぎないと、切って捨てることができればどんなに楽だろうか……。けれども芹沢小町にはそうさせない何かがあると、遼子は敏感に嗅ぎとっていた。

「私は本案を『養育費義務法案』として、国会に提出したいと考えています」

憎たらしいほど自信満々に、小町は宣言した。

しかしこの法案には、決定的な弱点がある。その脆弱性に、気づいていないのだろうか？

訝る気持ちは消えないものの、最前からしきりに司会者がこちらに目配せを送る。この番組の趣旨は、メインゲストのバトルにある。たしかに議論は白熱しているものの、肝心の遼子が無言のままでは恰好がつかないと、暗に促しているのだ。

気乗りはしないものの、やはり自分も発言するしかなかろうと、遼子は口を開いた。

「その法案には、肝心なことが抜けています」

「ほおお、いったい何ですか、小野塚議員？」

司会者が、待ってましたとばかりにすかさず応じた。

「離婚における複雑な事情が、まったく勘案されておりません。ただでさえ離婚は、とかく揉めるものです。たとえば性格の不一致で離婚したいと片方が望んでも、養育費の支払いを逃れるために、離婚を承知しないという例も出てくるはずです」

離婚したくともできない、相手が応じてくれないとなると、精神的に追い詰められて、もっと悪い方向に転がる危険も大きい。不仲の両親のあいだで板挟みになる子供にまで、悪影響が出かねない。

「結婚も離婚も、当人同士の自由意思を尊重すべきもので、その自由度を下げるのは、親権をもつ側にとっても不幸です。養育費を支払う側ばかりでなく、受けとる側からも、反対意見が続出するはずです。経済力のない親にとって、離婚はあまりにリスクが高い。それは誰もがわかっています。それでもあえて離婚を選択する陰には、金銭面よりもっと大事な理由があるからです」

おそらくそれは、個人の尊厳に関わることだ。人として、生活の安定よりも重視されるべき部分だ。それを奪うような法案には、到底賛成しかねると遼子は告げた。

「もうひとつ、大きな問題があります。現在の日本では、養育費義務者となるのは、圧倒的に父親が、男性が多いはずです。離婚後も金銭面で縛られるとなれば、子供を作ることや、結婚そのものを躊躇なさる方も少なからずいるはずです。特に収入が安定しない若い世代なら、なおさらです。これ以上、婚姻率が下がれば、少子化を促進することになりかねない。たとえ子供の貧困が解消されたとしても、本末転倒と言えるのではありませんか？」

「小野塚議員こそ、肝心のことがわかっていないようですね」

遼子の鋭い指摘にも、不敵な表情は少しも変わらない。その目に笑いに似たものが浮かび、再びさっきと同じ違和感に襲われた。小町が先を続ける。

「子供を産むことができるのは、産む選択ができるのは、女性だけなんですよ」

「それはもちろん承知しています。……ですが、それが何か？」

「子ども年金の受給者は、何も離婚した世帯に限りませんよね？　たとえば、結婚をせずに子供を産んだ、シングルマザーの場合はどうですか？」

「親の事情がどうあれ、子供の生活状況が悪ければ、当然、受給の対象になります」

「だったら、別に結婚しなくとも、子供を産みやすくなりますよね？　実際、伴侶は要らないけれど子供は欲しい、そう考える女性は大勢います。彼女たちが躊躇なく子供を産んでくれれば、出生率二・〇も、夢ではありません」

先刻以上に仰天し、思わず遼子から、らしくない高い声が出た。

「シングルマザーを援助するのと、無闇に増やすのとでは、まったく意味合いが違います！」

「小野塚議員、それはひとり親世帯に対する、差別発言ととられかねませんよ」

「決してそんなつもりはありません。ただ、家庭の価値というものを、わかっていただきたいんです」

「自雄党が掲げる、『健全な家庭』ですか？　その形態からこぼれ落ちると、行政の恩恵に与れなくなる。あまりに狭いその価値観こそが、少子化の原因でもあると私は考えます」

「それでも日本は昔から、家や家族を、親や祖父母を大切にする国民性があります。ただでさえ結婚できない男性が大勢いらっしゃるのに、非婚に繋がるシステムを導入しては、それこそ嫁の来手がなくなってしまいます」

「その家制度こそが、すでに現代にはそぐわないのです。自分の親の面倒も見なければならないのに、とても夫の親の面倒までは見きれない。嫁が来ないのも、それが理由ではないでしょうか」

口調は研ぎ澄まされていても、内容はほとんど屁理屈だ。なのに返す言葉が見当たらない。正論対屁理屈では、こちらの分が悪い。正論とは形で言えば丸いもので、どこにも引っかかりがない。対して毒舌や屁理屈は棘だらけで、好悪は別として聴衆の心に深く刺さるからだ。ひとたび唇を引き結び、遼子は別の方向から攻めてみた。

「両親がいてこそ、子供の精神も安定します。片方の親がわからないというのは、子供にとっては辛いことですし」

「でも、それがあたりまえになれば、クラスの中に同様の友達が何人もいれば、さほど気にならないと思いますよ。子供が悩むのは、大人の価値観を押しつけるからです。周囲の大人が、シングルマザーに偏見をもたなければ、子供もあたりまえに受けとめます」

「ですが、いくら何でも父親の存在を軽視し過ぎています。子供の教育やしつけには、父親も大きく携わっているのですから」

「たしかにそれは理想ですが、日本の実情はどうでしょうか？　もちろん育メンも良きパパも昨今は増えていますが、正直、家事と育児に無関心と不参加を貫く父親は、それ以上に大勢います。家庭において、何の役目も果たしていない父親や夫は、粗大ゴミ扱いされるのも仕方がないでしょう。国を通して養育費を得られるのなら、最初から独身でいる方が、離婚の面倒も要りません」

どんなに遼子が正論を浴びせても、小町は決して屈しない。まるで固い壁を相手に、ひとりでボールを投げてでもいるようだ。疲れ以上に、虚(むな)しさと焦りばかりが募ってくる。

ふたりの舌戦は十分ほども続いたが、両者の意見は平行線を辿り、一センチたりとも近づくことがない。すでに収録時間はだいぶ押している。編集で調整するにせよ、潮時だとディレクターは判断したようだ。素早く司会者に合図した。

「えー、議論もたけなわではありますが、そろそろお開きの時間となりました。この辺で、まとめに入りましょうか……とは言っても、毎度のことながらまとめようがないのが、この番組の常ですが……小野塚議員、いかがでしたか？」

司会者の言葉で、遼子が常の冷静さをとり戻す。

「子ども年金に賛同いただいたことだけは収穫ですが、大きく意見が食い違ってしまいました。養育費の義務化には、やはり私は断固反対の立場をとります」

「なるほど、信念は曲げないというわけですね。おそらく同じお気持ちとは思いますが、芹沢議員、いかがですか？」

「この論争には、決着がついておりません。私としては、小野塚議員との延長戦を希望します」

「それはすごい！　執念を感じますねえ。延長戦と言いますと、また当番組においでいただけるということですか？」

「いいえ、この続きは、国会の厚生労働委員会で行いますので、皆さまも、ぜひご視聴ください。厚労委員会は、インターネットで動画配信されますから。三時間とか六時間とか少々長いのですが、発言時間が決められていますから、小野塚議員とのバトルだけなら、さほどの尺にはならないと思います」

いったい何を言い出すのか？　政治を、委員会を、大衆の娯楽に貶(おと)しめるつもりなのか？

カメラの前で睨みつけないようにするのが精一杯で、遼子は何も返せなかった。

代わりに司会者が嬉々として、大げさなまでにその場を煽る。

「少子化について、美人若手議員が、国会の委員会議場でバトルを繰り広げるというわけですね！　初登院で話題になった、『永田町小町バトル』が本格的に始まるということですね」

当人同士のあいだでは、すでに戦いは始まっていたのだが、収録日の二週間後、番組が放映されると、ふたりのバトルは世間に明確に認知された。

ただ小町には、もっと大事な関心事があった。

四月九日——収録の三日後に、菓音は中学校に入学した。

十四

「幼児の保育を含む教育無償化法案」、要は「子ども年金法案」が、与党から議員立法として提出されたのは、収録からひと月が過ぎた五月の連休明けだった。

「長かったですねえ。小野塚議員が法案作成にとりかかると、多部さんを通してきいたのを覚えてますか？　あれから半年以上経ちますからね」

高花田が、歳に似合わぬ年寄りくさいため息をつき、紫野原がいつもの温厚な笑みを返す。

「それでも議員立法にしては、十分に早い方だよ。小野塚、舞浜両議員をはじめ、若手が頑張ったみたいだね」

「というより、結構前から水面下で準備していたみたいですよ。多部さん情報ですけど」

「エリちゃんはああ見えて、議員秘書に向いているのかもしれないね。相手に警戒心を起こさせることなく、ふわっと懐に入ることができるでしょ」

「要はコミュ力ってことですよね？　その点ばかりは、僕は全然およばないなあ」

「新之助くんだって、一年生秘書にしては十分だよ。真面目でさわやか系だから、嫌味がないんだね」

「僕の場合は、自力で勝ち得ているわけでは、ないような気もするんですけど……」

と、ちらと高花田が机の向こうを見遣る。目尻を下げてお茶をすする紫野原は、好々爺といった風情で、まさに人畜無害を絵に描いたようだ。

ただ、最近少し、気になることがある。小町が初当選し、高花田が政策秘書になって八ヵ月。決して表立っては見えないものの、この第二秘書の影響力に、高花田も気づきはじめていた。

「ここ最近、妙に増えたんですよね。僕みたいな新米に、面識のない古参秘書が、わざわざ向こうから声をかけてくるんです。野党なら、まだ納得もできますけど、むしろ与党の方が多いくらいで……これって、おかしいですよね？」

「おかしいとは、一概に言えないと思うけど。いつ頃からだい？」

「先月の……たぶん、最初にバトルが勃発した、あのテレビ討論が放送された頃からです」

「だったら、あの番組の影響だよ。あれはなかなかの、かっ飛びぶりだったからね。どんな人が秘書を務めているのか、単なる興味本位だと思うよ」

「そのわりには、相手の態度に納得がいかなくて。妙に親し気だったり、逆に変に気を遣われたり……単純な興味とは、違うものを感じるんです」

彼らの背後に、ちらつく影がある。小町ではなく、好々爺然とした第二秘書だ。

「もしかして紫野原さん……何かしてませんか？」

何よりも確かめたかったことを、ぶつけてみた。いつも穏やかな水面に向かって、精一杯の直球を投げたつもりだが、紫野原の表情にはさざ波ひとつ立たない。

「もう、新之助くんたら、テレビドラマの見過ぎだよ」

いつもの口癖で一蹴された。

「それより、こっちの法案の詰めは済んだのかい？」

巧みに話題をすり替えられて、高花田は疑わしそうな眼差しを向けながらも、口では素早く応じた。

「散々すったもんだはしましたが、ほぼ小町さんのゴリ押しというか、粘り勝ちですね。もっとも当の小町さんは、不満たらたらですけどね」

「彼女が求めていたのは、『養育費義務法案』だからね。それがほんの添え物程度に縮小されて、上っ面は向こうさんの子ども年金法と変わらない。法案名は、違うんだよね？」

「はい、『幼児の保育無償化および国立大学学費無償化を目指す支援法案』、略して『こども支援法』です」

「長いけど、より具体的だね」と、紫野原が苦笑する。「残るは、党内での意見調整か」

「それがいちばんのハードルで。いま、小町さんが久世さんに掛け合っています」

小町の目指す養育費義務法案は、いまの日本ではあまりに過激で、賛同者を得るのは難しい。一方で、与党が提示した子ども年金は、むしろ野党向きの法案と言える。あくまで子ども年金に対抗するための野党法案として、こども支援法を提示する、との小町の考えは、案外容易(たやす)く受け入れられた。

もちろん、その中に養育費義務化を盛り込むよう、小町は訴えた。

しかし久世幸子をはじめとする党の顔役たちは、難色を示した。

「だから、前にも言ったでしょ。法案にそこまで明記するのは無理だって。あなたもしつこいわね」

たびたび議員室に押しかけられて、久世幸子が不愉快をあからさまにする。日頃は民衛党代表代行として、落ち着き払った所作を崩さない久世が、めずらしく気色ばむ。

「でも久世さんは、一度は私の案を承知してくれました」

「承知したわけじゃない、検討すると言ったのよ。これでもね、党の顔役たちには内々に打診してみたのよ。いずれの議員からもけんもほろろ、というか相手にもされなかったわ」

「ですが、与党との差別化を図らなければ、野党の存在意義はありません。決して面子云々ではなく、従来にない新しい価値観を提示し続けるのが、私たちの役目です。与党が先んじて手掛けた子ども年金の尻馬に乗る形では、さらに評判を落とすのは目に見えています」

「差別化は、法案の内容で図ればいいでしょう……どのみち出したところで、ろくな審議すらされないでしょうし」

　思わず口にした自虐は、はね返って久世自身に刺さったのかもしれない。ふっくらとした頰に筋が浮かぶほど、奥歯を嚙みしめた。

「まったく、続きは厚労委で行うなんて、あなたがあんな大風呂敷を広げるから……法案も出してないのに、委員会で審議されるわけがないじゃないの」

「たしかに、こけおどしもありますが……法案はここにあります。党が許可してくれさえすれば、すぐにでも委員会にかけられます」

「ああ言えばこう言う。本当に口が減らないわね」

「政治家ですから」

平然とこたえると、丸っこい肩を上下させ、大きなため息をついた。

議員立法が成立するまでの道程は、果てしなく険しい。以前、高花田や柴野原が、多部恵理歩にレクチャーしていた通りだ。

衆議院で予算を伴う法案を提出するためには、まず五十名の賛同者を集めなければならない。これはどうにか、党派を超えて説得に回ることで確保できた。子ども年金法は野党にこそ親和性が高く、同様の法案をこども支援法としてまとめるのは、ある意味、与党よりもよほど容易い。逆に自雄党内では大いに調整に手間取って、結局、「一九六国会衆四二」として、どうにか提出に至った。これは第一九六国会に出された、四二番目の議員法案という意味だ。

そして野党のこども支援法は、続く四三番目の法案とすべく、最終調整の最中にあった。

議員法案の次の壁は、所属会派の承認である。つまり党内で認められなければ提出できず、党内での調整が必至となる。直ちに国政に結びつくだけに、この壁は、与党の方が厚く高い。国会で成立すれば、内閣には拒否権がないからだ。この手続きを無視して提出することも法律上は可能だが、造反とみなされて間違いなく離党に至る。

では、政府と意見を異にする造反議員の数が多ければどうなるか？

こたえは衆議院解散である。委員会で採択されれば直ちに本会議にかけられ、衆議院の後に参議院を経て法が成立する。衆参どちらでも歯止めが利かないと見てとると、内閣は衆議院を解散し、国会そのものを閉会にもち込み、廃案にさせるのだ。

だから与党議員が議員立法を志す場合は、党内の了承が是が非でも必要となる。

この難関を越えて、ようやく委員会での審議に至ると思いきや、まだ険しい壁は続く。公然の慣例として、内閣から提出された内閣法案がまず審議され、議員法案は後回しにされるからだ。

内閣法案は、衆の代わりに閣とつき、たとえば「一九六国会閣一五」などと称される。閣とつく法案は、速やかに委員会で審議され、本会議に辿り着く。委員会では野党議員が質疑という形で内閣法案にけちをつけるのだが、官僚をバックにつけた大臣や政務官にことごとく退けられる。質疑の明快さに対して、応答はどこか曖昧で明言を避けるのは、本会議と同様だった。

内閣法案が審議されるあいだ、議員法案は十二月まで棚上げされる。委員会で顧みられないまま、その年の閉会を迎えて、廃案か継続審議として処理される。継続とは名ばかりで、年が改まって新たな会期が始まれば、やはり内閣法案が優先、という同じ経過を辿り、結局は廃案に追い込まれる。

もちろん、審議に至る議員法案も中にはあるし、本会議という晴れ舞台に立ち、成立に至った希少な例もある。ただ、その陰で数多の法案が、誰の目にも留まることなく葬られてきた。

野党法案となればよりあからさまで、五期目を務める久世は、呆れるほどに自党の法案を無視され続けてきた。おっとりとした外見にはそぐわない、悔しさや負けん気がその顔には滲み出ていた。

「だからこそ、です、久世さん。たしかに私たちの法案が委員会を通過することは、百にひとつもない。与党から似た法案が出ているなら、なおさらです。ですが、法案を通すのは不可能に近くても、爪痕を残すことはできます。新規という点では、野党は常に与党より先を示さねばならない。与党と大同小異では、存在価値などない。ここ数年の衰退の原因はそこにあると、久世さんもわかっているはずです」

「あなたこそ、わからない人ね。いまのご時世は、国全体が保守に傾いているのよ。国民の反感を買っては、元も子もないでしょうが」

「そうやって日和見を続けているうちに、じり貧になったのではありませんか？」

「言うわね。少しは口を慎みなさい」

「たしかに、新規の発想は反発を買う。何事にも通じる道理です。パソコン然り、ゲーム然り、いまはクール・カルチャーと称される漫画やアニメも、かつては散々叩かれてきた。ＳＮＳも年配者層では利用がぐっと減り、未だに完全に支持されているとは言い難い」

「たとえ話はよしてちょうだい。余計な時間を食うだけだわ」

「新規なものにとびつくのは、いつの時代でも若い世代です。そして野党を支持する層も、やはり同じ、ぴったり重なるんです」

「でも、子ども法案に限っては、若い層からも反発はあるはずよ。この上一円だって税金を払いたくない、払う余裕がないのだから。ましてや養育費の義務化なんて、受け入れられる素地がどこにあるというの？」

「受け入れられないからこそ、俎上に載せる意味がある、そのための野党です。法案に絡まない、絡むことを許されないからこそ、声をあげ続けることを止めてはいけない……私は、そう思います」

しつこさに辟易するように、さっきとは少し違うため息をベテラン議員は吐いた。

「重ねて言うけど、明記はできないわ。そこのところを鑑みて、文面を作成してちょうだい」

「それで、十分です。つけ入る隙さえあれば、いくらでも審議で質問できますから」

「質問って……どういうこと？　自党の法案をこちらから問い質すなんて、できるはずが……」

「嫌ですね、久世さんも仰っていたじゃありませんか。私たちのこども支援法は、委員会で審議されることはないって。でも……子ども年金法なら、いくらかその目がありますよね？」

「つまりは……与党議員案を利用して、こちらの意見を述べるということ？」

はい、と小町が、可愛げのない笑みを口許に広げる。

「たとえ与党でも、議員法案となれば、やはり見込みは薄いと思うわよ」

「そうはさせません。そのためにこの半年間、メディアに出まくっていたんですから」

「また、小野塚さんとの共演依頼が来たそうね。収録はいつ?」

「今月の二十八日です。これで三度目になる、インターネットメディアです」

「小野塚議員は、その場で法案の提出を喧伝するのでしょうね」

「おそらくは。こちらの法案も、それまでに提出したいと考えています」

「さっきも言ったけれど、明記は避けてね。それさえクリアすれば、党の顔役や審査機関には根回ししておくわ」

「ありがとうございます!」

「まったく、現金な人ね。やっぱり良くも悪くも、恥知らずな人ね」

「褒め言葉として、受けとっておきます」

高めに結った茶髪の頭が一礼し、部屋を出てゆくと、入れ違いに秘書が入ってきた。

「私も歳をとったわね。あんな小娘ひとり、封じられないなんて」

「何か、仰いましたか?」

「いいえ、独り言よ」

秘書にこたえて、久世は出された書類に目を落とした。

四月の番組討論の後、小町のメディアへの露出は前にも増して多くなった。小野塚遼子もまた、同じくらい出演を果たしていて、ふたりそろって招かれることも少なくない。ただし存分に討論できる番組は限られていて、もっとも派手にくり広げられたのは、いわゆるインターネットテレビである。最初は制作会社を通して、こちらから局に打診をしたが、ふたりの女性議員がモニター映えすることに加え、互いに一歩も譲らない激しい舌戦の応酬となることから若い視聴者の興味をそそった。

的は同じ子ども年金法でも、議論の焦点は毎回微妙に変えている。どうしていま、この法案が必要なのか。負担額はどの程度か、受給額や受給資格はどのように決まるのか、等々、具体的な数字を交えて語られた。さまざまな角度から本法案を掘り下げて、できるだけ広く周知させたいとの、遼子側の意図が込められているのは想像に難くない。

小町もまた、野党が模索するこども支援法の詳細を述べたが、与党案より若干受給額が高く対象が広いものの、概ねでは大差ない。

ふたりが真正面から衝突するのは、やはり養育費義務化についてだった。

「仮にそんな法律が制定されたとして、養育費を受けとるのは、主にシングルマザーですよね？　月に何万円も受給されるとなれば、単純に金銭目当てで彼女たちに近づく男性が増えて、ひいては児童虐待の温床になりかねません」

「それは子ども年金や、現行の児童手当でも、同じではありませんか？　たしかに、どうしても異性の存在が必要で、金目当ての男性を引き寄せてしまう女性はいます。私も夜の仕事を続けておりますから、たぶん小野塚さん以上に承知しています。ただ、そういうカップルは、昔から一定数存在します。養育費が義務化されようとなかろうと、と び抜けて増えることはないはずです」

「いまの発言は、芹沢さんの主観に過ぎませんよね？」

「いいえ、私の主観を申し上げますと、決して増えません。何故なら、養育費の義務化によって、救われる女性の方が多くいるからです。生活の不安がなくなれば、母親の精神も安定し、それだけ異性への依存度合いも減少します。もちろん異性を求める気持ちや男女の恋愛は、お金だけで形がつくことではありませんが、こと子育て中の母親にとっては、大きな一助となるはずです」

「お母さんたちを助けるためなら、子ども年金で十分だと思います。わざわざお父さんたちからむしりとっては生活も困窮しますし、何よりやる気が、生きる気力が削がれます。経済にもどれほどの悪影響がおよぶか、計り知れません」

「そのしわ寄せを被って、いま現在困窮しているのは、お母さんとその子供たちではないですか？　経済への活性を説くのなら、女性の社会進出をより強力に後押しすべきです。経済についても、男性陣が多少へこんでも、女性が参画することで相殺されます」

「その言い方は、あまりに乱暴だと申し上げているのです！」

メジャーな放送局にくらべれば、インターネットの中ではより自由度が高い。小町の発言は過激になる一方で、冷静を旨とする遼子ですらも、煽られていつになく感情的な一面も見せる。

「養育費の義務化は、いま問題とされているワンオペ育児への、本気の警鐘になり得ます。いくらお父さんがその気になっても、企業の重役たちが重い腰を上げない限り解決されません。義務化法案が通れば、離婚されないために、育児への参加にも本気でとり組むはずです」

「家事や育児に参加するには、男性の側にそれなりの素地が必要です。闇雲に手を出されては、かえってお母さんのストレスが増えかねません。何より、離婚にまで嘴(くちばし)を挟むような法案は、プライバシーの侵害です」

「いわゆる子供手当を目的とした、偽装離婚の防波堤ともなり得ます」

「離婚の障害となれば、さらに弊害があると申し上げているんです」

この辺りにくると、互いに堂々巡りとなり、議論はきっちりと間隔を計ったように平行線をたどる。

よく飽きもせず、毎回正面からぶつかる気になるものだ。スタジオの脇で、収録のようすを見守っていた高花田のため息を、となりに立つ議員秘書が拾い上げた。

「大丈夫かい、疲れているようだけど。こども支援法の作成には、君も関わっていたんだろう?」

「ああ、いえ、ほんの少しですが……文面には、ちょっと手こずりました」

秘書の数が限られているこまち事務所では、政策秘書もたびたび議員に同行する。対して小野塚事務所は、役割分担がなされているのだろう。政策秘書の常村が収録に付き添ってきたのは初めてだった。

議員会館の内で、高花田も常村とはしばしば顔を合わせる。しかし挨拶や軽い立ち話をする程度の間柄だ。いかにも玄人くさい堂々とした態度に、気圧されぎみのところもなきにしもあらずだが、議員同士の仲の悪さが囁かれ、しかも非は一方的に小町にあるという後ろめたさもあった。

「あのう……一度改めてお詫びをと思っていながら、遅くなってしまいましたが……うちの芹沢が、色々とお騒がせして申し訳ありません。最初のご挨拶でのご無礼はもとより、いまもこのとおり数々の失礼を」

「君がそこまで、恐縮することはないよ」

はは、と低い響きの良い声で、短く笑った。結構な強面なのだが、笑顔は意外なほどにうちとけて見えた。

「うちの議員こそ、大人げない対応で申し訳ない。お嬢様育ちのせいか、狭量なところがたまにあってね」

「いえいえ、もとはと言えば、こちらの態度が原因ですから。本当にあれだけは直してほしいんですけど。身近にいる僕らの心臓がもちません」

ひたすらへりくだる姿がツボに入ったのか、口に拳を当てて、くつくつと喉を鳴らす。

まもなく収録が終わり、去り際に常村が口にした。

「お互い、いまは敵同士の立場だけど、反目し合うつもりはないよ。そのうち味方になるかもしれないし、永田町はそういう場所だからね。これからも、よろしく」

「こちらこそ、よろしくお願いします」

「それと……紫野原さんにも、よろしく伝えてください」

高花田の顔が、はっと引き締まった。ずっと抱えていた違和感の正体は、これだ。紫野原の名を出されたのは、数人に留まる。いずれも、よろしくとかお元気ですかとか、他愛のない挨拶程度だが、重なればそれは偶然ではなく意味をもつ。

紫野原は、何をしているのだろうか——？　小町や高花田の目の届かないところで、決して表には立たない水面下で、深く潜り、いったい何を——？

不安を見透かしたように、常村が言った。

「正直だけでは、議員秘書は務まらないよ。議員の何倍もの秘密を抱えて、それでも平然としているくらい面の皮が厚くないと。秘書の秘は、秘密の秘だよ」

その言葉を体現するかのように、秘書同士の内緒話などおくびにも出さず、常村は収録を終えた小野塚遼子を労った。

久世の見当が大きく外れ、異例の審議が行われたのは、六月八日、金曜日だった。

国会は今月二十日までの予定だが、三十日ほどの会期延長はほぼ必至とされていた。

日頃は殺風景な議場が、今日ばかりは人口密度を増している。いつもなら政治部の記者が数名、退屈そうに点在するだけの傍聴席が、厚労委以外の他議員であふれ返っていた。

この日、審議の案件として挙がったのは、「一九六国会衆四二」および「同衆四三」である。

衆四二は周知のごとく、与党が提示した子ども年金法案であり、続く衆四三は、野党五派が合同でまとめた、こども支援法案だった。

衆四三は、衆四二より二週間遅く提出された。

与野党から出された同様の議員法案が、委員会で同じ土俵に上がる例などまずない。理由は、審議の混乱を招きやすいからだ。自党の案をひたすら貫き、他党の案には徹底抗戦する。それが国会の流儀であるだけに、似通った案件が複数並べば、議論は自ずと混沌を呈する。その状況を避けるために、せめて別日をえらんで審議するのが慣例だった。

与野党の両案が並列される機会なぞ、久世のみならず誰にとっても意外な、異例とも言える展開だった。

人が多いせいか、議場の温度も二、三度高く感じられ、午前九時の開始を待つざわめきが壁に反響して唸り合う。

彼らの視線はもっぱら、答弁者席に集まっていた。いつもの顔ぶれに加えて、法案提出者として、舞浜繁議員の姿があったからだ。

いつもの顔ぶれとは、厚生労働大臣、副大臣、政務官であり、審議の内容によっては、総務省や財務省など、他省庁の政務官も同席する。議員法案の場合、メンバーたる委員が、法案提出者になる場合もままある。

その際は、当該議員が答弁に立ち、議題が変われば質疑者にもなる。質疑者もまた、必ずしも他党の議員とは限らない。民衛党の法案提出者に対し、同じ民衛党の議員から質疑が上がることも少なくなく、ただし援護射撃の意味合いが強い。あえて質問をぶつけることで、法案の中身をより詳しく語らせるという目論見があるからだ。

小野塚遼子や芹沢小町もまた、質疑者および答弁者として名を連ねていた。

時計の針が午前九時を指し、議長である厚生労働委員長が、マイクの前に座った。

「これより、厚生労働委員会をはじめます」と、簡潔に開始を告げる。

議場はちょうど、学校教室のように机が配置されている。議長は正面の演壇に座り、委員はふたり掛けの長机に、生徒のように正面を向いて座る。議案によっては空席が目立つこともあるのだが、今日ばかりはほぼ満席だった。議長の右には、書記や会全体のサポート役が数名。左には三列ほど答弁者席が設けられ、後ろを固めているのはアドバイザーたる官僚だった。

明るいグレーのスーツ姿の小野塚遼子もまた、いまは答弁者席に並んでいる。

答弁者側にはマイクを据えた演壇が、また質疑者のための演壇も反対側に、それぞれしつらえられていた。

議長の進行に従って、まず質疑者が質問し、答弁者がこれに答える。質疑者には持ち時間が決まっており、長い場合で四、五十分、短いと五分程度。これは相手の答弁を含んだ上での時間だった。時間内であれば、何回でも質問できる。時間についてはかなり厳密で、超過するとくり返し議長から注意を受けるのだが、たまに強引な議員だと超過することがあり、それでも三、四分が関の山だ。懲罰対象になっては元も子もないから、大方の議員は時間が来ると質疑を切り上げる。

国会本会議と流れは同じだが、それよりずっと行儀よく、大人しいイメージだ。無闇に野次がとぶこともなく、会は時間通りに淡々と消化される。

委員会とは、いわば出来レースに近い。質疑内容は前もって知らされており、答弁者は下準備をした上で審議に臨む。質疑側の口調こそ喧嘩腰な場合もあるものの、メディアの討論番組のような丁々発止のやりとりなど、とても望めない。台本通りに入念に稽古した劇を、発表するようなものだ。

本会議との温度差は、国民の注目度をそのまま反映しているのかもしれない。

NHKで放送される本会議にくらべれば、委員会の録画視聴者の数は雀の涙に過ぎない。パフォーマンスの必要もなく、余計な労力は使わないということか。

それでも今日の委員会は、少しは視聴率が上がっているはずだ。小町や遼子はもちろん、舞浜などの著名議員もメディアで宣伝に努めたからだ。

「インターネット審議中継というサイトがあります。当日の審議がライブ中継されていますし、審議終了の三十分後からは録画が配信されますので、どうぞご覧になってください」

国会の審議映像を一般の人が視聴するためのもので、衆参それぞれが配信している。国会本会議はもちろん、各委員会の審議の模様も逐一映像化されている。現在行われている審議はライブ映像で届けられ、過去のものも検索ができるシステムだ。始められたのは第一七四回国会から、つまり二〇一〇年以降の映像は蓄積されていた。

開会日、会議名、案件名、議員名と、四つの要素から検索が可能で、たとえば、開会日を二〇一六年一月一日から三月三十一日、会議名を厚生労働委員会と入力すると、九回開催された委員会が直ちに出てくる。収録時間、つまり審議時間は、二時間から六時間台と長時間にわたるが、たまに十六分とか二十九分とかごく短い場合がある。

これは概ね、与野党が揉めているときだ。いくら台本通りとはいえ、法案内容によっては承服しかねる場合もある。大方が内閣案に対して野党各派が反発する構図であり、野党議員が会議をボイコットし、与党のみでサクサクと議事が進行されたり、あるいは司会役の委員長に野党が詰め寄って審議不可能な状態になったりと、何らかのアクシデントに見舞われて、正常な審議に至らなかったと見てまず間違いない。

正直なところ、そういう揉め事でも起きてくれれば、少しは視る気になるかもしれない。

時間が長い上に、同じことのくり返しで、あまりにも退屈だからだ。政治に特に関心のない人なら、十分の視聴が限界だろう。

もしもこれが、与党内で行われる政務調査会なら、少しは視聴率も上がるのかもしれない。配信されている各委員会は、いわば野党のためのものであり、法案にはほとんど絡まない。対して政務調査会は、与党内委員会に等しい。国のあらゆる大事が実質的に方向づけされる場で、より深く生活に関わってくるのだが、未だに国民には開示されていない。

以前、高花田が多部に語っていた通りだ。

わかりやすい政治をと口ではくり返しながら、実質はすべて箱の中だ。中継される本会議や委員会は、すでに建前を通り越してパフォーマンスと化している。与野党の対立構造だけが強調されて、まともな審議すら成されていない——少なくとも前知識のない国民には、そう見えるはずだ。喧嘩や悶着など、ひとまずは派手な演出をした方が、与党は国政を推し進める強い政府を、野党は易々と懐柔されない不断の抵抗者を、それぞれ印象づけることができる。

それにくらべれば委員会は、いたって地味である。

質疑については実にさまざまで、かつ細かい。議員は国民の代弁者であり、問題も状況も多岐にわたっていて、それだけ説明を要するからだ。なのに答弁は、金太郎飴のごとく変わり映えしない。ハッキリとした答弁はまず避ける。官僚がバックについているだけに、もっともらしいデータを織り交ぜながらも、これらを踏まえてこれから審議を重ねていくとか、現行の不首尾はひとまずの緊急的措置であるとか、要約すると当たり障りのない答えに終始する。肝心の、いつ、誰が、どのようにといった確固たる答弁はまず出てこない。今後も「然るべく」「粛々と」対応するとの、ある意味、逃げ口上であっさりと封じられてしまう。

出席者たる小町でさえも、いつもなら睡魔に襲われるところだ。委員会よりさらに長時間となる本会議で、居眠りする議員が目立つのも内心では理解できる。しかし仮にも職場であるのだから、頰をつねりながらでも睡魔と戦い、審議に興味をもつなり各議員の反応を探るなり、眠気に囚われない方法を見つけるのが最低限のマナーだろうとは考えている。

それでも今日ばかりは、かっきりと頭が冴えている。

オレンジ系の上下を身に着けた小町は、正面左のグレーのスーツに目を凝らした。

同じ場で審議されるとは言っても、委員会の進行方法だけは曲げられない。

最初に衆四二が、質疑者の持ち時間からすると、三時間ほど審議され、次いで衆四三も三時間。占めて六時間程度になる予定だった。

両法案ともに、一昨日行われた前厚労委員会の最後で、提出者から法案内容が説明されている。今日は最初から、質疑応答が行われた。

最初に、連立でこそないものの、民衛党とたびたび共闘する『有志の会』の議員が質疑席に立った。六年前、与野党の一部の議員がまとまって、有志の会を立ち上げた。中堅や若手が比較的多く、いまは勢いもある。

質疑者の持ち時間は四十分。一党だけなら二十分がいいところだが、民衛党・有志の会・無所属で合算させて、質疑時間を確保していた。ひとつの質疑に対して、直ちに答弁がなされる。これをくり返す手順を踏んで、議員は三つの質問を投げた。

「段階を踏んで金額を引き上げるとありますが、最初の段階、つまり厚生年金の〇・一％、および国民年金は月額一六〇〇円、という数字は、何を根拠に算出されたのでしょうか？　また、この段階では、子供ひとり当たりの受給額は、わずか五千円に過ぎません。この程度では、わざわざ年金と銘打つ必要性そのものを感じません」

介護保険のように、月々の支援金を設定する方法は、自由党の政調部会で却下された。金額ではなくパーセンテージで表した上で、年金に加算するよう促された。

四月の収録では、月三千円と明示したのに、金額も大幅にダウンする。必要性がないと非難されても仕方がないと遼子は内心で自嘲した。

企業の従業員の場合は、現行の厚生年金に〇・一％ほど上乗せする。年収四〇〇万円の世帯なら、月に二四〇〇円ほどとなる。自営業であれば国民年金に、月一六〇〇円を加算する。厚生年金と国民年金には、支払い・受給額ともに大きな開きがあるためだ。

この金額に留めれば、少しは賛同者も増えるかもしれないが、この比率は序章に過ぎない。段階を踏んで徐々に金額を引き上げていき、最終的には〇・五%、月に一二〇〇円ほどにもなる。国民年金は月額八三〇〇円。一年に支払う額は、それぞれ一万四四〇〇円と、九九六〇円となる。

ゆくゆくは月三千円に引き上げたいが、何年かかるか見当もつかない。本会議での法案可決を優先させた結果、何とも現実的かつ些少な金額から始めることになった。

「そもそも、景気は上向きとの掛け声の割には、暮らしが楽になった実感が伴わない。消費税引き上げさえままならない現状において、新たな負担を国民に強いるというのは、如何なものでしょうか？　議員がいくら将来を説いても、いま現在が青息吐息では、到底国民の理解は得られません」

押し出しが強く歯切れのいい質疑に、そうだそうだ、と傍聴席から応援の野次がとぶ。閣議法案については、与党は表向き一枚岩の体を装う。いくら政務調査会で紛糾しようとも、委員会に出されるころには収まりがついていて、質疑の形で非難するのはもっぱら野党に限られている。

しかし議員法案は、必ずしもそうではない。与党内でも折り合いがつかず、だからこそ一部の議員が連名で提出せざるを得なかった。賛同した議員の熱意と、反対議員からの反発、さらに政府の思惑が絡んで、議員法案という形をとったのだろう。政府にしてみれば、いわばようす見である。

ひとまず衆目に晒してみて、反応を窺う。委員会決議に至らなければ、時期尚早と周知されたことになる。子ども年金法には慎重な立場をとる議員も多く、彼らが賛同しなければ本会議まで上らない。

この点ばかりは野党も同じで、むしろ意見のばらつきはいっそう強いとも言える。今回、こども支援法は、野党五派にまたがって法案を提出した。しかし賛同を得られなかった議員もやはり多くいて、もとより党派が違う以上、根本的に相容れない部分がある。政務調査会のようにすり合わせる場もなく、意見の幅広さはより顕著だ。

いま質疑席に立つ議員もまた、子ども法案そのものに、反対の立場を貫いていた。数字に関する質問には、厚労大臣と財務省の政務官がそれぞれこたえたが、最後の質問には、舞浜議員が答弁に立った。

「景気動向を含む、国民の皆さまの暮らしについては、私どももちろん承知しております。ですが、だからこそ、将来の希望が必要ではないでしょうか。高齢少子化に伴う大幅な人口減少は、いまや待ったなしの課題です。同じく、いまの子育て世代の厳しい現実も、早急に手を打たなければならない。このふたつを解決しない限り、日本の未来は先細りするばかりです。人口の減少は、財政と労働力の双方に直結するからです。具体的な例を挙げますと、いま現在、老齢年金をうけとっておられる高齢者の方々でさえも、十年後、二十年後に、いまと同じ介護ケアサービスが受けられるとは限らない。老齢年金を支える現役世代がいなければ、年金の財政破綻ばかりでなく、介護してくれる人材も確保が困難になる。いまの現役世代が年金を受給するころには、この傾向はより顕著になる。この打開策として、子ども年金は何よりの方策だと考えます。いま子育て中のお父さんお母さん、いま必死で社会を支えてくれている現役世代、そして引退なさった高齢の方々、さらにいま満足に保育や教育を受けられない子供たち。日本国民すべての世代のために、必要不可欠な法案だと、私たちは考えております」

本人の実力や人望に加え、父親が元首相という恩恵もある。加えてスピーチの上手さにも定評があった。流暢なめらかさよりも、人心に訴えかけ、心に響かせるのがスピーチの肝である。舞浜が答弁を終えると、傍聴席から拍手が上がった。

子ども年金法のみならず、支援法にとっても強力な援護射撃だ。

小町としても、不満はどこにもない。なのに胸にちくりと、刺さるものがある。なだめるように、スーツの胸に手を当てた。

続いて、五人の議員が質疑に立ち、同様に応答が行われる。内訳は、野党が四人、与党からもひとり、本法案への強硬な反対派と目される議員が含まれていた。

小野塚遼子が初めて答弁席に進んだのは、ふたり目の質疑者の二問目の質問のときだった。衆議院では三議席のみという、少数党派の女性代表だった。

「財源の確保としては、税金から徴収するという方法もあるはずです。どうして年金から徴収するのか、理由をおきかせください」

速やかに答弁席に立った小野塚遼子は、マイクに向かって淀みなく答えた。

「税金からの徴収は、時間がかかり過ぎると考えたためです。そもそも前回の総選挙は、消費税増税が原因でした。しかも焦点となったのは増税額ではなく、増税時期です。増税がいかに、政府にとっても国民にとってもデリケートな問題か、おわかりいただけるかと思います。子ども年金の財源を、税金に上乗せしようとすれば、実現までにそれこそ何年かかるかわかりません。一方で、本法案の必要が待ったなしであることは、先ほど舞浜議員から説明があったとおりです。五年、十年で、子供は大人になります。増税を待っていては、いまこの瞬間も満足な保育を受けられない、進学を諦めざるを得ない子供たちを救うことはできません」

子ども年金法とこども支援法は、概ねでは似通っている。

まず何よりも、現在すでに方々でもち上がっている、待機児童をはじめとするさまざまな子育て問題を解決することが、第一義とされる。

第二に、子供とその親のための、国主導の独立機関であること。利用者の手続きの簡便さを計り、受給資格の審査をする上では、自治体によるばらつきを抑える目的からだ。

第三に、少しでも子育てがしやすいよう助成することで、少子化対策への大きな一助となり、将来的には社会構成の維持に役立つこと。

三つの骨子たる、法案の目的や意義はほぼ同じだが、随所に違いは見受けられる。

与党の年金法は、名のとおり年金に上乗せする形で、国民それぞれに負担してもらう。対して支援法は、所得税および法人税の中に組み込んで徴収するというものだ。消費増税は、貧困層に対してより大きなダメージを与えるが、先に挙げた両税は累進課税であるから、当然、金持ちがより多く負担することになる。

　また、ゆくゆくは、〇歳児から就学前の幼児の保育料と、国立大の学費をすべて無償にするという主旨は両法案ともに同じだが、そこに至るまでの途中段階での配分に差がある。貧困層により手厚くというのが野党の考えで、よりフラットに公平にというのが与党の主張である。

　財源については、教育国債の発行と、国民からの別途徴収という二柱は同じだが、支援法にはその陰に、目立たぬ形で第三の柱が加えられている。

「離婚家庭における負担額、および受給額については、別途規定を定めるべく協議する」

　甚だわかり辛く、かつ曖昧な表現ながら、小町と高花田が額をつき合わせて文面を作成し、飽きるほどに何度も民衛党の法案承認機関、つまりは党上層部にはねつけられては修正を重ねてこの表現に至った。

　三時間の審議が終わり、答弁席の入れ替えが行われる。大臣や政務官はそのままだが、舞浜や遼子に代わって、衆四三に関わる野党五派の議員たちが答弁席に移る。

　もちろん小町も含まれているが、本法案の提出者は、別の議員である。

　民衛党で三期目を務める、飯倉正道（いいくらまさみち）議員。三十代半ばのスポーツマンタイプで、久世幸子の懐刀と目されている。こども支援法に積極的に賛成し、久世と小町の要請をきき入れて、法案提出の役目を引き受けてくれた。

衆四三の質疑者も、六人が予定に組まれている。要所要所では、大臣や政務官も答弁に立つものの、やはり衆四二ほどの援護は期待できない。答弁はもっぱら飯倉と、先ほど質疑の側にいた、少数党派の女性代表、さらに有志の会からもひとり、そして芹沢小町と、この四人がかわるがわる当たった。

ただし、財源の第三柱の一項については、すべて小町が引き受けた。

かねてからの久世との約束であり、本項目を加えるための交換条件でもある。

それでも大幅な譲歩は否めず、法案には明記されてはいないものの、内容としては添え物程度に留められた。最初の番組討論では、親権のない側の親から、月五万円は引き出したいとぶち上げたが、わずか十分の一、月五千円程度でも義務化させれば、相応の財源となり得るという、ごく消極的な代物だ。それでもいいから本項目を入れたいと、小町は党の法案承認機関に頭を下げた。

三番目に立った与党の質疑者は、この項目にしつこくこだわった。

「離婚家庭における負担額、とありますが、これは平たく言えば、養育費の義務化でしょうか？」

「そうとっていただいて、差し支えありません」

小町にしては遠回しな答えようは、党幹部からきつくお達しがあったからだ。ただしここから先は、存分に持論をぶつけるつもりでいた。

「養育費の義務化は、欧米の一部の国々では、すでに取られている政策です。たとえば米国では、各州で実施運営されていますが、政府の養育費履行強制庁が監督しています。内容も名称も各州によって異なりますが、政府基準の達成状況に応じて、補助金の増減を決めています。つまりは補助金を餌に、事実上、各州の制度を統制しています」

「欧米ですら一部に留まる法案を、いきなり我が国にもち込んでも混乱を招くだけです。離婚家庭というものは、ただでさえ問題を抱えるケースが多いのですから。だいたい、問題があるからこそ、離婚に至るのでしょうし」

「それは、離婚家庭への差別発言だと思います。個人主義は、いまや広い世代にわたって浸透していますし、離婚の増加もその理由からです。むしろ従来の家制度、家族制度を重視した法律の方が、時代錯誤だと言わざるを得ません」

「ですが実際、ＤＶとか金銭トラブルとか、種々の問題は現存していますし……」

「何かと言えばＤＶをもち出すのは、やめてください。ＤＶは決して、離婚の標準ではありません。ＤＶ事例を標準のようにあつかうのは、議論の停滞を招きます」

大きなトラブルを抱えての離婚より、価値観の相違や、家庭や伴侶に求めるものの乖離、単純な気持ちのすれ違いや喪失。そういう理由が、現代では離婚の多数を占めている。

とはいえ、養育費の義務化には、払う側の父親のみならず、受けとる側の母親からも手放しで受け入れられないことは、小町も承知している。次の質疑者は、その部分を突いてきた。自雄党とともに連立する、第二与党の議員だった。

「養育費義務化には、別居親子の面会も義務化されるという側面があります。それは受給する側、つまり親権をもつ側にとっても承服しかねる状況です。共同養育支援法案が、暗礁に乗り上げているのを見れば、芹沢議員にも理解できるでしょう」

共同養育支援法は、別名、親子断絶防止法ともいわれ、与党を含めた超党派の一部議員からもち上がった。離婚により別居に至った親子に、面会を義務づける、というものだ。親権をもつ側、つまりは概ね母親の側から強烈な反発を食らい、未だに物議を醸している。

その矢面に立つのが、やはりDVであり、そのような事例の場合は該当しないと説いても、くり返し非難の中心に据えられる。

根底にあるのは、強烈な不安である。

面会やお泊まりを許せば、それがとっかかりとなり、結果的に子供を失う羽目に陥るのではないか――。常に母親の味方をしてくれたのに、父親へも肩入れするようになるかもしれない。きつい生活状況のもとで、唯一の救いは子供の笑顔だけ。しかしいくら頑張っても経済的には父親には到底およばず、子供に負担を強いている。くり返し向こうと会えば、情も移る。いずれは子供の方から、お父さんと暮らしたいと最後通牒をつきつけられてしまうのではないか――。

ある意味、子供への独占欲の裏返しである。

小町にも、十二分に理解できる。離婚した上に、連れ去りと非難されてもおかしくない形で、菓音を連れて逃げたのだ。どんな不条理を犯してでも、手許に置きたいと望むのは、母性以外の何物でもない。

母子の結びつきがひときわ強く、離婚に際しても、十歳未満の子供なら、親権の大方はほぼ自動的と言っていいほどに母親に行く。男性差別と言えるほどの慣習が、まかり通っている。

それでも子供には、両親から愛情を受ける権利がある。親の感情だけでその権利を妨げるのは、やはりエゴでしかない。親子断絶防止法はその理念に基づいているが、正直、小町からしてみれば、大きな穴がある。

「あの法案が総スカンを食らうのは、あたりまえです。いわば父親の権利ばかりを主張して、肝心の義務を怠っているのですから。養育費問題に明確な指標を示さぬうちに、権利だけを求めても、誰も聞く耳などもちません」

憤然と言い返し、養育費義務化は、その反発に対抗しうる唯一のカンフル剤だと説いた。

そして、最後に質疑に立った小野塚遼子も、やはり容赦なくその点を追及した。

「国全体で、子供を育てよう。それが年金法・支援法、両法にまたがる根幹にあるはずです。養育費の義務化は、その趣旨には合わないと考えます。せめてこども支援法とは分けて、別の機会に改めて協議されるべきではないでしょうか？」

「私はそうは思いません。財源として義務法を組み込むことで、支援法の現実味が増す。財源なしには、どんなに立派な法律も走りようがありません。国全体で子供を育てるためには、足掛かりが必要となる。義務法は、その足掛かりとなり得ると考えます」

演壇に両手をつき、オレンジのスーツを前のめりにさせて、小町は訴えた。

「では、逆に伺いますが、父親が養育費の支払いを放棄している状況下で、言ってみれば赤の他人の自分が、どうして子ども年金を支払わねばならないのか？　現在、子育てをしていないシングルやご夫婦にしてみれば、まずそう考えるのが普通ではありませんか？」

養育費義務化の議論のたびに、小町は必ず財源を引き合いに出す。

自雄党の党内では、「教育国債」の発行に重きを置く意見もあったが、小町と同様に「未来に負債を残す」として、反対する議員は与党の中にも多かった。

正直なところ、野党のこども支援法に至っては、財源の確保がさらに厳しい。与党案にくらべて子供への手当がより厚く、従ってより予算を必要としているからだ。

内々での久世幸子の助力も功を奏しただろうが、その点を執拗につき上げ、養育費義務化は大きな財源となり得ると説き、どうにか、かの文面で党の承認をとりつけたのだ。

「離婚したからと言って、子育ての当事者たる親が知らぬふりを決め込んで、他人に肩代わりさせるのは、誰にとっても納得がいきません。養育費の義務化は、その不公平感を少しでも緩和させ、子ども年金・こども支援を受け入れやすくするためには欠かせない条件だと考えます」

小町はそう主張して譲らなかった。すでに小野塚遼子の持ち時間を超過しているようだ。答弁を切り上げるよう、議長が促した。それでも小町はさらに続ける。

「法案の必要性と、根幹にある考えは、私どももちろん承知しています。ただ、現実の生活が覚束なくては、未来など見通しようもありません。国民のいま現在の疲弊感を無視しては、年金法も支援法も立ち行きません」

『無視するなんて、ひと言も言ってないぞ！』

傍聴席から、大きな野次がとんだ。議場の中もざわついている。

小町はあえて、声のした傍聴席の方角を向いて、野次に応戦した。

「口にしなくても、そう感じさせては同じです。国民の不満を抑えつける形で採択しては、実際の始動に対して協力が得られません」

反論を試みようとした遼子の口は、時間超過を理由に、議長に封じられた。

思わず唇を噛む遼子には、小町は目もくれない。議場のざわめきが大きくなって、小町への非難がいくつも降ってきたが、それでも平然としたままで、オレンジのスーツは身じろぎひとつしない。議長が静粛にするよう求め、ようやく落ち着きをとり戻した。

本日の審議の終了が告げられ、続いて、次回は参考人が出頭する旨が告げられる。

すでに前回、法案の趣旨が説明された時点で、数名の専門家を参考人として招き、人選は委員長に一任することが、委員会で承認されていた。

「次回は来たる十二日、火曜日、午前九時。委員会を開催することとし、本日はこれにて散会いたします」


翌週十二日、委員会に招かれた専門家は、六名だった。内訳は、大学教授が三名、弁護士がひとり、経済アナリストがひとり、NPO代表がひとりという顔ぶれだ。

子供への早急な援助の必要性や、仕組みや制度への見解、財源に対するアドバイスなど、それぞれ十五分以下で意見を述べる。いずれも年金法・支援法についてのもので、養育費義務化については、誰ひとりとして触れなかった。

次いで、六つの異なる党から質疑者が立ち、それぞれ参考人に質問する。これもひとり十五分を超えることはなく、また、参考人から議員への質問は禁止の旨、あらかじめ議長から達せられていた。

民衛党からは飯倉が出たから、今日ばかりは小町も出番がない。二時間半ほどで、予定通り閉会を迎えた。

両案の三度目の審議は、翌日の水曜日に行われた。法案の提出までには、各方面に数々の根回しや説得が必要となるものの、委員会に上がって以降の進み具合は非常に速い。例外はあるものの、概ね二週間のあいだに、三、四回の審議で採決に至る。

内閣法案を迅速に本会議に上げたいとの、政府の意図が強く働いていた。ゴリ押しに近いやり方なだけに、意見が真っ向から分かれる場合には、野党は当然収まりがつかない。野次がひどくて審議に至らなかったり、ボイコットが起きるのは、そういうときだった。

しかし審議三度目のこの日は、様相が違った。与党対野党ではなく、非難を受けるのはもっぱら養育費義務化についてだった。いまや与党はもちろん、同じ野党議員でさえも遠慮会釈なく攻撃にまわる。芹沢小町は、議場中からの集中砲火を、たったひとりで受けているに等しかった。

支援法の同志たる飯倉も他の野党議員も、この問題だけには決して答弁に立たない。それでも小町は怯むことなく持論を叩きつけ、その横柄かつ尊大な態度が、いっそうの反発を生む。

決して同情したわけではないが、途中から、小野塚遼子はある疑念に囚われていた。議員とはもともと、そう簡単に自説を覆したりはしない。一定の信念に基づいて行動するのが正しい姿だ。ただ、有権者の信用を失っては、直ちに失業する。人気商売の側面は免れず、世論の風向きによっては前言を撤回し、日和る場合も多々あった。

ここまで議場が白熱するのは、世論でもやはりこの問題がしきりに話題に上っているからだ。やはり九割方が反対し、恩恵を受ける側であるはずの母親たちからも賛意を得られなかった。賛成派はごく少数、主に若い世代の一部の女性には、好意的な意見もあった。

「最初からシングルで子供を産んでも、お金がもらえるってことだよね？　結婚はしたくないけど、子供はほしいと思ってた」

「養育費が間違いなくとれるなら、いつでも離婚したい！　子供の世話で手一杯なのに、旦那の世話まで見てらんない」

「義務化の対象は、血の繋がった親だけってこと？　再婚してまた離婚したら、そこからはとれないのかな？」

テレビなどのメディアでも、しきりにとり上げられてはいるものの、世論の生の声がきけるのは、やはりネットである。もちろん、こういった少数意見に対し、十倍近い反論が巻き起こる。

「男や父親を、何だと思ってんだ！　種だけもらって、後はポイかよ」

「養育費を議論する前に、親権の不公平を是正すべきだと思います。父親は、あまりに分が悪い。子供の養育を望んでも裁判所に却下されて、金だけ払わされるなんてひど過ぎる」

「義務化なんてされたら、一気に離婚が増える。辛い思いをするのは、子供たちなんだぞ」

これほど議論の的になるのは、やはりこの国の価値観にはそぐわないからだ。結婚を母体にした家族制度を、根底から揺るがしかねない。個人主義が徹底される欧米とは、土壌そのものが違うのだ。いきなり移植しても根付きようがない。

よくも悪くも家族の結びつきが強く、それを支えているのは男女の役割分担だ。男は外で仕事を、女は中で家事と育児を。男は男らしく、女は女らしく。長年培われた価値観は、容易には崩しようがない。

ただ、そろそろ限界がきているのも事実だ。女性の労働力が期待され、女性の就業もあたりまえになった。けれど結果的に、それが女性たちを追い込んでもいる。仕事をこなしながら、家の中の一切も負担させられる。育メンや弁当男子も増えてはいるが、それが世間の常識になるにはほど遠い。また夫はこなしているつもりでも、妻が満足していないケースが実に多い。手伝うのと責任を負うのでは、まったく違う。いつまでも子供のお手伝いと変わらない状態に、妻は不満を募らせ、夫は努力が報われないと嘆くのだ。

養育費の義務化は、そういう社会の歪を、あからさまにぶち撒ける行為に等しい。夫と妻、双方が日々に我慢を重ね、どうにか気持ちのやりくりをつけているというのに、夫婦と家族の在り方を根底から覆されるような、大事に守ってきた小さな幸せを、土足で踏みにじられたような、そんな気分を味わうからだ。

芹沢小町には、それがわかっていないのだろうか？

ひとすじも揺らがない図太い神経は、物事の裏側を見通せない浅はか故なのだろうか？

考えれば考えるほど、遼子は深みにはまってゆく。

何かおかしい、何かを見落としている……。議場が荒れれば荒れるほど、その焦燥は深まっていった。

遼子が疑念の正体にようやくたどり着いたのは、四度目の審議を終えた後だった。

三度目の審議から二日後、十五日、金曜日。この日も前半は両案について質疑応答がなされたが、後半はやはり養育費義務化への抗論に終始して、決着がつかないまま採択を迎えた。

「まず、『幼児の保育を含む教育無償化法案』に、賛成の諸君の起立を求めます」

与党委員はもちろんのこと、野党の立席も目立つ。それほどまでに小町の言い分が反発を招き、何人かが与党案に傾いたのだ。もとより与党委員だけで過半数を占める。三分の二に近い数が、法案賛成にまわった。

「起立多数。よって法案は原案のとおり、可決すべきものと決しました」

舞浜や遼子が皆に一礼し、謝意を示す。周囲と傍聴席から、大きな拍手が挙がった。

着席しようとして、ふと視線を転じて、どきりとした。

目に留まったのは、今日は鮮やかなブルーに身を包んだ、芹沢小町の姿だった。

その顔に浮かぶのは、残念でも後悔でも、ましてや失意でもない。

まるで子供を見守るような、安堵と満足に満ちている。

心の底からと思える、深い笑みだった。

あっ、と思わず上げそうになった声を、遼子は辛うじて呑み込んだ。芹沢小町の意図していたことが、その本心が、初めて見えた。ずっと抱え続けてきた疑念の答えを、ようやく解き明かした。

身の内に込み上げるのは、驚きでも納得でもなく、激しい怒りだった。

「次に、『幼児の保育無償化および国立大学学費無償化を目指す支援法案』について、採決いたします」

野党議員がパラパラと立ち上がり、先刻とくらべると見る影もない。

「起立少数。よって法案は否決すべきものと決しました」

自身の法案が否決されても、小町の深い微笑は変わらない。

「本日はこれにて散会いたします」

議長のどこか間延びした声が、審議の終了を告げた。


議場から議員会館に戻ると、遼子は自室を素通りし、真向かいの七〇一のドアを叩いた。

羊を思わせる女性秘書が、遼子の姿にあからさまにびっくりする。

「芹沢議員は、ご在室ですか？　急で申し訳ありませんが、ぜひお目にかかりたいのです」

日頃の落ち着き払った風情をかなぐり捨てて、詰め寄るように面会を乞うた。

「ええっと、議員は在室していますが、確認してきますので、少々お待ちください」

扉の内に遼子を招じ入れ、議員室に向かおうとするのを、奥にいた年配の秘書が止めた。

「いいよ、エリちゃん。お通しして」

「でも……いいんですか？」

構わないよ、と応え、遼子に対して軽く頭を下げる。傍にいた若い政策秘書もまた、慌てることなく議員室の扉を開けた。

「小町さん、小野塚議員がお見えになりました」

「あら、そう。入っていただいて」

気軽な声が応じ、政策秘書が遼子を中に通した。窓の側を向いていた小町が、くるりと椅子を回し、遼子を迎え入れた。

「こちらからお祝いに伺うべきところを、わざわざお出でいただいてすみません」

「お祝いですって？　とぼけるのもいい加減にしてちょうだい！」

バン！　と音を鳴らして、議員机に両手をついた。うっすらと微笑を浮かべたまま、小町の表情は変わらない。

「あなたの腹が、ようやく見えたわ。あなたは最初から、皆をだましていた。養育費義務化には、あなたは何の関心もなかった。なのにことさらに言い立てて、あえて敵を増やし、その陰で本当の目論見を達成した」

「本当の目論見？　いったい、何のことかしら？」

余裕綽々な態度に、ますます怒りが増す。こめかみが痛いほどに、ピリピリする。

「あなたの目的は、最初から子ども年金法だった！　支援法じゃない、私たちの年金法を確実に本会議に上げるために、わざと憎まれ役を引き受けた！　そうでしょう？」

組んだ両手で机に頬杖をついた小町が、にっ、と笑った。

「さすがは小野塚議員、私が見込んだだけはあるわ」

その言葉で、もっと最悪なことに気づいた。

「あなた、まさか、最初にエレベーターホールで会った、あのときから？　私を引っ張り出して、わざと対立構図を周知させて、自らをスケープゴートに仕立てたの？」

「半分、はずれ。私は議員になるずっと前から、あなたを知っているのよ、小野塚議員」

小町がにっこりする。それまで一度も目にしたことのない、親しみのこもった笑顔だった。


「モーさん、本当にお茶出さなくて、いいんですか？」

議員室の扉の向こうでは、三人の秘書がひそひそ話を交わしていた。

「いいのいいの。邪魔しないで、そっとしてあげなよ。エリちゃんも、ふたりの関わり合いは、きいていたんだろ？」

「まあ、その辺は小町さんから。子供の問題をあつかう会合やシンポジウムで、四、五回は見かけたって。挨拶したことはないそうですけど」

政治家の家系だけあって、遼子を知る者は多く、それでいて遼子自身は目立つような真似をせず、いつも真面目に聴講していた。その姿に、小町は密かに好感をもっていた。

「僕や千鶴子ママは、政治の道を何度も勧めてたけど、小町ちゃんはなかなかうんと言わなくて。でも、彼女が出馬するって噂をきいたら、その気になったんだよ。彼女とふたりなら、子ども法案を通すことができるかもしれないって」

「そのわりには、終始感じ悪かったですけどね。私でさえ、うっかり騙されそうになりました」

そう言った多部の横で、高花田が机に突っ伏すポーズをとる。

「結局、何も知らなかったのは僕だけかあ……」

「もう、新之助くんたら、そう嘆かないで。僕のことは、真っ先に教えてあげたじゃない」

「真っ先って、ついこの前じゃないですか。それまではモーさんのことを変に疑ったりもして……完全にピエロの役回りですよ！」

「モーさんを疑うって、何のことですか？」

「僕の昔馴染みに、ちょこっとね。お願い行脚をしただけだよ」

小町の悲願は、子ども法案を採択させることにあった。

もし与党で出馬していれば、手を携えて共闘もできただろうが、政治経験のない小町では、野党候補として出馬に漕ぎつけるのが精一杯だった。与党ともっとも対立する民衛党からでは、与党案への援護射撃も難しい。

だからこそ小町は、その立場を逆手にとった。

遼子を怒らせる真似をして、対立構図をより際立たせ、メディアの関心を煽ったのだ。

与野党の仲が良くても、世間は興味を抱かない。いつの世も、市井の興味を引くのは、お涙ちょうだいの浪花節か、熾烈な喧嘩だと相場が決まっている。

遼子との対立を演出することで、子ども法案の内容と重要性を世間に知らしめ、慣れてもらおうと小町は考えた。第一印象が悪くとも、つき合いが続けば親密さが増すのもまた、人の情というものだ。

ただ、本法案に関しては、それだけでは今年中の採択は難しかった。

世情の関心が薄まれば、興味は他に移り、法案は来年度以降にもち越され、うやむやにされて消滅するかもしれない。そうなれば、五年くらいは楽に先延ばしにされる。論議が高まっているうちに、周りを固め、一気に本会議まで持ち込むのが、何よりの策だった。

養育費の義務化は、ダミーの花火としては最高の効果を上げた。

坊主憎けりゃとことわざにもあるとおり、養育費支払いに裏付けられた野党案は国民の反感を買い、同時に、与党案を後押しする結果に繋がった。

小町の危うさが際立つほどに、与党側はよほど堅実で良識的に見えてくる。野党側からいわば造反者が出たのもそのためだ。どのみちいまの議席数では、野党案が通過する望みなど、万にひとつもない。

与党であろうが野党であろうが、そんなことはどうでもいい。政治家同士の利権争いにも、まったく興味がわかない。どこの誰が作ろうと構わないから、子供のための法案を小町は是が非でも通したかった。

しかし本法案を渋るのは、むしろ与党のお偉方に多い。

いかに舞浜や遼子が尽力しても、委員会に提出されるのは至難の業だった。

小町がメディアで吹聴すれば、野党に負けてはならないと相手も本腰を入れざるを得ない。さらに小町は、駄目押しを紫野原に頼むことにした。

場所は「クラブ千鶴」。紫野原は、昔の盟友だった国土交通副大臣の幟部勲に顔繋ぎを頼んで、与党の政治家数名と密談を交わした。

「もしかしてモーさん、先生方の昔の不祥事とかを掘り起こして、無理を迫ったんじゃないでしょうね？」

高花田が、疑わし気なしかめ面を向ける。

「もう、新之助くんたら。やっぱりドラマの見過ぎだよ。そんな脅しや脅迫めいたことを、するわけないって。僕はただ、子ども法案は大事ですって、皆さんにお伝えしただけだよ」

紫野原はたしかに、昔の諸先生方の行為など、ひと言も口にしていない。ただ、先方が勝手に斟酌して、配慮する場合はままある。流行語にもなった忖度だ。

「ねね、それより、今日の打ち上げ、どこにしましょうか？　この居酒屋とこっちのイタリアンで、迷ってるんですけど」

「エリちゃんは呑気だなあ。僕は小町さんの今後の処遇を考えるだけで、胃が痛いよ」

「ビールよりワインの方が、少しは胃に優しいですかね？」

「僕はビールと焼酎の方が、好みだなあ」

紫野原が相好を崩し、高花田の承諾を得て、多部が予約のためにパソコンに向かう。奥の部屋では、未だにふたりの議員が向かい合っていた。

場所を応接セットに移し、火のような怒りはだいぶ収まってはいたものの、遼子の中ではじりじりと煙を上げながら別の怒りがくすぶっている。

「あなた、自分が何をしたか、わかっているの？　どんな理由があろうと、民衛党への重大な裏切り行為に当たるのよ。久世先生や党幹部に知れたら、確実に離党勧告よ」

「離党の覚悟はできているわ。次の選挙まで、無所属として地味に活動するのもよし、何なら議員を辞めても構わないわ」

「ふざけないで！　あなたが裏切ったのは、党ばかりじゃない。一票をあなたに託した有権者と、国民全体を裏切ったに等しいのよ」

「小野塚さんは、本当に真面目ねえ。シンポジウムでも、すんごい勢いでノートをとっていたものね」

茶化すなと、きつい眼差しが睨みつける。正面から受け止めて、小町は初めて本心を明かした。

「私に託された仕事は、きっちり終えたつもりよ。悔いもないし、罪の意識も感じてない。私は私にしか、できない仕事をしたの」

ふたりの視線がテーブルの上で絡み合い、静かな戦いが続く。先に視線を落としたのは、小町の方だった。

「あなたに敬意を表して、本音を話すわ」

「ええ、きかせていただくわ」

「支援法、いえ、年金法だったわね。子供の養育のための法案は、成立させたかった。それは本当だけど、少子化対策そのものには、むしろ反感を覚えるわ」

「……どういう意味？」

「少子化対策ってつまり、『お国のために産めよ増やせよ』ってことでしょ？　戦時中や、もっと昔の富国強兵と変わらない。税収や労働力の確保のためだけに、旗を振っているだけ。子供は、国のために存在するわけではないわ」

中学生になった、菓音の姿が浮かんだ。この世に生まれてきてくれたことが、日々の成長が、ただ嬉しくて有難い。たとえ国民の義務を全うできなかろうと、親にとっては二の次であり、当人もまた然りだ。国と個人、どちらを優先させるのかと問われれば、こたえは後者に決まっている。

もちろん両者のバランスをとってこそ、生活は営まれるものだが、将来の納税者、貴重な労働力とのレッテルを子供に貼られることには、どこか反発を禁じ得ない。

「GDPが下がろうと国力が弱まろうと、知ったこっちゃないというのが本心よ。仮に人口が半分に減少しても、五、六千万規模の国はいくらでもあるわ。むしろ『大きな政府』を実現して福祉を充実させるには、都合がいいかもしれない。あえて人口減少に逆らわず、それに見合った国作りを進めるべきだと私は思うわ」

「あなたの御託は、それだけ？」

視線を戻すと、相変わらず遼子はこちらを睨みつけている。やっぱり真面目な人だと、笑いがこみ上げて、肩の力を抜いた。

「ええ、それだけよ」

「だったら、自分の手で実行なさい。それが国民を裏切った、あなたの義務よ。今度こそ本音で、政府と戦うべきだわ」

「そう言われてもねえ……いまの私は、返品待ちの不良品に等しいし」

「私をこうまでこけにしたのだから、議員離職なんて許さないわよ！」

真剣な表情は同じだが、瞳に灯っているのは、怒りとは少し違うものだった。

「いい？　次の選挙まで、精一杯悪あがきをしてもらうわ。国民の声をきいて、政務にとり組んで、失った信用をとり戻すの」

「どう頑張っても、久世さんや党は許してくれないと思うわ。党に留まることは難しいし、無所属では次の選挙にも勝てないし。何より、私はもうすっからかんだもの。選挙に出すお金なんて、逆立ちしたって一円も出てこないわ」

「自雄党なら、選挙資金を出せるかもしれない」

小町が目をぱちぱちさせて、相手の真意を計ろうとする。

「それって、皮肉？　それとも冗談？」

「皮肉でも冗談でもないわよ！　自雄党は、いわば政治家の玄人の集まりよ。要は、能のある政治家だと認めさせれば、拾ってくれる先生もいるかもしれない。勝率が薄くても、せめて努力くらいはするべきよ。国民を欺いたあなたにできる、何よりの贖罪(しょくざい)だわ」

ぷっ、と吹き出して、とうとう堪えきれず小町が笑い出した。

「笑うところじゃないでしょう！　あなたって本当に失礼な人ね」

憤然とする遼子の前で、どうにか小町が笑いを収める。

「そうね、もう少し、あがいてみようかしら。意外な後援者が、いてくれたから」

「あなた個人を応援する気など、毛頭ないわ。……ただ、子ども年金の実現に向けて、ひとりでも多く協力者が欲しいだけよ」

「それは約束するわ。でも、議員を続けるか否かは、娘にきいてみないと。ずっと勝手を通してきたから、今度くらいは娘の意見を尊重したいの」

「そう……娘さん、中学校に入ったそうね。その歳頃なら、自分の考えもしっかりしているでしょうね」

「よくご存じね。そんなに私に関心があったなんて、知らなかった」

「そのくらい、耳に入ってくるわよ。本当に素直じゃない人ね」

「あなたもね」

もう一度、親しみを込めて笑顔を向けると、遼子がようやく眉間のしわを解いた。

口の端だけで微笑を返し、議員室を出ていった。

入れ違いに、多部が顔を覗かせて、打ち上げの場所を告げる。

「よかったら、菓音ちゃんもどうですか?」

「そうね。電話してみるわ」

携帯に手を伸ばし、娘の番号にかけた。二回のコールで、すぐに応答があった。

ライブ映像は見られなくとも、すでに委員会の模様は配信されているはずだ。散々攻撃され、見事に玉砕した母親は、娘の目にどう映っただろうか。菓音の反応が、少しだけ怖かった。

「お母さん、配信見たよ！　今日のお母さん、最高に恰好よかった！」

明るい声が、電話の向こうからいっぱいに響く。

小町の目に、うっすらと涙がにじんだ。

参考文献

猪熊弘子『「子育て」という政治』(二〇一四年、角川SSC新書)
斎藤美奈子『学校が教えないほんとうの政治の話』(二〇一六年、ちくまプリマー新書)
駒崎弘樹『「社会を変える」を仕事にする　社会起業家という生き方』(二〇一一年、ちくま文庫)
中島孝司『國會議員要覧　平成二十七年八月版』(二〇一五年、国政情報センター)
林芳正・津村啓介『国会議員の仕事』(二〇一一年、中公新書)
石本伸晃『政策秘書という仕事』(二〇〇四年、平凡社新書)
江田五月『国会議員』(一九八五年、講談社現代新書)
川田龍平『誰も書けなかった国会議員の話』(二〇〇九年、PHP新書)
鈴木大介『出会い系のシングルマザーたち』(二〇一〇年、朝日新聞出版)
鈴木大介『最貧困女子』(二〇一四年、幻冬舎新書)
冨士谷あつ子・伊藤公雄『フランスに学ぶ男女共同の子育てと少子化抑制政策』(二〇一四年、明石書店)
髙崎順子『フランスはどう少子化を克服したか』(二〇一六年、新潮新書)
湯元健治・佐藤吉宗『スウェーデン・パラドックス』(二〇一〇年、日本経済新聞出版社)
全国保育団体連絡会・保育研究所『保育白書2014年版』(二〇一四年、ひとなる書房)
中山徹・藤井伸生・田川英信・高橋光幸『保育新制度　子どもを守る自治体の責任』(二〇一四年、自治体研究社)

本書の執筆にあたりましては、元参議院議員、元内閣府特命担当大臣・島尻安伊子氏、特定非営利活動法人フローレンス代表理事・駒崎弘樹氏にご教示を賜り、またフローレンス広報チームの方々にはご協力をいただきました。この場を借りて、お礼申し上げます。

単行本　二〇一九年二月　実業之日本社刊

本作はフィクションです。登場する個人、政党、企業、団体その他は実在のものと一切関係ありません。

なお、作中で記した法制については、単行本刊行時点での実際の内容に準拠しています。

（編集部）

解説

斎藤美奈子
（文芸評論家）

すでに本書をお読みになったあなたなら、「ジェンダーギャップ（格差）指数」についてはもちろんご存じですよね。本書の一七四〜一七五ページにも説明がありますが、いちおう繰り返しておきますと、これはスイスのシンクタンク「世界経済フォーラム」が二〇〇六年から調査している男女平等度をはかる指標で、経済、政治、教育、健康の四分野を対象に国別のランキングが発表されます。

日本はずっと一〇〇位あたりをうろうろしていたのですが、二〇一九年にはついに一二一位に転落。二一年版では一五六カ国中一二〇位でした。

特に立ちおくれているのは政治分野で、政治だけのランキングだと、二一年版でも日本は一四七位。これは女性議員や女性大臣の少なさが影響しています。二一年四月現在の衆議院における女性議員の比率は九・九パーセント。ＯＥＣＤ加盟三七カ国の平均は二九パーセント。日本はため息が出るほどのジェンダー不平等国なのです。

さて、本書『永田町小町バトル』はそんなお寒い状況の中で、何の政治経験もないひとりの女性が国会議員として奮闘する物語です。

吉川英治文学新人賞を受賞した『まるまるの毬（いが）』（二〇一四年）や、直木賞を受賞した『心淋し川（うらさびしがわ）』（二〇二〇年）など、西條奈加はこれまで主として時代小説畑で活躍してきました。その意味で、同時代を舞台にしたバリバリの現代劇である『永田町小町バトル』は、彼女の異色作とも新境地ともいえる作品です。

永田町のバトルと聞くと、私たちがつい思い浮かべるのは、選挙戦に勝つまでの熱いが醜い戦いとか、政治家同士の足の引っ張り合いとかです。が、それは日頃のニュースが政局にばかり気を取られている証拠。『永田町小町バトル』にもバトルの要素は含まれておりますが、これは従来のオヤジ政治を描いた小説とは一線を画しています。

本書の読みどころは大きく二つあるといっていいでしょう。

ひとつはもちろん、主役の魅力とストーリーのおもしろさです。

主人公の芹沢小町は三四歳。小学六年生の娘と二人で暮らすシングルマザーです。長崎県の離島で生まれ、幼なじみと結婚して娘が生まれるも、町議選に出たいといい出したのをキッカケに夫との関係がこじれて四年前に離婚。町議選にも落ちた小町は、逃げるように島を出て、福岡へ、東京へと居を移します。

ところが世間は思っていた以上に、ひとりで子どもを育てる母に冷たかった。夜の仕事に就いた小町は、夜間に子どもを預かる保育施設の少なさに呆然とし、〈ないなら、新しく作るしかないじゃない？〉とばかり、二四時間体制で子どもを預かるＮＰＯ法人「いろはルーム」を開設してしまったのでした。

そんな小町が区議会も都議会もすっ飛ばして、なぜいきなり国会議員を目指したのか。議員になった目的を問われた小町は決然と答えます。

〈もちろん、子供政策です。待機児童、子供の貧困、学費援助と、子供に関わる問題は枚挙にいとまがありません。私が国会に来た目的は、ただそれだけです〉

そうなんですよね。政治家って本当は、どうしても実現させたい政策があるとか、通したい法案があるから志すべき職業なんですよね。

もっとも小町には小町なりの計算もあった。「現役キャバ嬢」という肩書きはどのみち自分について回る。だったらそれを逆手にとろう。〈最初から色物なのだから、できるだけ派手に目立った方がいい。それには都区より、国会でしょ？〉

芹沢小町の最大の強みは「アマチュア」であることです。

新人議員を支える「こまち事務所」の面々も素人ばかり。

第一秘書の遠田瑠美は二九歳。もとはといえば小町が働く店の同僚で、大企業の秘書だった経歴を買われて議員秘書に転職。地元事務所を預かるしっかり者です。

第二秘書の紫野原稔は、パン工場を定年退職したばかりの六五歳。かつて与党議員の秘書だった経験があり、みんなが頼りにしていますが、本人はご隠居風。

政策秘書の高花田新之助は三一歳。有名私立大学を出て大手商社に勤めた後、一念発起して渡英、ＭＢＡを取得した頭脳明晰な人物ですが、じつは小町が働く店のオーナー・高花田千鶴子の息子で、心配性なのが玉にキズ。

以上三人の公設秘書のほか私設秘書が二人いて、地元事務所には村瀬敦美（四〇代・元「いろはルーム」勤務の保育士）が詰めており、多部恵理歩（二七歳・元保育士。政治の知識ゼロ）が永田町議員会館と地元を行き来しています。

紫野原以外はいささか頼りないメンバーですが、小町との絆は強く、永田町のしきたりには疎くても、自身の体験を通じて人々が何を欲しているかは知っている。

こうした素人同然の面々が、百戦錬磨の政治のプロが跳梁跋扈（ちょうりょうばっこ）する永田町に乗り込むのです。おもしろくないわけがありません。

本書のもうひとつの特徴は、国会審議のしくみ、小さな政府と大きな政府といった経済政策の基礎、子ども政策の現状、保育行政の煩雑さなどなどが、小説とは思えないほど詳しく書かれていることです。実際、この本で、政治のしくみをはじめてリアルに理解したという人が、私の周辺には何人もいました。

議員になり、前から温めていた議員法案を提出するつもりだった小町ですが、野党の新人議員でしかない小町の前には高い壁が幾重にも立ちはだかっていた。

〈法律の立案に参加できるのは、原則、与党議員だけなんだ〉と語る高花田。しかも予算をともなう法案には、賛成議員を〈衆議院なら五十人、参議院で二十人そろえないとならない〉。法案の行く末にはだから、高花田も紫野原も悲観的です。たとえ五〇人集められても〈国会の本審議にも、一〇〇％上ることはないね〉〈たぶん委員会で止められて、ほとんど相手にされないだろうね〉。

〈私は、後のことなど考えてないわ。いまのうちに、どれだけ派手な花火を上げてみせるか、それが大事。私が国会議員を選択したのも、そのためよ〉

そう豪語する小町ではありますが、はたして右のような高い壁を彼女は突破できるのか。それが、物語後半の読みどころです。

興味深いのは、小町が別の女性議員を計算に入れているところでしょう。

まず小町と同じ新人議員の小野塚遼子（三六歳）。名門大学から外資系の証券会社に入社したエリートで、祖父は総理大臣、父も曾祖父も政府の要職を歴任したという、与党・自雄党の世襲議員です。もうひとりは小町が議員になる道を拓いた野党第一党・民衛党の久世幸子（五九歳）。五期目を迎える現在は民衛党の代表代行です。

二人とも小町とはちがい、従来の永田町のセオリーに則って政治家になった女性ですが、待機児童や子どもの貧困などに寄せる思いは小町と同じ。

自分とは立場の違うこの二人をどうやって法案の成立に巻きこむか。小町がとったのはオキテ破りともいうべきアクロバティックな方法でした。このような方法が、実際の永田町で実現可能かどうかはわかりません。しかし、小町は考えるのです。〈与党であろうが野党であろうが、そんなことはどうでもいい〉〈どこの誰が作ろうと構わないから、子供のための法案を小町は是が非でも通したかった〉

与党と野党の攻防が、ひいては選挙が政治のすべてと考えがちな従来型の政治家と、小町がまったく異なる発想の持ち主であることを右の台詞は示しています。女性政治家の少なさを憂い、日本の将来にまで思いを馳せる小野塚遼子とも芹沢小町は違っている。七〇年代の第二波フェミニズム（ウーマンリブ）は「個人的なことは政治的なこと」という秀逸な標語を生み出しましたが、小町はまさにそれを地でゆく女性なのです。

日本はため息が出るほどのジェンダー不平等国だと申しました。なぜ女性議員を増やす必要があるかって？　それはね、数合わせの問題ではなく、女性や子どもに関わる政策には当事者である女性の視点が欠かせないからです。芹沢小町のようなアマチュアの女性がもっとたくさん議会に送り込まれれば、日本は確実に変わるでしょう。小町は政治のアマチュアではありますが、生活難のプロですから。

思想信条の異なる与野党の女性議員が共闘するなんて無理、と思われるかもしれません。ですが一九九〇年代には、実際にも超党派の女性議員が動いて通った法案がいくつもあります。一九九九年に成立した男女共同参画社会基本法は、当時社民党党首だった土井たか子さんと新党さきがけ代表だった堂本暁子さんが中心になってできた法律ですし、母体保護法、ストーカー規制法、育児休業法（現在の育児・介護休業法）、改正均等法ほか、超党派の女性議員の協力で多くの法律が成立しています。

本書では、小野塚遼子がジェンダーギャップ指数の順位を大きく上げたフランスの例を挙げていましたが、二〇二一年にも前回の五三位から三〇位まで順位を上げた国があります。この分野では遅れていたアメリカ合衆国です。

共和党のトランプ政権に代わって誕生した民主党のバイデン政権は、副大統領にカマラ・ハリスさんを指名し、二五人の閣僚中一二人が女性で、史上はじめて男女ほぼ同数になりました。大統領選と同時に行われた上下両院選でも、女性議員が過去最多を更新、女性議員比率は二〇％から二七％に上がりました。

ジェンダー平等後進国の日本でも、変化の兆しは見えています。二〇一八年には「政治分野における男女共同参画の推進に関する法律」（日本版パリテ法）が施行され、曲がりなりにも女性議員を増やす方向性が示されました。二〇二一年には元首相の女性差別発言を機に「わきまえない女」が流行語になりました。

その意味でも『永田町小町バトル』は、世間より永田町よりひと足早く、政治を志す女性たちにエールを送る小説だったともいえます。

本書の陰の主役は小町の娘の菓音でしょう。幼い頃から大人の都合に振り回されてきた菓音。しかし彼女は一貫して母の味方だった。

〈お母さん、配信見たよ！　今日のお母さん、最高に恰好よかった！〉

出でよ、たくさんの芹沢小町。菓音が大人になる頃には、小町のような苦労を味わわなくてもすむかもしれない。そう思わせてくれる、希望に満ちた結末です。

実業之日本社文庫　最新刊

赤川次郎
花嫁は迷路をめぐる
モデルとして活躍する姉の前に死んだはずの妹が現れた!?　それと同時に姉妹の故郷の村役場からは2000万円が盗まれ――。大人気シリーズ第32弾！
あ1 21

安達 瑶
紳士と淑女の出張食堂
このご時世で開店休業状態の高級ケータリング料理店。どんな依頼にも応えるべく、出向いた先で毎度珍事件が――抱腹絶倒のグルメミステリー！
あ8 7

井川香四郎
桃太郎姫 百万石の陰謀
讃岐綾歌藩の若君・桃太郎に岡惚れする大店の若旦那が、実は前加賀藩主の御落胤らしい。そのことを利用して加賀藩乗っ取りを謀る勢力に、若君が相対する！
い10 8

江上 剛
銀行支店長、泣く
若手行員の死体が金庫で発見された。調査の中で、同行が手がける創薬ビジネスのキーマンである研究医との奇妙な関係が浮かび上がり――。傑作経済エンタメ！
え1 4

今野 敏
処断 潜入捜査〈新装版〉
魚の密漁、野鳥の密猟、ランの密輸の裏には、姑息な経済ヤクザが――元刑事が拳ひとつで環境犯罪に立ち向かう熱きシリーズ第3弾！（解説・関口苑生）
こ2 16

西條奈加
永田町小町バトル
待機児童、貧困、男女格差……ニッポンの現代社会に巣食う問題に体当たり。「キャバ嬢議員」小町の奮闘を描く、直木賞作家の衝撃作！（解説：斎藤美奈子）
さ8 1

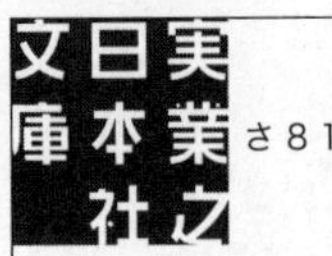

さ81

永田町小町バトル

2021年6月15日　初版第1刷発行

著　者　西條奈加

発行者　岩野裕一
発行所　株式会社実業之日本社
〒107-0062　東京都港区南青山5-4-30
CoSTUME NATIONAL Aoyama Complex 2F
電話［編集］03(6809)0473［販売］03(6809)0495
ホームページ　https://www.j-n.co.jp/
DTP　ラッシュ
印刷所　大日本印刷株式会社
製本所　大日本印刷株式会社

フォーマットデザイン　鈴木正道（Suzuki Design）

ISBN978-4-408-55666-6（第二文芸）